天才小毒妃

천재소독비 15

ⓒ지에모 2019

초판1쇄 인쇄	2019년 10월 11일
초판2쇄 발행	2020년 12월 8일

지은이	지에모 芥沫
옮긴이	전정은 · 홍지연

펴낸이	박대일
편집	이문영 · 박지해 · 임유리 · 신지연 · 이지영
마케팅	임유미 · 손태석
디자인	박현주
일러스트레이션	우나영

펴낸곳	파란미디어
출판등록	2004년 9월 14일 제313-2004-00214호

주소	03992 서울시 마포구 동교로23길 14 국제빌딩 6층
전화	02.3141.5589 영업부 070.4616.2012 편집부
팩스	02.3141.5590
전자우편	paranbook@gmail.com
카페	http://cafe.naver.com/paranmedia
페이스북	http://www.facebook.com/paranbook

ISBN	978-89-6371-699-2(04820)
	978-89-6371-656-5(전26권)

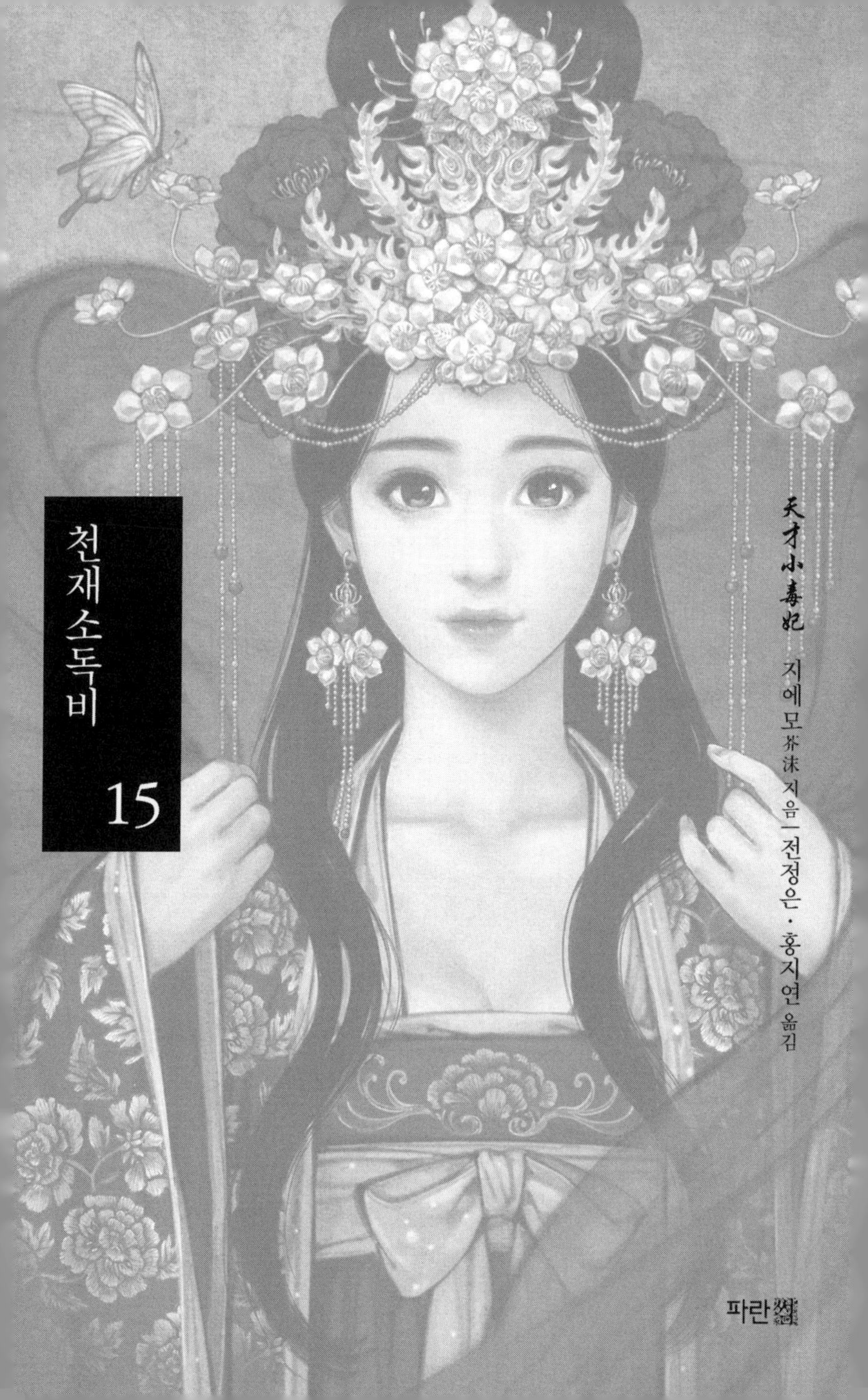

천재소독비 15

天才小毒妃

지에모 芥沫 지음 | 전정은 · 홍지연 옮김

파란

차례

천산검종의 큰 대회

첫 번째 산과 두 번째 산 사이에 걸린 현수교를 건너면 정식으로 천산에 든 것과 마찬가지여서 더는 '문규'에 얽매이지 않아도 되었다. 용비야가 안내하고 있으니 가는 길에 있는 온갖 방해꾼들이 한운석을 골탕 먹이고 싶다 한들 그럴 힘이 없었다.

격렬한 입맞춤이 끝난 후, 용비야는 주위의 쑥덕임을 무시한 채 한운석을 데리고 앞으로 나아갔다.

두 사람은 다른 부분도 많지만, 유언비어를 대하는 태도는 거의 일치했다. 완전히 무시하는 것!

자신이 있다고 말하기는 쉽지만 진정한 자신감은 튼튼한 속마음이 뒷받침되어야 했다. 속이 강한 사람만이 시끄러운 말속에서도 태연자약하게 걸어 나와 계속 자기 방식대로 걸어갈 수 있었다.

반면, 열등감을 가진 사람은 다른 사람의 평가로 자신을 인식하고, 나아가 다른 사람의 입맛에 맞춰 자꾸만 자신을 바꾸다가 결국 자아를 잃기 마련이었다.

두 번째 산을 굽이돌자 한운석은 곧 또 다른 풍경을 볼 수 있었다.

두 번째 산허리 뒤편과 맞은편에 보이는 세 번째 산허리 수풀 속에는 전각과 누각 수채가 들쭉날쭉 운치 있게 흩어져 있었고, 흰옷을 입은 제자들이 삼삼오오 모여 검무를 추며 연공하고 있었다.

흰옷에 은빛 검. 흰옷을 입은 사람은 고요한데 은빛의 검은 생동적이어서, 사람은 구름을 타고 나는 것 같고 검은 물이 되어 흐르는 것 같아 생기 넘치면서도 묵직한 느낌을 주었다. 멀리서 이 광경을 본 한운석은 천산산맥 전체가 무척 고요하게 가라앉아 있다고 느꼈다.

이것이야말로 그녀가 상상하던 천산검종이었다. 조금 전에 겪은 입방아며 시기, 질투는 천산에 속해서는 안 되는 것들이었다. 이곳은 속세의 바깥, 세상의 위에 자리한 정토淨土였지만, 이곳 사람들은 결국 속세의 사람일 수밖에 없었다.

그도 그럴 것이, 천산검종은 세상에서 가장 강력한 무공을 보유했고, 그 이름을 흠모해 배움을 청하러 온 이들은 모두 공명과 이익을 꿈꾸고 있었다. 그러니 이 정토가 평온할 수 있을까?

한운석은 이 정토가 바로 운공대륙 무림에서 가장 편치 못한 땅임을 똑똑히 알고 있었다.

두 번째 산과 세 번째 산 사이에는 현수교가 없었다. 두 산 사이에는 돌로 만든 거대한 검이 서 있었는데, 흡사 하늘을 떠받치는 기둥이 하늘에서 내려와 산골짜기 속에 박힌 것 같았다. 무척이나 웅장하고 힘이 넘치는 광경이어서 보기만 해도 경외심이 절로 솟구쳤다.

한운석은 몹시 놀랐다. 그녀가 묻기 전에 용비야가 설명해 주었다.

"본래는 홀로 선 봉우리였는데 장인을 청해 검 모양으로 깎게 한 것이다. 3년에 걸쳐 완성되었지."

용비야는 한운석을 안고서 절벽을 박차 앞으로 날아갔다. 그런 다음 돌검에서 다시 한 번 발을 굴러 단숨에 세 번째 산에 도착했다.

세 번째 산과 네 번째 산 사이에도 현수교가 아니라 거대한 돌검만 있었다.

용비야는 이번에도 돌검을 밟고 단숨에 네 번째 산으로 건너 갔다. 한운석이 참지 못하고 탄식을 뱉었다.

"용비야, 당신이 없으면 난 올라가지도 못하겠어요. 내려가는 건 더 어렵고요!"

"음."

용비야는 담담하게 대답했다.

한운석이 재빨리 다짐했다.

"그러니 당신도 나하고 같이 내려가야 해요."

용비야는 대답하지 않았지만 한운석은 고집스럽게 캐물었다.

"대답해요."

"전에 대답하지 않았느냐? 나를 못 믿느냐?"

용비야가 반문했다.

"한 번 속이면 백 번 속인 걸로 칠 거예요!"

한운석은 경고의 의미를 담아 눈을 가늘게 떴다.

이 말은 전에도 한 적 있었다.

"음."

용비야는 자신이 이 여자를 속인 적이 있다는 사실을 잊은 것처럼 시원하게 대답했다.

가는 동안 한운석은 숲을 가득 채운 적지 않은 전각과 누각, 연공 중인 제자들을 보았다. 제자 중에는 남녀가 모두 있었다.

천산검종은 다섯 번째 산에만 있는 줄 알았는데, 생각과 달리 제자가 무척 많았다. 용비야가 천산검종 제자 중에 많은 인재를 뽑아 비밀 시위로 기른 것도 이상한 일이 아니었다.

이제 보니 천산은 정말 거대한 문파였다!

네 번째 산 중턱에 올라도 아직 천산정이 보이지 않았다. 네 번째 산 뒤로 돌아갔더니 산허리에서부터 다섯 번째 산으로 통하는 현수교가 보였다. 천산으로 가는 현수교였다.

한운석은 이 현수교 외에 아무것도 볼 수 없었다. 마침 안개가 이는 때여서 천산의 절반이 구름에 뒤덮인 탓이었다.

이 현수교는 앞서 건넜던 대나무 현수교와는 달리 꽤 널찍해서, 올라서면 흔들리기는 해도 똑바로 설 수는 있었다.

용비야는 한운석을 데리고 다리를 건넜다. 걸어가면서 그는 그녀에게 천산검종의 계파를 설명해 주었다.

천산검종의 무공심법은 단 하나뿐이지만 검술은 갈래가 다양해 계파도 꽤 많았다. 한운석이 오면서 만난 제자들은 각각 다른 계파에 속해 있는데 그들이 배우는 것은 하급이나 중급의 검술뿐이었다. 천산에 들어온 제자들은 우선 창구자의 쇄심원에서 내공심법을 수련하고, 그 후 제비뽑기를 통해 각 계파에 분산되어 검법을 배웠다.

조금 전에 용비야가 불렀던 젊은이들은 그 계파의 인재들일 뿐 아니라 천산의 젊은이 중에서도 손꼽히는 인재들이었다.

새로운 인재를 선출하기 위해 천산검종에서 10년에 한 번 여는 천검天劍 대회가 아직 열리지 않아, 젊은이들이 사대 장로가 있는 양원양각兩院兩閣에 들어가지 못한 상황이었다. 덕분에 현재 양원양각의 제자는 가장 젊은 사람도 서른 살이 넘었다.

천산에 올라 사대 장로에게 상승上乘(문학이나 예술에서 최고의 단계)의 검술을 익히고자 하는 사람은 천검 대회에서 수차례 결투와 복잡한 선발전을 거친 다음 10위 안에 들어야만 진급 자격을 얻을 수 있었다. 그렇지 못하면 영원히 하위 계파에만 머물러야 했다.

하지만 일단 10위 안에 들면 천산에 오를 자격이 생겨, 장검각에서 자신에게 맞는 보검을 고른 다음 사대 장로 중 한 사람을 선택해 그 문하에서 상승의 검술을 익힐 수 있었다.

민간에는 천산검종이 1년에 한 번 제자를 거둔다는 소문이 전해져 있지만, 실은 이는 사대 장로만의 권한이었다. 사대 장로는 매년 천검 대회를 거치지 않고 제자 한 사람을 거둘 수 있었다.

쇄심원의 대소저인 창효영이 바로 그런 예외적인 경우였다. 그녀는 어려서부터 창구자에게 친히 배운 덕분에, 자질은 뛰어나지 않지만 당연히 계파 제자들보다는 실력이 좀 더 나았다.

지난날 서주국 황실은 적잖은 인맥을 동원해 아직 어린아이였던 단목요를 천산에 보냈다. 양육을 맡기는 방식으로 창구자 문하에 넣어 다 자란 후 무공을 익히게 하기 위해서였다.

당시 당의완 역시 인맥을 동원해 갓 만 네 살이 된 용비야를 산에 보냈는데, 우연히 서주국 황실과 같은 날짜였다.

그때 창구자는 뇌물을 받고 규칙에 맞지 않게 제자를 들이는 일이 종종 있었고, 그렇게 들어온 제자들은 몸소 가르치지 않고 대부분 다른 사람들에게 넘겨 배우게 했다.

본래 단목요와 용비야도 창구자 문하에 들어갈 예정이었지만, 인연이 있었는지 입문하던 날 공교롭게도 검종 노인이 출관出關(폐관 수련을 끝내고 나오는 일)해 그 광경을 목격했다.

검종 노인은 창구자에게 어떻게 예외적으로 제자를 거두게 됐는지 캐물었고, 창구자는 어쩔 수 없이 '자질이 뛰어나다'는 이유를 댔다. 뜻밖에도 검종 노인은 친히 시험하겠다고 나섰다.

그 시험에서 검종 노인은 용비야가 무공의 기재라는 것을 발견했을 뿐 아니라, 단목요의 단전 상태가 세상을 떠난 아내와 아주 많이 닮았다는 것도 알게 되었다.

검종 노인은 크게 기뻐하며, 제자를 받지 않던 전례를 깨뜨리고 그 자리에서 단목요와 용비야를 제자로 받아들였다. 단목요는 나이가 어려 천산정에서 길러졌지만, 용비야는 입문하자마자 무공을 익히기 시작했고 진도도 무척 빨라 천산검종의 온갖 기록을 갈아치웠다.

여기까지 들은 한운석은 마침내 자세한 내막을 알게 되었다. 그녀가 걱정스럽게 물었다.

"용비야, 천검 대회는 아직 열리지 않았겠죠?"

"올해 6월 6일이다."

용비야가 담담하게 말했다. 그가 천산에 오른 또 하나의 이유가 바로 천검 대회였다.

"6월 6일……. 그렇다면 당신 사제들이 당신을 저버리고 창구자에게 붙을 가능성이 꽤 크군요?"

한운석이 진지하게 물었다.

용비야가 이번에 천산에 오른 것은 검종 노인을 위해 창구자와 단목요 등 악한 세력을 처리하기 위해서였다. 하지만 검종 노인은 더는 제자를 받지 않아 그 아래에는 용비야와 단목요 두 사람뿐이어서 머릿수가 심각하게 부족한 편이었다. 반면 사대 장로의 양원양각은 매년 제자를 받은 덕분에 계파의 인재를 뽑을 시기가 되지 않았는데도 실력이 제법이었다.

이 천산에서, 용비야는 하위 계파를 장악함으로써 자신의 세력을 키울 수밖에 없었다. 그러니 천검 대회가 시작되면 그 병력은 필연적으로 꺾이게 되어 있었다.

하위 계파 제자들에게 있어 천검 대회는 무인의 삶에서 가장 중요한 단계였다. 그 많은 이들이 10년간 검 하나만 익히며 이 대회를 기다리고 있었다! 제자들 개인만이 아니라 그들 뒤에 있는 계파 역시 강자를 추천해 양원양각으로 올려 보내기를 바랐고, 그들이 계파를 빛냄으로써 천산검종에서의 지위를 높여 주기를 기대했다.

비록 그 젊은 제자들이 용비야에게 충성스럽다 해도, 천검 대회의 유혹은 너무나도 컸다.

첫째, 용비야의 무공이 아무리 높아도 검종 노인의 제자일 뿐이고, 검종 노인은 다시는 제자를 받지 않으니 계파 제자들이 용비야를 통해 천산에 올라 상승 검술을 익히는 건 불가능했다. 그들은 오직 천검 대회를 통해서만 양원양각으로 갈 수 있었다.

둘째, 용비야는 장문인 자리를 두고 싸울 마음이 없을뿐더러 천산에 오래 머물 계획도 아니었다. 용비야는 강호인이 아니니 결국에는 조정으로 돌아가야 했다. 그런 용비야가 언제까지 그들을 보호해 줄 수 있을까?

셋째, 용비야는 장문인의 제자지만, 장문인은 점점 검종 일에 나서지 않고 있었다. 이 때문에 대장로 창구자의 권력은 나날이 커지고, 장문 제자인 용비야의 발언권은 점점 약해져 갔다.

사람의 마음은 유혹에 약했다. 하물며 창구자 쪽 사람들은 용비야가 하위 계파를 적잖이 손에 쥐고 있다는 것을 이미 알고 있어서, 자연스레 천검 대회라는 호기를 이용해 용비야의 세력을 깎아내려고 했다.

한운석이 생각해 낸 것들은 용비야도 생각했던 문제들이었다. 용비야는 한운석보다 사람 마음을 잘 알고 있었다. 특히 강호인들의 마음을.

그는 고개를 들고 구름 속으로 시선을 던지며 차분하게 말했다.

"한운석, 천검 대회 전에 큰 대회가 하나 있다. 나도 참가할 것이다."

묵직한 그의 목소리에 한운석은 어렴풋이 불안을 느꼈다.

"무슨 대회요?"

"5월 5일 검종 순위전."

용비야가 차갑게 말했다.

"천산의 제자라면 모두 참가할 수 있고 생사는 스스로 책임져야 한다. 그 대회는 오직 무공의 높고 낮음으로 5순위를 선발하는 자리다."

한운석은 와락 눈을 찌푸렸다.

"그 말은……."

"사부님은 참가하실 수 없다. 검종 순위전에서 우승하면 뒷일이 훨씬 쉬워질 것이다."

용비야는 태연하게 말했다.

강호 무림의 규칙은 사실 무척 단순했다. 강호에서는 무공이 높은 자가 곧 승자였다.

용비야가 순위전의 우승을 차지할 수 있다면 하위 계파들은 말할 것도 없고 장검각이나 장경각 역시 경솔하게 움직이지 않을 테니 창구자는 고립무원이 될 터였다.

그가 이번에 천산에 오른 목적은 두 가지, 하나는 한운석을 사부에게 소개하는 것이고 다른 하나는 창구자를 무너뜨리는 것이었다.

창구자를 무너뜨리는 가장 빠른 방법은 순위전에 참가하는 것이고, 거기서 우승을 차지하려면 반드시 몸속의 봉인을 풀어야 했다.

세 나라의 전란과 조정의 싸움이 그가 천산에 너무 오래 머물도록 내버려 두지 않았다…….

비야, 참 모질구나

순위전 이야기를 듣자 한운석은 그제야 용비야가 말한 위험이 무엇인지 명확히 알 수 있었다.

실제로 가장 위험한 것은 순위전이 아니라 봉인을 푸는 일이었다. 용비야의 몸속에 있는 봉인을 풀면, 지금 그의 무공에 아무도 뒤흔들 수 없는 그 강력한 내공까지 더해질 테니 창구자는 아예 적수가 되지 않았다.

동진의 서정인은 용비야에게 서정의 힘을 주는 동시에 여러 가지 제약을 걸었다.

개중 가장 커다란 제약은, 서정인을 풀었을 때 서정력을 제어할 수 없으면 곧바로 주화입마가 된다는 것이었다.

용비야는 지금 자신의 정신력과 체력이면 서정력을 제어할 수 있다고 생각했지만, 이 힘은 여태 누구도 가진 적이 없어서 어떤 미지의 상황이 벌어질지 확실히 알지 못했다. 그러니 신중해야 했다.

5월 5일 순위전까지는 아직 한 달 남짓 남았으니 아직 시간은 충분했다.

사부만 도와준다면 큰 문제는 없을 것이다. 그러므로 그동안 그는 어떻게든 사부의 기분과 병부터 안정시켜야 했다.

지금까지 전혀 신경 쓰지 않았던 단목요가 큰 문제였다.

한운석은 '내가 무공을 할 수 있으면 얼마나 좋을까' 하고 늘 아쉬워했지만, 지금은 반대였다.

"용비야, 독술을 할 줄 알면 도움이 될 거예요! 내가 독술을 가르쳐 줄게요!"

용비야는 미도공호에서 창구자와 겨룬 적 있었지만, 일대일로 싸운 것은 아니었다. 그때 용비야에게는 한운석의 독침이 있었고, 창구자는 처음에 유리하게 기습으로 나섰지만 나중에는 단목요를 보호해야 했다.

두 사람이 채 몇 초 주고받기도 전에 누군가 갑자기 돌멩이를 던졌고, 창구자는 그 틈에 달아났다.

그러니 용비야와 창구자의 실력이 얼마나 차이가 나는지 헤아리기란 무척 어려웠다.

"용비야, 짧은 시간 안에 무공을 대폭 늘리기란 불가능해요. 하지만 독술은 배울 수 있어요! 독술이 도와주면 창구자는 당신 적수가 못 될 거예요!"

한운석이 흥분해서 말했다.

용비야는 눈썹을 치키고 그녀를 바라보며 말없이 웃었다.

한운석도 자신이 어리석었다는 것을 곧 알아차렸다. 독술은 운공대륙의 주류로 편입되지 못했고, 특히 의성은 독술을 심하게 배척했다.

천산검종은 무림의 지존이고 무림의 정의를 대표했다. 용비야가 순위전에 나가 독술을 쓴다면 그 결과가 어떨지는 상상할수도 없었다.

"순위전 싸움에서는 검술만 쓸 수 있다."

용비야는 그녀의 앞머리를 쓰다듬었다가 저도 모르게 그녀를 끌어당겨 품에 안고 사랑스러운 듯이 웃었다.

"바보 같으니. 또 맹한 소리를 하는구나!"

이 여자는 초조해지면 도리어 평소답지 않게 맹해지곤 했다.

한운석은 확실히 초조했다. 알다시피 순위전의 규칙은 '생사는 스스로 책임진다'는 것이었다. 생사가 달린 일 앞에 초조하지 않을 수 있을까?

중요한 순간에 그를 돕지 못하는 자신이 무척 원망스러웠다.

용비야가 한운석을 천산에 데려온 것은 오직 사부를 만나게 해 주기 위해서일 뿐, 그녀의 도움을 받기 위해서는 아니었다.

"안심해라. 아무 일 없을 테니."

용비야가 위로했다.

하지만 도저히 안심할 수가 없었다. 한동안 생각에 잠겼던 그녀가 진지하게 말했다.

"용비야, 당신을 도울 수 있는 사람은 검종 노인뿐이니 이 중요한 때 그분의 병이 발작하면 안 돼요!"

용비야가 입을 열려는데 한운석이 다시 초조하게 중얼거렸다.

"단목요는 지금쯤 천산정에 있겠죠? 검종 노인은 그녀를 무척 예뻐하고……. 앗, 용비야, 단목요가 문제예요!"

그녀는 그렇게 외쳤다가 곧 그 생각을 부정했다.

"아니지! 검종 노인의 병이 바로 관건이에요! 용비야, 그게 가장 큰 변수라고요!"

잔뜩 긴장해서 외치는 그녀의 모습에 용비야는 웃음을 금치 못했다. 그는 이 여자가 정말 영리하다는 걸 깨달았다. 서정인에 대해 모르면서도 이번 일의 관건을 짚어 낼 만큼 영리했다.

"맞다."

용비야도 인정했다.

"실심풍……."

한운석은 다시 중얼거리기 시작했다.

"고북월이 함께 왔더라면 좋았을 텐데……. 아냐, 왔다고 해도 소용이 없었을지도 몰라요. 검종 노인이 치료를 받으려 하지 않을 수도 있으니까요."

그녀는 중얼거리면서 생각에 잠겼다.

"오랫동안 낫지 않은 병 중에는, 치료할 수 없어서가 아니라 환자 스스로 치료하길 원치 않아서 그렇게 된 것도 있어요. 자기 처벌 같은 거죠!"

처음 들어보는 논리에 용비야는 황당했지만, 곰곰이 생각해 보니 일리가 있었다.

마음의 병은, 그 뿌리를 따져 보면 자신이 자신에게 내리는 벌이었다.

용비야는 한운석이 마음대로 중얼거리도록 놔두면서도 진지하게 귀를 기울였다. 무거운 화제였지만 그의 입가에는 시종일관 희미한 웃음이 걸려 있었다.

한운석에게 이렇게 사랑스러운 면이 있다는 건 오늘 처음 안 사실이었다. 그는 이 여자가 맹하게 구는 것이 좋았다.

한운석과 용비야는 이곳까지 와서도 단목요의 부상에 관한 이야기는 한마디도 듣지 못했다. 조금 전 유 노파의 반응을 볼 때 아직 모르는 모양이었다.

아무래도 창구자와 단목요가 그 문제로 평지풍파를 일으키지 않은 것 같았다. 단목요가 의태비를 납치한 일은 누가 뭐래도 잘못이니, 그들도 제 손으로 자신의 명성을 망칠 만큼 어리석지는 않았다.

물론 용비야는 그 일을 쉽게 넘어가 줄 사람이 아니었다. 한운석은 단목요와 창구자가 어떻게 나올지 궁금했다.

어느덧 그들은 기나긴 현수교를 건넜고, 그때쯤 천산을 뒤덮었던 운무도 흩어졌다.

한운석은 다리 끝자락에서, 허연 안개가 차차 흩어지고 천산의 진짜 모습이 서서히 눈앞에 펼쳐지는 것을 바라보며 저도 모르게 걸음을 멈췄다. 오는 동안 독특한 경치를 많이 봤지만 지금 보는 경치만큼 장엄하고 눈부시지는 못했다.

이 다섯 번째 산, 즉 천산은 하늘을 찌를 듯이 솟아 꼭대기를 볼 수 없을 만큼 거대한 하나의 봉우리일 것으로 생각했는데, 뜻밖에도 봉우리가 여러 갈래였다.

산 하나에 총 여섯 개 봉우리가 있고 그 높낮이는 제각각이었다. 그중 다섯 봉우리는 불조의 손가락처럼 높고 우뚝한데, 운무에 휘감겨 마치 허공에 붕 떠 있는 것 같았다. 다섯 봉우리 사이는 현수교로 이어져 있었다. 그 봉우리들 중앙에 자리한 나지막한 봉우리에는 웅장한 전각이 하나 서 있었다. 그 전각 앞은 비무장으로 사용하는 널찍한 노대였다. 주위를 에워싼 다섯 봉우리에서 이 전각까지 각각 현수교가 이어져 있었다.

한운석과 용비야가 서 있는 절벽에도 중앙의 낮은 봉우리로 가는 현수교가 있었다.

용비야는 가장 높은 봉우리를 가리키며 담담하게 말했다.

"저기가 천산 꼭대기인 천산정이다. 사부님은 저곳에서 수행하시고, 내려오시는 일은 드물다."

그쪽을 바라본 한운석은 높은 가지 바람 잘 날 없다는 말을 떠올렸다. 그 위치는 천산산맥에서 가장 높으니 분명히 천산산맥 전체를 굽어볼 수 있을 터였다.

"저쪽은 쇄심원이다. 창구자가 거둔 제자와 천검 대회를 통과한 제자들만 저곳에서 수련할 수 있다. 두 번째 산의 골짜기에도 쇄심원의 별도 수련장이 있어서 일반 제자들이 심법을 익히는 장소로 사용 중이지."

용비야는 산봉우리를 하나하나 가리키며 한운석에게 상세히 설명해 주었다.

"저쪽은 장검각이고, 그 옆이 바로 장경각이다. 장검각은 보검을 보관하고 장경각은 천산검종이 가진 모든 검법 비급을 보관한다."

"모두요?"

한운석이 의심을 표했다.

"모두."

용비야가 단언했다.

"'무초승유초無招勝有招(초식에 얽매이지 않고 자연스럽게 무공을 펼치면 적이 초식을 분석해 깨뜨릴 수 없다는 뜻)'라고 했듯이, 검술이 일정 수준에 오르면 비급은 중요하지 않다. 중요한 것은 내공이지."

한운석도 이해했다.

"그럼 장경각이 가장 약하겠군요?"

"영리하구나."

용비야는 고개를 끄덕이고 말을 이었다.

"고수에게는 검이 비급보다 훨씬 중요하다."

"창구자가 관리하는 건 쇄심원……."

한운석이 중얼거렸다.

"그럼 그의 내공은……."

"아주 높다!"

용비야가 낮은 소리로 말했다.

"게다가 그자는 아주 교활해서 실력을 깊이 숨기고 있지."

두 사람이 이런 이야기를 나누는 동안 맞은편 전각에서 노인 몇 명이 걸어 나왔다. 두 사람이 있는 쪽으로 오는 것 같았다.

"자, 천산정으로 가자."

용비야는 그들과 마주치고 싶지 않은 게 분명했다.

한운석은 즉시 긴장했다. 곧바로 검종 노인을 만나게 되는 걸까?

그런데 뜻밖에도 귀에 익은 목소리가 그들의 발걸음을 붙들었다.

"비야, 이곳까지 와서 사숙들에게 인사도 하지 않을 참이냐? 왜, 네 부인이 지아비 쪽 어른들을 뵙는 것이 두렵다더냐?"

이렇게 말한 사람은 다름 아닌 창구자였다.

곧이어 그가 현수교 위를 날아와 용비야 앞에 내려섰다. 뒤에 있던 노인 세 명도 차례차례 따라왔다. 한운석은 유 노파를 알아보았고, 다른 두 사람이 장검각과 장경각 장로라는 것도 알아차렸다.

창구자는 용비야와 서로 죽일 듯이 싸우기까지 했는데도 마치 아무 일도 없었던 양 살뜰하게 굴었다. 한운석은 정말이지 감탄스러웠다.

"비야, 어서 사숙들에게 소개해드리지 않고. 네가 왕비를 맞이한 지가 벌써 한참 되었는데 이 사숙들을 불러 축하주를 대접하려고도 않더구나. 오늘 밤 연회를 열어 널 따끔하게 혼내줄 게야!"

창구자가 허허 웃으며 말했다.

하지만 용비야의 대답은 차가웠다.

"창 사숙, 건망증이 심하십니다!"

"건망증? 내 똑똑히 기억하는데, 정녕 두 사람의 축하주를 마신 적이 없다. 시치미 떼지 마라!"

창구자가 진지하게 말했다.

"본 왕이 말하는 것은 의태비 납치 사건입니다!"

용비야가 얼어붙을 듯이 차가운 목소리로 말했다. 창구자가 아무리 시치미를 떼도 그는 맞장구쳐 줄 마음이 없었다.

이 말이 떨어지자 나머지 세 장로는 깜짝 놀라 서로를 쳐다보았다. 용비야가 아직 똑똑히 밝히지는 않았지만 그들 역시 영리한 인물이어서 듣자마자 그 일에 창구자가 연루되었음을 알 수 있었다.

"창 사숙, 사숙은 단목요와 손잡고 모비를 납치했고, 모비의 목숨을 인질 삼아 현한보검을 내놓으라고 저를 협박했습니다. 지난달의 일인데 벌써 잊으신 건 아니겠지요?"

용비야가 차갑게 물었다.

장검각과 장경각 장로는 서로 쳐다보며 아무 말 하지 않았지만, 계율원의 유 노파는 냉소를 터트렸다.

"어허, 오늘이 무슨 날인고? 비야, 네가 이런 농담을 다 하다니."

유 노파는 용비야가 절대 농담하지 않는 사람임을 잘 알고 있었고, 이 일이 사실이라는 것도 믿었다. 그녀가 이렇게 말한 것은 창구자를 비웃기 위해서였다.

용비야가 이렇게 직설적으로 나올 줄 몰랐던지, 창구자의 얼굴이 붉으락푸르락했다.

"비야, 네가 말을 꺼냈으니 나도 숨기지 않으마. 그 일은 확실히 네 사매의 잘못이다. 이 늙은이는 그 아이를 도운 게 아니라 막으려고 했던 게야. 안타깝게도 막지 못했을 뿐이지!"

창구자는 이렇게 말하더니 장탄식을 하면서 천산정을 향해 돌아서서 읍을 했다.

"장문인을 뵐 낯이 없구나! 장문인께서는 폐관 전에 검종의 모든 일을 이 늙은이에게 맡기셨고, 이 늙은이도 크고 작은 일들을 조목조목 잘 처리해 왔다. 그런데 어쩌다가 하필이면 너희 사형매를 놓쳤는지."

그는 한운석을 흘낏 바라보고는 연기를 계속했다.

"너희 사형매는 어려서부터 사이가 좋았지. 그런데…… 네가 왕비를 맞이하자마자 어쩌자고 요요가 왜 저렇게까지 망가졌는지 모르겠구나. 설사 그 아이가 여러 가지 잘못을 저질렀다 해도 어쨌든 네 사매가 아니더냐. 어쩌면 그리 모질게도 그 아이의 단전을 망가뜨려 무공을 없애 버릴 수가 있느냐? 그러고도 네 사부를 뵐 낯이 있느냐?"

그 말에 곁에 있던 장로들이 다 같이 한운석을 쳐다보았다. 유 노파도 예외는 아니었다.

본 왕비보다 앞선 사람이 어디 있죠

창구자의 변명을 듣자 한운석은 구역질이 날 것 같았다.

저 노인네는 자기 책임을 싹 미룬 것도 모자라 슬그머니 그녀에게 책임을 덮어씌웠다. 꼭 그녀 때문에 용비야가 단목요의 무공을 없애 버렸다는 말 같았다.

설사 정말 그녀 때문에 그랬다 해도 그건 당연한 일이었다!

다른 장로들의 이상한 눈빛을 본 한운석은 더는 참을 생각이 없어졌다. 이 일은 꼭 말해야만 했다!

그녀가 싸늘한 목소리로 물었다.

"창 장로, 그건 아니지요! 전하께서 왕비를 맞이하자마자 단목요와 사이가 틀어졌다네요? 분명히 본 왕비가 먼저 전하를 알았고 전하와의 사이도 늘 좋았는데, 천산에 사매가 생기는 바람에 이런 성가신 문제가 벌어진 게 아닌가요?"

창구자는 어안이 벙벙했고, 다른 세 장로도 아연한 얼굴이었다. 그들로선 한운석이 무슨 말을 하는지 알아들을 수가 없었다.

그래도 창구자는 자상하고 도량 넓은 어른인 척 예의 바른 얼굴로 하는 수 없는 듯이 웃으며 설명했다.

"왕비께서 아직 모르시는 모양이구려. 비야는 네 살 때 천산에 와서 무공을 배웠는데 그즈음 요요는 포대기에 싸인 아기였소. 두 사람이 어려서부터 알고 지낸 것은 운공대륙 모두가 아는 사실이오."

한운석은 창구자처럼 예의를 차릴 생각도 없고 예의를 차리는 척하고 싶지도 않았다!

쇠뿔도 단김에 빼랬다고, 용비야가 사람들 앞에서 의태비 이야기를 꺼낸 이상 일을 크게 만들어 모두가 알게 해 주는 것도 괜찮았다.

그녀는 천산의 위아래 모든 사람에게 창구자와 단목요가 어떤 사람인지 똑똑히 알려 줄 생각이었다.

그녀가 콧방귀를 뀌고 말했다.

"창 장로, 그만한 연세에 아직도 이렇게 견식이 좁으실 줄은 몰랐군요. 본 왕비와 전하의 혼사 역시 운공대륙 모두가 아는데, 어째서 창 장로는 모르시죠?"

그녀는 용비야를 한 번 쳐다본 후 다시 말했다.

"본 왕비는 어머니 배 속에 있을 때 전하의 짝으로 정해졌어요. 어머니 배 속에서부터 이미 진왕 전하의 사람이었는데, 선후를 따지자면 본 왕비보다 앞선 사람이 어디 있죠?"

이 말이 떨어지는 순간 그 자리에 있던 사람들은 깜짝 놀랐다. 단 한 사람, 용비야만 빼고. 그는 웃고 있었다. 그의 입꼬리가 소리 없이 올라가 희미한 호를 그리는 걸 보면 무척 기분 좋은 것이 분명했다.

한운석이 말하지 않았다면 그 역시 생각해 내지 못했을 것이다. 확실히 이 여자는 어머니 배 속에 있을 때부터 그에게 속해 있었다!

창구자는 몹시 약이 올라 입꼬리를 실룩이고 수염을 바르르 떨었다. 이 못된 계집이 감히 사람들 앞에서 그를 두고 '견식이 좁다'라며 비웃고, 또 저런 황당무계한 논리를 주워섬기다니!

그는 당당한 천산의 대장로요, 천산검종에서 일인지하 만인지상에 있는 사람이었다. 세상에 그를 존중하지 않는 사람이 없었고, 용비야같이 오만한 사람조차 겉으로는 그를 정중히 대해야 했다. 그런 그가 한운석에게 이런 멸시를 당했으니 체면이 말이 아니었다.

"황당하구나. 한운석 네가 어떻게 진왕부에 들어갔는지 잊었느냐? 네 발로 꽃가마에서 내려 직접 대문을 넘지 않았더냐?"

창구자는 씩씩거리며 따졌으나 그 말이 끝나기 무섭게 후회했다.

그만한 신분에 있는 사람이 이런 일에 트집을 잡는 것은 적절하지 않았다! 특히 다른 세 장로 앞에서는 더욱 그랬다. 한운석 때문에 화가 나 그만 이성을 잃은 탓이었다!

그러자 한운석은 가소로운 듯이 웃음을 터트렸다.

"창 장로, 나와 진왕 전하의 혼사가 당신과 무슨 상관이 있죠? 진왕께서 일이 많고 바쁘신 것을 이해하고 내 발로 대문을 넘은 것이 무슨 문제가 되나요? 그게 당신에게 피해를 주기라도 했나요? 나이깨나 잡수신 어른이 나같이 젊은 여자와 그런 일을 두고 논쟁하는 게 부끄럽지도 않아요?"

"이……!"

창구자는 대로했다.

"이런 버르장머리 없는! 웃어른도 몰라보는구나!"

말로 안되니 나이로 억누르시겠다? 한운석은 이렇게 나이만 내세우는 사람을 몹시 싫어했다.

그녀는 눈썹을 치키고 창구자를 바라보면서 냉소를 지었다.

"창 장로, 당신이 내 웃어른이라고요? 그건 당신 생각이죠!"

친척도 아니고 친구도 아니면서, 그저 나이 몇 살 많다는 이유로 어른 행세를 하려고? 저따위 인품으로는 어림도 없지!

창구자는 완전히 분기탱천해서 손을 번쩍 들었다. 그러나 용비야가 즉시 그의 손을 붙잡고 막아섰다.

독설은 한운석에게 맡겨도 손쓰는 일은 당연히 용비야의 몫이었다. 그는 남들이 자신과 한운석의 혼사를 두고 이러쿵저러쿵하는 것을 싫어했다. 예전에도 그랬지만 지금은 더욱 그랬다.

혼롓날 한운석이 겪은 일은 줄곧 그의 마음속에 빚으로 남아 있었다!

창구자는 뜻밖의 상황에 놀라 즉시 운기행공을 했다. 용비야도 전혀 뒤지지 않고 힘을 끌어올려 맞섰다. 두 사람 사이는 당장 불꽃이 튈 것처럼 끓어올랐고 순식간에 분위기가 긴장되었다.

"용비야, 감히 나와 싸우려느냐?"

창구자가 차갑게 물었다. 그는 결코 용비야와 싸울 생각이 없었다. 일단 싸움이 벌어지면 이 일을 수습할 길이 없었다.

한운석은 천산검종의 제자가 아니니 어떻게 해 볼 수 없지만, 용비야라면, 사숙이자 장로라는 신분으로 어느 정도 억누를 수 있었다.

앞서 겨룬 두 번의 싸움은 천산 밖에서 벌어진 일이고 개인적인 싸움이었다. 하지만 지금 이곳은 천산이고 다른 장로들도 앞에 있었다!

"비야, 무례해서는 안 된다. 할 이야기가 있거든 말로 하거라!"

유 노파가 즉시 꾸짖었다. 스승을 존중하고 도리를 따르는 것이 바로 천산의 첫 번째 문규였다.

"창 사숙을 생각해서 하는 일입니다. 정말 손을 휘둘렀다가 후회하실까 봐 막아드리려는 겁니다."

용비야가 차갑게 말했다.

"말싸움에 져서 여자를 때렸다는 이야기가 퍼지면 창 사숙의 체면이 어찌 될 것이며, 우리 천산검종의 위엄은 또 어찌 되겠습니까? 하물며 진왕비는 중남도독부가 모시는 여주인입니다. 창 사숙이 그 털끝 하나라도 건드리신다면 본 왕이 가만히 있어도 중남도독부는 쉽게 물러서지 않을 겁니다! 쇄심원은 천산검종과 조정에 분규를 일으킬 생각입니까?"

용비야는 마지막 한마디를 몹시 힘주어 말한 다음 창구자의 손을 힘껏 뿌리쳤다.

그의 말에 주위가 조용해졌다.

용비야는 아직 창구자에게 예의를 지켰지만, 따지고 보면 그가 한운석보다 더 나빴다.

한운석의 독설은 기껏해야 주변에 있던 제자들의 시선을 끌고 창구자에게 직접적인 모욕을 가했을 뿐이지만, 용비야의 말은 적나라한 경고였다!

그 자신은 문규를 어길 수 없으니 한운석이 독설을 퍼붓도록 놔두었고, 그 자신은 공공연히 쇄심원과 맞설 수 없으니 한운석을 핑계로 선전포고를 한 것이었다! 배후의 주모자는 분명히 그 자신인데도, 그는 호의를 베풀듯 '창 사숙'에게 상황을 일깨워주었다.

장로들은 서로를 마주 보았다. 마침내 그들도 용비야가 준비를 단단히 하고 왔다는 것을 알아차렸다. 창구자는 변명할 말이 없었다. 따지자니 그럴 수도 없고 따지지 말자니 역시 그럴 수도 없어 속이 터질 것 같았다.

인내심이 강해 아무리 큰일이 벌어져도 냉정하게 대응하던 그가 오늘은 어쩌자고 한운석 저 어린 계집의 한두 마디에 버럭 흥분하고 말았을까?

꽤 많은 제자가 주위를 에워싸고 있는 것을 보자 창구자는 진심으로 후회했다.

하지만 곧 냉정함을 되찾았다. 그는 이 소란을 계속 키울 생각이 없었다. 계속해 봤자 그와 단목요의 계획이 완전히 어그러질 뿐이었다. 장문인이 아직 폐관 중인데 너무 일찍 이 일을 터트리면 하나도 좋을 게 없었다.

"됐다, 됐어. 젊은이들끼리 시샘하고 다투는 일은, 내 나설 생각도 없고 나서기도 귀찮구나. 네 사부가 출관하면 네 사부께 맡기자꾸나!"

창구자는 그렇게 말하고 자리를 뜨려고 돌아섰다.

그런데 용비야가 한 걸음 나서며 손을 쓰지 않고 몸으로 그 앞을 가로막았다.

한운석이 차갑게 말했다.

"이건 시샘 같은 것이 아니라 사람 목숨이 달린 중대한 일이에요! 창 장로, 당신이 단목요와 손잡고 의태비를 납치한 일에 대해서는 오늘 여러 장로와 양원양각의 제자들 앞에서 똑똑히 말씀하시지요. 그래야 이런저런 추측이 나돌아 나쁜 영향을 미치지 않을 거예요."

"한운석, 음식은 아무렇게나 먹을 수 있어도 말은 아무렇게나 하는 게 아니다! 이 늙은이가 방금 말하지 않았느냐. 의태비 납치 사건은 단목요 혼자 저지른 일이고 나는 그 아이를 막지 못했을 뿐이다. 요요도 일시적인 충동으로 저지른 일이지, 정말로 의태비를 어떻게 할 생각은 아니었다. 이 늙은이는 너희 부부가 그렇게 지독하게 나올 줄 몰랐다. 그 아이의 무공을 없앴으면 됐지 목숨까지 빼앗으려 할 줄이야. 이 늙은이가 제때 도착하지 않았다면, 장문인께서는 다시는 사랑하는 제자를 보지 못하셨을 게다!"

창구자가 의분에 찬 목소리로 당당하게 외치자 옆에 있던 세 장로는 상황을 잘 알지 못해 함부로 입을 열지 않았다. 여아성의 냉월 부인이 피살되고 용비야가 여아성을 한운석에게 준 일은 그들도 이미 들어 알고 있었다. 다만 그 일에 단목요와 창구자가 연루된 줄은 몰랐을 뿐이었다.

그렇다면 용비야와 한운석이 천산에 온 것은 복수 때문일 것이다. 유 노파는 일찍부터 창구자를 눈여겨보고 있었지만, 여태껏 그가 문규를 어기고 뇌물을 받았다는 증거를 찾아내지 못했다. 만약 이번에 용비야가 실질적인 증거를 내놓는다면, 계율원 수장으로서 비록 한쪽 편만 들 수는 없지만 그래도 반드시 창구자의 죄를 엄히 추궁할 생각이었다.

장검각과 장경각의 두 장로는 그간 창구자에게 빌붙기는 했으나 답답함을 느끼던 차였다. 용비야가 창구자를 쓰러뜨릴 수 있다면 그들 역시 도울 마음이 있었다. 다만, 그들은 백이면 백 확신이 없으면 결코 함부로 나서지 않을 사람들이었다. 공연히 나섰다가 만에 하나 용비야가 창구자를 쓰러뜨리지 못하면 장검각과 장경각도 화를 피할 수 없기 때문이었다.

장문인은 아직 폐관 중이고 단목요는 돌아온 후 지금까지 얼굴을 드러내지 않았다. 이 일이 대체 어떻게 전개될지 인내심을 갖고 변화를 지켜보는 수밖에 없었다.

"그렇다면 창 장로는 단목요가 의태비를 납치하려는 것을 어떻게 아셨죠? 언제 알게 되셨나요?"

한운석은 참을성 있게 물었다.

주위에 모여드는 제자들이 점점 많아지고 있어서, 창구자 역시 이제는 피할 수 없다는 것을 알게 되었다. 어쨌든 단목요는 죄를 인정하기로 했으니, 지금 그가 할 일은 자신의 혐의를 벗는 것이었다.

그는 이미 장문인에게 댈 핑계를 준비해 놓았는데, 이제 그

핑계로 한운석에게 대항하게 되었다.

"이 늙은이는 그 일을 전혀 몰랐지만 그날 우연히 요요의 시녀를 만나 요요가 의태비를 납치하고 현한보검을 내놓으라고 비야를 협박했다는 것을 알았다. 그 즉시 요요를 찾아가서 달랬으나 애석하게도 막을 수가 없었지. 그러다가 잠시 딴 일을 하는 사이 그 아이는 달아나 버리고 말았다. 그래서 그 시녀를 엄히 고문했고 그제야 요요가 미도공호로 갔다는 것을 알게 되었다."

창구자는 말을 이으며 정말 어쩔 수 없었다는 듯이 설레설레 고개를 저었다.

"애석하게도 이 늙은이가 미도공호로 달려갔을 때 요요는 이미 비야의 손에 무공을 잃은 후였지. 내 한발만 더 늦었어도 요요는 목숨을 부지하지도 못했을 게다! 비야, 아무리 그래도 그 아이는 네 사매가 아니냐. 어떻게 그리도 매정할 수 있느냐?"

한운석은 눈썹을 치키고 창구자를 노려보았다. 창구자가 저렇게까지 낯 두꺼운 사람일 줄은 정말이지 상상조차 못 한 일이었다! 당당한 천산검종의 대장로가 입만 열었다 하면 거짓말이요, 엉터리로 지어낸 이야기라니. 권력과 세력을 가진 자일수록 연기는 수준급이었다! 그가 시녀를 핑계 삼았다면 분명히 완벽한 준비를 해 뒀을 것이다. 그 시녀는 곧 그의 증인이었다.

당시 미도공호에 있던 사람은 여아성 살수들을 제외하면 그들 셋이 전부였다. 여아성의 증인들은 대부분 죽었고, 겨우 남은 사람도 용비야가 사람을 보내 오랫동안 심문했지만 워낙 고집이 세어 입도 벙긋하지 않았다. 그들은 죽어도 증인이 되려 하지 않을 터였다.

그러니까 이번 일은 정말 창구자가 지어낸 대로 놔둘 수밖에 없는 걸까? 정말로 창구자가 한두 마디 말로 혐의를 벗도록 놔둘 수밖에 없을까?

한운석의 안색을 본 창구자의 눈동자에 가소로워하는 표정이 어렸다. 그가 다시 말했다.

"너희가 이 늙은이를 믿지 못한다면 아무리 말해 봤자 소용 없겠지. 요요와 그 시녀는 천산정에 꿇어앉아 장문인이 출관하시기를 기다리고 있다. 이 일은 당연히 요요가 크게 잘못했지만 비야의 죄도 작지 않다. 네 사부가 출관하시면 이 늙은이는 누구 편도 들지 않을 게다."

창구자는 정말이지 지독한 철면피였다. 한운석은 도저히 이대로 물러서고 싶지 않았다!

그녀는 눈을 찌푸린 채 미도공호에서 있었던 일을 하나하나 떠올려보았다. 이 세상에 완벽한 거짓말이 있다고는 믿을 수 없었다. 창구자의 거짓말에는 분명히 허점이 있을 것이다!

분명히!

독, 가장 큰 허점

창구자는 그 말만 남긴 채 떠나려고 했지만, 용비야가 또 막았다. 이대로 물러서기 싫은 사람은 한운석뿐만이 아니었다! 그는 더욱더 참을 수 없었다.

한운석이 여전히 기억을 되짚으며 허점을 찾으려 애쓰고 있는데, 용비야가 싸늘한 목소리로 말을 꺼냈다.

"창 사숙, 단목요와 그 시녀가 천산정에 있다면 불러서 세 사숙 앞에서 확실히 물어보는 게 어떻겠습니까."

"아니, 비야, 이 사숙 말을 못 믿는 게냐?"

창구자는 냉소를 지었다. 그가 방금 한 변명은 미리 준비한 것이고 시녀도 미리 포섭해 두었기 때문에 용비야가 심문한다 해도 두렵지 않았다.

미도공호의 증인은 몇 사람밖에 없는데, 여아성 냉씨 집안은 무너진 데다 용비야를 위해 증인이 되어줄 리 만무했다.

"사부님께서 폐관 중이시니 이런 일로 방해해서는 안 됩니다. 이 자리에 유 사숙과 둘째 사숙, 셋째 사숙이 모두 계시니 증인을 불러와 똑똑히 물어보는 것이 좋겠습니다. 창 사숙께서 정말 공범이 아니라면 이 일을 끝내겠습니다. 본 왕도 사숙께 책임을 추궁하지 않을 겁니다."

용비야의 말투는 정중했지만 사용한 단어는 전혀 정중하지 않았다!

창구자는 자신만만했다. 일이 이렇게 커졌으니 그 역시 증인을 불러와 자신의 무죄를 밝히는 편이 좋았다. 이렇게 많은 사람이 목격했으니, 그냥 놔두면 금세 이야기가 퍼질 것이고 내일쯤 온갖 풍문이 떠돌 수도 있었다.

반면, 이 기회에 혐의를 벗으면 용비야와 단목요가 논쟁할 때 발언권을 얻을 수 있었다.

"허허, 이 늙은이도 그 아이들을 불러와 이 자리에서 증명하고 싶구나. 다만 너도 잘 알다시피 요요 그 아이의 성격상 내려와 줄지 어떨지 확신할 수가 있어야지. 사형인 네가 몸소 가서 불러오는 게 어떠냐?"

창구자의 위세 때문에 단목요는 이미 시킨 대로 할 수밖에 없는 처지였다. 창구자가 이렇게 말한 것은 좀 더 진짜처럼 보이기 위한 연기에 불과했다.

일이 이렇게 커져 양원양각의 제자들이 우르르 모여들었으니 천산정에 있는 단목요가 모를 리 없었다. 그녀는 진작부터 멀리서 이쪽 상황을 지켜보는 중이었고, 쇄심원의 참견쟁이 어린 사매들도 왔다 갔다 하면서 그녀에게 갖가지 이야기를 전해주고 있었다.

한운석은 의아했다. 용비야가 저렇게 강경하게 나오는 것을 보면 창구자의 허점을 찾은 게 분명했다. 비록 그녀 자신은 아무리 기억을 되짚어도 찾아낼 수 없었지만, 용비야가 자신 없는 싸움을 할 사람은 아니라고 믿었다. 그래서 그녀는 말을 하지도, 동요하지도 않고 기다렸다.

당연히 용비야는 직접 단목요와 시녀를 부르러 가지 않았다. 대신 사람을 보냈다.

그 사람이 천산정에 도착하기도 전에 저 멀리서 단목요가 푸른 옷을 입은 시녀 한 명을 데리고 날아왔다. 단목요는 이곳 상황을 손바닥 들여다보듯 알고 있어서, 창구자의 허락만 떨어지면 지체 없이 내려올 생각이었다.

주인과 하인이 각각 흰옷과 푸른 옷을 표표히 흩날리며 안개 자욱한 천산정에서 날아오는 모습은 흡사 구천 선녀가 인간 세상에 내려오는 것 같았다. 모여 있던 사람들 모두 고개를 들고 바라보았고, 꽤 많은 남자가 넋을 잃었다.

단목요는 이름난 미녀였다. 그냥 아름답기만 한 게 아니라 속세의 사람이 아닌 선녀 같은 분위기와 탈속한 기질까지 지니고 있었다.

이런 여자는 평범한 남자들에게는 누구보다 매력적이었다. 설사 천산의 제자라 해도 단목요를 한번 보는 것이 무척 어려웠다. 그들 모두 단목요가 돌아왔다는 것은 알았지만, 여태 그녀를 보지 못했다.

오늘, 드디어 그녀를 볼 수 있게 되었다!

그러나 현실은 기대에 부푼 남자들에게 실망을 안겨 주었다.

단목요는 가면을 쓰고 있었다. 백은으로 만든 가면이 그녀의 얼굴을 꽁꽁 가려, 드러난 곳은 눈과 입 밖에 없었다.

땅에 내려선 단목요가 제일 먼저 쳐다본 사람은 용비야가 아니라 한운석이었고, 그 눈동자에는 원한만 담겨 있었다. 뼛속 깊이 스며든, 하늘을 찌를 듯한 원한이었다!

한운석의 '일야모년' 때문에 그녀의 얼굴에는 주름과 검버섯이 잔뜩 생겨 차마 거울을 들여다볼 용기가 나지 않을 만큼 추해지고 말았다. 앞으로 그녀는 사람을 만날 때 가면을 써야만 했다.

한운석은 원한에 찬 그 시선을 피하지 않고 당당하게 마주했다. 먼저 건드리지 않으면 가만히 있겠지만, 일단 건드리면 뿌리까지 뽑아 버린다는 것이 그녀의 신조였다!

그녀는 그날 쏜 독침이 너무 느려서 단목요를 죽이지 못하는 바람에 천산에서 이렇게 성가신 일을 겪게 된 것이 한스러울 따름이었다.

사람들 틈에 숨은 창효영은 한운석과 단목요를 번갈아 보다가, 단목요가 가면을 쓴 이유가 분명히 한운석과 관련 있다는 것을 직감했다.

단목요는 천산 제일 미녀였고 창효영 자신은 천산 제일 추녀였다. 단목요는 어려서부터 용비야의 사매였지만 창효영 자신은 태어날 때부터 용비야의 적이 될 운명이었다.

그녀는 단목요에게 아무런 호감이 없었고, 그래서 당장 단목요의 가면을 벗겨 대체 무슨 일이 벌어졌는지 똑똑히 보고 싶어 견딜 수가 없었다!

물론 아버지가 있는 자리여서 함부로 하지는 못했다.

창구자는 정의로운 척 단목요에게 방금 있었던 일을 설명한

다음, 간곡한 목소리로 말했다.

"요요, 너와 네 사형 간의 일은 이 사숙도 간섭할 수가 없구나. 네 사부가 출관하시면 너희 둘이 가서 마무리 짓도록 해라. 지금은 네 사형이 이 사숙을 의심하니 증인이 되어 주려무나!"

단목요는 용비야를 바라보았다. 심장이 칼로 난도질 당하는 기분과 함께 가슴속에서 억울함, 불만, 후회, 절망, 슬픔, 아픔이 끊임없이 솟구쳐 눈시울이 촉촉해졌다.

하지만 애석하게도 용비야는 너무나도 무정하고 냉혹한 사람이었다. 한운석을 제외하면, 그 누구를 보든 그의 눈동자는 늘 차가웠다.

"네가 증인이 되겠느냐?"

그가 차갑게 물었다.

"그래요!"

단목요는 아무 망설임 없이 대답했다. 그녀 자신은 이미 망가졌으니 눈앞에 있는 이 남자까지 망가뜨리고 싶었다!

용비야, 날 사랑하지 않는다면 차라리 증오해 버려! 영원히 날 기억하면서 영원히 증오하란 말이야!

"창 사숙은 내 공범이 아니에요. 그 일은 나 혼자 했어요. 내가 냉월 부인을 매수해 의태비를 납치하게 한 거라고요! 창 사숙이 만류하셨지만 듣지 않았어요."

단목요의 입가에 한 줄기 자조가 떠올랐다.

"지금도 후회하지 않아요. 사실 내가 의태비를 납치한 건 사형의 현한보검을 원해서가 아니었어요. 그 검은 내 힘으로 다룰 수도 없어요. 난 그저 사형을 유인해 날 치료하게 만들려던 것뿐이었어요……. 그런데 사형이 그렇게도 모질게 내 무공을 없애고, 아예 죽이려고 할 줄은 정말 몰랐어요. 창 사숙께서 때맞춰 오지 않으셨다면 내 목숨은 끊겨졌을 거예요…….”

“공주께선 정말로 의태비를 해칠 뜻이 없으셨어요. 공주께서 무거운 내상을 입어 두 번 세 번 진왕 전하의 도움을 청했지만, 진왕 전하께서는 동문의 정을 보아 도와주려 하시지도 않았고, 매번 악담만 하셨어요. 공주께서는 일시적인 충동으로 살수를 고용하셨던 거예요. 비록 공주께서 먼저 잘못하시긴 했지만 그래도…….”

푸른 옷을 입은 시녀는 훈련을 잘 받았는지 말하다 말고 울음까지 터트렸다.

“그래도 진왕 전하께서 그렇게 잔인하신 분인 줄은 몰랐어요. 창 장로께서 공주를 쫓아가셨기 망정이지, 그렇지 않았다면…… 그렇지 않았다면 저는 다시는 공주를 뵙지 못했을 거예요!”

‘한통속이잖아!’

한운석은 속으로 투덜거렸다.

“본 왕이 저 여자를 해치는 것을 네가 직접 봤느냐?”

용비야는 차가운 눈빛으로 푸른 옷을 입은 시녀를 쏘아보았다. 시녀는 저절로 다리에 힘이 빠져, 부르르 떨면서 허겁지겁 시선을 피했다.

“아, 아닙니다. 제가…… 직접 본 건 아니에요. 창 장로께서 공주를 구해 오셨을 때 봤습니다.”

"창 사숙에게 단목요가 미도공호로 갔다고 말한 사람이 너냐? 창 사숙이 그 말을 듣고 쫓아갔다고?"

용비야가 다시 차갑게 물었다.

"예!"

시녀는 이를 악물고 용기를 냈다.

"창 사숙은 미도공호까지 쫓아갔다가 마침 본 왕이 너를 죽이려는 것을 목격했단 말이지?"

용비야는 다시 단목요를 돌아보고 물었다.

"그래요!"

단목요는 시녀보다 훨씬 배짱이 있었다.

용비야는 또다시 창구자를 바라보았다.

"창 사숙께서는 단목요를 막지 못했고, 저 시녀를 고문한 끝에 미도공호로 쫓아가셨다고 하셨습니까?"

용비야가 반복적으로 묻자 창구자는 불안해지기 시작했다. 하지만 이 핑계는 심사숙고해서 준비한 것이고 분명히 아무 허점이 없었다. 그는 잠시 망설였지만 그래도 단호하게 대답했다.

"그랬지!"

그와 단목요, 시녀 세 사람이 똑같은 말을 하고 있으니, 다른 증인을 찾는 것 말고는 용비야도 달리 방법이 없었다.

"비야, 이제는 믿겠느냐?"

창구자가 진지하게 물었다.

그런데 뜻밖에도 용비야는 얼음 같은 목소리로 한 자 한 자 대답했다.

"못 믿습니다!"

"흥, 상황이 이런데도 고집을 피우는구나. 이 늙은이는 해야 할 일도 할 수 있는 일도 다 했으니 믿든 안 믿든 마음대로 해라! 나는 하늘에 우러러 한 점 부끄럼이 없다!"

창구자는 엄한 표정을 지었다.

"설령 네가 믿지 않는다 해도 이 늙은이는 저 아이를 구한 것을 후회하지……."

그 말이 끝나기도 전에 용비야가 차가운 목소리로 끼어들었다.

"그렇다면 사숙께서는 왜 중독되지 않으셨습니까?"

중독?

창구자는 멍해졌다. 무슨 소린가 싶으면서도 어렴풋이 뭔가가 머릿속에 떠올랐다. 그리고 한운석은 그 즉시 용비야가 무슨 생각을 하는지 알아차렸다.

그랬구나!

왜 그걸 생각하지 못했지? 독이었다. 독이야말로 가장 큰 허점이었다!

창구자는 아직 알아차리지 못한 듯 눈썹을 잔뜩 찌푸리고 있었다. 그때 한운석이 느닷없이 이화루우를 작동시켜 창구자를 향해 독침을 쏘았다.

너무 갑자기 일어난 일이라 창구자는 전혀 대비하지 못하고 있다가 독침을 맞은 다음에야 정신을 차렸다.

"한운석, 이 대담한 계집!"

그 말을 하기 무섭게 배에 통증이 느껴지기 시작했다.

"한운석, 가……, 감히 이 늙은이에게 독을 써! 아무도 없느냐!"

창구자는 배를 움켜쥐며 버티려고 했지만, 독은 독이어서 쉽사리 버텨 낼 수가 없었다. 그는 곧 그 자리에 웅크려 앉았다.

사람들은 깜짝 놀랐다. 쇄심원 제자들이 모두 달려와 주변을 포위했고 창효영은 허겁지겁 다가가서 창구자를 부축했다.

"아버지, 왜 그러세요?"

"한운석, 이런 대담한 짓을! 감히 천산에서 공공연히 사람을 해치려 하다니!"

"저, 저! 저 못된! 여봐라, 어서 저 계집을 잡지 않고 뭣들 하느냐!"

이장로와 삼장로는 길길이 날뛰었고, 유 노파 역시 깜짝 놀랐다.

"비야, 이게 무슨 짓이냐?"

용비야는 한운석을 등 뒤에 숨겨 보호하면서 차갑게 말했다.

"운석은 진실을 증명하려고 한 것뿐입니다. 모두 서두르지 마시고 잠시 기다려 주십시오."

그때 창구자도 자신이 지어낸 거짓말에 무슨 허점이 있었는지 알아차렸다!

당시 냉월 부인의 명령으로 미도에 매복했던 살수들은 배를 쥐어짜는 통증을 유발하는 독에 당해 용비야를 기습하지 못했다.

지금 그가 당한 독은 그 살수들이 당한 독과 똑같았다!

창구자는 당황한 나머지 배의 통증을 살필 겨를도 없었다. 이대로 한운석과 용비야에게 진상을 밝힐 기회를 줄 수는 없다. 그랬다간 그와 단목요는 입이 백 개라도 할 말이 없었다!

창구자는 울부짖다시피 소리쳤다.

"여봐라, 어서 저것들을 잡아라! 어서!"

한순간, 쇄심원 제자들이 검을 뽑아 용비야와 한운석을 향해 일제히 휘둘렀다.

"사형, 우선 비야의 해명부터 들어 봅시다. 서두르지 마십시오!"

유 노파가 심각하게 말했다.

하지만 창구자는 그녀를 무시했고, 쇄심원 제자들도 마찬가지였다. 창효영마저 아버지의 말투가 이상하다는 것을 알았지만 역시 검을 뽑아 용비야와 한운석을 찔러 갔다.

"한운석, 감히 아버지를 해치다니! 끝까지 싸워 보자!"

유 노파는 그들을 막지 못했고, 이장로와 삼장로는 진작 물러나 있었다. 당장이라도 싸움이 벌어져도 이상하지 않은 일촉즉발의 상황이었다. 용비야가 검을 뽑으려는데 갑자기 한운석이 그를 붙잡았다.

그녀가 차갑게 말했다.

"창구자, 당장 사람들을 물리시죠. 그렇지 않으면 당신이 당한 독을 아무도 해독할 수 없게 될 거예요. 못 믿겠으면 시험해 보시죠!"

창구자는 몹시 당황했다. 바로 그때, 한운석과 용비야의 등 뒤에서 묵직하고 엄숙한 목소리가 들려왔다.

"어디서 온 버릇없는 계집이기에 감히 본 사존의 발치에서 소란을 피우느냐?"

용비야를 실망시키지 마

이 목소리는 한운석에게도 낯설었지만, 그곳에 있는 양원양 각의 여러 제자에게도 몹시 낯설었다.

거의 모든 사람이 동시에 고개를 돌렸다. 용비야를 포함해서.

하얀 사람 그림자 하나가 천산정에서 서서히 날아 내려오는 것이 보였다. 하얀 옷자락이 표표히 날리고 하얀 머리카락이 살며시 흔들리고 하얀 수염이 두둥실 떠오른 그 모습은 표일하고 탈속한 것을 넘어 묵직하고 성스러운 느낌마저 들었다. 이 모습을 본 한운석도 마음속에 절로 경외심이 솟아올랐다.

"천산에는 정말 신선이 사나 봐?"

한운석이 혼잣말로 중얼거렸다.

하얀 옷을 입은 노인은 곧 땅에 내려섰다. 대략 예순을 조금 넘긴 나이인데 마른 몸에 키가 무척 컸고, 등과 허리가 꼿꼿해서 나이는 많아도 전혀 늙은 티가 나지 않았다. 그는 소매 넓은 장포를 걸쳤고, 옷가지에 장식이라곤 전혀 없었다. 너무 단순해서 오히려 단순하지 않게 느껴질 정도였다. 백옥 비녀로 머리카락을 반쯤 묶어 올리고 나머지는 늘어뜨렸는데, 허리까지 오는 숱 많은 은발은 빗질을 해서 단정하고 부드러웠다.

얼굴은 이미 늙고 주름이 진 데다 하얀 수염도 길게 늘어졌지만, 여전히 보기 좋은 편인 것을 보면 젊었을 때는 비할 데

없이 준수했던 게 틀림없었다.

그는 못마땅한 듯 얼굴을 굳히고 몹시 엄숙한 모습으로 차갑게 한운석을 살펴보았다.

이 사람이 바로 천산검종의 장문인이자 용비야의 사부인 검종 노인 이검심이었다.

주위의 제자들이 모두 무릎을 꿇고 예를 올렸고, 장로들은 차례차례 읍을 했다. 창구자조차 예외가 아니었다.

"사존께 인사 올립니다!"

"사형께 인사 올립니다. 무사히 출관하신 것을 축하드립니다!"

양원양각의 제자 중에는 천산에 온 지 몇 년이나 되는 이들도 많았지만, 장문인의 본모습을 본 사람은 아무도 없었다. 그들 모두 땅에 꿇어앉아 전전긍긍했다.

누가 뭐래도 이 노인은 당금 무림의 지존이요, 누구도 따르지 못하는 인물이었다.

용비야 역시 공손하기 짝이 없는 모습으로 읍을 하고 예를 올렸다.

"사부님."

한운석은 검종 노인의 기세에 놀랐지만, 정신을 차리고 용비야와 함께 읍을 했다.

"한운석이 검종 어른께 인사 올립니다."

검종 노인은 차갑게 한운석을 훑어보더니 용비야에게 시선을 던졌다. 그가 뭐라고 하려는데 창구자가 큰 소리로 외쳤다.

"사형, 이 사제를 위해 정의를 밝혀 주십시오! 저 계집이 감히 천산에서 행패를 부리고 제게 독을 썼습니다. 비아는 저 계집에게 홀린 나머지 혼이 나가 시비를 구분하지 못하는 통에 하마터면 제자들이 싸움을 벌일 뻔했습니다!"

막 일어섰던 단목요도 다시 털썩 무릎을 꿇으며 대성통곡했다.

"사부님, 드디어 나오셨군요. 으흐흑……. 요요는 억울해 죽겠어요! 억울해서 살 수가 없어요!"

검종 노인은 그제야 단목요가 있는 것을 알았다. 가면을 쓰고 있어서 알아보지 못했던 것이다. 그가 눈을 찌푸리며 그쪽을 바라보았다.

"얼굴은 어찌 그러느냐?"

단목요는 더욱더 구슬피 울었다.

"요요는 살 수가 없어요! 죽고 싶어요!"

검종 노인이 쏜살같이 달려가 단목요의 가면을 벗기려 했지만 단목요는 필사적으로 거부했다.

"사부님, 오늘 이 가면을 벗기시면 요요는 당장 천산정에서 뛰어내릴 거예요. 그럼 영원히 요요를 보실 수 없어요!"

협박?

그 장면을 보는 한운석의 마음은 다소 불안하게 흔들렸다. 검종 노인이 단목요를 예뻐하는 줄은 알았지만 저 정도일 줄은 상상도 하지 못한 일이었다. 단목요가 이 많은 사람 앞에서 감히 검종 노인을 협박할 줄이야.

검종 노인은 단목요의 이런 방자한 태도를 꾸짖지 않고 몸을 일으켜 시녀를 보며 차분하게 말했다.

"아이처럼 엉엉 울다니, 이래서야 체통이 서겠느냐? 어서 데리고 돌아가 잘 보살펴라."

이를 본 한운석은 검종 노인이 일을 흐지부지 넘기려 한다는 것을 알았다.

천산검종의 장문인으로서는 이번 일을 흐지부지 덮는 것이 가장 현명한 선택이었다. 뭐니 뭐니 해도 대장로와 그의 두 제자가 얽힌 일이기 때문이었다.

누가 잘했고 누가 잘못했든, 누가 옳고 누가 그르든, 이 많은 사람 앞에서 시시콜콜 따지면 체면도 서지 않고 나쁜 영향을 끼칠뿐더러, 만에 하나 정말 수습할 수 없는 상황으로 번진다면 모르는 척 넘어가 주기도 어려웠다.

시녀는 황급히 단목요를 잡아 일으켰고, 단목요 역시 영리하게도 거절하지 않았다.

한운석은 그녀를 보내고 싶지도 않았고 이 일을 흐지부지 넘기고 싶지도 않았다. 하지만 그녀는 결코 충동적인 사람이 아니었다. 검종 노인의 성격을 전혀 모르는 지금은 침묵을 지키며 용비야가 처리하게 하는 수밖에 없었다.

특별히 검종 노인에게 잘 보이려고 온 것은 아니지만, 그래도 쉽사리 미움을 살 수는 없었다!

용비야는 아무 말 하지 않았고, 시녀는 곧 단목요를 부축해서 천산정으로 날아 돌아갔다. 검종 노인은 그 모습을 보고 또다시 눈을 찌푸렸다. 단목요는 무공을 잃어버린 게 분명했다. 그렇지 않고서야 저렇게 시녀의 부축을 받아 올라갈 리 없었다.

검종 노인의 눈동자에 노기가 스쳤지만 표정에는 변화가 없었다.

창구자는 내내 검종 노인에게서 시선을 떼지 않고 있다가 단목요가 사라지자마자 곧바로 창효영에게 눈짓했다. 그가 아프다고 소리 지를 수는 없으니 창효영이 대신 소리를 질렀다.

"사존, 부디 아버지를 살려 주세요! 한운석이 아버지께 극독을 썼습니다!"

"……."

"사존, 아버지는 통증 때문에 말씀도 못 하십니다. 제발 아버지를 살려 주세요!"

"……."

"사존이 아니시면 아무도 저 요녀를 물리칠 수 없습니다. 비야 사형은 저 여자에게 홀려 마음대로 행패를 부리도록 내버려두기만 합니다!"

한운석은 검종 노인이 당장 해약을 내놓으라고 할 줄 알았는데, 뜻밖에도 검종 노인은 창효영을 무시하고 해약의 '해' 자도 꺼내지 않았다.

그는 한운석을 훑어보며 차갑게 물었다.

"네가 바로 한운석이냐?"

"그렇습니다."

한운석은 당당하게 인정했다.

"천산에 와서 장로를 기습하다니. 얼마나 큰 죄인지 알겠지?"

검종 노인이 물었다.

"저는 결코 행패를 부린 것이 아닙니다. 단지 사실을 증명하고자……."

그녀의 말이 끝나기도 전에 검종 노인이 말을 잘랐다.

"기습은 기습이다. 변명은 필요 없다!"

용비야가 즉시 나서서 해명했다.

"사부님, 제가 그녀에게 독을 쓰라고 했습니다. 벌을 내리시려면 제게 내리십시오. 기꺼이 받겠습니다."

한운석은 용비야의 소맷자락을 잡아당기며 불만을 표했다. 그들은 분명 아무 잘못도 없었다. 의태비 납치 사건의 진상이 아직 밝혀지지 않았는데 무엇 때문에 벌을 받아야 할까?

받아들일 수 없었다!

용비야가 그녀의 손을 두드리며 침착하라는 신호를 보냈다. 한운석은 마음이 답답했지만 그래도 용비야의 말을 따랐다.

"사매, 문규에 따르면 어찌 처벌해야 하는가?"

검종 노인이 물었다.

유 노파는 복잡한 눈빛을 띤 채 한참 동안 망설이다가 비로소 대답했다.

"문규에 따르면, 가볍게는 계율당에서 3년간 면벽 사죄해야 하고, 무겁게는 천산검종에서 축출해야 합니다."

한운석은 찬 숨을 들이켰다. 만약 저들이 용비야에게 그런 벌을 내린다면 차라리 죽을 때까지 싸우는 게 나았다! 그녀는 검종 노인에게 진심으로 실망했다. 저 노인네는 너무 말이 통하지 않는 사람이었다.

"초범이고 일부러 그러지 않았음을 참작하여, 한 달간 면벽하게 하세."

검종 노인은 그렇게 말하며 손을 저어 모인 사람을 해산했다.

창구자는 무척 기뻤다. 비록 자신은 중독되었지만 적어도 의태비 사건에 관해서는 용비야와 한운석이 공개적으로 그의 거짓말을 폭로하지 못하게 됐으니 위기를 넘긴 셈이었다.

그는 복통을 참으며 기다렸다. 무슨 일이 있어도 사형이 대신 해약을 받아 줄 터였다.

사람들은 차츰차츰 흩어졌고, 용비야는 눈을 내리뜬 채 무슨 생각을 하는지 계속 말이 없었다.

하지만 한운석은 참을 수가 없었다. 한 달간 면벽이라니, 그랬다간 용비야가 천산에서 할 일이 지체될 텐데! 한 발 양보해서 지체되지 않는다 하더라도 무슨 근거로 그런 벌을 받아야 하는 걸까?

정말이지 너무 억울했다!

그들은 분명 창구자의 거짓말을 증명할 수 있었고, 창구자와 단목요가 짜고 의태비를 납치했다는 것을 증명할 수 있었다!

그녀가 창구자에게 독을 쓴 것은 바로 창구자가 그 독을 해독하지 못한다는 걸 증명하기 위해서였다.

창구자가 그 독을 해독하지 못하면, 지난번에는 무슨 수로 미도를 통과했을까? 알다시피 그녀는 미도에 들어가기 전에 그곳에 독을 뿌렸다.

냉월 부인이 냉상상을 데리고 달아나고 창구자가 단목요를 구해 달아났을 때도 그녀는 독 안개를 이용해 그들을 붙잡아 두려 했지만, 그 신비한 고수가 독을 제거했다. 그렇지 않았다면 냉월 부인이든 창구자든 그곳을 벗어나지 못했을 것이다.

확실히 창구자는 독을 잘 몰라서 누군가 미도의 독을 제거해 자신을 구했다는 것조차 알아차리지 못했고, 그래서 이런 실수를 하고 말았다.

그의 거짓말은 허점이 너무 컸다!

분명히 그는 단목요와 마찬가지로 공호 옆에 숨어 있었기 때문에 미도의 독에 당하지 않은 것이었다.

방금 그가 말한 것도, 단목요가 말한 것도, 그리고 그 시녀의 증언도, 죄다 거짓말이었다!

한운석은 용비야가 왜 이 이야기를 꺼내지 않는지 알 수가 없었다. 그 말만 하면 그녀가 독을 쓴 일을 용서받을 수 있고, 또 창구자는 명성이 땅에 떨어지고 계율원에서 엄벌을 받게 될 터였다.

용비야가 미적미적 움직이지 않자 한운석이 차갑게 말했다.

"자신이 한 일은 자신이 책임져야 합니다. 벌은 제게 내리시지요! 독은 제가 썼고 진왕에게도 해약이 없습니다. 검종 어른께서 진왕을 벌하셔도 소용없습니다!"

벌써 멀리 물러갔던 사람들이 다시 그쪽을 돌아보았다.

하지만 검종 노인은 한운석을 무시하고 차분한 목소리로 유노파에게 말했다.

"저녁에 내게 와서 데려가게. 이 녀석이 오랜만에 왔으니 회포는 풀게 해 주게나."

이 말을 듣자, 사람들은 이 일이 마무리되었다고 생각했다.

그들은 창 장로의 말대로 의태비 사건은 단순히 용비야와 단목요 두 사람 간의 은원일 뿐, 생각만큼 심각한 문제가 아니라고 여겼다.

창 장로가 해독되고 용비야의 면벽이 끝나면, 검종 노인이 알아서 처리할 터였다.

재미있는 구경거리가 벌어지나 했는데 검종 노인이 일찍 출관하는 바람에 불시에 막이 내리자, 남의 불행을 즐기는 사람들은 무척 실망했다. 특히 이장로와 삼장로가 그랬다.

"용비야!"

초조해진 한운석은 그의 손을 잡아당기며 소리 죽여 말했다.

"그냥 이대로 인정할 거예요?"

"안심해라. 사부님께서 이렇게 하시는 데는 그만한 이유가 있다."

용비야도 소리 죽여 말했다.

"확실해요?"

한운석은 검종 노인을 하나도 믿지 않았다.

"확실하다."

용비야는 단언했다.

한운석이 눈을 잔뜩 찌푸리며 그를 응시했다. 마음 같아선 이런 일을 받아들이고 싶지 않았지만, 결국 그를 믿기로 했다.

그녀는 용비야가 자신을 실망시키지 않으리라 믿었다. 그리고 검종 노인이 용비야를 실망시키지 않기를 바랐다.

마침내 모든 이들이 흩어지자 검종 노인은 한운석에겐 눈길도 주지 않고 태연하게 용비야에게 말했다.

"오너라."

말을 마친 그는 살짝 발을 굴러 제비처럼 가볍게 천산정으로 날아갔다.

"사형, 제 해약은……."

창구자가 외쳤다.

검종 노인은 그 말을 무시했다. 창구자가 노여운 눈길로 한운석을 쏘아보자, 그녀도 화가 치밀어 악독하게 노려봐 주었다.

"아직 끝난 게 아니에요!"

용비야가 그런 한운석을 안고 검종 노인을 쫓아갔다.

검종 노인은 창구자를 부르지 않았지만, 해약을 얻으려면 창구자도 천산정에 올라가지 않을 수 없었다.

비록 그는 아프다고 소리소리 지르지 않았으나 복통은 배를 살짝 건드리기만 해도 견딜 수 없을 만큼 심해져 있었다. 그는 별수 없이 창효영의 부축을 받아 올라갔다.

창효영은 아버지와 단목요가 진짜 어떤 관계인지 몰랐지만, 의태비 사건에서 아버지가 단목요와 손잡은 것은 알고 있었다.

그녀가 소리 죽여 말했다.

"아버지, 사촌께서 저러시는 건…… 무슨 뜻일까요?"

"허허……. 오랫동안 검종 일에 나서지 않았는데도 솜씨는 여전하구나. 이번 일은 아직 끝나지 않았다."

창구자가 조용히 말했다.

"너는 나를 데려다준 다음 곧장 내려가서 네 대사형을 찾아가 내가 준비를 마쳤다고 전해라."

"무슨 준비 말씀이세요?"

창효영은 알 수가 없었다.

창구자가 목소리를 죽였다.

"네 대사형은 알 게다."

단목요는 그만한 담력이 없다

용비야와 한운석은 천산정에 올라갔지만, 의태비 납치 이야기는 금세 다른 산으로 퍼져나갔다.

단목요가 용비야에게 내상 치료를 받기 위해 충동적으로 의태비를 납치해 협박했는데, 한운석이 꼬투리를 잡아 용비야에게 그녀의 무공을 없애 버리라고 사주했다든가.

대장로가 단목요를 구해 준 일로 한운석은 대장로까지 증오하게 되었고, 말싸움을 벌였다가 이기지 못하자 대장로에게 독을 썼다든가.

그리고 용비야는 한운석에게 홀려 정신이 나간 나머지 한운석의 죄를 대신해 한 달간 면벽하는 벌을 받게 되었다든가 하는 이야기였다.

어쨌든 마지막 결론은, 한운석은 독하고 인정사정없고 하늘무서운 줄 모르는 여자니 공연히 건드리지 말라는 것이었다.

하지만 사실상 이 일은 이제 막 시작되었을 뿐 아직 결론이 나지 않았다.

천산정에 오르자 한운석은 뜻밖의 광경에 무척 놀랐다.

천산정에는 나무 하나와 사원 하나가 있을 뿐, 흡사 다른 세상에 온 것처럼 고요했다.

나무는 복숭아나무로, 사원 앞에 자라고 있었다.

이 나무는 일반적인 복숭아나무와는 달리 사람 키 두 배 높이에 무척 컸고, 튼튼하고 구불구불한 가지가 삐죽삐죽 솟아 운치가 있었다. 천산정은 몹시 추운데도 이 나무에는 가지 가득 꽃이 피어 눈이 부시게 고왔다.

찬바람이 쌩 불면 꽃잎이 하늘 가득 춤을 추는데 어찌나 아름다운지 꿈결이나 환상 같았고 도무지 현실적이지 않았다. 복숭아꽃 한 송이가 한운석의 콧등에 떨어졌다. 그녀가 살짝 숨을 들이켜 봤더니 꽃향기가 콧속으로 물씬 스몄다.

한운석은 이렇게 꽃잎이 휘날리는 풍경을 언제나 좋아했지만, 오늘따라 미녀에 비유되는 이 '복숭아꽃'에는 영 감흥이 없었다.

용비야가 그녀의 코에 떨어진 꽃잎을 살짝 털어 주고 사랑스러운 듯이 콧등을 매만졌다. 그리고 별말 없이 그녀를 이끌고 검종 노인이 묵는 사원으로 들어갔다.

이 사원은 구현궁九玄宮이라고 했다.

9층짜리 사원은 아득히 높아서 그 끝이 보이지 않을 정도였고, 웅장하다는 말로는 그 광경을 표현하기에 부족했다.

마치 땅에서 솟아나 하늘을 찌를 듯이 쭉 뻗은 산, 산 중의 산 같았다! 이 사원은 수백 년간 이 천산정에 우뚝하게 서서 수백 년간 위엄을 자랑했고 수백 년간 비바람과 천둥 번개를 맞으면서도 지금껏 쓰러지지 않았다. 이 사원이 있으면 천산도 건재했다.

이 높은 사원을 바라보는 한운석은 산사태처럼 밀려드는 충격을 느꼈지만, 그 안으로 들어갔을 때 남은 감정은 오직 쓸쓸함뿐이었다. 그녀는 무의식적으로 고개를 돌려 복숭아 꽃잎이 휘날리는 문밖을 바라보았다. 어쩐지 슬프고 처량했다.

거대한 사원 안 곳곳에는 뼈를 에는 차가움이 스며 있었다. 안은 텅 빈 대청으로, 아무것도 없고 드나드는 사람도 없었다. 단목요와 푸른 옷을 입은 시녀만이 그 안에 무릎 꿇고 앉아 있을 뿐이었다.

대청 안을 걷는 용비야와 한운석의 발소리는 무척 가벼웠는데도 메아리가 울렸다.

한운석은 저도 모르게, 한때는 이곳도 떠들썩했던 때가 있었을까 하는 생각을 했다. 검종 노인이 진정으로 사랑했던 제자가 아직 살아 있을 때는 이곳도 따스했을까?

누군가 떠남으로써 다른 누군가의 세상 전부가 망가질 수도 있었다.

한운석은 저도 모르게 용비야의 손을 꽉 잡았다. 만약 용비야에게 무슨 일이 생기면 그녀 자신도 미쳐 버릴까?

"왜 그러느냐?"

용비야는 금세 그녀의 불안감을 감지했다.

"이곳은 참 추워요."

한운석이 나지막이 말했다.

용비야가 뒤에서 그녀를 껴안았다.

"조금 참아라. 오래 있지는 않을 것이다."

창구자와 창효영은 아직 문가에 있었다. 창효영은 아버지를 안까지 배웅하겠다고 고집 부렸지만 창구자는 당장 딸을 돌려보내려고 했다. 결국 창구자가 무슨 말을 했는지 창효영이 고개를 돌리고 떠났다. 그는 무척 서두르고 있었다.

이 모든 것을, 용비야와 한운석은 똑똑히 지켜보았다. 검종 노인도 그쪽을 흘낏 보았지만 염두에 두고 있는지 아닌지 알 수가 없었다. 그는 눈살을 찌푸리고 단목요를 바라보았다.

창구자는 한 손으로 배를 누르고, 다른 손에 쥔 검을 지팡이 삼아 땅을 짚으면서 이를 악물고 한 발 한 발 걸어 들어왔다.

한운석은 속으로 탄복했다. 중독된 지 한참 되었는데도 아직 걸을 힘이 남아 있는 것을 보면, 창구자의 실력은 과연 보통이 아니었다.

미도의 독 문제에 대해서는 창구자도 이미 헤아려 놓고 있었다. 검종 노인이 일을 흐지부지 덮기는 했어도 전혀 없었던 일로 만들 생각은 없다는 것은 그도 알고 있었다. 정말 깨끗이 덮을 생각이었다면 벌써 해약을 내놓으라고 한운석을 몰아붙였을 것이다.

아무튼 그는 한운석과 용비야에게 증거를 밝힐 틈을 줄 수 없었고, 이를 가능하게 할 단 하나의 방법은 검종 노인을 격노하게 만드는 것이었다.

그 일을 할 사람은 단목요뿐이었다.

창구자는 안으로 들어서기 무섭게 선수를 쳤다.

"사형, 조금 전에는 제자들 앞이라 함부로 말하지 못했습니다. 하지만 이왕 여기까지 왔으니 어쩔 수 없이 말씀드려야겠습니다! 한운석 저 여자는 정말이지 너무 악랄합니다. 저 여자가 요요에게 독을 써서 요요의 얼굴을 망가뜨렸습니다! 요요는 앞으로 다시는 사람들 앞에 얼굴을 드러낼 수 없게 되었습니다!"

검종 노인더러 들으라고 한 말이지만, 그보다는 단목요에게 들려주려는 마음이 컸다.

과연, 그 말이 나오자마자 단목요가 가면을 홱 벗어던져 늙어 버린 얼굴을 드러내며 대성통곡했다.

"사부님! 요요의 억울함을 풀어 주세요! 흑흑……. 사부님, 사형도 절 괴롭혔고 한운석까지 절 괴롭혔어요. 요요는 죽고 싶어요!"

이렇게 외친 그녀가 갑자기 옆에 있는 기둥으로 달려들었다. 움직임이 너무 빨라 옆에 있던 시녀도 막지 못했지만, 그래도 검종 노인은 달랐다.

눈 깜짝할 사이, 검종 노인은 어느새 기둥 앞에 나타나 단목요를 가로막았다.

단목요는 사부가 구해 줄 것을 예상한 듯 자연스럽게 그 품에 뛰어들어 머리를 묻고 엉엉 울었다.

검종 노인은 눈을 찌푸린 채 단목요를 품에서 일으켜 세웠다. 그녀의 얼굴을 들여다본 순간, 그 역시 놀라서 찬 숨을 들이켰다.

"사부님, 요요는 더 살고 싶지 않아요……. 살고 싶지 않다고요!"

단목요는 눈물을 철철 흘렸다.

검종 노인은 즉시 한운석을 바라보며 차갑게 말했다.

"네 짓이냐?"

"그렇습니다!"

한운석이 시원시원하게 인정했다. 그녀가 의태비 일을 꺼내려는데 뜻밖에도 단목요가 또 말했다.

"사부님, 요요는 다시는 무공을 익힐 수 없어요! 단전이……망가지고 말았어요!"

검종 노인도 단목요가 무공을 잃은 것을 알았지만, 단전까지 망가진 줄은 모르고 있었다.

그는 모진 눈빛을 번뜩이며 황급히 단목요의 맥을 짚었다. 맥에 손을 대자마자 그의 안색이 더욱더 흉해졌다.

이 광경에 창구자는 마침내 안도했다. 배 속이 갈가리 찢기는 듯한 통증은 견디기 힘들었지만, 그래도 필사적으로 버텼다. 지금은 해약보다 단목요의 하소연이 더 중요했다.

단목요가 검종 노인을 부추겨 이성을 잃을 만큼 노기충천하게 만들면, 검종 노인은 한운석과 용비야의 해명을 들어 주지 않을 것이다.

검종 노인의 마음속에서 단목요가 차지하는 비중을 볼 때 그녀에게는 그럴 힘이 있었다!

방 안에 정적이 흐르는 가운데 검종 노인은 한 번, 또 한 번 단목요의 맥을 짚었다. 비록 말은 없지만 그의 몸에서 흘러나오는 살기는 그 자리에 있는 모두가 느낄 수 있었다.

단목요 옆에 있던 시녀는 참지 못하고 뒷걸음질 쳤다. 마음이 조마조마하고 당장 목숨을 잃게 될까 봐 몹시 두려웠다.

한운석이 소리 죽여 말했다.

"용비야, 계속 이렇게 놔두면…… 병이 발작할 거예요."

검종 노인은 용비야가 신뢰할 만한 사람이지만, 실심풍은 검종 노인 자신도 제어할 수 없는 병이었다! 한운석도 독을 쓰라던 용비야의 말을 듣지 말았어야 했다고 후회했다.

하지만 이런 순간에도 용비야는 여전히 그녀의 손을 잡으며 달랬다.

"서두르지 마라."

그의 싸늘한 시선은 마치 뭔가를 기다리듯 단목요를 뚫어지게 응시하고 있었다. 한운석은 자꾸만 그가 시킨 대로 하는 자신이 미쳐 버린 게 틀림없다고 생각했다.

창구자도 긴장한 채 검종 노인을 응시했다. 속에 품은 기대가 잠시나마 복통을 잊게 해 주었다. 그는 단순히 검종 노인이 분노를 폭발시키기만을 기다리는 것이 아니라, 풍문으로 들은 병이 발작하기를 기다리는 중이었다.

물론 그는 검종 노인이 실심풍에 걸린 것을 몰랐다. 단지 요 몇 년간 장문 자리를 빼앗으려고 열심히 수소문하던 차에 검종 노인이 정신적으로 문제가 있다는 풍문을 듣게 된 것뿐이었다. 그 풍문에는, 검종 노인이 몹시 분노하면 이성을 잃고 미치광이처럼 변하는데, 단목요만이 그 상태를 가라앉힐 수 있다고 했다.

아니 땐 굴뚝에 연기 날 리 없다고 생각한 그는 빙빙 둘러가며 단목요를 떠보았지만 돌아온 것은 부인이었다.

그가 이렇게 검종 노인의 화를 부추긴 것은, 자신의 죄를 씻기 위해서이기도 하지만 단목요를 이용해 풍문의 진실을 확인하기 위해서이기도 했다.

준비는 이미 충분히 되어 있었다. 검종 노인과 사이가 틀어지거나 검종 노인이 발작해 용비야와 싸우게 되더라도 상관없었다.

그가 가진 세력은 컸고, 천산정에는 검종 노인과 용비야 둘뿐이었다. 비록 중독되긴 했지만 단목요가 있으니 검종 노인만 잡고 있으면 용비야가 해약을 주지 않을까 봐 걱정할 필요는 없었다.

그는 이미 창효영을 보내 대제자에게 말을 전하게 했다. 그의 명령만 떨어지면, 곧바로 장문인 자리를 놓고 싸움이 벌어질 터였다!

모두가 검종 노인을 응시하는 가운데 긴장감이 최고조에 이르렀다.

그런데 뜻밖에도 단목요가 갑자기 팔을 쏙 뺐다.

"사부님, 어서 사숙님을 해독해 주세요. 더 지체하면 돌아가실지도 몰라요! 사숙께서 구해 주지 않으셨다면 요요는 이렇게 사부님을 뵙지도 못했을 거예요!"

집중이 뚝 끊어지자 거의 붕괴 직전까지 갔던 검종 노인은 퍼뜩 정신이 들어 창구자가 있다는 것을 알아차렸다.

"사부님, 해약은 한운석이 갖고 있어요!"

단목요가 또 말했다. 그녀가 먼저 화제를 돌린 까닭은 무슨 일이 있어도 사부의 비밀을 폭로할 수 없기 때문이었다.

사부야말로 그녀의 진정한 기둥이고, 사부만이 그녀의 억울함을 풀어 줄 수 있었다. 사부의 비밀이 알려지면 장문 자리는 창구자에게 빼앗길 것이고 그녀 자신은 평생 창구자 손에서 벗어나지 못할 게 분명했다.

검종 노인은 방금 자신이 정신을 놓을 뻔했다는 것을 깨닫고 복잡한 눈빛을 띤 채 단목요를 놓아주었다.

반쯤 튀어나올 뻔했던 한운석의 심장도 마침내 제자리를 찾았다. 검종 노인의 병만 발작하지 않으면, 그녀도 그에 대한 용비야의 신뢰를 믿어 주고 싶었다.

"비야, 해약은 어디 있느냐?"

검종 노인이 화난 목소리로 꾸짖었다.

이 모습을 보자 창구자는 속으로 고개를 갸웃했다.

설마하니 정말로 단순한 풍문이었던 걸까? 단목요가 그를 속인 게 아니었던 걸까? 저 멍청한 계집애가 서둘러 해약을 달라고 한 건 무엇 때문일까?

"사형, 저는 버틸 수 있습니다. 어서 요요부터 봐 주십시오! 혹시 단전을 되살릴 수 있을지도 모르지 않습니까."

창구자가 친절하게 권했다.

단목요의 단전에 희망이 전혀 없다는 것은 그도 잘 알고 있었다.

"이 아이는 희망이 없네."

검종 노인은 싸늘한 눈으로 용비야를 흘낏 본 후 말했다.

"만에 하나 사제에게까지 무슨 일이 생기면 장문인인 나도 책임을 피할 수 없지!"

창구자는 불안해하며 머리를 굴렸다. 검종 노인의 화를 돋울 수 없다면 일단 독부터 해결하고 상황을 보아 대응하는 게 낫겠다는 생각이 들었다.

비록 지금이 장문인 자리를 빼앗을 최적의 시기는 아니지만, 감히 용비야가 몰아붙이려 들면 그 역시 필사적으로 대항할 생각이었다.

사실 방금 용비야는 단목요의 담력을 두고 도박을 한 것이었다. 단목요가 사람들 앞에서 사부의 실심풍을 유도할 정도로 담력이 크지 않다고 확신했기 때문이었다.

그는 담담하게 대답했다.

"사부님, 제게는 해약이 없습니다."

"네가 죄를 책임지기로 했는데, 네가 아니면 누구에게 해약을 받아야 하느냐?"

검종 노인이 불쾌한 목소리로 반문했다.

"제가 저지른 죄는 웃어른을 몰라보고 무례를 저지른 것입니다."

용비야는 태연하게 대답했다.

"옳든 그르든, 제게는 사숙을 공격할 자격이 없습니다. 사숙의 죄를 묻는 것은 사부님과 계율원의 일입니다."

순간 한운석은 갑자기 마음이 놓였다. 저 스승과 제자 두 사람이 함께 연극을 하고 있다는 걸 알아본 덕분이었다.

그걸 알아차리자 검종 노인에 대한 인상이 조금 바뀌었다. 그녀는 우선 검종 노인이 어떻게 용비야가 신뢰하게끔 만드는지 지켜보기로 했다.

오만함에는 밑천이 있다

검종 노인은 냉소를 터트렸다.

"옳든 그르든? 저렇게 요요를 해치고도 이 사부 앞에서 옳고 그름을 입에 담을 낯이 있느냐?"

"사부님, 모비께서는 아직 왕부에 누워 깨어나지 못하고 계십니다. 저 여자를 죽여도 분이 풀리지 않을 겁니다!"

용비야가 사정없이 말했다.

검종 노인의 눈동자에 불쾌한 기색이 스쳤다.

"대체 어떻게 된 일이냐?"

사실 그는 출관하자마자 가까이 부리는 비밀 시위에게 듣고 상황을 모두 파악하고 있었다. 다만 단목요가 이렇게 심각하게 다쳤으리라곤 생각하지 못했던 것뿐이었다. 조금 전 천검대전 天劍大殿 앞에서 용비야와 창구자가 다툰 일도 똑똑히 알고 있었다. 그가 불쾌해하는 것은 용비야가 마지막에 한 말이었다.

용비야는 천검대전 앞에서 있었던 일을 빠짐없이 보고했다.

"사부님, 운석이 창 사숙께 쓴 독은 그날 미도의 안개 속에 뿌렸던 독입니다. 창 사숙께서 뒤늦게 공호에 오셨다면 분명히 복통을 일으키는 저 독을 해독할 수 있으실 겁니다. 운석이 해약을 줄 필요도 없습니다."

용비야는 전부 말하지 않았지만, 창구자가 해독하지 못한다면 그가 실제로는 공호 옆에 매복하고 있었다는 뜻임을 누구나 알 수 있었다.

창구자는 말이 없었다. 할 말이 없다는 것은 그 자신도 잘 알고 있었다.

단목요는 믿을 수 없어 눈을 휘둥그레 떴다. 한운석에게 저런 수가 있었다니. 그렇다면 그날 그들이 미도를 빠져나가게 도운 사람도 독의 고수였을까? 하지만 지금은 누군지 생각해 볼 겨를이 없었다.

사실이 뻔히 드러났는데 뭐라고 따질 수 있을까? 잘못을 인정할 수밖에!

그녀야 인정할 수 있지만, 창구자는 달랐다.

순간 단목요는 오싹 소름이 끼쳤다. 이제야 비로소 사태의 심각성을 깨달은 것이었다.

만에 하나 사부가 창구자를 엄벌하려 한다면, 창구자가 그녀를 끌어들이려고 두 사람 사이에 있었던 가장 낯부끄러운 일까지 폭로할 가능성이 농후했다.

그녀와 창구자 사이에 그런 일이 있었다는 걸 사부가 알면 어떤 반응을 보일지 상상조차 할 수 없었다.

더럽다고 싫어할까? 쫓아낼까?

단목요는 신경이 예민하게 곤두선 채 창구자를 뚫어지게 응시했다. 심장이 미친 듯이 쿵쿵 뛰었다! 조금 전에는 약간 후회스러웠다면, 지금은 철저하게 후회했다. 그녀에겐 숫제 돌아갈 길도 없었다!

"창 사제, 더 할 말이 있는가?"

검종 노인이 차갑게 물었다.

"요요가 크게 다쳐 치료가 필요한데 사형인 용비야가 도울 생각은커녕 악담하고 상처 입히는 것을 두고 볼 수가 없었습니다. 그래서 막지 않았던 것이지, 요요를 따라간 것은 저 아이를 보호하기 위해서였습니다."

창구자는 통증을 이기지 못해 한쪽 무릎을 꿇고 있었지만 여전히 당당했다.

"제가 따라가지 않았다면 요요는 틀림없이 죽었을 겁니다."

"그렇다면 본 사존이 자네에게 감사 인사를 해야겠군?"

검종 노인이 냉소를 지었다.

"제가 장문인께서 아끼는 제자를 구했는데 그래도 벌해야겠다 하신다면 마음대로 하십시오!"

창구자는 강경하게 나왔다.

단목요는 질겁해서 온몸의 털이 곤두섰다. 지금껏 창구자가 사부에게 대들 정도로 대담하지는 못하다고 생각해 왔는데 지금 보니 그의 실력을 얕본 모양이었다.

요 2년간 자신이 했던 일은, 그야말로 호랑이에게 가죽을 달라고 한 것이나 마찬가지였다!

한운석도 위험의 징조를 느꼈다. 창구자는 중독되고 큰 잘못까지 저질렀는데 어디서 저런 배짱이 나올까?

오만을 부릴 때는 그만한 밑천이 있기 마련이었다!

한운석은 무시무시한 사실을 깨달았다. 놀랍게도 검종 노인은 창구자를 꺼리고 있었다! 그래서 이 일을 흐지부지 덮으려고 용비야와 연극을 한 것이었다.

검종 노인이 버럭 화를 냈다.

"마음대로 하라고? 본 사존이 사람들을 해산하고 이곳으로 온 것이 너희를 마음대로 처벌하기 위해서인 줄 아느냐?"

그는 이렇게 말하더니 용비야를 가리키며 대뜸 꾸짖었다.

"이 사부가 어째서 너를 먼저 벌했는지 아느냐? 이 일은 네가 먼저 잘못했기 때문이다!"

"사부님께서는 벌써 진상을 알고 계셨군요……."

용비야는 고개를 숙이며 차분하게 말했다.

"허, 양원양각의 제자들이 모두 에워싸고 구경하고 있는데 내 어찌 모르겠느냐? 너희 모두 나를 장님 벙어리로 생각했더냐? 요 몇 년간 검종 일에 거의 나서지 않았으나 너희 한 사람 한 사람이 뭘 하고 있는지 내 똑똑히 알고 있다!"

검종 노인은 창구자에게 돌아섰다.

"창구자, 쇄심원의 수장이요, 사대 장로의 필두인 자네가 어떻게 후진들과 함께 이런 어리석은 짓을 할 수 있는가? 요요야 철이 없으니 그렇다 쳐도 어떻게 자네가 살수 세력과 손을 잡는단 말인가! 오늘 내가 제때 출관하지 않아 일이 더 커졌다면 자네 체면이 어찌 되었겠나? 우리 천산의 위엄은 어찌 되었겠나?"

창구자는 입을 꾹 다물고 고개 숙인 채 말이 없었다.

검종 노인의 분노는 그래도 스러지지 않았다.

"비야가 웃어른에게 불손했으니 그 잘못이 먼저지만, 자네

또한 나잇값을 못 했으니 잘못이 있네. 내 제자들 앞에서 자네를 벌하지 않은 것은 자네 체면이 아니라 장로회의 체면과 우리 천산검종의 체면을 위해서였네."

창구자의 눈빛이 복잡하게 일렁였다. 이검심이 이런 생각을 했다는 것이 그에게는 몹시 의외였다. 보아하니 요 몇 년간 이검심은 전혀 변함이 없었다!

그의 마음속에서는 검종의 위엄과 명성이 그 무엇보다 중요했다. 그렇다면 그는 여아성과 결탁해서 의태비를 납치한 사건을 공개하지도 않을 것이고, 창구자를 엄벌할 생각도 없을 것이다.

엄벌을 피할 수 있다면 창구자 역시 대대적으로 싸움을 일으킬 이유가 없었다. 뭐니 뭐니 해도 곧 있을 순위전과 천검 대회에서 더 많은 세력을 끌어들일 수 있으니 그때 다시 움직여도 늦지 않았다.

더군다나 용비야가 한운석을 데리고 천산에 왔으니, 단목요를 이용해 용비야와 이검심의 사이를 틀어지게 만들기에 딱 좋은 기회였다.

조급해하던 창구자의 마음도 마침내 가라앉았다. 그 오랜 세월을 참고 기다렸는데 두세 달 더 기다리지 못할 것도 없었다.

그는 경계심을 모두 내려놓고, 배를 쥐어짜는 통증과 몸에 힘이 쭉 빠지는 증상을 이용해 일부러 검종 노인 발치에 털썩 쓰러져 몸을 웅크렸다.

"사형, 제가 잘못했습니다……. 기꺼이 벌을 받겠습니다."

이 말을 듣자 팽팽하던 단목요의 신경이 겨우 느슨해졌다. 너무 긴장했던 나머지 진이 다 빠질 지경이었다.

그녀는 저도 모르게 심장 부근을 누르며 속으로 안도의 숨을 쉬었다.

"쇄심원에서 한 달간 근신하게!"

검종 노인이 차갑게 말했다.

계율원을 통하지 않았으니 공식이 아닌 비공식적인 벌인 데다 중벌도 아니어서 한 달간 면벽 사죄해야 하는 용비야와 큰 차이가 없었다. 다만 용비야가 받은 벌은 공식적이어서 체면이 약간 깎일 수밖에 없었다.

과연 장문인다운 처사였다. 창구자는 더욱더 경계심을 풀며 속으로 냉소를 지었다. 아무래도 이검심은 요 몇 년간 그가 해온 일들을 아직 눈치채지 못한 것 같았다.

"감사합니다, 사형……."

창구자는 배를 누르며 무겁게 대답했다.

검종 노인은 그제야 한운석을 똑바로 바라보며 차갑게 말했다.

"왜 멍하니 서 있느냐? 속히 해약을 내놓지 못하겠느냐!"

한 차례의 위기가 흔적도 없이 사라지자 한운석도 적잖이 마음이 놓였다. 그녀는 손가락을 조물거리며 유감스러운 얼굴로 말했다.

"검종 어른, 저 독약은…… 사실……."

"무슨 말이 그리 많더냐? 해약을 내놓아라!"

검종 노인은 참을성이 많지 않은 게 분명했다.

"저 독약은 해약이 없습니다."

한운석의 말은 사실이었다.

검종 노인은 화르르 화가 끓어올라 한운석을 내버려 두고 용비야를 향해 차갑게 말했다.

"해약!"

"사부님, 운석이 해약이 없다고 하면 정말 없습니다. 저도 어쩔 수 없습니다."

용비야가 담담하게 말했다.

검종 노인은 그제야 한운석의 말이 농담이 아닌 것을 알아차렸고, 창구자는 소스라치게 놀랐다.

"뭐라고?"

검종 노인은 한운석을 무시했고 한운석 역시 그를 쳐다보지 않았다. 비록 복수는 잠시 미뤄야 하지만, 창구자를 조금 괴롭혀 줄 수는 있었다.

검종 노인이 천산의 대의와 검종 내부 상황을 고려해 창구자를 가볍게 벌한 것은 이해할 수 있었다.

하지만 이해한다는 것은 찬성하는 것과는 달랐다.

'착한 며느리'로서 창구자를 좀 더 괴롭혀 주지 않으면 인사불성이 된 의태비를 볼 낯이 없었다.

그녀는 창구자 앞에 몸을 웅크리며 유감스러운 얼굴로 말했다.

"창 장로, 미도공호의 그 여자 살수들을 아직 기억하시죠?"

창구자는 한운석 너머의 검종 노인을 바라보았다.

"사형……."

사실 그는 이미 버티기 힘든 상황이었지만, 이검심과 용비야 앞에서 쓰러지고 싶지 않아 참고 있었다. 주위에 아무도 없었다면 분명히 바닥을 데굴데굴 굴렀을 것이다.

통증은 벌써 배 전체로 퍼졌고, 오장육부가 뒤집힌 것처럼 숨쉬기조차 힘들 만큼 고통스러웠다!

"사형, 저 못된 계집이…… 너무……, 너무 방자합니다. 당당한 천산의 장로인 제가 저런……. 이 소문이 퍼지면 우리 쇄심원의 체면이 어떻게 되겠습니까?"

창구자는 통증을 눌러 참으며 분노 어린 목소리로 물었다.

한운석은 이런 부류가 보여 주는 위선과 악독함에는 이미 익숙해져 있었다. 그녀가 초조한 척하며 말했다.

"창 장로, 그런 말씀 마세요. 정말 일부러 그런 건 아니었어요. 이 독은 해약이 없지만 치명적이지 않아서 사흘 정도 아프고 나면 아무 일 없을 거예요. 독성도 통증과 함께 자연스레 사라져요."

"거짓말 마라!"

창구자가 외쳤다. 화를 냈더니 통증이 더 심해졌다.

"미도에 매복했던 여자 살수들은 모두 죽었다. 이 늙은이가 모를 줄 아느냐?"

한운석과 용비야가 여아성에 데려간 시체는 대부분 미도에 매복했던 살수들이었다. 창구자도 내내 그 일을 주시하고 있었다.

한운석이 억울한 듯 입을 삐죽였다.

"그건 내 잘못이 아니에요. 그 사람들은 독으로 죽은 게 아니라 통증을 참지 못해 죽은 거예요. 통증조차 이기지 못하는 연약한 몸을 탓해야죠."

그녀는 진지한 얼굴로 설명했다.

"창 장로, 걱정하지 마세요. 치명적인 독약이 아니니 이 정도 통증도 못 견뎌 죽는 건 곱게 자란 귀한 여자들뿐이랍니다. 대장부이신 창 장로는 기껏해야 다리가 풀리는 정도겠죠. 보장하지만, 돌아가서 사흘간 푹 쉬면 괜찮아질 거예요."

그 말에 본래도 창백하던 창구자의 얼굴이 더욱 허예졌다.

그 살수들은 비록 여자지만 그래도 살수였다. 어려서부터 각종 지옥 훈련을 받은 살수!

직업 살수조차 통증을 견디지 못해 죽을 정도면 대체 얼마나 고통스러운 걸까? 이제 겨우 반나절이 지났을 뿐인데, 남은 이틀과 반나절을 어떻게 견딜까?

용비야는 웃음을 참지 못해 입꼬리를 살짝 올렸다. 사악하면서도 매혹적인 모습이었다. 검종 노인은 아무 표정이 없었지만, 참을성이 많이 늘었는지 한운석을 재촉하지 않았다.

한쪽에 주저앉은 단목요는 긴장한 얼굴로 창구자를 바라보며, 처음으로 한운석의 독술에 진심으로 탄복했다. 그럴 가능성이 없다는 건 알지만 그래도 그녀는 창구자가 통증을 못 이겨 저대로 죽어 버리기를 바랐다.

이 독이 그토록 끔찍한 것일 줄은 생각도 못 했던 창구자는 조금 전 승리의 기쁨에 너무 취한 나머지 마음이 해이해져 실수로 한운석의 침을 맞은 것이 몹시 후회스러웠다. 웅대한 포부를 채 펼치기도 전에 이런 독침 하나에 목숨을 잃을 수는 없었다.

결국, 그는 자존심도 없이 검종 노인에게 애원의 눈빛을 보냈다.

"사형, 살려 주십시오……."

검종 노인은 가볍게 헛기침하며 용비야를 쳐다보았다. 아무래도 한운석과는 깊이 이야기하고 싶은 생각이 없어서였다.

하지만 용비야는 못 본 척 그 시선을 피했다.

개 잡는 건 문제없어

용비야가 검종 노인의 눈빛을 피하자, 검종 노인은 한운석과 직접 이야기할 수밖에 없었다.

창구자가 괴로워하는 꼴이야 기꺼이 봐줄 수 있었지만, 어느 정도 선은 지켜야 했다. 만일 창구자에게 무슨 변고라도 생기거나 오늘 여기서 중독으로 사망이라도 하면, 그가 문제를 흐지부지 덮으려고 벌인 오늘의 연극이 다 헛수고가 된다.

창구자는 천산정에 있지만 저 아래에는 반란을 도모하는 무리가 모여 있었다. 검종 노인은 평온한 천산에 내란이 일어나길 원치 않았다.

검종 노인이 입을 열려는데 갑자기 단목요가 울며 애원했다.

"사부님, 사형, 창 사숙을 구해 주세요. 이 일은 다 제 잘못이에요. 창 사숙이 이런 고생을 하시는 것도 다 저 때문이에요. 요요가 창 사숙 대신 벌을 받을게요. 꼭 사흘 밤낮을 아파야 한다면, 요요가 대신 견디겠어요."

창구자가 아예 죽어 버렸으면 하고 바라던 단목요가 왜 갑자기 나서며 애원하는 걸까? 방금 전, 창구자가 그녀를 향해 경고의 눈빛을 날렸기 때문이었다.

그녀는 애원할 수밖에 없었다!

이렇게 애원하면서도 속으로는 용비야가 끝까지 강경하게

나오길, 한운석이 조금도 물러서지 않길 바라 마지않았다.

자존심 강한 자신이 한운석에게 모든 희망을 걸 날이 올 거라고는 생각해 본 적도 없었다.

패배란 무엇인가? 이것이 바로 패배 아닌가?

단목요는 마지막 남은 자존심과 기개까지 모조리 버려야 했다.

단목요가 눈물을 펑펑 흘리자, 초조해진 검종 노인이 차갑게 말했다.

"한운석, 네가 쓴 독이니 무슨 일이 있어도 네가 풀어야 한다! 천산에서 이렇게 제멋대로 구는 것은 허락할 수 없다!"

한운석은 어쩔 수가 없었다.

"검종 어른, 이 독은 정말 해약이 없습니다. 마취약을 써도 통증은 멈추지 않아요. 유일한 방법은 통증을 잊는 겁니다."

"잊어? 한운석, 지, 지금 우리를 세 살 먹은 어린애 취급하는 거냐?"

창구자가 분노하며 물었다.

한운석이 얼른 설명했다.

"사실 이 독은 해약은 없지만, 독을 풀 방법은 있어요. 잊어버리면 해독이 된답니다. 어떻게 하면 잊을 수 있는지 방법도 있고요."

평소 창구자였다면 한운석의 이런 터무니없는 말을 믿을 리 없었다. 하지만 지금은 꼴이 말이 아닐 정도로 고통스러웠기 때문에, 창구자는 희망을 갖고 물었다.

"무슨 방법이냐, 어서 말해라!"

한운석이 우물쭈물하기 시작했다.

"그게……, 창 장로, 이 방법은 정말이지……. 실은, 아휴, 창 장로, 어떻게 말해야 좋을까요?"

"어떻게든 말해라!"

마침내 검종 노인의 인내심도 바닥이 났다.

한운석은 억울한 표정으로 그를 본 후 아주 불쌍하게 말했다.

"이 독에 중독되면 자꾸만 배에 신경을 쓰게 되고, 그럴수록 통증은 더 심해져요. 창 장로에게 강한 의지력과 충분한 정신력이 있다면, 정좌 명상을 통해 자신에게 최면을 걸어 자연스레 잊을 수 있어요."

검종 노인, 용비야, 단목요도 일리 있는 말이라고 생각했다. 가만히 앉아 명상하며 영혼이 우주를 자유롭게 떠도는 일은 무예를 익힌 자에게 그리 어렵지 않았다.

하지만 창구자는 분노가 치솟아 한운석에게 신발을 벗어 던지고 싶었다.

당해 보지 않은 사람은 영원히 알 수 없었다. 전문 살수도 견디지 못한 통증을 어떻게 무시하라는 걸까?

천검대전 앞에서부터 이곳까지 버틴 것은 통증을 무시해서가 아니라 억지로 참아냈기 때문이었다. 그리고 이제 더는 참을 수 없는 지경에 이르렀다.

"만약 무시할 수 있다면……, 내가……, 내가 여기서 이러고 있겠느냐?"

창구자는 완강하게 나왔다.

"한운석, 대체 해독을 해 줄 거냐, 안 해 줄 거냐?"

검종 노인은 용비야를 바라보았지만, 용비야는 여전히 무시했다.

검종 노인은 절로 눈살을 찌푸리며 전음으로 말했다.

— 비야, 개도 급하면 담장을 넘는다.

용비야가 대답했다.

— 운석은 자주 개를 데리고 다니니 잘 잡을 수 있습니다.

검종 노인은 즉각 그를 노려보았다. 용비야는 안심하라는 눈빛을 보냈지만 검종 노인은 마음이 놓이지 않는 듯했다. 용비야는 다시 전음으로 말했다.

— 사부님, 내기하시겠습니까?

검종 노인은 그제야 시선을 돌리며 포기했다.

한운석은 늘 실망시키는 법이 없었다.

그녀는 창구자 앞에 쪼그리고 앉아, 창구자보다 더 강경하게 나왔다.

"창 장로, 내가 해약이 없다고 한 이상 해약은 없어요. 더 화내지 않는 게 좋아요. 마음을 가라앉히고 배의 통증을 잊어요, 안 그러면…… 그 뒤는 책임 못 져요!"

창구자는 속으로 질겁했다. 그는 단목요를 내세워 이검심을 위협한 후, 이검심이 용비야를 압박해 해약을 내놓게 하는 최악의 수도 생각했었다.

하지만 지금 보니 한운석이 거짓말하는 게 아니라 정말 해약이 없는 듯했다. 그렇다면 그가 내란을 일으켜도 다 헛수고였다.

장문인과 무림지존 자리도 목숨보다 중하지 않았다!

만에 하나 정말 이곳에서 죽으면, 지난 몇 년간 고심하며 일궈 온 모든 것이 다른 사람 차지가 되었다.

죽음 앞에 서니 대단해 보였던 일들도 다 부질없었다.

창구자는 마침내 두려움에 휩싸였다.

"어……, 어떤 방법을 써야 이 통증을 잊을 수 있느냐? 말해라."

"통증으로 통증을 다스리는 거죠."

한운석은 가늘고 긴 금침을 꺼냈다.

"창 장로, 내가 도와줄게요."

그녀는 말하면서 창구자의 손을 잡아당겼다. 다들 그녀가 뭘하려는지 모르고 있을 때, 금침이 창구자의 손톱 끝을 파고들었다.

"으아아아악……."

창구자가 고통의 비명을 질렀다.

"한운석, 널 죽이겠다!"

한운석은 얼른 뒤로 물러섰다. 창구자가 고통 때문에 온몸에 힘이 다 빠졌기에 망정이지, 아니었다면 정말 일장을 날려 그녀를 죽일 뻔했다.

한운석의 금침은 그의 손톱을 거의 관통하다시피 했다. 창구자는 너무 아파서 얼굴에 식은땀을 줄줄 흘리며, 표독스럽게 그녀를 노려보았다. 칼날처럼 날카로워 사람을 죽일 듯한 눈빛이었다.

한운석은 말없이 멀찍이 서서 그를 지켜보며 웃고 있었다. 순진무구한 천사 같은 그 모습은 도리어 악마를 연상시켰다.

그녀를 보는 검종 노인의 눈빛에는 호기심이 늘었고, 무시하던 기색은 줄어들었다.

창구자는 벌컥 성을 내려다가 곧 뭔가 이상함을 알아챘다. 배가 좀 전만큼 아프지 않았다.

그는 피가 줄줄 흐르는 손가락을 보고, 다시 한운석을 보면서 수상쩍다는 듯이 물었다.

"어떻게 이럴 수 있지?"

"창 장로, 통증을 무시할 수 있는 의지력이 없다면, 통증으로 통증을 다스릴 수밖에 없어요. 열 손가락은 모두 감각이 예민해서, 손가락을 찌를 때 오는 순간적인 통증은 지속적인 배통증보다 훨씬 강력해요. 독약이 주는 통증은 목숨을 잃을 만큼 고통스럽지만, 이렇게 외부에서 주는 통증은 육체적인 고통에 불과하니까, 창 장로 능력이면 충분히 버틸 수 있어요."

한운석은 한마디 덧붙였다.

"침 한 번에 한 시진을 버틸 수 있어요. 이 침은 선물로 줄게요."

한운석은 특별히 금침을 창구자의 손에 쥐어 주었다. 고요한 방 안에서 창구자는 금침을 바라보며 주저하는 듯했다.

검종 노인과 단목요도 제각기 다른 표정으로 그 모습을 보고 있었다. 오직 용비야의 시선만은 시종일관 한운석을 향했다.

볼수록 마음에 들어 눈을 뗄 수 없었다.

열 손가락을 바늘로 찌르라니, 혹형이나 다름없었다.

통증으로 통증을 다스려? 이건 혹형으로 통증을 다스리는 거 잖아!

창구자는 한운석의 말을 믿고 싶지 않았다. 하지만 효과는 확실했고, 그의 배는 좀 전만큼 그렇게 아프지 않았다. 믿지 않을 수 없었다.

창구자는 잠시 망설이다가 검종 노인을 바라봤다.

"사형, 잠시 저 여자를 믿겠습니다."

검종 노인보고 책임지라는 소리였다. 검종 노인은 한운석을 그다지 믿지 않았지만, 과감하게 고개를 끄덕이며 말했다.

"여봐라, 대장로를 보내드려라."

창구자가 천산정에서 내려오자 쇄심원 사람이 그를 데려갔다. 창구자는 즉시 자기 피를 종이에 떨어뜨린 후 한운석의 그 금침과 함께 싸서, 단목요 이름으로 매를 통해 북려국에 서신을 보내라고 시켰다.

단목요과 군역사의 친분을 생각할 때, 군역사는 도와줄 게 틀림없었다.

창구자는 백언청의 존재를 몰랐다. 그의 생각에 한운석이 쓴 독은 군역사만 풀어 줄 수 있었다.

잠시 통증이 완화되긴 했으나 그는 완전히 한운석을 믿을 수 없었다. 배에 쓴 독이 정말 해약이 없는 독인지 알고 싶었고, 한운석이 방금 쓴 침에 독은 없는지 더 알고 싶었다.

놀라운 독술 실력을 가진 이 여자는 기회만 된다면 소리소문 없이 사람을 죽일 수도 있었다!

창구자가 떠나자 구현궁에 남은 검종 노인이 용비야와 단목요를 향해 차갑게 말했다.

"너희 둘은 본 사존을 따라와라."

단목요는 속으로 기뻐하며 얼른 따라 나섰다. 창구자 일이 해결되었으니, 사부는 용비야가 그녀를 다치게 한 책임을 물으려 하시는 게 틀림없었다.

따로 불러서 추궁하려는데 한운석이 낄 자리는 없었다.

"기다려라."

용비야가 작은 목소리로 한운석에게 말했다.

한운석은 손을 놓고 싶지 않았다. 검종 노인은 좀 전에 단목요가 단전에 중상을 입었다는 사실을 알고 엄청난 살기를 드러냈다. 창구자가 그 자리에 있어 스스로를 단속했기에 망정이지, 그렇지 않았다면 일찌감치 실심풍이 도졌을 것이다.

지금 검종 노인은 냉정함을 되찾았지만, 그렇다고 화를 내지 않는다는 소리는 아니었다. 그가 용비야에게 어떤 벌을 내릴지는 하늘만이 알 일이었다.

"다치게 한 데는 내 책임도 있어요. 검종 노인이 한쪽 편만 들면, 나도 함께 책임질게요."

한운석이 소리를 낮추며 말했다.

"안심해라. 사부는 정도를 지키는 분이시다."

용비야가 담담하게 말했다.

한운석이 믿지 않자 용비야가 다시 말했다.

"사부가 공정한 분이 아니셨다면, 오늘 천산에 오지 않았다."

검종 노인이 정도를 지키는 사람이 아니었다면, 용비야가 어찌 감히 단목요를 다치게 만들고도 한운석과 함께 천산에 올 수 있었을까?

실심풍만 발작하지 않으면 검종 노인은 용비야의 마음속에 영원히 아버지 같은 존재였다.

한운석은 그제야 손을 놓았다.

"기다릴게요."

검종 노인의 모습은 주변 어둠에 묻혀 보이지 않았다. 하지만 그는 가지 않고 서 있다가 한운석을 돌아보며 궁금한 듯 물었다.

"아이야, 정말 통증으로 통증을 다스리는 방법이 있느냐?"

단목요는 살짝 놀랐다. 사부는 그녀 외에 누구도 '아이'라고 부른 적이 없었다. 그런데 한운석을 '아이'라고 부르신 거야?

이미 익숙해져 버린 고칠소의 '독누이'가 아니면, 한운석은 어린아이처럼 불리는 걸 그리 좋아하지 않았다. 이래봬도 어엿한 지아비가 있는 부인이었다.

하지만 오늘 검종 노인의 '아이야'는 까닭 없이 아주 친밀하게 느껴졌다.

그녀는 웃으며 답했다.

"통증으로 통증을 다스린다는 말은 사실 창구자를 속이기 위한 거짓말이었습니다. 이 독은 해약이 있어서, 좀 전에 침을 찔러서 해독해 주었답니다. 하지만 이 해약은 효과가 아주 느리게 나타납니다. 통증도 단숨에 사라지지 않고 천천히 줄어들지요. 목숨을 몹시 아끼는 창구자 성격에, 아마 계속 바늘로 찌르며 자신을 괴롭히겠죠."

한운석은 자신의 전문 영역을 설명할 때면 유독 자신감이 넘쳤다. 어둠 속에서도 그녀의 눈동자는 반짝반짝 빛났고, 활기 넘치는 모습은 마치 대전 전체를 비추는 한 줄기 빛 같았다.

검종 노인은 한참 그녀를 바라보다가 담담하게 한마디를 남겼다.

"본 사존과 비야 외에 창구자를 속일 수 있는 사람은 너뿐이구나."

이거, 칭찬인가?

한운석이 그 뜻을 생각하는 사이, 검종 노인은 단목요를 데리고 사라졌고, 용비야는 한운석에게 안심하라는 눈빛을 남기고 곧 어둠 속으로 사라졌다.

한운석은 그저, 기다릴 뿐이었다.

단목요가 털어놓은 진실

한운석이 일중전에서 안절부절못하면서 기다리는 동안, 용비야 일행은 바로 위층인 이중전에 있었다.

구현궁은 총 9층으로 이루어졌는데 검종 노인이 머무는 9층의 구중전 외 다른 여덟 개의 층은 모두 텅 비었고 어두컴컴했다.

촛불이 자그마한 차 탁자 하나만 비추는 가운데, 용비야는 앉아서 차만 우렸고, 검종 노인은 그 옆에서 단목요를 치료했다.

2층에 오자마자 그는 한마디도 하지 않고 단목요에게 계속 진기를 주입하며, 묵묵히 상황을 만회하려 애썼다. 하지만 안타깝게도 진기는 단목요의 단전에 들어가기만 하면 바로 사라졌다.

기를 모을 수 없는 단목요의 단전은 못 쓰게 된 거나 다름없었다.

검종 노인은 잠깐 사이에 일 할의 공력을 소진했음에도 멈추려 하지 않았다.

그는 용비야를 나무라지도, 단목요를 위로하지도 않았다. 마치 자신만의 세계에 갇힌 듯, 거듭 자신의 소중한 진기를 소진하며 마지막 희망의 불씨를 살리려 했다.

용비야는 조용히 차를 마시며 사부를 보고 있었지만, 마음은 온통 한운석에게 가 있었다.

사실 방금 한운석은 사부에게 거짓말을 했다. 당시 미도공호에서 한운석은 그에게 이 독은 해약이 없다고 했었다.

그는 한운석이 어떤 생각인지 몰랐지만, 단목요가 일러바칠까 염려해서 말하지 않았음을 알았다.

한운석이 창구자를 찌른 침에 해약이 있을 리 없었다. 그럼 창구자의 통증은 어떻게 완화된 걸까?

그녀는 왜 창구자에게 금침을 주었을까?

걱정스러운 부분만 없었다면, 금침을 주게 허락하지 않았을 것이다.

"사부님……, 소용없어요. 아무 소용없어요. 흑흑……, 사부님, 진기를 허비하지 마세요."

"……."

"흑흑, 죄송해요, 사모께도 죄송해요."

"……."

"사부님, 요요는 너무 괴로워요……."

요요가 소리 내어 울기 시작하자 검종 노인은 하던 일을 멈추었다. 좀 전에 살기등등하던 모습은 사라졌다. 그는 그저 긴 한숨을 내쉬며 모든 괴로움을 가슴속에 묻을 뿐이었다.

그는 늘 냉정함을 잃지 않았다. 하지만 그리움이 밀려들 때, 고통을 숨길 수 없을 때, 너무 보고 싶어 미쳐버릴 듯할 때가 있었다.

미친 순간에는, 잊을 수 있기 때문이리라.

용비야는 눈을 치켜뜨며 차갑게 말했다.

"단목요, 본 왕이 널 죽이지 않은 것에 감사해라."

그 말이 떨어지자마자 검종 노인이 소매를 홱 떨치며 일어났고, 강력한 기류가 용비야를 때렸다. 용비야는 다치지 않았지만, 그가 손에 들고 있던 찻잔은 순식간에 부서졌다.

"사매가 이 지경이 되었는데 또 뭘 어쩌려는 거냐?"

검종 노인도 그저 참는 성격만은 아니었다.

용비야가 벌떡 일어나 차갑게 말했다.

"냉월 부인과 공모하여 제 모비를 납치한 것은 잘한 일입니까? 운석이 독을 잘 알아서 독모기로 길을 안내하지 않았다면 저는 진작에 미도진법 가운데서 죽었을 겁니다! 자기가 저지른 일에는 책임을 져야 하는 법, 본 왕을 건드렸을 때는 죽음을 각오했어야 합니다! 죽음을 두려워하는 이런 자들도 검종의 제자라 할 수 있습니까?"

"난 죽음이 두렵지 않아요! 다만 사부의 기대를 저버릴까, 사모의 유지를 이루지 못할까, 현녀검법玄女劍法을 수련하지 못할까 두려웠을 뿐이에요."

단목요가 다급하게 변명했다.

사부는 줄곧 그녀를 아끼며 천산 최상 검법 중 하나인 현녀검법을 가르쳤다. 단목요는 자신의 천부적인 재능 때문에 사부가 중요하게 생각해 주는 줄 알았다. 하지만 나중에서야 자신의 타고난 자질이 돌아가신 사모와 닮았기 때문임을 알았다. 당시 사모가 현녀검법을 완성하지 못했기 때문에 사부는 그녀가 완성해 주기를 바랐던 것이다.

단목요는 사부가 실심풍에 걸린 것 또한 사모 때문임을 알았다. 처음에는 사부의 병이 발작하면 현녀검법을 수련하며 사부를 위로했지만, 점차 그녀는 검술을 수련할 필요도 없이, 그저 곁에 있기만 해도 그를 위로할 수 있게 되었다.

그녀는 확실히 알았다. 사부는 진정으로 그녀를 아끼는 게 아니었다. 그녀는 대역조차 못 되었다. 기껏해야 그림자 정도일까. 사부는 그녀의 타고난 자질을 이용해 현녀검법을 완성하여, 사모가 생전에 이루지 못한 뜻을 이루고자 했을 뿐이었다.

용비야가 코웃음을 쳤다.

"너 같은 여자는 사모의 유지를 이룰 자격이 없다!"

"사형이 무정하게 굴지만 않았어도, 사부의 명대로 날 치료해 주기만 했어도, 내가…… 이런 큰 잘못을 저질렀겠어요?"

단목요는 변명이 안 되자 책임을 떠넘겼다.

그녀는 검종 노인을 붙잡고 불쌍한 모습으로 울며불며 하소연했다.

"사부님, 제가 여러 번 서신을 보내드렸으니 어떤 상황이었는지 잘 아시잖아요. 제가 사부님의 답신을 사형에게 보여 주었지만, 사형은…… 절 치료해 주지 않았어요. 너무 잔인했어요!"

"변명하지 마라! 창구자의 무공은 본 왕보다 훨씬 뛰어나다. 그와 손을 잡았으면서 왜 그에게 치료해 달라고 하지 않았지?"

용비야가 차갑게 물었다.

단목요가 의태비를 납치한 가장 큰 이유는 바로 한운석을 죽이기 위해서였고, 치료는 그 다음이었다.

"난 창 사숙과 손을 잡은 게 아니에요. 창 사숙이 날 도와줬을 뿐⋯⋯."

그녀는 말하면서 더 크게 울기 시작했다.

"난 아직도⋯⋯ 아직도 사형을 좋아해요! 좋아해요, 좋아한다고요! 용비야, 내가 치료받고 싶은 사람은 사형이었어요, 사형뿐이었다고요⋯⋯. 흑흑⋯⋯."

단목요는 바닥에 주저앉아 두 손으로 늙어 버린 얼굴을 감싸쥐며 통곡하기 시작했다. 그 눈물 연기에는 진심도 섞여 있었다.

한운석만 없었다면, 사형이 자신을 좋아했다면, 오늘 이 모든 일은 일어나지 않았을 것이다.

행복했어야 할 인생인데!

용비야가 진저리가 난다는 표정으로 입을 떼려는데, 검종 노인이 차가운 눈동자로 노려보며 말했다.

"아직도 싸울 게 남았느냐? 사형이 되어서 양보할 줄을 몰라?"

용비야는 단목요와 싸울 정도로 한가하지 않았다. 그는 단지 이번 기회에 사부에게 단목요와 그의 사이는 영원히 불가능하다고 말해 주고 싶었다. 사부가 그에게 단목요를 부탁하려는 생각을 일찌감치 포기하게 만들고 싶었다!

검종 노인은 단목요를 부축해서 일으켜 세운 후, 차 탁자 옆으로 데리고 가서 앉혔다.

그는 가볍게 탄식했다.

"너희 두 사람 다 잘못이 있다. 요요, 사실 네 사형은 그때 중상을 입어서 너를 치료해 줄 수 없었다. 사부도 알고 있는 일이었다.”

단목요는 믿지 않았다.

“사형은 분명……."

당시 용비야는 검종 노인에게 보내는 답신에서 봉인을 언급했고, 검종 노인은 바로 알아들었다. 봉인에 관한 일은 용비야의 비밀이었고, 정도를 지킬 줄 아는 검종 노인이 단목요에게 말해 줄 리 없었다.

“요요, 사부의 말도 믿지 못하느냐?”

검종 노인이 물었다.

단목요는 할 말이 없었다. 그런데 용비야가 또 한마디 덧붙였다.

“본 왕이 다치지 않았어도 치료해 주지 않았을 겁니다.”

그 말에 화가 난 단목요가 말했다.

“사부님, 보세요, 저것 보세요!”

검종 노인이 일그러진 얼굴로 꾸짖으려는데 용비야가 차갑게 말했다.

“한운석을 화나게 하는 일은 할 수 없습니다.”

단목요는 또 울기 시작했다. 이젠 차 탁자 위에 얼굴을 파묻고 엉엉 소리 내며 울었다.

“사부님, 절 괴롭히려는 거예요! 흑흑……, 사형과 한운석이 함께 저를 괴롭힌다고요! 아버지에게 버림받고 어머니마저 돌아가시고 나니, 이제 천하 모두가 절 괴롭히고 있어요! 흑흑……, 죽어 버릴래요!”

검종 노인은 미간을 잔뜩 찌푸렸다. 이 두 제자를 어찌하면 좋단 말인가? 하나는 버릇이 없었고, 다른 하나는 고집불통이었다.

요요가 성질을 부리면, 그는 오냐오냐 받아 주었다. 비야가 고집을 부리면, 그 모습이 마음에 들면서도 화가 났다.

"그만해라, 이 일은 여기서 끝내라!"

검종 노인이 누구를 벌할 수 있을까? 단목요를 벌하자니 그럴 수 없었고, 용비야를 벌하는 건 더더욱 못 할 일이었다. 게다가 앞으로 몇 달 동안 그는 용비야에게 부담스러운 짐을 넘겨야 했다.

지금은 남녀 간의 정을 논할 때가 아니었다.

사실 단목요는 자신이 없었다. 사모 때문이 아니면 사부는 진작 그녀를 계율원에 넘겼을 것이다. 사부가 저렇게 나오자 그녀는 더 이상 나서지 않고 물러났다.

하지만 용비야는 이렇게 쉽게 넘어갈 생각이 없었다.

"내 모비는 아직도 의식을 회복하지 못하셨다. 단목요, 대체 모비에게 무슨 짓을 했느냐?"

용비야가 차갑게 말했다.

"오늘 네가 제대로 설명하지 않으면 이 일은…… 절대 끝낼 수 없다!"

초서풍이 며칠 동안 냉씨 집안 포로들을 잔인하게 고문했지만 아무것도 알아내지 못했다.

의태비 납치 사건에는 뭔가 다른 의심스러운 부분이 있었다.

미도의 다른 한쪽에 있던 독의 고수는 대체 누구일까? 단목요가 이 문제들에 관해 확실히 말해 주지 않으면, 용비야가 돌아가서 한운석에게 뭐라고 설명한단 말인가?

"의태비는 충격을 받은 것뿐인데, 어떻게 깨어나지 않을 수 있어요?"

단목요가 반문했다.

"확실하게 대답해라! 납치한 사람은 바로 너다."

용비야가 차갑게 코웃음을 쳤다.

"나……, 난 아무 짓도 안 했어요. 납치는 내가 아니라 냉월 부인이 했다고요! 난 의태비에게 손도 안 댔어요!"

단목요가 다급하게 변명했다.

"내가 미도공호에 갔을 때는 이미 냉월 부인이 의태비를 데리고 와 있었어요."

"냉월은 네가 고용했다. 그녀가 의태비에게 무슨 짓을 했는지 네가 모른다고?"

용비야가 다시 물었다.

검종 노인은 두 사람의 대화를 끊지 않고 진지하게 듣고 있었다.

돈을 받았으면 목숨 바쳐 일하는 게 살수계 규칙이었다. 살수는 고용한 사람이 원하는 대로 일을 처리했다. 바꿔 말하면, 고용주가 시키지 않은 일은 하지 않았다.

의태비가 의식불명이 된 내막을 단목요가 모를 리 없었다.

"난 몰라요!"

단목요는 눈빛을 피하며 한마디로 부인했다.

"요요, 사실대로 말하지 못하겠느냐?"

검종 노인이 갑자기 성난 목소리로 말했다.

그러자 단목요는 깜짝 놀라 인정할 수밖에 없었다.

"사실……, 사실 냉월 부인은 내가 고용한 게 아니에요. 냉월 부인은 먼저 의태비를 납치한 후에 날 찾아왔어요. 사형, 분명 냉월 부인이 사형에게 원한이 있는 게 분명해요. 냉월 부인은 사형에게 복수하려고 했어요!"

그 말을 듣자 용비야는 상황을 파악했다.

"너와 창구자가 미도에서 탈출할 때, 누군가 몰래 너희를 도와 독 안개를 해독해 주었다. 알고 있느냐?"

용비야가 다시 물었다.

"돌멩이를 던졌던 그 사람 말인가요? 아마 냉월 부인의 조력자일 거예요. 나도 잘 몰라요."

단목요의 말은 사실이었다.

"본 왕은 냉월과 아무런 원한이 없다. 허나 그 독의 고수와는…… 철천지원수일지도 모르지!"

용비야가 차갑게 말했다.

단목요는 이해할 수 없었고 이해하고 싶지도 않았다. 그저 이 일이 얼른 지나갔으면 했다.

검종 노인은 단목요의 머리를 톡톡 치며 말했다.

"이 아이의 짧은 생각은 언제 자라려나? 남에게 이용당해 네 사형을 죽일 뻔했는데도 어찌 아는 게 하나도 없느냐."

"사부님, 요요가 잘못했어요. 사부님, 도와주세요. 요요는 아직 현녀검법을 다 익히지 못했어요."

단목요는 이 틈을 놓치지 않고 사부의 기분을 맞췄다. 그녀는 사부가 태연해 보여도 사실은 그녀보다 더 힘들어하고 있다는 걸 알았다.

사부는 분명 어떻게 해서든 그녀를 구해 줄 것이다.

검종 노인은 훌륭한 인재가 되지 못함을 한스러워하며 단목요의 눈물을 닦아 주었다.

"돌아가서 쉬어라. 사부가 방법을 생각해 보마."

단목요는 아주 기뻐하며 얼른 일어나 감사 인사를 올렸다.

떠나기 전에 그녀는 다시 돌아서서 말했다.

"사형, 요요가 잘못했어요. 사과할게요."

용비야는 그녀를 거들떠보지도 않았고, 단목요도 그런 반응을 예상했다. 다만 검종 노인에게 보여 주려고 한 행동이었을 뿐이었다. 그녀는 억울한 듯 고개를 숙이고 뒤돌아 나갔다.

그녀가 나가자 검종 노인은 간곡하게 타일렀다.

"비야, 요요는……."

"사부님, 오늘 심마를 다스리셔서 천만다행입니다."

용비야가 화제를 돌렸다.

"위험했지."

검종 노인은 자신의 상황을 잘 알았다. 하마터면 창구자 앞에서 다 들킬 뻔했다.

"단목요의 무공은 이미 못 쓰게 되었습니다. 사부님, 이번에 모든 그리움을 끊어내십시오. 단목요가 있으면 사부님 상태는 좋아질 수 없습니다. 왜 이렇게 자신을 괴롭히십니까?"

용비야가 담담하게 말했다.

검종 노인은 한참 침묵한 후에야 담담하게 말했다.

"비야, 너는 모른다."

용비야가 계속 설득하려 했으나 검종 노인이 갑자기 차갑게 말했다.

"이번에는 요요가 큰 잘못을 범했으니, 사부도 너와 따지지 않겠다. 허나 다음에 또 그 아이를 다치게 하면, 사부도 봐주지 않겠다! 이 일은 여기까지 하자!"

사부의 이런 반응은 예상한 바였으나, 용비야는 놀라며 물었다.

"사부님, 그녀를 치료할 수 있으십니까?"

만약 단목요를 치료할 수 있다면, 고북월은?

마침내 결심을

용비야가 놀라는 모습을 보며 검종 노인은 강경하게 대답했다.

"치료할 수 있는 게 아니라, 반드시 치료해야 한다!"

"어떻게 말입니까?"

용비야가 얼른 물었다.

검종 노인은 대답하지 않고 차가운 눈빛으로 용비야를 자세히 바라봤다.

이 녀석이 언제 요요의 일에 이렇게 관심을 보였지? 좋은 마음으로 묻는 것은 아닌 듯한데.

용비야는 사부의 의심을 알아채고 직접적으로 말했다.

"단목요의 부상은 관심 없습니다. 제 친구도 단전에 중상을 입어서 기를 모을 수 없고, 무공을 모두 잃었습니다. 치료 방법이 있으시면 사부님께서 좀 가르쳐 주십시오."

검종 노인의 답은 부정적이었다.

"치료 방법은 없으니 포기해라."

"하지만 단목요는……."

용비야가 더 물어보려 했으나 검종 노인이 불쾌한 기색으로 딱 잘라 답했다.

"네 몸부터 돌아봐라."

용비야는 바로 입을 닫고 차가운 눈빛을 드러냈다. 그의 냉담한 성격은 타고난 것이었다. 존경하는 사부 앞에서도 그저 말이 조금 더 많아질 뿐이었다.

검종 노인은 용비야의 팔을 잡고 맥을 짚으며 물었다.

"냉월 부인을 죽일 때 또 서정력을 썼겠구나?"

용비야가 냉월 부인을 죽여 복수한 후 여아성 전체를 한운석에게 선물한 일은 이미 운공대륙 무림을 뒤흔들어 놓았다. 지금까지도 무림 전체는 이 일로 떠들썩했고, 검종 노인도 자연스레 관심을 가졌다.

용비야는 대답이 없었다. 검종 노인은 자세히 진맥한 후 뭔가 이상한 점을 발견하고 놀라서 물었다.

"내상이 모두 회복되었어? 어떻게 된 일이냐?"

전에 용비야는 서신을 통해 구약동에서 처음 스스로 봉인을 해제해 서정의 반탄력에 당했고, 심각한 내상을 입어 단목요를 치료해 줄 수 없다고 했었다.

게다가 냉월 부인까지 상대했으니, 또 스스로 봉인을 해제했을 게 분명했다. 그렇지 않았다면 삼 초 만에 냉월 부인을 죽일 수 없었다.

이전 부상이 회복되기도 전에 또 다쳤으니, 그의 내상은 아주 심각해야 했는데!

바로 얼마 전에 일어난 일인데, 어떻게 완쾌될 수 있었을까?

맥상을 보면 다 나았을 뿐 아니라, 내공이 또 많이 정진한 것 같았다.

용비야가 대답하기도 전에 검종 노인이 갑자기 주먹을 날렸다. 용비야는 입꼬리를 슬며시 올리며 바로 자신의 주먹으로 검종 노인의 주먹을 치면서 공격을 받아냈다.

주먹 대 주먹, 스승과 제자 두 사람의 겨루기가 시작되었다. 검종 노인은 곧 용비야의 묵직한 내공을 감지했고, 그 눈동자에는 놀라움이 스쳤다.

순간적으로 강력한 힘을 뿜어내 용비야를 시험해 보고자 했는데, 용비야가 버틸 줄이야!

검종 노인은 믿어지지 않아 돌연 힘을 더 주었다. 이번에는 용비야도 버티기 어려웠지만, 그래도 몇 걸음만 물러섰을 뿐 손을 떼지는 않았다.

검종 노인은 먼저 손을 내리며 아주 놀라워했다.

"언제 칠품이 되었느냐?"

천산검종의 내공심법은 단 하나, 범천심법뿐이었다. 하지만 범천심법은 일품부터 구품까지 총 아홉 개 품계로 나뉘어졌다. 각 품계 간의 격차는 상당히 컸고, 높은 품계로 올라갈수록 단계별 차이는 더 벌어졌다. 또 각 내공 품계마다 수련할 수 있는 검법과 다룰 수 있는 보검도 다 달랐다.

천산 아래 여러 계파 제자들과 각 계파 각주들의 최고 품계도 범천 오품 정도였다. 천산의 사대 장로 중 장검각과 장경각의 이장로, 삼장로와 계율원의 유 노파는 모두 범천 육품이었고, 오직 창구자만 범천 칠품이었다.

칠품 내공만으로도 이미 대단한 수준이었다. 천산검종이 세워진 이래 검종 노인을 제외하고 최고 품계는 칠품을 넘지 못했다. 검종 노인은 천산검종의 기적으로, 평생 수련을 통해 범천심법 팔품에 도달했다.

검종 노인은 서른 살에 칠품이 되었고, 예순이 다 되어서야 팔품이 되었다. 창구자는 5년 전에 겨우 육품에서 칠품으로 승급했다.

그런데 용비야는, 이제 겨우 스무 살 남짓이었다! 검종 노인보다 용비야가 더욱 기적적인 존재였다.

"1년 전입니다."

용비야가 담담하게 대답했다. 사실 용비야가 그때 창구자에게 중상을 입지만 않았어도 더 빨리 승급했을 것이다.

"언제 육품이 되었느냐? 육품에서 칠품으로 오르기까지 1년밖에 안 걸렸다고?"

용비야가 마지막으로 천산정에서 폐관 수련 했을 때는 겨우 오품이었다. 늘 냉정함을 잃지 않는 검종 노인도 놀라운 마음을 숨길 수 없었다.

창구자는 육품에서 칠품이 되기까지 장장 15년이 걸렸다! 그런데 용비야는 겨우 1년?

용비야는 검종 노인에게 더 놀라운 대답을 내놓았다.

"육품이 되지 않고, 오품에서 바로 칠품이 되었습니다. 그래서 구약동에서 스스로 봉인을 해제할 때 입은 내상은 한 달도 안 되어 완쾌되었습니다. 냉월을 죽일 때는 서정력을 쓰지 않았습니다."

"누가 널 도와주었느냐?"

검종 노인이 다급하게 물었다.

용비야가 노력에 노력을 거듭했다면 단기간 내 승급도 가능했다. 하지만 외부의 도움 없이 품계를 뛰어넘었다는 것은 믿을 수 없는 일이었다!

"이 세상에 사부님의 내공 외에 이 제자를 도울 수 있는 자는 없겠지요?"

용비야가 반문했다.

그렇다!

오품 고수가 품계를 뛰어넘어 바로 칠품이 되도록 돕는 일은 검종 노인 같은 팔품 고수라야 가능했다. 그러니 용비야를 도운 자는 없었다. 모든 것이 용비야 스스로 노력하여 이룬 결과였다.

검종 노인은 용비야를 바라보며 한참 멍하니 있다가 결국 어쩔 수 없다는 듯 쓴웃음을 지었다.

"운명의 장난! 운명의 장난이로구나!"

"사부님, 왜 그러십니까?"

용비야는 조금 불안해졌다.

"사부는 네가 부상을 당한 줄 알고 계율원에서 두문불출하며 근신하라는 벌을 내렸다. 이 기회에 상처를 치료하며 창구자의 의심을 피하기 위해서였지."

검종 노인은 연이어 탄식하며 말했다.

"하지만 이럴 줄은……. 허허. 이런……, 어쩔 수 없지!"

검종 노인은 용비야의 손을 붙잡고 두 손가락으로 그의 내공을 알아보았다. 한참 후, 여전히 탄식은 이어졌다.

"칠품 초급이니, 창구자를 이길 수 없다. 창구자는 칠품 중급이야. 사부도 널 도와줄 수 없다."

범천심법의 각 품계는 초급, 중급, 고급 세 단계로 구분되었다. 각 단계별 격차가 엄청나서 평생을 노력해도 이 격차를 넘지 못하는 경우가 허다했다.

용비야는 품계 일은 도리어 신경 쓰이지 않았다. 그는 순간 복잡한 눈빛을 번뜩이며 담담하게 물었다.

"사부님, 오랫동안 길러 온 호랑이에게 드디어 손을 댈 생각이십니까?"

최근 몇 년 동안 사부가 어떤 일에도 관여하지 않았기 때문에 창구자가 그 틈에 장경각, 장검각, 심지어 무림의 큰 세력들까지 포섭하며 세력을 날로 키워 갈 수 있었다.

용비야는 창구자를 너무 몰아세우면 내분으로 이어질까 하는 사부의 걱정을 알고 있었다. 또 사부가 일부러 그를 계율원에 보내려 한다는 것도 알았다. 하지만 사부가 정말 창구자를 처리하려고 한다는 사실은 지금에야 깨달았다.

검종 노인은 고개를 숙인 채 말없이 차를 마셨다. 고요한 방 안에 향만 타오르고 있었다.

용비야는 참을성을 갖고 기다리며 더 묻지 않았다. 하지만 직감적으로 천산 상황이 생각했던 것보다 더 심각함을 깨달았다. 그렇지 않았다면 사부가 이렇게 침묵하고 계실 리 없었고, 오늘 그 좋은 기회를 놓치며 창구자를 쉽게 용서했을 리도 없었다.

한참 후, 검종 노인은 작은 목소리로 놀랄 만한 비밀을 알려 주었다.

"창구자가 최근 사검문邪劍門 사람과 자주 왕래하고 있다. 내란이 일어나면 집안에 도적을 불러들일 게야!"

"감히 그런 짓을!"

용비야가 차갑게 말했다.

사검문은 천산검종의 한 계파였으나 백 년 전 제멋대로 천산검종에서 금지된 방법으로 수행하다가 추방당했다. 지금까지도 천산검종에게 적대적이며, 정파 무림 세력이 적대시하는 사교 세력이었다.

사검문 사람은 무자비하고 잔인하며 살인을 일삼았다. 창구자가 그들을 천산에 끌어들인다면 평온했던 천산에 피바람이 불 것이었다.

창구자가 천산 내부에서 어떤 소란을 일으키든 검종 노인은 별로 관여하지 않았다. 천산검종은 세상에서 가장 강력한 무예를 배울 수 있는 곳이자 무림 지존이다 보니, 권력과 이익을 둘러싸고 벌이는 암투를 피할 수는 없었다. 창구자가 선을 넘지만 않으면 계속 눈감아 줄 수 있었다.

하지만 창구자가 감히 사검문 세력을 천산에 끌어들인다면 관여하지 않을 수 없었다.

"사부님, 제가 창구자와 맞서도록 어떻게 도우실 생각이십니까?"

용비야가 떠보듯 물었다.

"사부는 본래 너를 계율원에 보내 치료하면서, 이 기회에 내공을 전수하여 너를 칠품 고급까지 끌어올릴 생각이었다. 하지만 지금은……."

검종 노인은 정말 어쩔 도리가 없었다. 제자가 기적적으로 내공을 이품이나 올렸으니 기뻐해야 마땅했다.

하지만 그는 조금도 기쁘지 않았다.

용비야가 육품 내공이었다면 자신의 내공을 전수하여 칠품 고급까지 올릴 수 있었다. 칠품 고급의 실력으로 칠품 중급인 창구자와 싸우면, 용비야의 승리는 따 놓은 당상이었다.

하지만 지금 용비야는 이미 스스로 칠품에 올라, 외부 힘의 영향을 받지 않는 수준에 이르렀다. 이제는 자신의 내력을 다 써도 도울 수 없었다. 지금 창구자와 싸우면 용비야는 반드시 패배했다!

용비야는 검종 노인을 말없이 바라보았다.

그는 마침내 사부가 왜 자리에서 물러나려 하는지 깨달았다. 사부가 그에게 내공을 전수하여 용비야의 품계가 올라가면, 사부의 내공 품계가 최소 한 단계 하락한다는 의미였고, 무림 제일 고수의 실력이 사라진다는 뜻이었다.

사실 사부의 무공 실력이면 창구자를 아주 쉽게 죽일 수 있었다.

하지만 그가 창구자를 죽이면, 사검문 세력에게는 천산을 공격할 이유가, 쇄심원 제자들에게는 반란을 일으킬 명목이, 장검각과 장경각의 두 장로에게는 부당한 처사를 성토할 기회가 생겼다.

천산검종이 생긴 이래 내란은 물론 그 어떤 추문도 발생한 적이 없었다. 사부는 천산의 내란을 원치 않았기 때문에 자신의 내공을 희생해서라도 그를 순위전에 참가시키려 했다.

장문인만 아니면 천산 제자 누구든 순위전에 참가할 수 있었다. 순위전에 참가하는 자의 생사는 본인 책임이었고, 누구도 원망할 수 없었다. 그가 순위전에서 창구자를 죽여도, 아무도 뭐라 할 수 없었다.

일단 그가 순위전에서 창구자를 죽이고, 사부가 장문 자리를 그에게 물려주면, 모든 명분이 정당하고 이치에 딱 들어맞았다. 누가 감히 원망의 말을 늘어놓겠는가?

검종 노인은 자신이 이미 제자들의 마음을 잃었음을 알았기에 용비야를 내세워 가장 평화로운 방법으로 천산에 오래 잠재되어 왔던 위기를 해결하려 했다. 용비야는 그 뜻을 이해했다.

이 방법은 그가 이번에 온 목적과 아주 딱 들어맞았다.

용비야는 순위전을 통해 창구자를 죽이고, 각 계파 세력의 마음을 안정시키며, 장검각, 장경각, 쇄심원, 계율원의 제자들을 두려움에 떨게 만들고자 했다.

공평한 대결이라는 방법은 가장 현명한 선택이었다. 그의 시간과 체력은 천산에 쏟을 만큼 여유롭지 못했다. 어쨌든 그는 강호가 아닌 조정에 속한 몸이었다.

용비야는 일어나 읍을 하며 말했다.

"사부님은 이 제자를 도울 수 있습니다. 제자의 서정인을 풀어 주십시오. 그럼 순위전에서 반드시 승리할 겁니다!"

서정인이라니……. 검종 노인은 대경실색했다.

"안 된다. 죽음을 자초하는 길이야!"

독하기는 내가 더

검종 노인은 깜짝 놀랐지만 용비야는 여전히 평온했다.

"사부님, 제가 자신 없는 싸움을 한 적이 없다는 걸 아시잖습니까."

용비야가 담담하게 말했다.

"네가 어떻게 서정력을 통제한단 말이냐?"

검종 노인이 반문했다.

"1년 만에 칠품에 이른 실력이 근거입니다. 사부님께서 봉인만 풀어주시면 한 달 안에 반드시 이 힘을 다스릴 수 있습니다."

용비야는 정말 자신 있었다. 그렇지 않았다면 오지도 않았을 것이다.

"너무 위험하다……."

검종 노인은 용비야의 눈을 바라보며 진지하게 충고했다.

"이 한 달 안에 자칫 잘못하면 죽을 수도 있다!"

"그래서 잘못한 게 없는 제가 기꺼이 벌을 받겠노라 자청한 것입니다. 계율원 계당에서의 폐관 수련은 천산정보다 안전합니다. 적어도 창구자의 의심을 없앨 수 있습니다."

용비야가 의태비 납치 사건에서 양보한 것은 검종 노인을 믿기 때문만이 아니라 의도하는 바가 있어서였다.

검종 노인은 그제야 모든 상황을 이해했다.

"이제 보니 준비를 다 하고 왔구나."

"사부님처럼 저 역시 검종의 내란도, 무림의 혼란도 원치 않습니다. 창구자만 없애고 싶을 뿐입니다."

용비야는 잠시 말을 멈췄다가 진지하게 말했다.

"서정력은 동진 황족의 힘이고, 저는 그 힘이 필요합니다."

검종 노인은 운공대륙 조정이 어떻게 돌아가는지는 관심 없었다. 하지만 용비야의 이 말에 그가 나라를 다시 일으킬 준비를 시작했음을 알아차렸다.

무림은 주요 세력은 아니지만, 적어도 강력한 도움을 주면 주었지 걸림돌은 아니었다. 단목요가 무림 세력을 동원해 영승을 곤란하게 만들었던 것만 봐도 알 수 있었다.

여아성을 빼앗은 것은 복수를 하고 한운석에게 선물하기 위해서만은 아니었다. 용비야가 무력으로 무림을 뒤흔드는 첫걸음이기도 했다. 일단 용비야가 천산 순위전에서 1위를 차지한 후 무림으로 눈을 돌렸을 때, 어느 누가 감히 그에게 고개 숙이지 않고 길을 비키지 않을까?

검종 노인은 아주 오랫동안 침묵을 지키다가 결국 담담하게 말했다.

"비야, 이 힘은 동진 황족의 힘이고, 네가 봉인을 해제하고 싶어 하니 사부가 널 막을 자격은 없다. 하지만 이건 꼭 알아야 한다. 서정력을 통제하지 못하면, 그 결과는 주화입마에 빠지는 것처럼 단순하지 않다. 목숨을 잃을 수도 있어."

서정인은 동진 황족의 것이었으나 지금까지 이 봉인을 사용한 사람은 용비야뿐이었다. 검종 노인조차 서정력에게 당했을 때 어떤 결과가 나타날지 몰랐다.

"다 생각해 보았습니다."

용비야가 진지하게 말했다.

"계율원은 하루 정도 더 늦게 가도 된다. 다시 생각해 보거라."

검종 노인이 설득했다.

"필요 없습니다."

용비야의 얼음처럼 차가운 눈빛은 흔들림이 없었다.

검종 노인은 더 권하지 않았다. 그는 이 제자를 너무 잘 알았다. 한번 결정한 일은 뒤돌아보지 않았고, 절대 후회하지 않았다.

"좋다. 허락하마!"

검종 노인은 진지하게 말했다.

"절대 천산과 네 모비를 저버려서는 안 된다!"

천산의 안정은 물론 동진 제국의 재건을 위해서도 용비야가 필요했다. 그 어깨에 짊어진 짐은 무겁고도 무거웠다.

'한운석도 저버리지 않을 겁니다.'

용비야는 마음속으로 이렇게 다짐하며 검종 노인에게 말했다.

"사부님, 서정인에 관해서는 운석에게 비밀로 해 주십시오."

검종 노인은 곧 이상한 낌새를 알아챘다.

"아직 네 신분을 모르느냐?"

"예."

용비야가 묵묵히 인정했다.

"왜 속이는 것이냐?"

검종 노인은 바보가 아니었다. 뭔가 문제가 있는 게 틀림없었다.

한운석은 용비야가 형식적으로 데리고 다니는 여자가 아니었다. 그가 손에 받들며 총애하는 왕비였다. 그런 그녀가 용비야의 신분을 모른다니?

용비야와 가장 친밀한 사람이 용비야의 출신을 모른다? 어째서?

용비야는 오랫동안 생각하다가 검종 노인에게 간단하게 대답했다.

"개인적인 일입니다."

개인적인 일이니 관여치 말라?

검종 노인은 쓴웃음을 지었다. 그가 아주 아끼는 요요도 감히 그에게 이렇게 대답하지 못했으나, 용비야는 할 수 있었다.

요요는 늘 그에게 아부를 떨고, 비위를 맞추며, 애교를 부렸다. 하지만 용비야는 늘 그의 말을 거스르고, 말대꾸 했으며, 무례하게 굴었다. 때로는 자신이 대체 누구를 더 편드는 것인지, 스스로도 분간이 되지 않았다.

검종 노인은 더 이상 캐묻지 않고 차갑게 말했다.

"네가 천산에 데려왔으니 알아서 잘 돌봐라. 잃어버려도 본 사존은 책임지지 않겠다."

"알겠습니다! 그럼 계율원에서 사부님을 기다리겠습니다."

용비야는 말을 마친 후 바로 나가려 했으나, 검종 노인은 느굿하게 그를 불러 세웠다.

"뭐가 그리 급한 게냐. 네게 또 분부할 일이 있다."

"사부님, 제 일은 이미 충분히 많습니다."

용비야는 아주 대놓고 거절했다.

"빼놓을 수 없는 일이다."

검종 노인은 언짢은 기색을 드러냈다.

용비야가 말이 없자 검종 노인은 의자를 두드리며 앉으라고
했다.

용비야는 앉지 않고 말했다.

"사부님, 하실 말씀이 있으시면 하십시오."

"요요와 너는 대체……."

검종 노인이 말을 시작하자마자 용비야는 중간에 끊고 나
섰다.

"우선 치료부터 받게 하시고, 다른 이야기는 그녀가 다 나으
면 다시 하시지요."

용비야는 검종 노인이 무슨 말을 하려는지 잘 알았다.

예전 같았으면 용비야는 이런 쓸데없는 말도 하지 않고 진
작에 돌아섰을 것이다. 하지만 지금은 천산에 한동안 머물러야
했고, 사부에게 부탁해야 하는 입장이었다. 무엇보다도 한운석
이 천산에 있었다. 지금은 상대의 공격을 늦추는 완병지계緩兵
之計를 쓸 수밖에 없었다.

검종 노인은 고개를 끄덕였다.

"그것도 좋다."

용비야는 날카로운 눈빛을 번뜩였다. 사부가 허락했다는 것은 단목요를 치료할 방도가 있다는 뜻이었다. 기를 모을 수 없는 단목요의 단전을 치료할 수 있다면, 고북월을 구제할 방도도 있을 게 틀림없었다. 고북월은 진기를 밀어낼 수도 있으니 단목요보다 훨씬 나은 상황이었다.

용비야는 더 묻지 않고 나온 후, 바로 한운석에게 가지 않고 몇몇 심복을 불러 단목요의 일거수일투족을 예의 주시하라고 분부했다.

검종 노인은 미행할 수 없어도 단목요는 가능했다. 단목요를 주시하다 보면 사부가 어떻게 그녀를 치료하는지 알 수 있을 것이다.

용비야가 1층에 돌아왔을 때, 한운석은 가슴 앞으로 팔짱을 끼고 대전 밖 기둥에 기댄 채 멍하니 하늘을 바라보고 있었다.

이 여자는 전혀 주변을 경계하지 않고 있어, 그가 뒤에 다가왔을 때도 알아차리지 못했다.

"무슨 생각을 하느냐?"

용비야가 담담하게 말했다.

한운석은 깜짝 놀라 뒤돌아서려 했으나, 용비야가 이미 뒤에서 그녀를 안고 있었다.

"무슨 생각을 하는지 말해 주겠느냐?"

"당신 생각이요."

한운석이 솔직하게 말했다.

"가자. 계율원으로."

용비야가 그녀의 허리를 안고 천산정으로 날아갔다.

"대체 무슨 일이에요? 창구자의 권세가 당신 사부도 두려워할 정도예요?"

한운석이 이해할 수 없다는 듯 물었다.

용비야가 상황을 자세히 설명해 주었고, 이야기를 다 들은 한운석은 무시하는 듯한 웃음을 지었다.

"알고 보니 검종 노인은 인심을 잃었군요. 그럴 만해요! 단목요가 또 고자질하지 않았어요?"

한운석은 그 문제에 더 관심이 있었다.

"사부도 속으로 다 알고 계신다. 이 일은 사부에게 다시 언급하지 마라."

용비야가 담담하게 말했다.

"좋아요. 중요한 건 대국이니까요."

한운석이야말로 단목요와 계속 얽히는 게 싫었다. 어쨌든 단목요도 적잖이 곤욕을 당했다.

"계율원에서 한 달 동안 폐관 수련을 해야 한다. 유 사숙과 지내고 있어라, 알겠느냐?"

용비야가 물었다.

용비야는 폐관 수련을 통해 순위전을 준비한다고만 말했을 뿐, 서정인에 대해서는 이야기하지 않았다.

한운석은 망설임 없이 고개를 끄덕였다.

"날 산 아래로 보내지만 않으면, 누구든 함께 지낼 수 있어요."

용비야는 사랑스러운 눈길로 그녀를 바라보며 어쩔 수 없다는 듯 말했다.

"유 사숙은 믿을 수 있는 사람이다. 내가 출관하기 전까지 계율원을 떠나지 마라."

한운석을 곁에 두면, 마음을 가라앉히고 서정력을 다스리기 어려웠다. 그녀를 구현궁에 두자니 단목요가 가만있지 않을 게 뻔했다. 사부의 병 상태는 좋았다 나빴다 하고 있으니 안심할 수 없었다. 계율원의 유 노파는 분별 있는 사람이니 이유 없이 한운석을 괴롭히지 않을 테고, 단목요와 창구자도 계율원은 무서워하니 쉽게 올 수 없을 것이다. 그들이 와도 유 노파가 모르는 척하고 있을 리 없었다.

"아무데도 안 가고 매일 당신이 있는 곳 문 앞에 앉아서 지키고 있을게요!"

한운석이 놀리듯 말했다.

"정말이냐?"

용비야가 물었다.

"당연하죠!"

한운석이 확신에 차서 말했다.

"그럼 본 왕은 영원히 나오지 말아야겠구나. 네가 평생 본 왕을 지켜 주도록."

용비야가 웃으며 말했다.

용비야가 언제 이렇게 농담을 잘 하게 되었는지 한운석도 알 수 없었다. 그녀도 웃으며 말했다.

"한 달 후에 안 나오기만 해 봐요. 천산 아래로 내려가서 다시는 안 올 테니!"

용비야는 그녀를 꼭 껴안고 천검대전 지붕에 내려섰다. 그는 한운석의 눈을 바라보며 말했다.

"한운석, 네가 이토록 모진 사람인 줄 전에는 왜 몰랐을까?"

"당신이 모질게 굴지 않으면 나도 안 그래요. 하지만 모질게 날 버려두면, 나도 모진 마음을 먹고 당신을 버릴 거예요."

한운석은 진지하게 대답했다. 이 말은 용비야에게 주는 예방 주사 같은 것이었다.

그녀는 여전히 걱정스러웠다. 중추절 전에 산에서 내려가지 못하면, 그는 그녀만 산 아래로 내려 보낼 것이다.

용비야는 어쩔 수 없다는 듯한 표정과 사랑 가득한 눈빛으로 바라보다가 결국 그녀의 머리를 품 안에 넣으며 꼭 끌어안았다. 그는 가볍게 탄식한 후, 작은 목소리로 말했다.

"본 왕도 네게는 모질 수 없구나……."

계율원에 이르자 유 노파가 직접 용비야와 한운석을 맞았다. 이들을 데리고 계당에 가려하자 용비야가 말했다.

"잠시 기다렸다가 사부님이 오시면 같이 가시지요."

"장문인께서 직접 오신다고?"

유 노파는 뜻밖이었다.

"본 왕의 혼롓날, 사부님께서는 폐관 수련으로 내려오지 못하셨습니다. 이제 운석이 왔으니 당연히 사부님께 차를 올려야지요."

용비야가 담담하게 말했다.

한운석을 검종 노인에게 정식으로 소개하겠다는 뜻이었다!

이미 만난 사이지만, 얼굴을 본 것과 용비야가 정식으로 소개하는 건 완전히 다른 이야기였다.

용비야가 말하지 않았으면, 한운석은 용비야가 그녀를 데리고 '집안 어른'을 만나러 왔다는 사실을 잊을 뻔했다.

유 노파는 한운석을 살펴보며 밖에서 무성하게 떠도는 소문들을 떠올렸다. 속으로는 그 소문들이 어느 정도 일리 있다고 생각했다. 한운석 이 여자는 무공은 할 줄 모르지만 함부로 건드릴 인물은 아니었다.

"그럼 다실로 가자. 오랫동안 비야가 우려낸 차를 마시지 못했더니, 아주 그립구나."

유 노파가 웃으며 말했다.

가는 동안 유 노파는 떠보듯이 질문했다.

"운석, 어째서 무예를 익히지 않았지?"

한운석은 몇 년 전 용비야에게 내공을 익힐 수 없는 폐물이라는 평가를 받았다. 무예를 익힐 수 없는 몸이긴 했지만, 천산에서 이런 화제에 대답하기란 참 민망했다.

용비야도 못 들은 척 대답하지 않았다.

하지만 유 노파는 굳이 또 물어보았다.

"비야가 벌을 받는 한 달 동안, 너는 할 일이 별로 없을 게다. 이 늙은이가 네게 무공을 가르칠 제자를 붙여 주면 어떠냐?"

"올해 계율원의 제자 정원은 이미 다 차지 않았습니까?"

용비야가 물었다.

유 노파가 웃으며 답했다.

"우리 계율원에 진왕비를 제자로 받을 복이 있겠느냐. 다만 무료한 시간을 보낼까 걱정되어 기분전환을 시켜주려 했을 뿐이다."

"유 장로의 뜻은 감사합니다. 하지만 저는 무료하지 않을 거예요. 할 일이 많답니다!"

한운석이 서둘러 수습했다.

무공을 못 하는 것만도 이미 창피한데, 만일 유 노파가 그녀가 무예에 있어서 폐물인 것을 알게 되면 그건 또 어떻게 감당한단 말인가?

마시든지 말든지

유 노파는 한운석이 무예에 있어 폐물이 아닐까 생각했다. 하지만 단순한 호기심으로 자신의 예상이 맞는지 확인하고 싶었을 뿐, 한운석을 창피하게 만들려는 의도는 없었다.

한운석이 거절하자 유 노파도 더 강요하지 않았다.

"유 사숙, 드시죠."

용비야가 우려낸 차를 권했다.

"너와 요요의 일로 네 사부가 또 벌을 주지는 않았지?"

유 노파는 질문하며 상황을 떠보았다. 창구자의 됨됨이를 생각할 때, 일이 그리 단순하지는 않을 것 같았다. 창구자가 단목요와 한패가 되어 나쁜 짓을 벌이지는 않았다고 해도, 최소한 좋은 마음으로 순순히 단목요를 구해 줬을 리 없었다.

"이 일은 원래 그녀 잘못이니 저를 벌하실 이유는 없습니다."

용비야는 화제를 돌렸다.

"유 사숙, 부탁이 있습니다."

"별말을 다 하는구나. 무슨 일이든 다 말해 보거라."

유 노파는 속으로 살짝 놀라고 있었다. 이 녀석이 다른 사람에게 부탁을?

"제가 벌을 받는 한 달 동안 운석이 계율원에서 함께 머물러도 되겠습니까?"

용비야가 완곡하게 돌려서 말했다.

유 노파는 바로 대답하지 않았다. 그녀는 이 일에 큰 책임이 따른다는 것을 알았다. 한운석이 계율원에 머무는 한 달 동안 계율원은 반드시 그녀가 무사하도록 지켜야 했다.

다른 사람은 몰라도 창구자와 단목요는 반드시 이 틈에 한 운석을 괴롭히러 달려들 것이다. 다시 말해 용비야는 지금 창 구자와 단목요에 맞설 수 있게 계율원이 도와 달라고 부탁하는 것이었다.

계율원에 들어온 사람은 유 노파가 지켜 줄 수 있었다. 다만 그녀는 용비야가 이번에 천산에 돌아와 대체 뭘 하려는 것인지 알고 싶었다.

운공대륙 서열 5위 고수인 냉월 부인을 삼 초 안에 죽였으 니, 그의 무공은 그녀와 다른 두 장로보다 높을 게 분명했다. 하지만 창구자와는 얼마나 차이가 날까?

"비야, 솔직하게 말해 봐라. 이번에 얼마나 오래 있을 생각 이냐?"

유 노파가 떠보듯 질문했다.

계율원은 파벌 간의 다툼에 개입한 적이 없었고, 어떤 세력 도 자기편으로 끌어들이지 못했다. 하지만 용비야는 창구자 같 은 자를 없애기 위해서라면 유 노파도 힘을 보탤 거라고 믿었 다. 창구자는 요 몇 년 동안 겉으로는 순종하는 척 뒤에서는 남 을 속이며 여러 차례 문파의 규정을 어겼다. 유 노파가 확실한 증거만 잡아냈어도, 절대 창구자가 그렇게 오래 날뛰게 놔뒀을 리 없었다.

"순위전과 천검 대회 이후까지입니다."

용비야가 대답했다.

이 두 행사는 천산의 각 파벌 실력에 직접적인 영향을 주며, 각 세력 순위가 다시 정해지는 기회였다.

상황을 파악한 유 노파는 확실하게 대답했다.

"좋다! 운석이 몰래 나가지만 않으면, 이 늙은이가 반드시 지켜 주겠다."

용비야는 진심을 다해 읍을 하며 인사했다.

"감사합니다."

한운석은 옆에 앉아서 용비야를 봤다가 다시 유 노파를 보았다. 다른 사람에게 폐를 끼치는 느낌에 답답했다.

난 왜 무예도 못 익히는 폐물인거야?

몇 마디 나누지 않았는데 검종 노인이 도착했다.

그가 들어오자 유 노파와 용비야는 일어나 인사했고, 한운석도 그대로 따랐다.

검종 노인은 그녀를 제대로 쳐다보지도 않고 유 노파에게 담담하게 말했다.

"계당에 가세. 본 사존이 함께 들어가서 몇 마디 당부할 말이 있네."

계당에 한번 들어가면 벌이 끝나기 전까지는 나올 수 없었고, 누구도 찾아갈 수 없었다. 검종 노인이 직접 온 것은 용비야의 서정인을 풀어 주기 위해서였다.

이런 큰일이 없었다면 일찌감치 단목요 치료 방법을 강구하느라 바빴을 것이다.

유 노파는 구체적인 상황은 몰랐지만, 검종 노인이 단순히 몇 마디 당부하러 온 게 아님은 확실했다. 어쩌면 이번에 용비야가 돌아왔으니 장문인이 나서서 창구자를 처리하려는 것일지도 몰랐다.

유 노파는 많은 것을 묻지 않고, 속으로만 결심했다. 무슨 일이 있어도 이 한 달 동안 누구도 용비야를 방해하지 못하게 하리라. 한운석을 괴롭히는 일은 더더욱 허락하지 않으리라.

"계당은 당연히 가야지요. 다만 이 두 사람이 여기서 사형께 차를 올리려고 오래 기다렸습니다."

유 노파가 웃으며 말했다.

검종 노인은 이해가 되지 않아 용비야에게 의문의 눈빛을 보냈다.

오늘 밤 서정인을 해제하는 것은 예삿일이 아니었다. 이 중요한 일을 앞두고 이 녀석은 대체 무슨 생각으로 여기서 시간을 보내며 차를 마시고 있지?

일찌감치 한운석을 다 부탁해 놓고 계당에서 자신을 기다리고 있을 줄 알았다.

"사부님, 제가 이번에 운석을 데리고 산에 온 것은 사부님께 차를 올리기 위해서였습니다. 혼롓날에 사부님께서 폐관 수련에 들어가 받지 못하신 차를 오늘 여기서 올려드립니다."

용비야는 말과 함께 직접 차 한 잔을 따라서 한운석에게 주었다.

"사부님께 차를 올려라."

이 말은 한운석에게 그와 마찬가지로 검종 노인을 '사부'라고 부르라는 뜻이었다.

한운석은 찻잔을 받아 검종 노인에게 걸어갔다. 하지만 검종 노인은 한마디도 하지 않고 여전히 한운석을 보지 않은 채 용비야를 향해 차가운 눈빛을 보냈다.

갑작스럽게 차를 올려서 기분이 나빠진 게 분명했다!

하지만 갑작스럽다고 볼 수는 없었다. 한운석은 용비야의 정비이니 그의 사부에게 차를 올리는 것은 아주 지당하고도 정당한 이치였다. 설마 검종 노인은 '정비' 자리에 다른 생각을 갖고 있는 걸까?

운공대륙의 혼인 풍속에서 차를 올리는 것은 아주 중요한 예절이었고, 집안 어른이 새로 들어온 신부를 받아들인다는 의미였다.

오직 정실 부인, 정비만이 집안 어른에게 차를 올릴 자격이 있었다. 소실이나 측비는 차를 올리는 격식 따위는 고사하고 신부맞이 행사도 필요치 않았다. 가마가 옆문을 통해 들어오면 끝이었다.

용비야가 한운석을 데리고 검종 노인을 만나러 온 것은 한운석을 '집안 어른과 만나게' 하려는 의도도 있었지만, 더 큰 이유는 검종 노인이 한운석의 지위를 인정하게 만들고자 함이었다. 노골적으로 말하면, 검종 노인에게 다시는 단목요를 그에게 갖다 붙이지 말라고 이야기하는 것이었다.

방 안은 고요했다. 한운석은 차를 든 채 한 걸음씩 검종 노인 쪽으로 다가갔다.

검종 노인과 용비야의 눈빛이 부딪쳤다. 스승과 제자 두 사람 사이에 처음으로 일촉즉발의 긴장감이 맴도는 듯했으나, 유노파는 도리어 흥미롭게 한운석을 바라봤다.

검종 노인의 반응을 한운석도 눈여겨보았다.

검종 노인이 용비야의 신붓감을 찾아 주고 싶어 한다는 사실이야 그녀도 잘 알고 있었다. 하지만 차를 올리는 순간이 되어서야, 검종 노인의 마음을 확실히 깨닫게 되었다.

지금까지도 검종 노인은 진왕의 정비인 그녀를 인정하지 않고, 여전히 단목요가 정비 자리를 차지하기를 바라고 있었다.

한운석의 입가에 냉소가 피어올랐다. 정비는 무슨, 측비, 아니 시녀 자리도 단목요에게는 어림도 없었다!

그녀의 발걸음은 더 확고해졌고 힘이 들어갔다. 어쩌면 검종 노인은 사람들 앞에서 거절할 수도 있었다. 아니, 거절은 고사하고 바로 자리를 박차고 나가 버려 자신을 난감하게 만들지도 몰랐다.

하지만 이 차는 반드시 올리고 말리라!

검종 노인에게 그녀의 신분을 인정하라고 압박하는 게 아니었다. 이건 검종 노인을 향해 자신의 신분을 밝히는 일이었다.

한운석은 검종 노인 앞으로 다가가 두 손으로 찻잔을 받들고, 망설임 없이 무릎을 꿇은 후 큰 소리로 말했다.

"진왕 정비 한운석, 사부님께 차를 올립니다."

검종 노인은 꿈쩍도 하지 않고 여전히 용비야와 눈을 마주치고 있었다. 스승과 제자 두 사람이 서로 쏘아보는 눈빛 속에서 얼마나 많은 충돌이 일어나고 있는지는 두 사람만 알 수 있었다.

"사부님께 차를 올립니다!"

한운석이 다시 권했다.

검종 노인은 여전히 거들떠보지 않았고, 방 안은 무서우리만치 고요했다.

"사부님께 차를 올립니다!"

한운석이 세 번째 권했지만 검종 노인은 여전히 외면했다. 용비야의 눈빛은 차가워졌고, 검종 노인은 천천히 두 눈을 가늘게 뜨면서 위험한 기운을 뿜어냈다.

옆에서 지켜보던 유 노파마저 긴장되었다. 검종 노인은 화내는 일이 드물었으나, 일단 화를 내면 그 뒷감당은 상상하기 힘들 정도였다.

한운석이 천산 아래로 내쫓길 수도 있었다.

그런데 한운석이 갑자기 벌떡 일어나더니, 검종 노인 옆에 있는 작은 탁자에 찻잔을 두고 허리를 굽힌 후, 용비야 곁으로 돌아갔다.

이 무슨…….

너무 놀란 검종 노인은 결국 한운석 쪽을 바라봤고, 유 노파는 하마터면 웃음을 터뜨릴 뻔했다. 그녀는 한운석이 아주 고집 센 상대임을 알아챘다. 훌쩍이며 울거나 아양을 떨며 애원하지 않고, 계속 무릎을 꿇은 채 일어나지 않을 거라 예상했다.

그런데 이 여자는 세 번 차를 올린 후 찻잔을 옆에 내려놨다. 무릎을 꿇지도, 간청하지도 않았다.

이건 무슨 뜻이지?

검종 노인에게 차는 올렸으니 마시려면 마시고, 안 마시려면 버리라고 말하는 걸까?

대범하게 용비야 옆에 서서 평온한 표정을 하고 있는 한운석을 보자, 유 노파는 갑자기 이 여자가 마음에 들었고, 속에서 남모를 탄식이 흘러나왔다.

'안타깝군, 안타까워. 저 여자가 폐물만 아니었다면 얼마나 좋을꼬.'

검종 노인은 깜짝 놀랐던 정신을 추스르고 그 찻잔을 들었다.

마실 것인가, 아니면 돌려줄 것인가. 짧은 순간에 여러 생각이 들었다.

검종 노인은 찻잔을 들고 주저하며 움직이지 않았다. 대체 어떻게 할지 알 수 없었지만, 마실 뜻이 없음은 분명했다.

"사부님, 그 차를 마시지 않으시면, 제 마음이 놓이지 않습니다."

용비야가 입을 열었다.

그 말을 유 노파는 알아듣지 못했고, 한운석도 다 이해하진 못했다.

오직 두 사제지간만이 서로 알아들었다. 검종 노인이 이 차를 마시지 않으면 용비야는 마음이 놓이지 않고, 마음이 놓이지 않으면 폐관 수련에 들어가 전력을 다해 서정력을 다스리기 어려웠다.

그랬다. 용비야는 검종 노인을 위협하고 있었다.

다들 어머니는 자식 덕에 존귀해진다지만, 사실 지아비가 실력이 있고, 그 지아비의 마음에 자신이 있다면 자식을 무기로 내세울 필요가 없었다. 지어미는 지아비 덕에 존귀해지는 법!

한운석이 대담하게 차를 올리러 가고, 거리낌 없이 찻잔을 옆에 내려놓을 수 있었던 이유도 다 용비야가 그녀 뒤에서 버티고 있기 때문이었다.

검종 노인은 찻잔을 너무 세게 움켜쥐다가 하마터면 깨뜨릴 뻔했다. 하지만 결국 그는 한 발 물러섰다.

오래 전, 그는 비야에게 평생 요요를 지켜 주겠다고 약속하라고 압박한 적이 있었다. 하지만 이 녀석은 끝까지 뜻을 굽히지 않았다. 그때가 두 사람의 첫 번째 충돌이었다.

결국 두 사람은 각자 한 발 물러서면서 상황을 수습했고, 비야는 요요가 만 열여덟이 될 때까지만 지켜 주겠다고 약속했다. 하지만 지금 용비야는 이미 예전의 그 용비야가 아니었다. 그가 또 양보할 리 없었다.

검종 노인은 속으로 탄식했다. 지금에 와서야 그는 사랑하는 제자가 다 컸음을 발견했다.

사실 그도 용비야와 한운석을 떼놓을 마음은 없었다. 다만 너무 요요를 아낀 나머지 요요가 억울한 처지가 되는 게 싫었다. 만약 요요가 정비가 되고 한운석이 소실이 된다면 가장 좋은 결말이었다. 그는 한운석 이 여자의 성정이나 영민함이 요요보다 훨씬 뛰어남을 인정했다. 다만 무예에 있어 폐물이라는 게 안타까웠다.

이런 중요한 시기에 검종 노인은 문제를 일으키고 싶지 않았다. 어쨌든 나중에 비야가 제위에 오르면, 그때 황후 자리는 요요에게도 기회가 있었다.

그는 차를 단번에 들이킨 후 차갑게 말했다.

"권각도 할 줄 모르니 제자들을 따라서 사존이라고 불러라."

그 말인 즉 그녀 같은 폐물은 용비야처럼 그를 사부라고 부를 자격이 없다는 뜻이었다.

한운석은 시원스럽게 몸을 굽히며 말했다.

"예, 사존."

사존은 사부만큼 친밀하지는 않지만, 적어도 검종 노인은 차를 마시며 그녀의 신분을 인정했다.

검종 노인에게 호감을 사지 못할 게 확실한 이상, 한운석도 이 사존과 가까워지거나 비위를 맞출 생각은 없었고, 그의 제자가 되고 싶은 생각은 더더군다나 없었다.

폐물이면 폐물이지, 뭐. 그녀는 늘 그렇듯 어려운 일을 헤치고 적들을 물리치며 살아갈 것이다. 용비야, 그리고 꼬맹이만 있으면 무서울 게 뭐람?

마침내 차를 올리는 일도 끝냈다.

유 노파가 앞에서 길을 안내했고, 이제 용비야는 정식으로 폐관 수련에 들어가게 되었다……

그 사람처럼, 더 강하게

계율원의 계당은 총 마흔아홉 개 구역으로 나뉘어졌다. 각 구역별로 독립적인 원락이 있었고, 원락은 명실과 암실 두 부분으로 구분되었다. 명실은 평범한 방이었고, 암실은 돌로 만들어진 밀실이었다.

가벼운 죄라면 명실에 갇혀서 외출을 금하고 검술 수련에 몰두해야 했다. 무거운 죄라면 암실에 갇혀서 처벌 기간이 다 끝난 후에야 나올 수 있었고, 벌을 받는 동안 누구도 방문할 수 없었다.

용비야는 면벽 사죄하라는 벌을 받았으니, 암실에 갇히는 것이나 다름없었다.

검종 노인은 비밀리에 찾아와 몇 마디만 당부하겠다고 했지만, 유 노파는 그 뜻을 알아채고 용비야를 가장 은밀한 곳, 즉 가장 안전한 계당으로 보냈다.

검종 노인이 앞에 있는데도, 용비야는 주변에 아무도 없는 듯 한운석을 껴안았다.

이곳으로 오는 동안 그는 아주 말이 많았다.

한운석은 함께 지내면서 그가 하루에 이 정도로 말을 많이 하는 건 처음 보았다. 그는 알려 줘야 할 것들을 다 설명했고, 굳이 말할 필요 없는 것까지 다 당부했다.

이제 그는 가만히 그녀를 껴안고만 있을 뿐, 말이 없었다.

한운석은 오는 동안 말할 틈이 없었다. 그녀가 입을 떼려고 하자, 용비야가 갑자기 그녀를 놓아주며 말했다.

"날 기다려라."

"그럴게요."

한운석은 대답 후 그가 그녀를 놔주려 하자 다급하게 말했다.

"잠깐, 할 말이 있어요."

"음."

용비야는 기다렸다.

한운석은 용비야의 귓가에 다가가 작은 소리로 속삭였다. 바로 창구자에게 준 금침에 숨겨진 계략이었다.

용비야는 고개를 끄덕였다.

"아주 잘 했다. 또 다른 일이 있느냐?"

그가 물었다.

한운석은 고개를 저었다. 그가 손을 놓으려고 하자 한운석이 또 막았다.

"또 있어요!"

그는 참을성을 갖고 귀를 가져다 대며 그녀의 말을 기다렸다. 하지만 이번에 그녀는 별 다른 말을 하지 않았다. 사실 딱히 할 말은 없었다.

그저…… 그를 더 안아 주고 싶었을 뿐이었다.

검종 노인과 유 노파는 곁에서 그 모습을 보고 있었다. 유 노파는 검종 노인을 향해 소리 없는 미소를 지어보였고, 검종 노인은 그저 못 본 척 밖을 바라보며 엄숙한 표정을 유지했다.

한운석의 이런 속셈이야 용비야는 당연히 알고 있었다. 하지만 그는 그래도 손을 놓으며 말했다.

"자, 착하지, 한 달이면 된다."

늘 소탈한 한운석이었지만, 이번에는 어째서인지 유달리 손을 놓고 싶지 않았다.

하지만 그러고 싶지 않아도, 결국은 손을 놓아야 했다.

갑자기 용비야가 고개를 숙이더니 그녀의 입술 위로 깊은 입맞춤을 남겼다. 그리고는 미련을 두지 않고 과감하게 떨어져 뒤도 돌아보지 않고 밀실로 들어갔다.

따라가고 싶어 하는 한운석을 유 노파가 붙잡았고, 검종 노인은 안으로 들어가 문을 닫았다.

한운석은 굳게 닫힌 돌문을 바라보며 알 수 없는 두려움에 사로잡혀 어찌할 바를 몰랐다. 갑자기 세상이 휑하니 텅 비고 그녀 홀로 남은 듯했다.

분명 미리 마음의 준비를 다 했는데, 이렇게 갑작스러운 느낌이 드는 건 왜일까?

천녕국 도성에서 폭동이 일어나던 날 밤에 그가 그녀를 데리고 떠난 후 지금까지 두 사람은 거의 떨어진 적이 없었다. 사실 그녀는 몰랐지만 천녕국 도성에서조차 그는 늘 보이지 않는 곳에서 그녀를 지켜보고 있었다.

즉 신혼 첫날밤, 그녀가 그를 해독한 이후부터 두 사람은 오랜 기간 떨어진 적이 없었다.

그런데 지금 벽 하나를 사이에 두고 한 달간 떨어져 있어야 했다.

한운석은 평생 처음으로 지척이 천 리인 듯한 괴로움을 느꼈다. 그가 이제 막 들어갔는데, 벌써 견디기 힘들었다.

내가 생각했던 것보다 이 남자를 더 깊이 사랑하는구나.

검종 노인은 몇 마디 당부한 후 나온다고 했지만, 반 시진이 지나도록 나오지 않았다.

하지만 유 노파는 재촉하지 않고 한운석에게 당부만 했다.

"너는 벌 받는 동안 함께 있는 것이니, 본분을 지켜 함부로 돌아다니지 않도록 해라."

"예, 유 장로, 감사합니다."

한운석이 진지하게 말했다.

유 노파는 검종 노인을 기다리지 않고 돌아갔다. 한운석은 검종 노인이 용비야의 수련을 도와주러 들어갔다고만 알았지, 다른 것에 대해서는 잘 몰랐다.

그녀는 돌문에 기대어 안에서 나는 소리를 듣고 싶었지만, 아무 소리도 들을 수 없었다.

한운석은 마음을 진정시키고, 이 시간에 수련을 해야겠다고 생각했다. 독 저장 공간은 아직 첫 번째 단계에 머물러 있었고, 두 번째 단계로 돌파하지 못했다. 두 사람의 몸은 천산에 있으나, 천산 아래에서는 각 세력들이 공격하려고 꿈틀대고 있었다. 특히 그 신비한 독술 고수는 보이지 않는 곳에서 매복한 채 나설 기회를 엿보고 있었다.

무공을 익히는 데는 폐물이라면, 독술은 반드시 더 강해져야 했고, 최고 실력을 갖춰야 했다!

수행을 하면 시간은 늘 빠르게 흘렀다.

한운석은 대나무 침상에 책상다리를 하고 앉아 마음을 진정시키려고 애썼다. 그러나 그녀는 마음을 진정시키기는커녕 잘못해서 꼬맹이를 소환해 버렸다.

꼬맹이는 독 연못에서 상처를 치료하고 독혈을 길러 내다가 갑자기 불려나와 정신을 차리지 못했다. 공처럼 바닥을 데굴데굴 구르다가 '쿵' 소리를 내며 문지방에 부딪힌 후에야 멈췄다.

꼬맹이는 일어나 엉덩이를 문지르면서 딱딱한 문지방을 보고는 멍한 표정을 지었다.

저렇게 커다란 곳에 부딪혔는데 아프지 않네?

꼬맹이는 분명 살이 찐 게 분명하다고 생각했다.

그는 운석 엄마를 봤다가 다시 문밖을 보고는 바로 뛰쳐나가려고 했으나 한운석이 불러 세웠다.

"이리 와, 함부로 돌아다니지 말고!"

꼬맹이는 바로 한운석의 품으로 쪼르르 달려와 계속 찍찍 소리를 냈다.

한운석이 알아듣지 못하자 꼬맹이는 뾰족한 코로 한운석 팔의 하얀 옥정석 팔찌를 건드렸다. 마치 한운석에게 이렇게 묻고 있는 것 같았다.

"용 아빠는 왜 안 보여요?"

"한 달 동안 폐관 수련에 들어갔어. 그러니까 지금은 우리 둘

이 서로 의지해야 해, 알았지? 함부로 돌아다니거나 말썽을 일으켜서는 안 돼. 우릴 지켜보는 눈이 많단 말이야."

한운석은 암실 문을 가리키며 작은 목소리로 당부했다. 꼬맹이는 알아듣지 못했지만, 용 아빠가 암실에 있다는 건 알았다.

공자가 없는데, 용 아빠도 없다니.

좋아, 내가 운석 엄마를 지켜 주겠어!

꼬맹이는 운석 엄마의 품을 파고들다가 고민이 생겼다. 그럼 지금 운석 엄마를 지키는 건 공자 대신일까, 아니면 용 아빠 대신일까?

공자를 대신해서 나서는 게 당연했다. 하지만 요즘 용 아빠도 꽤 오랫동안 녀석을 창밖으로 던지지 않았다.

한운석이 꼬맹이의 이런 생각을 알았다면, 천산 밖까지 발로 뻥 차 버리지 않았을까? 그녀를 지키는 게 바로 이 녀석의 사명인데, 누구를 대신하고 말고가 어딨어?

검종 노인은 하루가 지난 후에야 나왔다. 돌문이 열리자 꼬맹이는 바로 한운석 품 안에서 쪼르르 달려 나와 바람처럼 빠르게 암실로 들어가려 했다. 하지만 검종 노인이 손 한 번 휘두르자 꼬맹이는 문밖으로 날아가 버렸다.

이번에는 부딪힌 곳이 너무 아팠지만, 그래도 이를 악물고 돌진했다. 그러나 안타깝게도 암실 문은 이미 닫힌 뒤였다. 백발이 성성한 늙은이가 돌문 앞에서 운석 엄마를 제지하고 있는 모습만 보였다.

꼬맹이는 이 늙은이가 누군지 몰랐다. 그는 달려와서 운석

엄마의 치맛자락을 한껏 잡아당기며 필사적으로 돌문을 긁어 댔다. 꼬맹이는 아주 초조했다!

암실에서 피비린내가 났다. 아주 희미했지만 꼬맹이는 쉽게 맡을 수 있었다. 용 아빠에게 무슨 일이 생긴 게 틀림없었다.

"사존, 한 번 보기만 할게요."

한운석이 애원했다. 피비린내를 맡지는 못했지만, 꼬맹이가 이렇게 조급하게 구는 걸 보니 걱정스러웠다.

"짐이 되고 싶지 않다면 조용히 이곳을 지키고 있어라."

검종 노인은 인정사정없이 말했다.

한운석은 말없이 뒤로 물러섰다. 꼬맹이는 더 다급해져 검종 노인을 공격하려고 했지만, 다행히 한운석이 바로 녀석을 잡아 서 품 안으로 집어넣었다.

"착하지, 아무 일도 없을 거야. 안에서 폐관 수련을 하는 것 뿐이란다."

한운석의 위로를 받고서야 꼬맹이는 잠잠해졌다. 검종 노인 은 꼬맹이를 보고 호기심이 일었다.

"이것은……."

"비야가 제게 선물한 영수靈獸예요."

한운석이 대답했다. 검종 노인 앞이라 해도 그녀의 독종 신 분을 밝힐 수 없었다.

검종 노인도 영수를 본 적이 있었던지라 꼬맹이는 신경 쓰지 않고 돌아서서 가 버렸다.

한운석은 돌문을 한참 바라보다가 바로 방문을 닫았다.

그녀는 꼬맹이에게 문을 지키고 있다가 누가 오면 알려 달라고 당부한 뒤 으슥한 곳에 자리를 잡고 앉아 수련을 시작했다.

그녀는 한 달 후면 용비야가 더 강해질 거라고 믿었다. 그러니 그녀도 더 강해져야 했다!

검종 노인은 비밀리에 움직였고, 창구자 쪽 첩자는 그의 행방을 알아낼 만큼의 능력은 없었다.

"용비야는 어제 계당에 들어갔고, 한운석도 계율원에 머무르고 있습니다."

첩자가 사실대로 보고했다.

창구자는 방금 손톱 안쪽에 침을 찔러 넣고 머리가 뽑힐 것 같은 통증에 시달리고 있었다. 한참 후에야 정신이 돌아온 그는 차갑게 말했다.

"지금 이 빚은 이자까지 쳐서 갚아 줄 테다!"

그가 군역사에게 보낸 피와 독침에 대해서는 아직도 답신이 없었다. 어쩔 수 없이 그는 한운석이 말해 준 방법대로 계속 금침으로 손톱을 찔러 통증을 완화시켰다.

군역사 쪽 답장이 늦어지자 창구자는 여러 독의들을 불렀다. 검사 결과는 마찬가지였다. 그의 배는 확실히 중독되었지만 해약은 없었다. 배 이외 다른 곳은 중독되지 않았다.

복부 통증이 줄어들자 창구자도 군역사 쪽에 희망을 걸지 않았다. 사흘 후, 배에 있던 독은 완전히 사라졌고 전혀 아프지 않았다.

사실 군역사는 창구자의 서신을 받지 못했다. 그 서신은 백언청의 손에 들어갔기 때문이었다. 군역사는 아직 동오족 쪽에서 북려국 태자와 이황자를 모해할 계획을 세우면서, 그 야만족과 말 거래에 관해 이야기 중이었다.

그는 최근 사부의 행동에 대해 아는 바가 전혀 없었다. 그의 생각은 오로지 말에 집중되어 있었다. 말만 손에 넣으면 북려국은 삼국 전쟁에 개입할 수 있었다. 북려국에서 너무 오래 머무르다 보니 용비야와 한운석을 괴롭히지 못해, 그는 아주 손이 근질근질했다!

4월의 초원은 형언할 수 없을 정도로 아름다웠다.

목초가 드넓게 펼쳐진 가운데 곳곳에 야생화가 피어나 초원이라기보다 꽃 평원에 가까웠다. 초원에서 가장 아름다운 곳은 바로 화호花湖였다. 이 화호란 바로 꽃이 흐드러지게 피어 있는 호수를 일컬었다.

4월은 호수에서 수초가 가장 무성하게 자라는 시기였다. 거대한 호수 위로 커다란 잎을 가진 수초가 둥둥 떠오르면 그 위로 꽃이 피어났다. 가지각색의 꽃이 끝없이 펼쳐지는 절경은 이루 말할 수 없이 아름다워, 마치 인간 세상에 선계가 나타난 것만 같았다.

백언청은 작은 배 하나를 타고 화호 가운데 멈춰서 아래로 낚싯대를 드리웠다. 얼마 후, 물고기 하나를 낚았으나, 물고기는 온몸이 새까맸다. 낚싯바늘에 걸리자마자 중독되어 죽은 게 분명했다.

그 모습을 본 백옥교는 기겁했다. 물고기 때문이 아니라 물고기를 낚은 낚싯바늘 때문이었다. 그건 분명 창구자가 사형에게 보낸 금침으로 만든 바늘이었다! 그 물고기가 사부가 쓴 독 때문에 죽은 것인지, 아니면 금침 자체에 극독이 묻어 있었는지, 백옥교는 알 수 없었다.

그녀는 원망스러운 눈길로 사부를 바라보았다. 사부는 창구자가 서신을 보냈다는 사실을 사형에게 알려 줄 생각이 없는 게 분명했다.

사부는 최근 무림의 움직임에 관심이 없었다. 냉월 부인의 죽음에도 전혀 동요하지 않았다.

그는 삼국 전쟁에 관심을 보였고, 중남도독부의 모든 움직임에 더 관심을 가졌다. 대체 뭘 하시려는 걸까?

영승을 위협할 수 있는 것

백옥교는 사부의 생각을 종잡을 수 없었지만 감히 더 물어볼 수 없었다. 지금은 다만 사형이 빨리 돌아오기만 바랄 뿐이었다. 사형이 사부 곁에 돌아와도 뭔가를 알아챈다는 보장은 없었다. 하지만 돌아오면 그래도 기회는 있었다. 저 멀리 동오족과 함께 있으면, 사부가 그를 팔아넘겨도 대신 돈을 세줄 판이었다!

잠시 후, 매 한 마리가 머리 위를 뱅뱅 돌더니 급강하하여 백언청 팔 위로 내려앉았다. 백언청은 매의 다리에 묶인 종이를 빼서 읽은 후, 찢어서 호수에 버렸다.

백옥교는 사부에게 서신을 전하는 매를 모두 알고 있었지만, 지금 이 매는 처음 보았다. 그 말은 이 밀서가 누구에게서 왔는지 그녀도 모른다는 뜻이었다.

종이에 적힌 내용도 알 수 없었다. 백언청은 무표정한 얼굴로 계속 낚시를 이어갔다. 한 시진이 지난 후에야 그는 입을 열었다.

"옥아, 용비야는 어떤 사람 같으냐?"

"사부님이 아니면 누구도 넘어설 수 없는 자입니다."

백옥교는 의심이 솟아났다. 설마 방금 그 서신이 용비야와 관련된 내용일까?

용비야와 한운석은 지금 천산에 있는데, 그 매가 천산에서 온 건 아니겠지?

창구자는 사형하고만 알 뿐 사부의 존재는 몰랐다. 즉 사부와 창구자 간에는 왕래가 없다는 뜻이었다. 설마, 천산의 다른 사람과 왕래를? 아니면 사부가 천산에 첩자를 심어 둔 걸까?

"허허, 이 사부도 그자만 못하지!"

백언청이 허허 소리를 내며 웃었다.

"그자가 사부님보다 못하죠! 사부님은 존귀한 신분에, 무공은 세상 으뜸이요, 독술도 뛰어나시니, 용비야는 어느 것에서도 비교가 안 돼요!"

백옥교가 비위를 맞추려고 하는 말이 아니었다.

신분으로 따지자면 사부는 일곱 귀족의 후예로 지금의 어느 황족보다 존귀했다. 게다가 사부는 이미 의태비를 통해 용비야 출생의 비밀도 알아냈다. 그는 천녕국 황족 혈통이 아닌 데려와서 키운 아이에 불과했다.

무공으로 따지면 지금 무림에서 천산검종만이 사부와 어깨를 나란히 견줄 수 있으나, 사부가 몸을 낮추어 운공대륙 고수 순위에 오르지 않았을 뿐이었다.

독술이라면 용비야는 아예 비교가 안 되었다.

"꼬마야, 철이 없어서 허튼소리를 하는구나."

백언청은 아주 자상하게 허허 소리를 내며 웃었다.

그 말에 숨은 뜻이 무엇인지는 그 자신만 알았다. 어쨌든 백옥교는 들어도 막연하기만 했다.

낚시를 즐길 정도로 여유가 넘치는 백언청과 달리, 운공대륙 대부분 세력들은 모두 분주했다.

세 나라의 전란 가운데 영승은 서주국뿐 아니라 천안국까지 맞서야 했기 때문에 매일 쉴 틈 없이 바빴다.

서주국으로 돌아간 초천은 강성황제에게 연이어 세 번의 승리를 안겨 주었고, 풍림군을 되찾았다. 이 일로 강성황제는 그를 중용하며 더 많은 병권을 부여했다. 강성황제는 전처럼 초씨 집안 군대를 신뢰하지는 않았으나, 지금 이렇게 중요한 시기에는 그를 믿고 권력을 나눠 줄 수밖에 없었다. 초씨 집안 군대만이 영씨 집안 군대와 맞설 수 있기 때문이었다.

천안국의 경우 목 대장군은 직접 나서지 않고 도성을 지키며 용천묵을 보좌했다. 소장군 목청무는 직접 목씨 집안 군대를 이끌고 출정하여 역시 연달아 승전보를 전했고, 천녕국의 큰 도시 하나도 점령했다.

초씨, 목씨, 영씨 이 세 집안의 대군은 오랫동안 여러 차례 연합하여 북려국 철기병에 맞서던 한편이었으나, 이제는 서로 죽이는 관계가 되었다.

이들은 서로를 너무 속속들이 잘 알았다. 세 군대가 혼전을 벌였다면 영승도 패배할 리 없었다. 하지만 초씨 집안 군대와 목씨 집안 군대가 연합하여 동서 양쪽으로 영씨 집안 군대를 협공한 데다가, 천녕국 안에서 내란도 끊이지 않아 천안국에 의탁하는 자들도 많았다.

영승은 사면초가의 지경이었다. 지금까지 쓰러지지 않고 버틴 것만 해도 초씨, 목씨 집안 군대의 감탄을 샀다.

하지만 감탄은 감탄일 뿐, 초씨와 목씨 집안 군대는 전혀 긴장을 늦추지 않았다. 이들의 군량과 마초는 한계가 있어 반드시 속전속결로 끝내야 했기 때문이었다.

백성은 식량을 하늘로 여기지만, 군대는 더 그랬다. 식량 없이 배가 주린 상태에서는 아무리 용맹스러운 전사라 해도 싸움터에 나갈 수 없었다.

서주국은 본디 농경이 발달하지 않아 거의 매년 식량을 외부에서 조달했다. 게다가 오랜 내란으로 국고에 비축해 둔 양식이 얼마 없었다. 천안국은 농경이 발달했으나, 최근 몇 년간 여러 차례 징병이 이어지면서 많은 논밭이 황폐해졌고, 올해 가을 상납될 양식은 아마도 아주 적을 것이다.

반대로 천녕국은 운공상인협회의 지원을 받고 있어 서주국, 천안국만큼 군량과 마초 문제가 심각하지 않았다.

그래서 현재 세 나라의 상황을 보면, 서주국과 천안국은 속전속결로 전쟁을 끝내려고 공격 위주의 전술을 펼쳤고, 천녕국은 장기전을 생각해 수비 위주로 싸웠다.

사실 군량과 마초만 문제는 아니었다. 전쟁이 발발하면 모든 일에 영향을 주었기 때문에 온갖 업계가 불황에 시달렸고, 서주국과 천녕국 모두 더는 시간을 끌 수 없었다.

서경성 황궁 어서방에서 영승은 거만하게 다리를 꼰 채 왼손을 의자 손잡이에 얹고 의자 등받이에 기대어 높은 자리에서 내려다보듯 패기를 드러내고 있었다. 영씨 집안 군대가 연이어

패하고 있는데도 그의 얼굴에서는 실패로 낙담하거나 실의에 빠진 모습은 전혀 볼 수 없었다.

"마지막 홍의대포들은 언제쯤 도착하느냐?"

검은 옷을 입은 시종을 향한 그의 눈빛은 늘 그렇듯 아주 오만했다.

운공상인협회는 이미 두 차례나 천녕국에 홍의대포를 제공했다. 영승은 받은 대포들을 모두 동부 전선에 배치하여 목 장군의 공격을 막아 냈다. 그러지 않았다면 유한한 병력으로 지금까지 서경성을 지킬 수 없었을 것이다.

"전하, 그 대포들은 삼도 암시장에 압류되어 있어 아직 나오지 못했습니다."

시종이 사실대로 대답했다.

영승의 눈빛이 급격히 차가워졌다.

"누가 압류했느냐?"

"장로회입니다!"

영안이 성큼성큼 걸어 들어왔다.

"어쩔 수 없는 상황이 아니라면, 그 홍의대포들은 움직여서는 안 됩니다!"

"움직여야 어쩔 수 없는 상황이 오지 않는다!"

영승이 차갑게 반박했다.

그가 다년간 군대를 이끌고 싸워오면서 이렇게 답답한 적이 있었던가? 양쪽으로 협공이 들어와 방어만 할 뿐 공격은 할 수 없었다.

공격 없이 방어만 하는 것은 그의 풍격과 맞지 않았다.

"북려국은 흉악한 이리 같은 세력입니다! 언제 입을 벌려 사람을 물지 알 수 없습니다!"

영안이 진지하게 말했다.

앞서 그가 두 차례 가져간 홍의대포들은 그 수가 많다고 할 수 없으나, 삼도전장에 숨겨 놓은 대포 규모는 상당했다. 아직 아무도 모르지만, 그것은 운공상인협회와 영씨 집안 군대의 마지막 판돈으로, 북려국을 견제하기 위한 무기였다!

만약 영승이 지금 그 무기들을 사용해 버린다면, 군대를 이끌고 남하한 북려국에게 가장 먼저 공격 받을 곳은 천녕국이었다. 그때 가서 천녕국이 동, 서, 북 삼면으로 포위공격을 당하면 결과는 돌이킬 수 없었다!

게다가 남쪽의 중남도독부도 호시탐탐 공격 기회를 노리고 있었다!

"북려국은 군마가 없는데 어찌 움직이겠느냐? 본 왕에게 한 달만 시간을 주면, 반드시 서주국을 차지할 수 있다!"

영승은 무모한 게 아니라, 그럴 만한 근거가 있었다.

그는 한 달 안에 북려국이 절대 군마를 구할 수 없다고 확신했다. 구한다 해도, 군마와 기병은 서로 맞춰 갈 시간이 필요하기 때문에 바로 전쟁에 투입할 수 없었다.

그리고 이달 안에 홍의대포를 모두 동부 전선에 투입하여 목씨 집안 군대를 완전히 제압하고 나면, 초씨 집안 군대에 전력을 쏟을 수 있었다. 한 달 안에 서주국을 차지하지는 못하더라도, 초씨 집안 군대는 무너뜨릴 수 있었다. 초씨 집안 군대가 무너지면, 서주국도 위협적이지 않았다.

"안 됩니다. 이런 위험을 무릅쓸 수는 없습니다."

영안은 조금도 물러서지 않았다.

"장로회는 이미 금지명령을 내렸습니다. 누구도 그 무기들을 움직일 수 없습니다!"

적족의 장로회는 가문을 견제할 권력은 없었으나, 운공상인 협회의 물자를 관할할 힘은 있었다.

"소심한 늙은이들, 평생 일을 성사시키지 못할 거다!"

영승의 그 준수한 얼굴이 소름 끼칠 정도로 어둡게 변했다.

상황이 위급하지 않았다면, 이런 제한으로 걸고넘어질 때 그 성격에 장로회를 해산시켰을 수도 있었다.

영안이 말을 하려는데, 갑자기 문밖에서 빠르고 맹렬한 파공성이 들려왔다. 영승은 순간 의자에서 공중으로 솟아올랐다. 그가 뛰어오르자 거의 동시에 날카로운 화살이 쉭 하고 날아와 의자 등받이에 꽂혔다.

"게 누구 없느냐!"

영안은 대경실색했다. 그리고 단번에 초씨 집안 화살임을 알아챘다.

흑의 시위가 곧 나타났지만 영승은 도리어 물러서라고 소리쳤다. 초청가가 흑단활을 손에 쥐고 스산한 표정으로 뛰어 들어왔다. 방금 그 화살은 바로 그녀 손에서 날아온 게 틀림없었다.

"영승, 네가 이렇게 비열하고 후안무치할 줄은 몰랐다!"

초청가가 악다구니를 했다.

"말에 신용이 없고, 나처럼 의지할 곳 하나 없는 여자를 괴롭히다니, 그러고도 사내라 할 수 있느냐? 무 이모를 살려 내라!"

분만 촉진 사건이 밝혀진 후, 초청가는 날마다 유언비어에 시달리며 죽을 만큼 고통스러운 시간을 보냈다. 그러다 결국 아예 아무 말도 안 듣고 아무것도 신경 쓰지 않게 되었고, 매일 한운석에 대해 물어보러 영승을 찾아오는 일 외에는 대부분 후궁에 틀어박혀 지냈다. 그런데 영안이 사람을 보내 그녀를 암살하려 할 줄은 생각도 못 했다. 그녀와 무 이모는 꼬박 하루 동안 치열한 싸움을 벌였고, 결국 무 이모가 자신을 희생하며 그녀를 지켜 냈다.

영승이 아니면 누가 영안에게 이런 짓을 시킬 수 있을까? 영승이 아니면, 이 궁전의 누가 그 많은 고수를 보낼 수 있을까?

영승은 초청가를 흘끗 쳐다본 후, 시선을 영안에게 돌렸다.

초청가는 그가 모든 책임을 영안에게 돌리려는 줄 알고 차갑게 말했다.

"사내대장부가 되어서 자기가 한 일에 책임을 져야지, 널 너무 경멸하게 만들지 마라!"

그런데 영승은 책임을 전가하지 않고 차가운 목소리로 영안에게 물었다.

"왜 저 여자가 아직도 살아 있느냐?"

초청가는 순간 찬 숨을 헉 들이쉬었고, 치솟아 오르는 분노에 바로 활시위를 당겼다.

"영승, 죽어라!"

하지만 그녀가 쏘는 것보다 영승이 화살을 뺏는 속도가 더 빨랐다. 팽팽하게 당겨진 활시위에 놓인 화살이 날아가기도 전에, 영승이 화살촉을 꽉 움켜쥐었다.

"말에 신용이 없는, 간사한 소인 같은 놈!"

초청가는 필사적으로 발버둥쳤지만 도저히 움직일 수 없었다.

그녀의 궁술은 정말 뛰어나서 영안이 보낸 사람도 그녀를 죽이지 못했다. 하지만 영승 앞에서는 그녀도 어쩔 수 없었다.

"본 왕은 네게 한운석을 넘겨주겠다고 약속했다. 하지만 널 죽이지 않겠다고 약속한 적은 없다!"

영승은 말을 뱉은 후 화살촉을 으스러지게 움켜쥐며 가루로 만들어 버렸다. 그는 본디 죽일 마음이 없었으나, 이 여자가 매일 달려와서 한운석의 소식을 캐묻는 일은 정말이지 짜증났다.

초청가는 기가 막혀서 한참 동안 멍하니 눈만 뜬 채 말도 못하다가, 결국 영승을 향해 욕을 날렸다.

"무뢰한 같으니!"

그녀는 속으로 자신을 비웃었다. 내 눈이 어떻게 되었던 게 아닐까? 이 남자는 용비야와 하늘과 땅만큼 차이가 났고, 비교 상대가 안 되었다!

영승은 단번에 화살을 뺏어 들었다. 그가 화살을 검으로 삼아 초청가를 찌르자, 초청가는 흑단활로 공격을 막아냈다. 그러나 영승의 동작은 눈속임이었다. 그녀가 그를 막아내는 순간,

그는 발로 그녀의 배를 세차게 차 버렸다.

초청가는 그대로 날아가 문가에 심하게 내팽개쳐졌다. 영승은 오만한 눈길로 깔보듯이 말했다.

"본 왕은 여자는 죽이지 않으니 네가 알아서 해라."

그가 머리끝까지 화가 나 있는 상태에서 초청가가 뛰어 들어온 것은 죽음을 자초하는 짓이었다!

초청가는 두말하지 않고 일어나 도망치려 했다. 그러나 문밖에는 이미 시위들이 가득 서 있었다. 초청가는 손에 든 활을 꽉 움켜쥔 채 망설였다.

어전술을 쓴다면 도망칠 수 있을지도 몰랐다. 하지만 도망친 후에는 어디로 가야 하나? 그녀가 한운석과 싸울 수 있게 누가 도와줄까?

시위들이 그녀를 에워싸자, 초청가는 결국 영승을 돌아보며 말했다.

"영승, 영족 가운데 아직 살아남은 자가 있다고 생각하느냐?"

초청가는 유족과 영족에 대해 전혀 몰랐지만, 무 이모가 죽기 전 모든 것을 말해 주었다.

무 이모는 그녀가 유족의 배신자라고 해도, 적족 사람 손에 죽게 놔둘 수 없다고 했다.

그리고 이 비밀로 영승을 위협하면 그녀의 목숨을 부지할 수 있을지도 모른다고도 했다.

뭔가 빠진 듯

영족!

영승은 초청가가 이 두 글자를 언급할 거라곤 생각도 못 했다.

영족은 서진 황족의 비밀 시위이자 일곱 귀족 가운데 가장 충성스러운 세력이었다.

당시 초운예가 그에게 봉황 깃 모양 모반의 비밀을 말해 주며 협력했을 때, 그도 영족에 관해 물어본 적이 있었다. 하지만 초운예는 아무것도 말해 주지 않았다.

이제 보니 초운예가 그를 속인 거였다!

현재 일곱 귀족 중 유족의 비밀만 밝혀졌고, 영씨 집안 비밀도 초씨 집안만 알고 있었다.

영승은 초천은이 영씨 집안 비밀을 폭로할까 봐 걱정했지만, 초천은은 용천묵과 결탁한 후 전쟁에만 집중할 뿐, 유족과 적족에 대한 일은 언급하지 않았다.

유족인 초씨 집안이 일찌감치 영족의 행방을 알고 있었던 걸까, 아니면 유족 신분이 밝혀지자 영족의 후예가 먼저 유족을 찾아간 걸까?

"무슨 말이 하고 싶은 거냐?"

영승이 차갑게 물었다.

"내가 무슨 말이 하고 싶냐고?"

초청가가 냉소를 짓기 시작했다.

"내가 무슨 말이 하고 싶은지는 내 기분에 달렸지. 기분이 좋으면 많이 말할 테고, 기분이 나쁘면, 후후……."

영승은 그녀의 뜻을 알아채고 바로 문밖의 모든 시위를 물러가게 했다.

그러나 초청가는 바로 대답하지 않았다. 영승의 태도를 보니 무 이모의 말이 맞았다. 그녀가 가진 판돈으로 영승을 강력하게 압박할 수 있었다. 이 일들을 무 이모가 어떻게 알게 되었는지는 몰라도, 하나는 확실했다. 아버지와 큰아버지, 심지어 오라버니까지 그녀에게 아주 많은 비밀을 숨기고 있었다.

돌아보니 초청가는 자신이 정말 그들이 내려놓은 바둑돌에 불과했음을 깨달았다. 그녀를 아껴 주었던 무 이모마저 세상을 떠나자, 그녀의 결심은 더욱 확고해졌다.

앞으로는 자신을 위해, 복수를 위해 살리라!

우위를 점한 초청가는 침착함을 되찾았다. 그녀는 재미있다는 듯 손톱을 만지작거리며 느긋하게 물었다.

"영승, 우리가 전에 한 그 거래와 협력은 하나도 유쾌하지 않았어. 그럼 너와 어떻게 협력해야 좋을까?"

영승의 눈빛은 갑자기 싸늘하게 식었지만 그래도 꾹 참았다. 다른 이유에서가 아니라, 그가 일곱 귀족 중 오직 영족만 신뢰했기 때문이었다.

영족이 세상에 살아 있다면, 서진 황족의 후예 역시 살아 있다는 뜻이었다.

무슨 일이 있어도 그를 찾아내야 했다!

영승은 문득 그 봉황 깃 모양 모반의 비밀을 떠올렸다. 영족의 후예도 이 사실을 알까? 최근 몇 년간 영족도 유족과 마찬가지로 계속해서 서진 황족의 후예를 찾고 있었을까?

"어떻게 협력하고 싶지?"

영승이 참을성을 갖고 물었다.

"간단해. 한운석을 내 손에 넘겨주는 날, 네게 비밀을 말해주지."

초청가는 큰 소리로 웃은 뒤 특별히 한마디 덧붙였다.

"물론 날 죽여도 돼. 그러면 기다릴 필요도 없어."

영승은 소매 안에서 우드득 소리가 날 만큼 주먹을 쥐었으나, 그의 얼굴은 평소처럼 평온했다.

"여봐라, 태후마마를 궁으로 모셔라!"

초청가는 이제 자신이 안전해졌음을 알았다.

그녀는 우아하게 몸을 돌린 후, 거만하게 턱을 쳐들고 성큼성큼 걸어 나갔다.

초청가가 나가자 영안은 더는 마음속 기쁨을 억누를 수 없었다.

"오라버니, 드디어 영족의 소식이 있군요! 당장 사람을 보내 한운석을 납치해요!"

적족은 너무 오랫동안 주인을 찾아 헤매느라 너무 고통스러웠고, 너무 외로웠다.

특히 족장인 영승에게는 동료가 필요했다. 믿을 수 있고, 서로의 진심을 털어놓으며, 목숨도 내놓을 수 있는 동반자가 필요했다.

"한운석은 천산에 있는데, 네가 가겠느냐?"

영승이 차갑게 물었다.

"천산이요?"

영안은 너무 의외였다.

"어떻게 아셨어요?"

한운석과 용비야는 중남도독부에 있는 게 아니었나? 언제 천산에 갔지?

영승은 대답 대신 반문했다.

"용비야는 얼마 전 여아성을 무너뜨렸다. 그럼…… 그들이 천산에서 내려온 후, 누구를 보내 납치해 오겠느냐?"

영안은 말문이 막혔다. 방법을 써서 용비야와 한운석을 떼어놓지 않는 한, 용비야 손에서 사람을 납치해 오는 일은 불가능했다.

"너는 직접 삼도 암시장에 가서 초청가가 한 말을 그 늙은이들에게 다시 들려주어라. 그리고 본 왕에게 한 달의 시간을 주면, 한 달 후에 홍의대포를 원래 수 그대로 돌려주겠다고 전해라. 서주국과 천안국을 무너뜨린 후, 본 왕이 군대를 이끌고 남쪽으로 내려가서 용비야가 한운석을 내놓게 만들 거다!"

군대를 이끌고 가서 여자를 뺏어오겠다는 것인가? 그 정도로 해야 하나?

"이 일은 장기적으로 신중하게 의논해야 해요. 한운석을 용비야의 세력 범위에서 벗어나게만 만들어도, 충분히 잡아 올 수 있어요."

영안이 진지하게 말했다.

"본 왕은 용비야 뒤에서 음모를 꾸밀 생각은 없다! 본 왕은 그와 전투를 치룬 후 그가 지면 한운석을 내놓고, 본 왕이 지면 그가 원하는 대로 하게 할 생각이다."

영승이 말했다.

영안은 믿을 수 없다는 듯이 그녀보다 한 살밖에 많지 않은 친오라버니를 바라보았다. 좀 전까지 초청가에게 무뢰한이라고 욕을 들어먹던 자가 언제 이렇게 강직하게 변했지?

영안은 생각해 보았지만 다른 이유는 떠오르지 않았다. 그저 영승이 영족 일을 핑계로 장로회에게 조건을 걸고 흥정하여, 그 홍의대포들을 받아오려는 속셈일 거라 여겼다.

어쨌든 영족 일이 아무리 중요해도 당장 눈앞에 양쪽에서 공격해 들어오는 상황보다 중요하지는 않았다.

"오라버니, 한운석 일은 제게 맡기시고 전쟁에 전념하세요. 앞으로 석 달 후면 가을입니다. 가을에 양식을 걷지 못하면, 저들은 이번 겨울을 나기 어렵습니다!"

영안이 냉정하게 판단했다.

그런데 영승이 싸늘하게 그녀를 바라보며 말했다.

"한운석의 일에 참견하지 마라."

말을 마친 후 그는 더 이상 영안과 쓸데없이 말을 섞지 않고, 바로 곁에 있는 시위에게 삼도 암시장에 가서 장로회 사람과 교섭하라고 분부했다.

영안은 아무리 생각해도 이 일을 처리하는 영승의 태도가 뭔가 이상했지만, 어디가 이상하다고 콕 집어 말하기 어려웠다.

그녀는 자신의 말이 통하지 않을 것을 알고, 그저 물러갈 수밖에 없었다.

영안은 곰곰이 생각했다. 영승이 한운석에게 앙심을 품은 건 아니겠지? 설마 납치만 하는 게 아니라 공개적으로 모욕을 주고 싶은 걸까?

지난번 한운석이 영승에게 술을 끼얹은 사건은 영씨 집안 군대와 운공상인협회에 이미 쫙 퍼졌다. 아마 영승 평생 가장 망신스러운 일이었을 것이다.

영안이 나가자 영승은 시위에게 사람을 붙여 한운석을 예의 주시하고, 초씨 집안 쪽에도 사람을 보내 영족 행방을 추적하라고 분부했다. 그러고는 바로 잔뜩 쌓인 군대 보고서 속으로 머리를 파묻었다.

방 안은 고요하기만 했다. 반 시진이 지나자 영승은 눈을 내리뜬 채 담담하게 물었다.

"금침 소식은?"

금침이 누구지?

최측근 시위는 순간 멍해졌다가 곧바로 정신을 차리고 서둘러 보고했다.

"아직 소식이 없는 듯합니다. 만약 찾았다면 분명 보냈을 겁니다."

영승은 말없이 계속 손에 든 군사 보고서만 펼쳐 보았다.

수일이 지난 후 어느 깊은 밤, 군사 업무를 마치고 어서방을 나서려던 영승이 갑자기 문 앞에서 멈춰 서더니 싸늘하게 물었다.

"최근에 보고하지 않은 내용이 있느냐?"

"없습니다. 받은 군사 보고는 모두 올렸습니다. 장로회 쪽은 교섭 중이고, 영족 일은 아직 진전이 없습니다."

시위가 사실대로 보고했다.

영승은 무표정한 얼굴로 한마디도 하지 않고 자리를 떴다.

문밖의 시위들이 곧 귓속말로 소곤거리기 시작했다.

"요즘 초청가가 난리 피우러 오지 않으니 정말 조용해졌어!"

"아이고, 드디어 '한운석' 소리를 안 듣게 됐네. 얼마나 짜증 났던지! 여자가 여자에게 한을 품는 건 정말 무서운 일이야."

"초청가는 전하가 술을 뒤집어쓰신 일을 모르나? 매일 전하께 '한운석'을 들먹이니, 전하께서 죽이려고 하시지."

"당해도 싸!"

"아이고, 초청가가 갑자기 안 오니까 뭔가 빠진 느낌이야."

영승이 영족의 행방을 찾고 있을 때, 고북월은 진왕부에서 의태비의 병세를 살피는 한편, 운공대륙의 지도를 놓고 고심하며 삼국의 동태, 그중에서도 천녕국 영씨 집안 군대를 주시하고 있었다.

고북월은 초씨 집안과 목씨 집안 군대보다 운공상인협회의 후원을 받고 있는 영씨 집안 군대가 가장 맞서기 어렵다는 걸 알았다.

고북월이 진왕부에 들어오면서 백리명향은 출입을 피하게 되었고, 한운석과 용비야가 떠난 후에는 약귀당에 머물면서 목령아와 어울렸다.

진왕의 명령 없이는 누구도 함부로 불당에 가까이 갈 수 없었다. 소소옥은 고북월과 백리명향을 이어주고 싶은 마음이 있었지만, 감히 다가갈 엄두는 내지 못했다. 그녀는 계속 고북월을 불당에서 나오게 하고 백리명향을 다시 불러들일 기회를 찾고 있었다.

이날 소소옥은 불당에 약을 전하러 가는 조 할멈을 붙들었다.

"할머니, 고 의원이 일어설 수 있게 되었나요?"

조 할멈은 의심스럽다는 눈빛으로 바라봤다.

"아니, 우리 소옥이가 이제 다른 사람에게 관심을 가지는 게냐?"

"난 우리 주인님 아닌 누구에게도 관심 없어요. 고 의원이 일어나면 주인님께서 분명 기뻐하실 거 같아서요."

소소옥의 그 말은 거짓이 아니었다. 다만 달리 의도가 있었을 뿐이었다.

하지만 조 할멈은 그 핵심을 파악하지 못했다.

"설마 이 늙은이에게도 관심 없는 게야?"

조 할멈은 원래 소소옥을 손녀처럼 아꼈다. 소소옥이 기억을 잃은 후, 조 할멈은 다 하늘의 뜻이라고 여기며, 마음속으로는 친손녀나 다름없이 생각했다.

소소옥은 인정머리라고는 없는 아이였다. 적어도 겉으로는 그랬다. 그녀는 조 할멈을 쓱 훑으며 말했다.

"할머니한테 왜 관심을 가져요? 멀쩡하잖아요?"

조 할멈은 그녀의 코를 꼬집었다.

"양심도 없는 녀석!"

"고 의원이 어떤지 말 안 해 줬잖아요?"

소소옥이 참지 못하고 물었다.

"요 며칠간 잠깐씩 일어날 수 있게 되었다. 이달 말이면 다 나으실 게야."

조 할멈이 기분 좋게 말했다.

"정말 잘됐어요. 다 같이 축하해야죠!"

소소옥이 크게 기뻐하며 말했다.

"할머니는 음식 솜씨가 훌륭해서 다들 할머니 음식을 좋아하잖아요. 고 의원이 일어나면 사람들을 다 불러서 축하하는 자리를 가져요!"

소소옥은 축하잔치를 열어 백리명향을 부른 후, 술에 잔뜩 취하게 만들면 기회가 생긴다고 생각했다!

요리 솜씨를 칭찬받자, 조 할멈은 아주 흐뭇해하며 바로 허락했다.

"좋다. 이 일은 내가 초가 녀석에게 말하마!"

초가 녀석이란 바로 초서풍이었다. 사람들을 다 왕부에 부르려면 아무래도 시위의 수장인 초서풍의 동의를 받아야 했다.

소소옥의 얼굴에 웃음꽃이 활짝 폈다. 그녀는 조 할멈이라면 반드시 초서풍을 구슬릴 수 있다는 걸 잘 알았다.

조 할멈이 가는 모습을 바라보며, 소소옥은 기뻐서 입이 다물어지지 않았다. 백리명향이 고북월에게 시집가면 약귀당으로 거처를 옮겨야 하니, 진왕 전하를 볼 일은 없을 거라 생각했다.

오랜 시간이 흐르고 나면, 백리명향도 다시는 품어서는 안 될 마음을 품지 않을 것이다. 품어서는 안 될 마음만 사라지면, 주인에게 상처 주지도 않을 테고, 주인이 목숨을 살려 준 은혜와 거둬 준 인정도 저버리지 않을 것이다.

사람을 가장 빨리 잊는 최고의 방법이 무엇이겠는가? 바로 다른 사람에게 익숙해지는 것이었다.

소소옥은 기분이 너무 좋은 나머지 밖으로 깡충깡충 뛰어나가더니, 약귀당 쪽으로 달려갔다. 그런데 잠시 후, 그녀는 또 그 골목 어귀에서 익숙한 모습을 발견했다.

"혁련 부인?"

그녀가 혼자 중얼거렸다.

혁련 부인이 누군가와 이야기를 나누고 있었다. 그녀의 눈에는 혁련 부인의 뒷모습만 보일 뿐, 어두운 곳에 있는 사람의 얼굴은 잘 보이지 않았다.

소소옥은 잠시 망설이다가, 조용히 다가갔다⋯⋯.

고의, 온 성이 알도록

혁련 부인은 어둠 속에 있는 남자와 몇 마디를 나눈 후, 그자와 함께 골목 안으로 들어갔다. 소소옥은 소리 없이 그 뒤를 따라갔고, 그들의 모습은 곧 어둠 속에 묻혔다.

아무리 어른스럽다고 해도 아직은 어린아이에 불과한 소소옥은 이상한 낌새를 알아차리지 못했다. 하지만 골목 깊은 곳에 이르자 뒤에서 흑의인들이 나타나 길을 막았다.

깜짝 놀란 그녀는 그때서야 일찌감치 발각되었음을 깨달았다.

"혁련 부인, 당신은 대체 누구예요?"

소소옥이 화난 목소리로 물었다.

안타깝게도 혁련 부인과 그 남자는 돌아보지 않고 계속 앞으로 갔고, 곧 흑의인 여러 명이 소소옥을 둘러쌌다.

소소옥은 지붕 위로 도망칠까 생각했지만, 지붕에도 매복한 자들이 있었다.

큰 소리로 살려 달라고 외쳤지만, 두 번도 채 지르지 못하고 입이 틀어막혔다. 혁련 부인의 모습은 점차 멀어져 갔고, 소소옥도 점점 의식을 잃었다.

"왜 어린아이를 괴롭히는 거냐. 알아봤다고 한들, 저 아이가 뭘 알 수 있다고?"

혁련 부인은 아주 유감스러운 어조로 말했다.

남자는 목소리를 깔며 말했다.

"잘못 죽이는 한이 있어도 후환을 남겨서는 안 되는 법이다. 한동안 날 만나러 오지 마라."

"저 아이가 이유 없이 사라지면, 진왕부에서 분명 조사할 거다!"

혁련 부인이 진지하게 충고했다.

"걱정 마라. 너만 말을 잘 들으면, 너희 모자 두 사람까지 조사하진 않을 거다."

남자가 냉소를 지었다.

혁련 부인은 떠나려다가 다시 돌아보았다.

"그 아이를 꼭 죽여야겠느냐?"

"그건 우리가 관여할 일이 아니다. 저 아이가 살려 둘 만한 가치가 있는지는 주군이 결정하신다."

남자가 더는 참을 수 없다는 듯 말했다.

"아직도 안 가고 뭘 하느냐?"

혁련 부인은 짧게 한숨을 내쉰 후 고개를 숙이고 서둘러 떠났다.

그녀는 골목 다른 쪽으로 나왔다. 늘 그랬듯 좀 전에 일어난 일은 흔적 하나 남지 않았다.

그날 밤, 조 할멈은 소소옥이 내내 진왕부로 돌아오지 않자 약귀당으로 사람을 보내 알아보았다. 그제야 소소옥이 하루 종일 약귀당에 없었음을 알게 되었다.

다급해진 조 할멈은 바로 불당으로 초서풍을 찾아가 이 일을 알렸다.

"초가야, 소옥이는 놀기 좋아하는 아이가 아니다. 우리가 영남에 온 이후, 그 아이는 진왕부 아니면 약귀당에서 지냈지, 다른 곳은 간 적이 없어. 무슨 일이 난 게 틀림없다!"

초서풍은 순간 복잡한 눈빛이 되어 바로 명령을 내렸다.

"여봐라, 성 전체를 뒤져라!"

"대장, 우선 비밀리에 찾는 게 어떻겠습니까?"

시위가 묻자 초서풍이 차갑게 대꾸했다.

"사람이 사라졌는데 무슨 비밀이냐? 중남도독부에 사람을 보내 백리 장군에게 알리고, 도움을 요청하여 다 같이 흩어져서 찾아! 소소옥은 왕비마마의 총애를 받는 아이다. 찾아내지 못하면 너희 목부터 조심해야 할 것이다!"

"대장, 너무 크게 움직였다가 범인이 소옥이를 죽이기라도 하면 어쩝니까?"

시위가 다급하게 물었다.

그 말에 조 할멈이 깜짝 놀랐다.

"그래, 그래! 우선 남들 모르게 찾자!"

"무슨 쓸데없는 걱정을!"

초서풍이 짜증을 내며 말했다.

"온 성을 다 뒤져야 범인이 겁낼 게 아니냐?"

시위는 속으로는 인정할 수 없었지만 감히 초서풍에게 반대할 수 없었다. 이런 일을 잘 모르는 조 할멈은 초서풍을 철석같이 믿었다.

"어서 가지 않고 뭘 하느냐! 그리고 우선 한씨 저택에 사람을 보내 물어봐라. 거기 갔을지도 모르니!"

초서풍이 말했다.

"그곳은 아니다!"

조 할멈이 확신에 차서 말했다.

"왕비마마와 함께가 아니면 소옥이가 갈 리 없다. 이 늙은이 도 물어보았지, 그곳에는 없었어."

초서풍은 고개를 끄덕이며 더는 말하지 않았다. 조 할멈이 떠나자 고북월이 지팡이를 짚고 나왔다.

그의 다리 부상도 이제 거의 나았다. 하지만 아직까지는 재활치료 중이라 지팡이의 도움이 필요했다. 지팡이를 짚는 와중에도 그는 등을 똑바로 세우고 서 있었다.

이 남자는 몸이 불구가 되어도 영혼은 굴복하지 않았고, 태연함 속에 나라를 사랑하는 뜨거운 마음을 품고 있었다.

"일부러 성 전체를 떠들썩하게 하는 겁니까?"

그가 담담하게 물었다.

초서풍은 대답을 회피하며 반문했다.

"태비마마의 상황은 어떻습니까. 며칠 후 천산에 서신을 보낼 때 함께 보고하려 합니다."

눈치 빠른 고북월은 초서풍이 대답하지 않자 더는 캐묻지 않았다. 그는 서신 하나를 꺼내 초서풍에게 건넸다.

"태비마마의 상황은 여기에 다 설명해 놓았습니다."

고북월의 예상대로 하룻밤 사이에 진왕부 시녀 실종 사건은 온 성을 떠들썩하게 만들었다. 위로는 고관귀족부터 아래로 평범한 백성에 이르기까지 이 일을 모르는 사람이 없었다.

안타깝게도 진왕부 시위대와 중남도독부 관병들이 3일 밤낮을 수색했지만, 어떤 실마리도 찾아내지 못했다.

사흘 후, 한운석에게도 이 소식이 전해졌다.

한운석은 며칠 동안 마음을 집중하여 수련하고 있었으나, 소소옥의 실종과 수색해도 찾아내지 못했다는 소식을 듣자 평온하던 마음에 거친 파도가 몰아쳤다.

소소옥이 왜 실종됐을까. 스스로 떠난 건가, 아니면 누군가에게 납치를 당했나?

기억을 잃은 후 지금까지 두 마음을 품지 않고 충성을 다했던 소소옥이 왜 제 발로 떠났을까? 만약 누군가에게 납치당했다면, 그건 또 누구일까? 왜 하필 소소옥을 납치했을까?

한운석은 소소옥의 안위를 걱정하는 한편, 이 일의 배후에 도사리는 음모가 더 걱정스러웠다. 만약 소소옥이 누군가에게 납치당했다면, 이건 뭔가 수상쩍었다.

한운석은 바로 서신을 써서 초서풍에게 초천은 쪽을 알아보라고 분부했다. 곧 초천은은 이 일을 전혀 모른다는 회신이 도착했다.

한운석은 생각해 보았다. 초씨 집안 두 노인네는 아직 용비야의 수중에 있고, 또 초천은은 전쟁으로 바쁘니, 시녀 하나를 갖고 음모를 꾸밀 필요는 없었다.

만약 소소옥의 기억이 돌아와서 제 발로 떠났다면, 분명 초천은을 찾아갔을 것이다.

한운석은 결국 소소옥이 누군가에게 납치되었다는 결론을 내렸다.

용비야는 면벽 사죄 중이었고, 그녀도 천산을 떠날 수 없으니, 이 일은 초서풍에게 맡길 수밖에 없었다. 한운석은 다만 소소옥이 좀 더 똑똑하게 굴기만 바랐다. 원래 성질을 죽이지 않고 범인에게도 대들면, 얼마나 고생을 하게 될까?

한운석이 서신을 찢어 버리려는 순간, 꼬맹이가 갑자기 튀어나와 서신을 잡아채 달아나더니 한쪽에서 갉아먹기 시작했다.

한운석은 그쪽을 바라보며 믿을 수 없다는 듯이 물었다.

"이런 것까지 갉아먹어?"

꼬맹이는 요즘 유독 이상했다. 보이는 것마다 자꾸 갉아먹으려 했다. 한운석이 막지 않았다면 아마 이 방 안에 있는 모든 물건, 심지어 저 암실 벽까지 다 갉아서 가루로 만들었을 것이다.

한운석은 꼬맹이가 계율원의 어떤 물건도 망가뜨리는 것을 허락하지 않았다. 결국 꼬맹이는 자기 발을 이용해 이빨을 갈 수밖에 없었다.

꼬맹이는 잠깐 사이에 서신을 갉아서 조각조각 낸 후, 부족하다는 듯 한운석을 바라보며 커다란 두 앞니를 악 물었다.

한운석은 가까이 다가가 꼬맹이의 입을 열고 자세히 들여다봤다.

"이빨은 안 자랐는데! 대체 왜 그러는 거야?"

"크으으으으……."

꼬맹이는 불만을 표시하는 듯, 더 이상 찍찍찍 정도로 소리내지 않았다. 잘 모르는 사람이 들으면 무서울 정도의 소리를 냈다.

마치 숲속에서 들려오는 산짐승 소리 같았다.

"쉿, 조용히 해, 누가 들어오면 큰일 나!"

한운석이 정색하며 경고했다.

꼬맹이는 더는 소리 내지 못하고 도리어 그녀의 품에 달려들었다. 발광하는 것 같기도 했고, 어리광을 부리는 듯도 했는데, 어쨌든 필사적으로 몸을 비볐다.

"너 오늘 아주 많이 먹었어. 더 먹다간 내가 파산할 지경이야!"

한운석이 진지하게 말했다.

꼬맹이는 듣지 않고 죽기 살기로 몸을 비벼 댔다. 계속 그러다간 한운석의 옷이 망가질 것 같았다. 결국 그녀는 어쩔 수 없이 꼬맹이를 독 저장 공간에 집어넣고 계속해서 독초를 갉아먹게 했다.

얼마 지나지 않아 독 저장 공간의 독초가 한 무더기 사라졌다. 한운석은 정말 아까워 죽을 것 같았다!

한참을 생각하다가 그녀는 혼잣말처럼 중얼댔다.

"설마…… 발정이 났나?"

이때 밖이 갑자기 소란스러워졌다. 호기심이 동한 한운석이 뜰로 나가 귀를 기울이자 소리는 더 크게 들렸다. 계율원이 아니라 천검대전에 일이 생긴 듯했다.

궁금하긴 했지만 한운석은 뜰 밖으로 한 걸음도 나가지 않았다.

용비야가 면벽 사죄를 한 지 벌써 열흘이 넘었다. 그녀는 식사 후 산책하는 일 외에는 늘 수련에 전념했고, 가끔은 삼시 세 끼를 잊기도 했다.

아무리 소란스러워 봤자 그건 다 천산의 일이지 그녀와는 무관했다.

한운석이 방에 들어가려는데, 시녀 하나가 감탕을 내왔다.

"왕비마마, 요즘 날씨가 덥고 건조하여, 더위를 이기시라고 녹두백합탕을 준비했습니다."

"고맙다."

한운석은 별말 없이 받아들었다. 부엌에서 정해진 시간에 하루 세끼를 주는 것 외에 한 번도 이런 혜택을 준 적이 없었다.

그런데 시녀가 이렇게 말했다.

"왕비마마, 독술이 그리 대단하시니, 빙사冰蛇에 대해 들어보셨겠지요?"

한운석은 속으로 살짝 놀랐다. 빙사야 당연히 알았다. 설상고원에 사는 보기 드문 독사였다. 이 독사에게 물리면 한독寒毒에 걸려 산 채로 추위에 시달리다 죽었다.

"들어본 적 없다."

한운석이 담담하게 말했다.

"왕비마마, 천검대전에 갑자기 빙사들이 많이 출몰했다고 합니다. 심지어 물린 자들도 있고요. 지금은 어떤지 모르겠네요."

시녀가 또 말했다.

한운석은 말없이 감탕을 들고 방으로 들어가 문을 닫았다.

이런 잔재주로 그녀를 속여 계당에서 나오게 하려고? 단목요와 창구자가 아무래도 그녀의 머리를 너무 과소평가한 듯했다. 하지만 그들이 빙사까지 찾아낸 걸 보니 꽤 애를 썼다고 할 수밖에 없었다.

한운석은 녹두백합탕을 즐기면서 굳게 닫힌 돌문을 바라보았다.

처음에는 천천히 맛을 음미했다. 하지만 보고 또 보다가 대체 무슨 생각이 들었는지 갑자기 먹지 않고 멍하니 있었다.

곧 정신을 차린 그녀는 돌문 앞 바닥에 자리를 잡고 앉아 수련을 계속했다.

벽 하나를 두고 보낸 시간 동안, 용비야는 아주 노력하고 있을 게 틀림없었다. 그녀도 가만히 있을 수 없었다. 반드시 그의 걸음을 따라잡아야 했다.

그러나 용비야는 단지 노력만 하고 있는 게 아니라 목숨을 걸고 있었다!

어두컴컴하고 텅 빈 밀실 안에서 용비야는 웃통을 벗고 바닥에 앉아 있었다. 어둠 속에서 보이는 그의 얼굴선은 유독 냉혹하게 느껴졌다. 그는 눈을 감고 있었는데, 속눈썹에도 땀방울이 맺혀 있었다.

이 순간, 그는 아주 평온했다. 하지만 그의 몸은 소리 없이 지난 열흘간의 고충을 말해 주었다.

온몸이 상처투성이란 어떤 것일까?

건장한 상반신 위로 깊이가 제각각인 채찍 상처가 가득해, 보기만 해도 몸서리가 쳐졌다. 한운석이 봤다면 대성통곡을 했을 것이다.

살가죽 하나 성한 데 없는 만신창이란 어떤 것일까?

하루 또 하루, 상처 위에 또 상처가 늘어나는 것이 아닐까?

갑자기 강력한 힘이 용비야의 몸에서 뿜어져 나왔다. 무형의 힘은 마치 형체가 있는 것처럼 밀실의 벽을 짓누르고 비틀어 놓았다.

이 순간, 용비야는 너무나 쇠약했다. 모든 내공이 다 빠져나간 듯, 한 번의 공격도 당해 내지 못할 정도로 쇠약했다.

하지만 그는 의연하게 일어나 허리에서 채찍을 뽑아 들고 세차게 휘둘렀다. 그러자 그 강력한 힘이 순식간에 채찍으로 모여들었다.

용비야가 꽉 움켜쥐어도 채찍은 여전히 꿈틀댔고, 억제되지 않았다.

봉인에서 빠져나온 서정력을 다시 몸속에 넣어 통제하려면, 한 가지 방법밖에 없었다. 그건 바로⋯⋯.

속이는 것도 중독

서정력을 굴복시키는 방법은 하나뿐이었다. 바로 이겨내는 것! 그 공격을 이겨내야 했다!

서정력이 방출되면 용비야는 일시적으로 약해지는데, 이때 모든 내공을 잃고 심지어 점점 기력도 없어져서 바람만 불어도 쓰러지는 몸으로 변했다.

용비야가 서정력을 채찍에 모은 것도 이 때문이었다. 무기 속에 축적되어야 서정력이 공격할 수 있었고, 그래야 자신이 공격을 이겨낼 기회가 생기기 때문이었다.

금빛 채찍은 이미 피로 붉게 물들어, 용비야의 손에서 꿈틀 거리며 달려들고 싶어 안달이었다. 그 모습은 피에 굶주린 요 괴, 목숨을 앗아갈 듯한 악마, 최후의 심판관 같았다.

갑자기 채찍이 날아오르자, 용비야는 주저하지 않고 손을 났다.

그는 고개를 돌리고 눈을 감았다.

철썩!

그 소리는 천지가 흔들리고 질풍이 지나가는 듯했다.

철썩!

그 소리는 거센 파도가 밀려들고, 하늘 위로 학이 울부짖는 듯했다.

철썩!

그 소리는 넋이 흔들리고, 번개가 몰아치는 듯했다.

채찍이 휘둘릴 때마다 소리가 울려 퍼졌다. 채찍이 움직이면 피와 살이 사방으로 튀었다. 채찍질이 얼마나 오래 이어진 걸까. 채찍은 결국 모든 힘을 잃고 바닥에 떨어졌다.

용비야는 등이 피범벅이 된 채로 서 있었다. 예전 상처 위에 새로운 상처가 났고, 피부가 찢기고 터져 그 크고 우람한 체구가 흔들거리며 곧 쓰러질 듯했다. 하지만 그는 여전히 등을 꼿꼿이 세우며 절대 쓰러지지 않았고, 시종일관 눈살 한 번 찌푸리지 않았다.

아무리 고통스럽고 괴로워도 소리 하나 내지 않는 것은 어려서부터 길러 온 습관이었다.

희미한 촛불이 땀에 흠뻑 젖은 그의 옆모습을 비추었다. 타고난 냉담한 분위기는 짙은 남성적인 매력으로 바뀌어, 육감적인 느낌을 물씬 풍겼다.

눈을 내리깐 그는 감히 범접할 수 없는 기운을 뿜어냈다. 누구든 지금 그의 모습을 보았다면, 동정이 아닌 경외심으로 가득 찼을 것이다.

이 남자는 몸도 강력했지만, 마음은 더 용맹스러웠다. 그는 영원히 쓰러지지 않았다. 자기 자신조차 스스로를 넘어뜨릴 수 없었다.

그는 조용히 선 채, 서정력이 몸 안에서 들끓으며 이리저리 요동치도록 내버려 두었다.

서정력이 다시 몸 안에 들어갔을 때 이 힘을 정복하기 위해서는 완력이 아닌 정신력이 필요했다! 그는 반드시 버텨야 했다. 서정력이 모두 단전에 모이기 전까지는 쓰러질 수 없었고, 포기는 더더욱 할 수 없었다. 그는 반드시 생각을 집중해 그 힘을 제어해야 했다.

반 시진 후, 마침내 그의 내공이 돌아왔고, 그는 전보다 한층 성장했다.

그는 조용히 채찍을 주워서 잘 놔둔 후, 사부가 그를 위해 준비한 지혈 가루약과 면포를 가져와 상처를 치료했다. 마치 방금 전 피비린내 나는 참혹한 광경은 일어난 적 없었다는 듯 굴었다.

상처는 모두 등에 있어서 면포에 지혈 가루약를 뿌린 후 몸에 둘둘 휘감았다. 간단하고 거친 치료임에도 피는 잘 멎었다.

이렇게 오늘의 할 일이 끝났다.

서정인이 해제되었다고 해서 서정력이 단번에 모조리 쏟아져 나오지는 않았다. 매일 조금씩 나왔고, 날마다 더 강력해졌다. 이제 겨우 열흘 정도 지났으니, 뒤로 갈수록 솟구치는 서정력의 힘은 더 강해질 것이었다.

상처 치료 후, 용비야는 돌문 쪽 벽에 가까이 앉았다. 등의 상처가 너무 심각해 벽에 기댈 수는 없었다. 몸을 살짝 떼고 그저 머리만 벽에 기댈 뿐이었다.

이제 고작 열흘 정도 지났는데, 그는 많이 야위었고 각진 얼굴은 더욱 두드러져 오싹할 정도로 차가웠다. 그는 눈을 감은 채 조금도 움직이지 않았다. 마치 잠든 것 같기도, 뭔가 생각에 잠긴 듯도 했다.

고요한 방 안 곳곳은 핏자국으로 가득했고, 입을 다물고 있는 그의 모습은 유독 고독해 보였다.

고독이란 무엇일까?

한운석이 그의 뒤에서 벽 하나를 사이에 둔 채 등을 맞대고 앉아 있는 것, 그것이 고독이었다.

그가 생사의 경계를 오가는 순간에도 사랑하는 사람은 이 모든 것을 하나도 알지 못하는 것, 그것이 고독이었다.

앉아 있다가 결국 자신도 모르는 사이에 벽에 등을 기댈 수밖에 없는 것, 그것이 고독이었다.

단순히 기대기만 하는 게 아니라, 온 힘을 다해 벽에 등을 바짝 붙였다. 상처로 피범벅이 된 등이 견딜 수 없을 만큼 아파도, 그의 입꼬리는 어둠 속에서 조용히 올라갔다.

그는 그녀 역시 이 벽에 기대고 있을 거라 확신했다.

이곳에 앉은 채 맞은편에 걸린 핏자국 하나 없이 깨끗한 검은 옷을 보는 것, 그것이 고독이었다. 면벽 사죄를 마치고 나갔을 때 온몸 가득한 상처를 가려 그녀를 속이기 위해 그가 일부러 벗어 놓은 옷이었다.

한운석, 본 왕은 널 속이는 데 중독되어 끊을 수가 없구나.

한운석은 천천히 눈을 떴다. 그녀는 방금 정신 수련을 제대로 다 마치고 지금 막 의식을 회복했다.

원래는 그저 벽에 기대어 긴장을 풀 생각이었는데, 지금 그녀는 벽 쪽에 온몸의 무게를 다 실으며 몸을 바짝 갖다 붙였다. 고개를 젖히고 있는 그녀의 눈빛은 어딘가를 유리하는 듯했다.

용비야, 괜찮아요?

용비야, 지금 뭘 하고 있어요?

용비야, 보고 싶어요……. 혹시, 당신도 내 생각을 하고 있나요?

그런 생각이 들자 한운석은 다시금 벽 쪽으로 더 가까이 갔다. 이미 몸을 바짝 붙인 상태인데도, 더 가까이 가고 싶었다.

용비야, 어떻게 해야 더 가까이, 더 가까이 갈 수 있어요?

하루, 또 하루…….

고통이 하루 늘수록, 그리움도 하루 늘어갔다.

한 달이 지나자 한운석은 이제 곧 독 저장 공간의 두 번째 단계에 이를 수준이 되었다. 하지만 아무리 애를 써도 도저히 돌파할 수 없었다. 뭔가 한계에 부딪힌 듯, 마지막 한 걸음을 내딛지 못하고 있었다. 그녀를 이끌어 줄 누군가가 필요했다.

그녀는 전에 어쩌다 우연히 독 저장 공간을 열었던 기억이 났다. 첫 번째 단계에 도달할 수 있었던 건 그녀가 독 연못을 집어넣었기 때문이었다.

그럼 두 번째 단계 돌파 때도 계기가 필요한 걸까? 그녀는 아무리 생각해도 이해가 되지 않았다.

이 한 달 동안 단목요와 창구자는 한운석을 계당에서 끌어내려고 적잖은 계책을 꾸몄다. 하지만 그들이 무슨 수단을 쓰든,

한운석은 한 걸음도 떠나지 않았다.

용비야가 이곳에 있는데 그녀를 나오게 만들 더 좋은 이유가 어디 있을까? 그런 건 없었다!

한 달 동안 하루하루 지옥 같은 고통이 이어졌지만, 용비야는 얼굴 한번 찌푸리거나 고통의 소리 한번 내지 않았고, 절대 쓰러지지 않았다.

드디어 마지막 날이 되었다. 용비야가 서정력을 통제하는 데 있어 가장 중요한 날이었다.

오늘 분출되는 서정력은 이전 그 어느 때보다 더 많았고, 더 강력했다. 통제하지 못하면 단순히 지금까지의 고생이 다 수포로 돌아가는 데 그치지 않았다. 그 결과가 얼마나 심각할지는 그 자신도, 검종 노인도 몰랐다.

어쩌면 이 세상에 아는 자는 없을지도 몰랐다.

용비야는 다만 오늘의 싸움에서는 승리뿐, 반드시 이겨야 한다는 사실만 알았다.

당장이라도 저 돌문을 열고 한운석을 만날 수도 있었다. 하지만 그는 여전히 산처럼 듬직하게 버텼다. 이번에는 전처럼 휴식을 취한 후 곧바로 서정력을 끌어내지 않았다.

한 치의 실수도 하지 않기 위해서는 준비가 필요했다.

이때 돌벽 밖에 있는 한운석은 이미 수행할 마음이 없었다. 그녀는 이틀 전부터 의자를 가져와서 돌벽 앞에 자리를 잡고 앉아 돌벽을 뚫어져라 보고 있었다.

누구보다 영민하고 재능이 넘치는 한운석이 바보처럼 굴고 있었다. 지금 이건 면벽 사죄하는 꼴이 아닌가?

그녀는 웃고 있었다. 아니, 정확하게 말하자면 이틀 내내 웃고 있었다.

그녀는 용비야가 암실에서 무슨 일을 겪었는지, 얼마나 위험한 지경인지 몰랐다. 그저 용비야가 검종 노인의 지도를 받고 수련을 하며 순위전에 참가할 준비를 하는 줄로 알았다. 그녀는 진짜 위험은 순위전에 있을 창구자와의 결투라고 생각했다. 그래서 면벽 기간만 끝나면 용비야가 무공이 확 증가하여 털끝 하나 다치지 않고 나올 거라고 굳게 믿었다.

그녀가 일부러 단장하는 일은 드물었다. 하지만 오늘은 옅은 화장을 하고 특별히 공주처럼 머리를 땋은 후 자색옥 보요 步搖(고대 중국 여성의 머리장식, 걸으면 장식이 흔들리는 비녀)를 꽂고 환상적인 보라색 치마로 갈아입은 후 손목에는 하얀 비단을 걸쳤다.

보라색은 용비야가 가장 좋아하는 색이었다.

원래 얼굴도 아름답지만, 그 위에 살짝 화장까지 하자 그야말로 경국지색이었고, 예전 단목요의 미모에도 뒤지지 않았다. 게다가 절로 풍겨 나오는 존귀함, 얼굴에서 드러나는 절세의 우아한 자질, 뼛속부터 드러나는 기개 모두 단목요는 영원히 비교 대상이 못 되었다.

선녀처럼 단장한 그녀와 어울리지 않는 단 하나, 그것은 바로 얼굴에 드러난 미소였다. 실실거리며 웃는 그 모습은 정말 바보 같았다.

용비야가 봤다면 분명 사랑스러운 눈길로 그녀의 앞머리를 어루만지며 또 맹하게 군다고 뭐라 했을 게 분명했다.

한운석이 기다리는 동안, 창구자와 단목요도 기다리고 있었다. 용비야가 오늘 벌을 다 받고 계당에서 나오면, 사흘 후가 바로 검종 순위전이었다.

창구자는 배의 독이 제거된 후 내내 순위전을 준비했다.

천산에서 그는 두 번째 고수였고 검종 노인은 순위전에 참가하지 않으니 우승은 바로 그의 차지였다. 하지만 그럼에도 그는 긴장을 풀지 않았다.

그는 실력이 얼마나 강한지에 따라 아래쪽 사람들의 충성심이 결정된다는 걸 잘 알았다. 가장 용맹스러운 무공을 선보여 천산 제자들을 굴복시키고, 사검문 사람들에게 그가 협력할 가치 있는 존재임을 보여 줄 생각이었다.

"용비야는 이번에 절대 그냥 천산에 온 게 아닐 거다!"

창구자는 걱정스럽게 말했다.

단목요는 대답하지 않았다. 이번 한 달 동안 그녀는 사부와 함께 치료하는 것 외에 대부분의 시간을 한운석에게 쏟았다. 갖은 애를 써 가며 온갖 함정을 팠지만, 한운석은 계율원에서 한 발자국도 나오지 않았다.

계율원은 유 노파의 세력권이었다. 그녀가 정말 어렵사리 공들여서 그곳 시녀를 매수해 한운석 앞에서 말을 전하게 했지만, 아무 소용도 없었다.

오늘이 지나면 용비야의 형벌도 끝났다. 용비야가 계당에서 나오고 나면, 한운석을 죽이는 일은 더 어려워졌다.

단목요는 스스로 다짐했다. 무슨 일이 있어도 오늘을 넘길 순 없어!

"냉월 부인까지 죽인 걸 보면, 순위전에 참가할 실력을 갖추었다는 뜻이다. 그 녀석, 순위전에 참가할 생각이었어!"

창구자는 혼잣말처럼 중얼거리다가 곧 냉소를 지었다.

"하지만 그게 뭐 대수겠느냐. 서열 4위와 3위인 제종림과 당자진을 죽일 수 있다고 해도, 이 늙은이와 싸울 깜냥은 못 돼!"

단목요가 안절부절못하는 모습을 본 창구자는 그녀를 품에 끌어안으며 말했다.

"요요, 무슨 생각을 하느냐?"

단목요는 온몸에 소름이 돋았지만 참을 수밖에 없었다. 그녀는 작은 목소리로 말했다.

"오늘이 지나면 한운석을 죽이기 어려워져요."

"아니, 아직도 네 사부를 구슬리지 못했더냐?"

창구자가 냉소를 지었다.

"아니면…… 네 사부마저 한운석에게 빼앗긴 게냐?"

그 말에 단목요의 눈빛이 싸늘하게 식었고, 가면 아래 눈동자에서 무시무시한 살기가 뿜어져 나왔다. 그녀는 창구자의 손을 세차게 뿌리치고 뒤돌아 나가며 한마디를 남겼다.

"두고 봐요, 한운석은 절대 오늘을 넘기지 못할 테니!"

그녀가 사부를 구슬리지 못했거나, 사부가 그녀를 아끼지 않아서가 아니었다. 최근 사부의 병세가 너무 불안정해서 도저히 그를 심하게 자극할 수 없었다. 하지만, 오늘 그녀는 모든 것을 다 내걸었다! 얼마나 큰 대가를 치르든지, 반드시 용비야가 나오기 전에 한운석을 없애야 했다.

사부는 그녀의 상처를 치료할 때마다 아무 말도 하지 않았다. 며칠 동안 그는 딱 하나만 물었을 뿐이었다.

"요요, 그때 왜 네 사모를 구하지 못했을까?"

사부가 그녀의 부상을 알게 된 후 지금까지, 즉 창구자 앞에서 하마터면 병이 발작할 뻔했을 때 이후 한 달 동안 사부는 그녀 앞에서 늘 냉정했다.

하지만 그녀는 알았다. 사부는 냉정한 게 아니라, 말을 못 할 정도로 괴로웠던 것이다.

계율원에 들어가 한운석을 없애려면, 사부를 의지할 수밖에 없었다!

단목요는 이미 생각해 놓은 계략이 있었다. 용비야가 다시는 한운석을 만날 수 없다는 생각을 하자, 그녀는 기쁨과 흥분에 사로잡혔다!

그녀는 쇄심원 후원에서 나와 천산정으로 향했다. 그리고 바로 구중궁으로 날아가 사부를 찾았다…….

오늘을 놓칠 수 없어

그랬다. 단목요는 사부를 찾아 구중궁으로 날아갔다.

최근 사부의 도움으로 경공을 조금 회복했지만, 그게 다였다.

단전에 중상을 입어서 기를 모을 수 없었는데, 어떤 방법을 쓴 건지 사부가 그녀에게 거듭 진기를 주입하면서 단전이 이 할 정도 회복되었다.

회복 직후 그녀는 사부가 혼잣말로 어떤 물건을 찾아야 완쾌될 수 있다고 중얼거리는 소리를 들었다. 사실 그녀는 자신의 무공에 대해 전혀 걱정하지 않았다. 사부가 반드시 자신을 치료해 낼 것을 알았기 때문이었다.

구중궁은 구현궁의 꼭대기 층이자 검종 노인의 진짜 처소였다. 이곳은 단목요라도 쉽게 올 수 없었다.

하지만 오늘 그녀는 이성을 완전히 잃었다.

구중궁 대문이 용두자물쇠 아홉 개로 굳게 잠긴 것을 본 단목요는 속으로 아주 기뻐했다. 구중궁이 잠겼다면 사부의 병이 발작했다는 뜻임을, 그녀와 용비야만은 알고 있었다.

매번 병이 도지면 사부는 아직 의식이 남아 있을 때 자신을 구중궁 안에 가뒀다.

단목요가 소리 내기도 전에 비밀 시위가 나타나 공손히 인사했다.

"공주, 사존의 명령 없이는 아무도 이곳에 올 수 없으니 돌아가십시오."

"사부를 만날 일이 있다. 당장 열어라!"

단목요가 명령했다.

"구중궁의 규율은 공주도 잘 아실 겁니다. 이러시면 제가 곤란합니다."

비밀 시위가 진지하게 말했다.

그 말에 단목요는 사부가 정말 병이 도졌다고 더 확신했다.

잘됐어!

안 그래도 사부를 자극해서 실심풍을 일으키려고 왔는데, 훨씬 힘을 덜 수 있게 됐다.

사부만 개입하지 않으면, 한운석을 확실히 죽일 수 있었다.

일단 한운석부터 죽이고 보자 싶었다. 사부가 날 얼마나 아끼시는데, 나중에 뭐 어쩌시겠어?

"알았다. 곤란하게 만들지 않겠다! 하하!"

단목요는 바로 뒤돌아 떠났다. 비밀 시위는 단목요가 뭔가 이상하다고 생각했으나, 억지로 구중궁에 들어가려고 하지 않는다면 아무 상관없었다.

자기 처소로 돌아온 단목요는 바로 독약 하나를 꺼내 단숨에 들이켰다.

전에 군역사와 처음 만났을 때 받은 선물로, 독술계에서도 이름난 극독인 장미 덩굴독이었다. 이 독에 중독되면 열 손가락 끝에서 덩굴처럼 생긴 괴상한 줄무늬가 생겨나 손등을 타고

팔뚝을 지나 온몸으로 번졌다.

이 덩굴무늬가 온몸에 퍼지고 나면, 덩굴은 몸속 피를 빨아 들이기 시작해 피처럼 붉은 장미를 피워 냈다.

꽃이 가장 찬란하게 필 때가 바로 장미 덩굴독이 목숨을 앗아가는 순간이었다.

온몸에 피가 한 방울도 남김없이 장미꽃을 통해 뿜어져 나오기 때문이었다.

덩굴이 자라나 꽃이 피기까지는 사흘이 걸렸다. 해약이 없으면 사흘 후에 반드시 목숨을 잃었다!

군역사는 단목요에게 이 독을 주면서 해약도 함께 주려고 했지만, 단목요는 누군가에게 이 독을 사용한다면 절대 해독해 주지 않을 거라고 했었다.

그런데 자기 몸에 이 장미 덩굴독을 쓰게 될 날이 올 줄은 생각도 못 했다.

사흘이라는 시간에 그녀는 모든 것을 다 내걸었다. 한운석이 죽지 않으면 그녀가 죽었다!

양 손가락 끝에서부터 퍼져 가는 덩굴무늬를 바라보며, 단목요의 입가에 음산한 웃음이 걸렸다. 그녀는 바로 쇄심원으로 달려가 창구자를 찾았다.

그녀가 창구자에게 무슨 이야기를 했는지, 창구자는 하나만 물었다.

"아주 좋은 방법이긴 한데, 네 사부가 갑자기 폐관 수련을 마치고 나오지 않을 게 확실하냐?"

"적어도 오늘은 아니에요. 목숨도 걸 수 있어요!"

단목요는 두 손을 펴 보이며 창구자에게 그녀의 결의를 확인시켜 주었다.

사부는 병이 한번 도지면, 당일에 바로 회복되어도 며칠간 구중궁에 머무르며 사모를 그리워했다.

창구자는 아주 만족스러워했다.

"좋다! 요요, 과연 이 늙은이를 실망시키지 않는구나!"

단목요는 웃고 있다가 갑자기 눈물을 터뜨렸다.

"사숙, 요요를 구해 주세요! 사부님은 폐관 수련에 들어가셔서 도와주실 수 없으니, 사숙만 요요를 구해 주실 수 있어요!"

두말할 것 없이 단목요의 연극이 시작되었다.

"아니, 이건 또 무슨 일이냐?"

창구자도 장단을 맞췄다.

"한운석이……, 그 여자가…… 사람을 시켜 차에 독을 탔어요. 날 죽이려고요!"

단목요는 진짜 눈물까지 보이며 울었다.

"어찌 그런 일이, 비야를 벌 받게 만들고도 뉘우치지 않다니, 오늘 이 일은 이 늙은이가 반드시 관여해야겠다! 해약을 받으러 함께 가자!"

창구자는 곁에 있는 심복에게 몇 마디를 남긴 후 단목요를 데리고 계율원으로 향했다.

계율원 제자는 창구자를 보자마자 바로 유 노파에게 가서 보고했다.

유 노파가 서둘러 돌아왔을 때, 창구자와 단목요는 주변의 저지에도 불구하고 뒷산 계당을 샅샅이 뒤지고 있었다.

유 노파는 높은 곳에서 훌쩍 날아올라 그들 앞에 내려선 후 바로 검을 뽑아 들고 막아섰다!

무슨 일인지는 몰라도, 창구자와 단목요가 공공연히 계당에 난입했다면 준비하고 온 게 틀림없었다.

오늘은 비야의 폐관 수련 마지막 날이었다. 무슨 일이 있어도 오늘 하루를 버텨야 했다.

이 한 달 동안 천산에 수많은 중독 사건이 발생했고, 여러 차례 독 생명체가 출몰하여 제자들의 무공 연마를 방해했다. 그녀는 이 일들이 모두 창구자와 단목요가 꾸민 짓임을 알고 있었다.

단목요가 백독문과 결탁하여 이런 독을 얻어 낸 목적이야 뻔하지 않은가? 바로 한운석을 끌어내리려는 속셈이 분명했다.

하지만 한운석은 그녀를 실망시키지 않았고, 지금까지도 계당에서 한 걸음도 나오지 않았다.

그녀는 계율원과 천산의 규율에 이렇게 도전하도록 놔둘 수 없었다. 비야의 부탁을 저버릴 수 없었고, 더욱이 끝까지 버티고 있는 한운석을 실망시킬 수 없었다!

유 노파가 검을 뽑자, 그녀의 십대 제자가 모두 쫓아와 검을 뽑으며 그녀 앞을 지켰다.

"유 사매, 이게 무슨 짓이냐?"

창구자가 노한 목소리로 물었다.

"내가 묻고 싶은 말이오. 계율원에 함부로 들어와 계당까지 멋대로 난입하는 것은 뭐하는 짓이오? 우리 계율원 규율을 무시하는 것은 그렇다고 칩시다. 이곳의 수장인 내 지위가 낮아서 무시하는 것일 테니까요."

유 노파의 말투가 갑자기 서늘해졌다.

"하지만 계당의 규율은 천산의 규율이오. 장로라는 사람이 앞장서서 문파의 규율을 무시하다니, 이 늙은이가 절대 가만둘 수 없소!"

유 노파는 말을 마치자마자 바로 옆에 있는 제자에게 명령했다.

"천산정에 가서 사존을 모셔 와라!"

유 노파는 자신이 창구자의 적수가 못 된다는 걸 잘 알았기 때문에 최대한 시간을 끌 수밖에 없었다. 그녀는 소식을 들었을 때 이미 장문인에게 사람을 보냈고, 지금은 창구자와 단목요가 들으라고 하는 말이었다.

단목요는 연약한 척 연기하면서 논쟁하지 않았지만, 속으로는 은근히 기뻐하고 있었다. 사부를 불러 위협하려 하다니, 소용없는 짓!

창구자는 단목요가 대수롭지 않아 하는 모습을 보고 더 자신만만하게 말했다.

"흐흐, 사형을 모셔 온다면 더욱 잘된 일이다! 사형에게 오늘 이 일의 시시비비를 가려 달라고 하자!"

"무슨 일이오?"

유 노파가 물었다.

창구자가 코웃음을 쳤다.

"한운석이 사람을 시켜 요요의 차에 독을 탔다!"

"허튼 소리!"

유 노파는 즉각 부인했다. 대체 같은 수법을 언제까지 우려먹을 생각인 걸까?

"한운석은 처벌받는 동안 계당에서 함께 지내며 이달 내내 계당을 떠난 적이 없소. 이 늙은이가 증인이오!"

"그 여자는 떠난 적이 없어도, 누가 대신 독을 탈 수도 있지!"

창구자가 반박했다.

"그게 누구요, 이 늙은이 앞에 데려와 보시오!"

유 노파는 조금도 물러서지 않았다.

그런데 단목요가 정말로 천산정의 한 시종을 불러왔다. 자수하러 나온 시종은 한운석에게서 밀서와 독약을 받고 단목요를 해치려 했다고 구구절절 설명했다.

모든 증인과 물증이 진실하다면, 세상에 억울한 사건들이 왜 그리 많겠는가?

유 노파는 믿지 않았다.

"하인 하나가 일방적으로 하는 말을 어찌 증거라 할 수 있소?"

단목요는 바로 양쪽 소매를 잡아당겨 두 손을 내밀었다. 덩굴무늬는 이미 그녀의 양손 손등을 넘어 팔목으로 번지고 있었다.

"이것은……."

유 노파는 독에 대해 잘 몰랐지만, 이것이 일반 독이 아님은 알아볼 수 있었다.

"이미 독의에게 보여 주었다. 이것은 극독인 장미 덩굴독이다. 중독된 후 사흘 내 해약을 얻지 못하면 목숨을 잃게 된다. 아주 희귀한 독이기 때문에 보통 사람은 알 수 없지."

창구자가 차갑게 말했다.

"한운석이 아니면 천산에 누가 이런 독을 갖고 있겠어요?"

단목요는 목이 멘 채 말했다.

"유 사숙님, 오늘 제가 여기 온 것은 해약을 얻고, 공정한 판결을 받기 위해서예요. 계율원 제자에게도 설명했어요. 절대 억지로 들어올 뜻은 없었어요!"

유 노파의 눈빛은 복잡하게 반짝였다. 단목요 손에 나타난 독 현상은 너무도 명확하여, 거짓으로 꾸민 것 같지 않았다.

하지만 한운석이 이런 어리석은 짓을 했으리라고는 더욱 믿을 수 없었다. 단목요가 한운석을 모함하려고 자기 자신에게 독을 썼을 가능성이 높았다.

"이 늙은이의 허락을 받지 못했으니 억지로 들어온 것이다!"

유 노파는 여전히 강경하게 말했다.

"대장로와 함께 이곳에 와서 행패를 부릴 게 아니라, 먼저 네 사부에게 가서 말씀드렸어야지!"

"유 사숙님, 사부님은 폐관 수련 중이세요. 창 사숙은 장로회의 수장이니, 사숙께서 맡아 주시는 게 당연해요."

단목요가 반박했다.

그 말에 유 노파는 속으로 큰일 났다고 생각했다. 단목요가 시간을 정확히 계산하고 온 듯했다.

"아직 사흘이 남았다. 네 사부가 폐관 수련을 마치고 나온 후에 이야기하거라!"

유 노파가 다시 말했다.

"유민幽敏, 그게 무슨 말이냐? 요요에게 변고라도 생기면, 네가 책임질 수 있겠느냐?"

창구자가 화내며 물었다.

단목요는 훌쩍훌쩍 울면서 가려고 했다.

"기다리면 돼요. 사부가 닷새 후에 나오면 닷새를 기다리고, 열흘 후에 나오면 열흘을 기다릴게요!"

유 노파를 위협하는 말이었다!

유 노파는 주저했다. 단목요에게 변고라도 생기면 정말 감당할 수 없었다. 그녀 자신이 아니라 계율원 제자들을 생각해야 했다. 계율원 제자들의 앞날은 모두 그녀에게 달려 있었다.

유 노파가 망설이는 모습을 본 창구자가 일부러 한 발 물러서는 척했다.

"유민, 우린 계당에 들어가지 않아도 좋다. 한운석을 불러내서 먼저 해독부터 시켜라! 시시비비를 가리는 것은 사형이 폐관 수련을 마치고 나온 후에 다시 논해도 늦지 않다!"

유 노파는 잠시 망설이다가 답했다.

"좋소. 장미 덩굴독인 것을 알았으니, 이 늙은이가 한운석을 찾아가 해약을 구해 오면 될 뿐, 불러낼 필요는 없소. 누가 독을 썼는지는 말한 대로 사형이 나오면 다시 이야기합시다."

단목요는 화가 나서 속으로 욕을 퍼붓고 있었다. 유 노파는 확실히 만만찮은 상대였다!

창구자가 눈짓하자 단목요는 바로 대성통곡을 시작했다.

"사과받지 못하면 절대 해독하지 않겠어요! 목숨을 잃어도 해독 안 해요!"

"유민, 너와 내가 감당할 수 있는 일이 아니다. 한운석을 불러오든지, 아니면 우리를 들여보내든지! 네가 선택해라!"

창구자의 인내심은 바닥이 났다.

유 노파에게는 대책이 없었다. 저들과 주먹다짐을 하고 싶지도 않았기 때문에 어쩔 수 없이 허락할 수밖에 없었다. 다만 비야가 폐관 수련을 마치고 나올 때까지 한운석이 시간을 끌어주기만을 바랄 뿐이었다.

"좋소. 이 늙은이를 따라오시오."

유 노파는 말과 동시에 옆에 있는 심복에게 분부했다.

"계율원 전체 경비를 강화하고 계당을 포위해라. 누구도 이곳 일을 밖에 알려서는 안 된다!"

만약 한운석이 시간을 끌지 못하면, 자기 자신이라도 창구자에게 맞설 생각이었다. 단목요는 무공을 잃었으니 한운석을 어찌하지는 못할 것이었다.

한운석은 지금 벽을 보고 앉은 채, 손가락을 꼽아가며 시간을 세면서 용비야가 나오기만을 기다리고 있었다. 그런데 이 고요함을 깨고 문밖에서 단목요의 목소리가 들렸다.

"한운석, 이 천한 것, 당장 나와라!"

큰 비밀 발견

한운석은 단번에 단목요의 목소리를 알아챘다. 그녀는 바로 바보처럼 헤실거리던 표정을 거두고 음산한 얼굴로 변했다.

곧 용비야와 만날 순간을 앞두고 있는데, 이런 훼방은 마뜩 잖았다.

계당은 함부로 들어올 수 있는 곳이 아니었다. 그녀 역시 용비야가 벌을 받을 때 함께 있어 준다는 명목이 있어서 들어올 수 있었다. 그런데 단목요가 입구까지 온 걸 보니 뭔가 큰일이 생긴 게 틀림없었다.

한운석은 그냥 둘 수 없어 바로 문을 열어젖혔다. 밖에는 단목요, 창구자, 유 노파와 그녀의 십대 제자가 서 있었다.

한운석은 속으로 놀랐지만, 그래도 침착하게 문을 닫고 밖으로 나왔다.

그녀는 차가운 표정으로 단목요를 바라보며 물었다.

"천한 것은 누구를 욕하는 거냐?"

"너다!"

단목요가 화내며 말했다.

"천한 것이 왜 내게 욕을 하지?"

한운석은 냉소를 지으며 반문했다.

긴장하고 있던 유 노파는 절로 웃음이 나왔다. 단목요는 그제야 한운석에게 한 방 먹은 것을 알고 화를 버럭 냈다.

"한운석, 이 천한 것, 감히 나에게 독을 쓰다니!"

한운석은 눈을 흘기지 않을 수 없었다. 엄청난 일이라도 생긴 줄 알았더니, 또 중독이야!

이번 달 내내 이런 일투성이였다.

어떤 제자가 중독되었으니, 그녀가 급히 구해 줘야 한다느니, 어디서 독 생명체가 출몰해서 그녀가 잡아 줘야 한다느니, 이제 정말 지긋지긋했다. 더 좋은 이유는 없는 거야? 자꾸만 독을 걸고넘어지는 게 재밌냐고?

그녀는 문을 연 순간 이미 단목요의 몸에서 장미 덩굴독을 감지했다. 이 여자는 나 하나 해치려고 정말 엄청난 대가를 지불하는구나.

"증거는?"

한운석이 물었다.

단목요는 바로 증인을 데려왔다. 시녀가 입을 열기도 전에 한운석이 냉랭하게 말했다.

"네가 데려온 사람이니 모함할 가능성이 너무 커, 증인 자격이 없다."

단목요는 아까처럼 두 손을 내밀었다. 장미 덩굴독은 어느새 어깨까지 올라와 있었다.

"너 말고 누가 이런 독을 갖고 있겠어?"

"군역사! 너와 군역사가 결탁한 일은 누구나 다 아는데……."

한운석은 말을 끝까지 하지 않고 일부러 창구자 쪽을 보았다.

"창 장로, 당신도 알잖아요?"

그런데 창구자가 좀 이상했다. 그는 굳게 닫힌 방문을 주시할 뿐, 말이 없었다.

한운석이 수상하다고 생각하는데, 단목요가 갑자기 장검을 뽑아 들고 그녀를 향해 겨누었다.

"한운석, 본 공주가 자기 몸에 독을 쓸 정도로 어리석다고 생각하느냐? 당장 해약을 내놓으면, 본 공주가 네 시체는 보전해 주마!"

그러니까 해독해 주더라도 단목요는 그녀를 놔줄 생각이 없다는 소리? 한운석의 마음은 더욱 싸늘해졌다.

단목요의 부상은 겨우 이 할 정도만 회복되었을 뿐이라서 검을 쥔 동작에서 조금의 살기도 느껴지지 않았다.

한운석이 말하려는 순간 유 노파가 설득했다.

"운석, 우선 해약을 주거라. 이 일은 장문인이 폐관에서 나오시면 다시 이야기하자."

해약을 주는 건 죄를 인정하는 거나 마찬가지잖아?

당당한 계율원의 수장인 유 노파가 그리 어리석을 리 없었다. 방금 한 말은 한운석에게 검종 노인이 폐관에 들어가서 그녀를 지켜 줄 수 없으니, 오직 용비야에게 희망을 걸 수밖에 없다고 알려 주기 위함이었다.

똑똑한 한운석은 단번에 그 말을 알아듣고 가슴이 쿵쾅거렸다. 한 달 전에 출관한 검종 노인이 왜 또 폐관에 들어갔지? 용비야가 폐관 수련에 들어간 것도, 용비야가 그녀를 걱정한다는 사실도 다 아는 검종 노인이 폐관에 들어갈 리 없었다!

검종 노인이 자신을 좋아하지는 않지만, 그렇다고 뒤에서 음모를 꾸밀 정도는 아니었다.

그렇다면 이유는 하나, 바로 검종 노인의 병이 또 도진 게 분명했다.

한운석은 그제야 단목요가 오늘 단단히 벼르고 왔음을 알아챘다. 단순히 트집을 잡으러 온 게 아니었다.

유 노파도 두 사람을 막지 못했다면, 그녀가 할 수 있는 유일한 방법은 용비야가 나올 때까지 시간을 끄는 것이었다.

단목요의 검을 바라보며 한운석은 눈을 반짝였다.

"좋아요, 우선 해독을 도와줄게요. 이 독의 출처는 사존이 폐관을 마치고 나오면 다시 시비를 가리도록 할게요!"

"사존? 그렇게 부를 자격도 안 되는 게?"

단목요는 그녀를 극도로 무시했다.

유 노파는 한운석이 더는 단목요를 자극하길 원치 않아서 다급하게 말했다.

"그래, 우선 해독부터 하자! 이 독은 사흘 후에야 발작한다지만, 그래도 몸에 남아 있으면 아무래도 좋지 않겠지."

한운석은 이 틈을 놓치지 않고 말했다.

"장미 덩굴독은 사흘 후에야 꽃이 피면서 발작하기는 해요. 하지만……."

"하지만 뭐?"

단목요는 조금 불안해졌다.

한운석이 냉소를 띠며 일부러 뜸을 들였다.

"하지만 뭐란 말이냐, 빨리 말해라!"

단목요는 초조해졌다.

"하지만 일단 덩굴무늬가 온몸에 퍼지면, 해독을 해도 무늬는 영원히 몸에 남아 주름으로 변하지."

한운석의 거짓말에 단목요는 비명을 질렀다.

"안 돼! 한운석, 해약을 줘! 해약을 달라고!"

이미 늙은 얼굴에 몸마저 늙어 버리면 어떻게 살아갈 수 있을까?

오늘 한운석에게 해약을 얻으면 단목요는 몸도 안전해졌고, 독을 쓴 범인이라서 해약이 있었다고 한운석에게 죄를 뒤집어씌울 수도 있었다.

한운석에게 죄만 덮어씌우면, 죽일 명목도 생겼다.

단목요가 단꿈에 빠져 있을 때, 한운석이 생각지 못한 말을 했다.

"나한테 완성된 해약이 어디 있어? 난 이런 독을 갖고 있지도 않아. 필요한 약재를 알려 줄 테니, 구해 오면 빨리 해약을 조제해 주지."

약을 조제한다니, 그럼 언제 약이 나올지는 그녀에게 달려 있었다.

시간을 더 끌려는 속셈이었다!

일단 한운석이 내일까지 시간을 끌어 용비야가 폐관에서 나오면 일은 실패로 돌아갔다.

단목요가 주저하고 있는데, 갑자기 내내 말이 없던 창구자가 검을 뽑아 들고 노한 목소리로 말했다.

"한운석, 교활한 궤변이나 늘어놓다니, 끝장을 봐야 정신을 차리겠구나!"

창구자가 왜 이러는 걸까?

단목요는 이해할 수 없었지만 그에게 맞춰 주었다.

"사숙, 요요 대신 정의를 밝혀 주세요!"

창구자는 원래 이렇게 직접 나설 생각은 없었다. 하지만 이곳에 오자마자 그는 방 안에서 뭔가 이상한 기운을 감지했다. 이 방 안에 그조차 두려움을 느낄 정도로 아주 강력한 힘이 숨겨져 있었다.

유 노파와 단목요는 내공 품계가 낮아서 감지하지 못했지만, 그는 들어오자마자 느꼈고 모든 것을 깨달았다. 용비야는 벌을 받는 게 아니라 폐관 수련을 하고 있었다!

이검심, 대단하군. 감히 나를 속이다니, 이런 수를 남겨 뒀어!

이검심이 용비야에게 어떤 절세 무공을 가르쳐 주었거나 용비야에게 직접 내공을 전수해 준 게 분명했다. 아니면 용비야 능력으로 어떻게 이런 강력한 힘을 통제할 수 있겠는가?

순위전이 코앞인 지금, 무슨 일이 있어도 용비야가 이 힘을 갖게 놔둘 수 없었다!

창구자는 한운석을 공격하는 척하다가 검 끝을 살짝 틀어 방문을 내리찍었다. 한운석도 놀랐지만, 유 노파는 더 놀랐다. 그녀는 바로 한운석을 보호하며 창구자의 검을 피했다.

창구자 같은 고수의 공격이 어떻게 빗나갈 수 있을까? 고의가 분명했다. 대체 뭘 하려는 거지?

창구자가 방에 들어가려고 하자 유 노파가 바로 검을 휘둘러 그를 가로막았다. 동시에 그녀의 제자들이 달려들어 한운석을 단목요의 검으로부터 지켜 냈다.

유 노파는 곧 창구자와 싸우기 시작했다. 제자들은 한운석을 시녀에게 맡기고 바로 유 노파를 지원하러 나섰다.

유 노파는 육품이고, 창구자는 칠품이었다. 품계 하나 차이는 천양지차였기에, 그녀는 십대 제자의 지원을 받으면서도 창구자와 맞서기 힘들었다.

원하는 결과를 얻을 수도, 우위를 점할 수도 없었다. 유일하게 할 수 있는 일이란, 창구자가 방에 들어가지 못하게 막는 것뿐이었다.

그녀는 용비야가 암실에서 무슨 수련을 하는지 몰랐다. 다만 마지막 날인 오늘이 가장 중요한 시기일 테니, 조금의 착오도 있어서는 안 됐다.

무공을 모르는 한운석도 창구자의 목표가 용비야임을 알아챘다!

한운석은 시녀의 보호를 받으면서, 붙들고 늘어지는 단목요도 신경 쓰지 않고 창구자를 향해 계속 독침을 날렸다. 하지만 창구자는 너무 강했다. 그녀의 최강 무기인 이화루우침도 그를 어찌하지 못했다.

계당은 다른 곳처럼 운무가 피어오르지 않았기에, 독을 써서 독무를 펼치고 싶어도 할 수 없었다.

다급해졌다!

이런 순간에도 단목요는 그녀를 붙들고 놓아주지 않았다. 단목요는 필사적으로 검을 휘둘렀다.

"한운석, 널 죽이고 말겠다! 죽어라! 네가 날 이렇게 만들었어! 사형을 뺏고, 사부까지 뺏어 가려고 하다니, 널 죽일 거야!"

단목요는 정말 미친 것 같았다.

무공이 회복되었다면, 한운석은 진작에 그녀의 검에 찔려 죽었을 것이다.

유 노파와 십대 제자가 힘들게 버티고 있는 이때, 갑자기 앞뜰에서 싸우는 소리가 들려왔다.

"무슨 일이냐?"

유 노파가 잠시 한눈을 판 순간, 창구자의 검이 그녀의 왼쪽 어깨를 찔렀다.

"사부님!"

제자들이 필사적으로 창구자를 포위하며 공격한 덕에 유 노파는 겨우 벗어날 수 있었다. 그녀가 한쪽으로 물러서자 부상을 입은 제자 하나가 들어왔다.

"장검각과 장경각 사람이 쳐들어왔습니다."

유 노파가 깜짝 놀라 말했다.

"반란을 일으킨 거냐?"

이때 창구자는 이미 십대 제자를 물리치고 방문 입구에 이르렀다.

유 노파는 많은 생각을 할 겨를도 없이 검을 들고 쫓아갔다.

"창구자, 한 발만 더 가면 사형이 절대 가만두지 않을 거요!"

"이 늙은이는 요요의 해약을 구하러 왔으니, 사형은 분명 고마워할 거다!"

창구자가 차갑게 웃었다.

유 노파가 뒤에서 검으로 찔렀으나, 그는 강력한 힘을 발산하며 유 노파를 떨쳐냈다. 하지만 그 뒤에 한운석이 따라오고 있었다. 그녀는 갑자기 한쪽에서 달려들어 수많은 금침을 날렸다.

창구자는 손을 휘저어 금침을 모두 땅에 떨어뜨린 후, 한운석의 목을 움켜쥐었다. 한운석은 그가 목을 조르든 말든 계속 발길질을 하며 발끝으로 금침을 발사했다. 하지만 창구자는 이것들까지 모두 피했다.

"죽고 싶구나!"

창구자가 손에 힘을 더 주자, 한운석의 얼굴은 피가 쏠려 벌겋게 변했다.

버둥거리던 발은 힘이 빠지면서 천천히 바닥으로 늘어졌고, 그녀는 점점 힘을 잃어갔다.

정말 긴박한 순간이었다!

순간, 뒤쪽의 모든 공격이 멈췄다. 유 노파의 심장은 미친 듯이 뛰었다. 평생 이렇게 긴장한 적은 처음이었다.

"창구자, 할 말이 있으면 좋게 말해라!"

그녀가 놀란 목소리로 말했다.

단목요는 기쁨에 겨워서 얼른 다가갔고, 창구자는 한운석을 한쪽에 대충 내던졌다. 한운석은 땅에 떨어지자마자 몇 번이나 선혈을 토했다.

창구자는 그녀의 목만 조른 게 아니라 내공으로 오장육부까지 다치게 했다.

단목요가 달려들자 유 노파는 즉각 단목요의 어깨를 발로 차서 넘어뜨렸다.

그녀의 제자들은 장문인의 사랑을 받는 제자인 단목요를 두려워하여 직접 공격하지 못했다. 유 노파 역시 이판사판으로 어깨를 찼던 것이다.

유 노파는 중상을 입은 한운석을 시녀에게 맡기고, 바로 창구자를 막으러 갔다. 그녀는 창구자에게 몇 번이나 공격을 당하면서도 끝까지 버텼고, 문 앞에서 싸우며 창구자를 안으로 들여보내지 않았다.

그런데 잠시 후 장검각과 장경각의 두 장로까지 들이닥쳤다.

"유민, 한운석을 내놔라. 이번 달에 장검각 제자들이 연달아 중독되었는데, 다 그 여자 짓이었다!"

"유민, 우리 장경각이 네 체면을 봐주지 않는다고 뭐라 하지 마라. 한운석을 내놓지 않으면 뒷감당을 해야 할 것이다!"

이 두 장로는 창구자의 충동질에 넘어가서, 기회를 틈타 난리를 치러온 게 분명했다.

유 노파의 제자들은 이들을 상대할 수 없었다. 두 장로가 한운석에게 날아가자, 유 노파는 어쩔 수 없이 한운석을 보호하러 갈 수밖에 없었다.

그녀가 가 버리자 창구자는 성큼성큼 방 안으로 들어갔다.

유 노파 혼자 두 장로를 상대했고, 제자들이 곁에서 도왔다. 한 명만 남아 한운석을 보호했다.

그런데 대체 힘이 어디서 솟아난 것인지, 한운석은 그렇게 다친 상태에서도 일어나 방 안으로 들어갔다.

핏빛 이빨, 드러난 신분

밖에는 장검각, 장경각, 쇄심원, 계율원 제자들이 속속 들이 닥쳤다. 천산정에 있는 용비야의 심복들도 모두 와서 난투를 벌였다. 네 번째 산에서 명령을 기다리던 서동림마저 소식을 듣고 달려왔다. 온몸이 피로 물든 채 필사적으로 계당 방문을 향해 돌진하는 그는 이미 폭주상태였다.

단순한 의심은 말할 것도 없고, 설령 장검각과 장경각에서 한운석이 그들의 제자를 독살했다는 충분한 증거를 내놓는다고 해도, 직접 계율원에 난입하여 사람을 데려갈 수는 없었다!

제자 독살은 웃기지도 않은 핑계에 불과했다. 두 장로는 창구자의 사주를 받고, 오늘 한운석을 죽이려 했던 게 분명했다.

어쨌든 장문인은 폐관 수련에 들어갔고, 용비야는 나올 수 없었다. 이들에게는 핑계가 있었고, 죽을죄를 짓는다고 해도 단목요가 그들을 막아 줄 수 있었다.

칼이 부딪치고 검 그림자가 한데 얽히며 죽고 죽이는 싸움이 이어졌다.

한운석이 방으로 들어가자 단목요도 바로 따라 들어가 문을 닫았다.

유 노파는 장검각과 장경각의 두 장로에게 발이 묶인 나머지, 그 모습을 뻔히 보면서도 막을 수 없었다.

무공의 기초 하나 없는 한운석이 어떻게 창구자의 심한 공격을 견뎌 냈지? 대체 무슨 힘과 용기로 돌진한 걸까?

암실 벽은 바람도, 소리도 통하지 않았다. 외부에 큰 소동이 나도 용비야는 어떤 소리도 들을 수 없었다. 들었다고 해도 지금은 아주 중요한 순간이라 제 몸 보전하기도 어려울 텐데 어떻게 남을 구할 수 있겠는가?

연약한 여자인 한운석이 짐승 같은 창구자와 악랄한 단목요에게 어떻게 맞서려는 걸까?

굳게 닫힌 문을 바라보는 유 노파는 괜스레 마음이 아팠다.

방 안.

한운석은 돌벽을 등진 채, 점점 가까이 다가오는 창구자와 단목요를 똑바로 바라봤다.

입가에는 핏자국이 있었고, 안색은 종이처럼 창백했다. 몸은 언제든지 쓰러질 것처럼 약해졌지만 그녀의 눈은 조금도 흐릿하지 않았다. 맑고 투명한 눈동자에 비친 죽음도 두려워하지 않는 살기는 창구자마저 이유 없이 뒷걸음치게 했다.

"요요, 뭘 기다리느냐?"

창구자가 냉소를 지었다.

"저 여자의 오른쪽 얼굴과 왼쪽 얼굴 중 어느 쪽부터 망가뜨릴지 생각하고 있었어요."

단목요는 하하 소리를 내며 크게 웃은 뒤, 장검을 꽉 움켜쥐고 한 걸음씩 한운석에게 가까이 다가갔다.

오늘, 그녀는 지난 몇 년간 한운석에게 받은 억울함을 모조리 돌려줄 생각이었다!

그런데 한운석이 갑자기 성을 내며 꾸짖었다.

"단목요, 너는 본 왕비가 상상한 것보다 훨씬 어리석군! 용비야가 왜 너를 경멸하는지 아느냐?"

한운석은 자신이 얼마나 버틸 수 있을지, 밖에 구원병이 언제쯤 들어올 수 있을지 몰랐다. 그녀의 머릿속에는 한 가지 생각뿐이었다. 무슨 일이 있어도, 무슨 방법을 쓰더라도, 버티면서 시간을 끌어야 했다!

오늘이 지나면, 오늘만 지나면 모두 좋아질 것이다.

단목요는 갑자기 걸음을 멈췄다. 지금 이런 상황에서도 한운석이 감히 그녀를 욕할 줄은 생각도 못 했다.

"다 너 때문이지! 한운석, 대체 왜 나타난 거냐? 본 공주는 널 살려 둘 수 없다. 반드시 죽일 거야!"

단목요가 분통을 터뜨렸다.

창구자는 단번에 한운석이 시간을 끌고 있음을 눈치챘다. 그는 단목요도 신경 쓰지 않았다. 장검을 높이 들고 내공을 주입한 후, 쟁쟁 소리가 나는 검기를 만들어 검으로 돌문을 열 준비를 했다.

한운석이 다급하게 외쳤다.

"단목요, 바로 네가 구제불능 멍청이라서야! 용비야를 좋아하면서 계속 그 사람을 해치기나 하고! 용비야가 밀실에서 뭘 하는지 알아? 지금 폐관 수련 중이라고! 창구자가 정말 죽이려는 건 내가 아니라 바로 용비야야! 아직도 모르겠어? 마지막 날인 오늘 방해를 받으면 어떻게 되는지, 네가 나보다 더 잘 알잖아!"

단목요는 순간 멍하니 믿을 수 없다는 얼굴로 창구자를 바라보았다.

용비야가 폐관 수련을? 창구자는 왜 그걸 알려 주지 않았지?

창구자의 검은 이미 거대한 검광이 되어 당장이라도 내리칠 기세였다. 그런데 그 순간 단목요가 갑자기 달려들어 창구자의 손을 꽉 붙들었다.

"날 속였어!"

"놔라!"

창구자가 고함쳤다.

단목요는 놓지 않고 도리어 창구자의 손을 힘껏 깨물었다. 분노한 창구자는 그녀를 세차게 밀어냈다.

"과연 구제불능 멍청이로구나!"

단목요는 벌떡 일어나 두 팔 벌려 창구자의 장검을 가로막으며 분노를 토했다.

"창구자, 용비야는 죽더라도 본 공주 손에 죽어야 해. 내 것이니까! 넌 건드릴 수 없어!"

"비키지 않으면 너도 함께 죽이겠다!"

창구자가 차갑게 말했다.

"해 보시지! 사부님께서 아무것도 모르는 줄 아느냐?"

단목요가 성난 목소리로 경고했다.

"사부님은 너를 혼내 주기 싫으신 것뿐이야. 어디 날 죽여 보시지! 사부님께서 천산을 망가뜨리는 한이 있어도 절대 널 가만두지 않으실 테니!"

검종 노인에 대해서는 창구자도 두려움을 느꼈다. 짜증은 났지만 성질을 죽이며 단목요를 설득할 수밖에 없었다.

"요요, 이 사숙은 네가 한운석의 말을 믿고 충동질에 넘어갈 줄은 생각도 못 했다."

창구자가 간곡하게 말했다.

"내가 어찌 비야를 죽이겠느냐? 내가 비야를 죽이면 네 사부도 날 가만두지 않아! 그저 살짝 다치게 해서, 그 녀석 기를 좀 꺾으려는 것뿐이다. 부상을 입으면 아무래도 천산에서 몇 달은 치료를 받아야 할 게 아니냐. 그리고 한운석이야……."

창구자는 더 말하지 않고 단목요를 의미심장하게 바라봤다.

용비야가 천산에서 몇 달 머물 것이란 생각을 하자 단목요는 바로 동요했다.

한운석은 단목요 같은 여자에게 희망을 걸 정도로 어리석지 않았다. 그녀는 창구자가 잠시 허술해진 틈을 노려 불쑥 독침들을 날렸다.

하지만 안타깝게도 창구자는 너무 강했다. 그는 한 손으로 모든 독침을 땅에 떨어뜨렸다.

"요요, 이것 봐라! 한운석이 우리 사이를 이간질하려는 거다!"

창구자의 얼굴에 음흉한 웃음이 스쳤다.

"요요, 이 사숙은 정말 우리 사이가 다른 사람 때문에 흔들릴 줄 몰랐다. 흥, 분하고도 서글프구나!"

'우리 사이'라는 말에 경고가 포함되어 있음을 단목요는 알고 있었다.

단목요는 두말하지 않고 뒤로 물러나 한운석에게 검을 겨누었다. 한운석은 뒷걸음질 치다가 다시금 벽에 부딪혔다. 더는 물러설 곳이 없었다.

"창구자, 본 왕비가 천산정에서 찌른 침을 기억하나요?"

한운석의 이 질문은 마지막으로 거는 판돈이었다. 원래 용비야를 위해 남겨 두려 했지만, 지금 어쩔 수 없이 먼저 꺼내야 했다.

용비야가 순위전에서 창구자를 이기고 각 세력을 두려움에 떨게 만들어 평화로운 방법으로 천산의 위기를 해결할 수 있다면, 그게 가장 좋았다.

하지만 만약 이기지 못하고 결국 창구자와 정면충돌해야 한다면, 그녀의 독은 분명 용비야에게 도움이 될 것이었다.

그 침으로 복통을 일으킨 독을 풀 수 있지만, 그 안에는 만성 극독이 숨겨져 있었다. 일시적으로 검출되지 않으나, 일단 독이 발작하면 반드시 죽었다. 다만 창구자가 알아채지 못하도록, 한운석은 최소한 두 달 정도 지나야 독성이 나타나는 독을 썼다.

창구자는 살짝 놀랐다. 군역사에게서 답신을 받지 못했지만, 여러 독술사에게 검사를 받은 결과 그의 몸속 독은 완전히 해독되었다.

"그건 만성 독이에요. 죽고 싶지 않으면 나가요!"

한운석이 차갑게 경고했다.

창구자가 큰 소리로 웃기 시작했다.

"한운석, 이 늙은이가 네 거짓말을 믿을 성싶으냐?"

한운석은 창구자가 얼마나 믿을지는 자신이 없었다. 하지만 그녀는 얼굴색 하나 변하지 않고 끝까지 버텼다.

"창 장로가 목숨을 걸고 도박을 하겠다면, 나도 끝까지 함께 해 드리죠!"

역시 창구자는 쉽지 않은 상대였다. 그는 믿지 않았다.

"요요, 멍하니 서서 뭘 하고 있느냐?"

그는 말을 내뱉자마자 바로 장검을 들어 돌문을 내리쳤다. 거의 동시에 단목요의 검도 한운석에게 돌진했다. 더는 물러설 곳도 없고 막을 수도 없는 한운석은 죽은 목숨이었다.

용비야, 아무래도 나 백 걸음을 다 걷지 못할 것 같아요…….

물러설 길이 없자, 한운석은 도리어 앞으로 나아갔다. 그녀는 창구자를 향해 걸음을 내디디며 두 팔을 벌리고 몸으로 검을 막았다!

용비야, 죽음으로 가는 이 한 걸음도 당신을 위해 가는 거니까, 백 걸음 중 한 걸음이라고 할 수 있을까요?

용비야, 운석은 약속을 지켰어요. 계속 기다렸고, 죽어도 기다릴게요!

용비야, 아직도 벽에 등을 기대고 있나요?

용비야, 운석이 보고 싶어요?

용비야, 운석은 당신이 보고 싶어요, 너무나도…….

멈추지 않고 달려드는 창구자의 매서운 검기에 한운석의 입에서는 계속 선혈이 흘러나왔다. 그 뒤로 따라온 검날이 머리 위를 세차게 내리찍으려는 순간!

펑!

갑자기 큰 소리와 함께 강력한 힘이 한운석의 몸속에서 터져 나와 눈앞에 닥친 검을 그대로 날렸고, 창구자와 단목요까지 날아가서 문 쪽으로 떨어졌다.

무슨 일이지?

갑자기 한운석 앞에 거대한 하얀 늑대가 나타났다. 몸집은 곰처럼 컸고, 눈처럼 하얗고 잡티 하나 없는 순백색의 털로 덮여 있었다. 미간에는 활활 타오르는 성화 같은 핏빛 불꽃 모양의 표식이 있었다.

늑대는 창구자와 단목요를 쳐다봤다. 요사스러운 붉은 눈동자는 남달리 깊은 눈빛을 발했고, 그 속에 범상치 않은 냉정함과 매서움이 드러났다.

창구자와 단목요는 넋이 나갔다. 둘 다 하얀 늑대에게서 뿜어져 나오는 제왕의 위엄에 떨었다! 분명 짐승에 불과한데도, 인간을 다스리는 제왕처럼 저 위에서 내려다보는 듯했다!

이……, 이건 뭐지? 어디서 나타났지?

땅에 주저앉은 한운석은 머리가 어지러웠다. 방금 창구자가 장검을 내리찍던 순간, 독 저장 공간 전체가 요동친다는 느낌만 들었을 뿐 무슨 일이 일어났는지는 전혀 몰랐다. 뭔가 그녀의 통제를 벗어나 독 저장 공간에서 날아가 버린 느낌이었다.

독 저장 공간에서 각종 독들이 이리저리 날아다니며 부딪히고 있어서 현기증은 더욱 심해졌지만, 한운석은 그래도 버텼다. 그녀는 눈앞에 위풍당당하게 서 있는 하얀 늑대를 바라보며 뭔가 알 수 없는 익숙한 느낌을 받았다.

"꼬맹이……."

그녀는 믿을 수 없다는 듯 중얼거렸다. 설마 꼬맹이가 회복된 거야? 이게 꼬맹이의 실체?

하얀 늑대는 한운석 쪽을 바라보았다. 한운석의 입가에 있는 핏자국을 보자, 그 미간의 불꽃이 갑자기 붉게 빛나기 시작했다.

하얀 늑대는 바로 창구자와 단목요를 향해 큰 소리를 지르며 핏빛 송곳니를 드러냈다!

"혈아血牙!"

창구자는 대경실색했다.

"독짐승! 독종의 독짐승이다! 혈아는 독짐승에게만 있어!"

단목요는 더 놀랐다. 애당초 그녀와 군역사가 결탁하여 갱에 들어갔던 것도 다 이 독짐승 때문이었다! 그녀는 독짐승이 어떤 모습인지 본 적은 없었으나, 군역사의 설명은 기억했다. 독짐승의 핏빛 독이빨에 한번 물리면 중독으로 사망하지만, 독짐승의 피에는 독이 없고 모든 독을 해독할 수 있다고 했었다.

그때 갱에 들어갔을 때는 족쇄만 남아 있었고, 독짐승은 그림자도 보이지 않았다.

독짐승이 왜 갑자기 이곳에 나타났고, 왜 한운석을 보호했을까. 설마…….

단목요가 깜짝 놀라 소리쳤다.

"한운석, 네가 독짐승을 훔쳤구나!"

"아니다! 독짐승은 누구도 훔칠 수 없다."

창구자는 그 말을 바로 부정하며 믿을 수 없다는 듯이 말했다.

"한운석, 너……, 너는 독종의 후예구나!"

독종의 후예에게는 죽음뿐

핏빛 송곳니만 아니었다면 누구도 이 제왕처럼 존귀한 하얀 늑대가 독종의 독짐승일 거라 상상치 못했을 것이다.

사람들은 독짐승의 이름이 고서蠱鼠라서, 쥐 종류일 거라고 추측했다.

한운석은 자신의 독종 신분이 이럴 순간에 밝혀질 줄은 생각도 못 했다. 하지만 여러 생각할 겨를이 없었다. 지금 그녀는 머릿속으로 한 가지 일만 생각했다.

꼬맹이가 완전히 회복되어서 창구자에게 맞설 수 있는 걸까.

미간의 핏빛 불길이 분노로 활활 타오르는 가운데, 하얀 늑대는 으르렁대며 한 걸음씩 창구자와 단목요를 향해 다가갔다.

단목요가 어찌할 바를 모르고 있는데, 창구자가 그녀의 손을 붙들더니 뒤돌아서 문밖으로 도망쳐 버렸다!

한운석은 기뻤다. 창구자가 도망친 것을 보니 하얀 늑대의 상대가 못 된다는 소리였다. 그렇다면 그녀와 용비야는 잠시나마 안전했다!

한운석은 마침내 팽팽했던 긴장의 끈을 늦출 수 있었다. 하얀 늑대가 쫓아 나가자, 한운석은 고통과 피로로 가득한 몸을 억지로 끌고 따라 나갔다.

그런데 밖에 나오니, 모든 상황이 그녀의 생각과 다르게 흘러갔다!

밖에 있던 사람들은 전부 싸움을 멈췄고, 정적에 휩싸였다. 모두들 사람만큼 커다란 하얀 늑대를 멍하니 바라보고 있었다. 서동림 무리까지 포함해 하나같이 아연실색한 모습이었다.

"이건 독종의 독짐승이다! 저 혈아를 봐라! 일단 물리면 영영 돌이킬 수 없다!"

창구자가 갑자기 고함을 쳤다.

"한운석은 독종의 후예였다. 용비야가 저 여자를 데리고 천산에 오다니, 이리를 집에 끌어들여 반란을 꾀한 거야! 이 늙은이가 오늘 독짐승을 끌어낸 것은 모두에게 보여 주기 위해서였다. 이 여자를 절대 살려 두어선 안 된다!"

창구자의 한마디에 상황이 역전됐다. 난입죄, 모함죄, 모살죄 모두 더는 중요하지 않았다.

한운석이 독종의 후예라면, 그가 오늘 한 모든 행동은 다 옳았다!

한운석은 멍해졌다. 이제서야 신분이 발각된 결과가 얼마나 심각한지 깨달았다.

독종은 의학원에 의해 무너져 금기가 된 후 계속해서 운공대륙 주요 세력에게 악의 세력으로 간주되었다. 그 명성은 백독문보다 백배는 더 악독했다. 정파 사람은 모두 독종을 없애려 했고, 조정 세력도 독종과 결부되지 않으려 했다.

그녀의 신분이 드러났다는 것은 천하 각 세력을 적으로 돌리고 모두가 죽이려는 대상이 된다는 뜻이었다!

생각해 보면 목영동은 이 일을 숨기기 위해, 목심을 끌어내기 위해, 이 비밀을 영원히 지키기 위해 갖은 애를 썼었다.

갑자기 한운석의 등 뒤가 서늘해졌다. 그녀는 자기 자신뿐 아니라 용비야도 아주 곤란해졌음을 알았다.

"운석, 네가……."

유 노파는 믿을 수 없다는 표정이었다. 도무지 믿고 싶지 않았지만, 하얀 늑대가 드러낸 무시무시한 혈아를 보니 믿지 않을 수 없었다.

"독종의 잔당이었다니! 이 늙은이가…… 정말 눈이 멀어서 목숨을 걸고 너를 지켰구나!"

유 노파의 바뀐 태도는 잔인한 현실을 증명했다!

출신 하나로 그녀의 모든 것을 부정할 수 있었다!

"난 독종의 후예가 맞아요!"

한운석이 대범하게 인정했다.

"하지만 이 일은 용비야와 아무 관련이 없어요. 저 사람은 이 일을 전혀 몰라요! 따지려거든 나 한 사람에게만 따져요!"

"하하하!"

창구자가 큰 소리로 웃기 시작했다.

"용비야가 어찌 이 일을 모를 수 있겠느냐? 자, 이 여자를 잡은 후에 다시 이야기하자!"

독짐승이 두려움에도 불구하고 쇄심원, 장검각, 장경각 제자들은 모두 나서서 한운석과 하얀 늑대를 포위했다.

하얀 늑대는 으르렁거리면서 싸늘한 눈동자로 주변을 훑었다. 언제든지 덮칠 기세였다.

계율원 사람들이 움직이지 않자 창구자는 차갑게 유 노파를 바라보았다.

"유민, 설마 독종 잔당을 감싸려는 거냐? 용비야는 독종 잔당과 손을 잡아 화를 자초하여 우리 천산검종의 체면을 땅에 떨어뜨렸다. 계율원의 수장이나 되는 자가 이렇게 감싸고 돌다니, 설마 독종 잔당과 함께 천산에 대적하려는 건 아니겠지?"

독종과 결탁하는 죄를 계율원은 감당할 수 없었다. 천산검종도 마찬가지였다. 세상 사람들이 천산검종과 독종 후예가 왕래했다는 사실을 알게 되면, 천산검종의 명성은 완전히 무너졌다. 게다가 의성과의 사이도 곤란해졌다!

유 노파가 화를 냈다.

"우리 계율원과 비야를 모독하지 마시오! 이 늙은이와 비야는 이 일을 전혀 모르오!"

"그럼 너희 계율원이 함께 대적하지 않는 것은 무슨 뜻이냐?"

창구자가 반문했다.

유 노파는 하얀 늑대를 한 번 본 후 차가운 목소리로 한운석에게 말했다.

"한운석, 네가 정말 비야를 위한다면 순순히 항복하거라!"

한운석이 냉소를 지었다.

"내가 순순히 항복하면 저 사람이 용비야를 놓아주나요? 방안 돌문을 무너뜨리는 일이 없을 거라고 보장할 수 있으세요?"

유 노파는 대답하지 못했다.

한운석은 하얀 늑대 곁으로 다가갔다. 그녀는 한 손으로 늑대를 잡고, 창구자의 간사한 눈동자를 바라보며 또박또박 말했다.

"창구자, 그런 허울 좋은 말은 늘어놓을 필요 없다! 오늘 누구도 이 문 안으로 들어올 생각은 꿈도 꾸지 마라!"

갑자기 무리 속에서 굳건한 목소리가 들려왔다.

"진왕 전하와 왕비마마를 보호해라!"

서동림이 장검을 짚고 피바다 속에서 일어섰다. 그의 얼굴과 몸은 온통 피범벅이었으나, 눈빛만은 흔들리지 않았다. 그는 한 걸음씩 한운석을 향해 걸어왔다.

다들 그 모습을 바라보고 있는데, 갑자기 창구자가 세찬 발길질로 서동림을 날려 버렸고, 그의 입에서 선혈이 뿜어져 나왔다.

"창구자!"

한운석이 분노를 터뜨리자, 하얀 늑대가 갑자기 날아올라 떨어지는 서동림을 재빨리 받아냈다.

하얀 늑대가 날아가는 모습을 본 창구자 쪽 사람들은 바로 한운석을 공격했다. 하얀 늑대를 제압하는 가장 좋은 방법은 바로 한운석을 인질로 삼는 것이었다.

그런데 천산정 제자 십여 명이 몰려와서 창구자 무리를 막았다. 그들이 더는 버틸 수 없을 때쯤 하얀 늑대가 곧 서동림을 물고 돌아왔다.

갑자기 창구자 무리가 사방으로 흩어지더니, 각자 검을 들고 경계에 돌입했다.

하얀 늑대는 심각한 부상으로 의식을 잃은 서동림을 땅에 내려놓은 후, 한운석 발아래 엎드렸다.

이건……

한운석은 잠시 망설이다가 부드럽게 하얀 늑대의 머리를 쓰다듬은 후 대담하게 그의 등 위로 올라탔다. 가장 안전한 곳이었다.

한운석이 제대로 앉자 하얀 늑대는 천천히 몸을 일으킨 후, 방문 바로 앞에 서서 선홍빛의 눈동자를 가늘게 뜬 채 주변을 예의주시했다.

십여 명의 천산정 제자들은 하얀 늑대와 한운석 뒤에 일렬로 서서 함께 문 앞을 지켰다.

창구자는 방 안의 힘이 점점 약해지고 있음을 느꼈다. 무슨 힘인지는 모르지만, 용비야가 그 힘을 흡수하고 있다는 것만은 확실했다.

시간이 얼마 없었다. 무슨 수를 쓰든, 용비야가 성공하게 놔둘 수 없었다!

"유민, 우리 네 사람이 힘을 합하면 이 독짐승을 잡을 수 있다!"

창구자가 큰 소리로 외쳤다.

유 노파는 대답은 하지 않았으나 결국 창구자 곁에 섰다. 그녀는 용비야를 다치게 하고 싶지 않았지만, 천산검종에 책임을 다해야 했다. 독짐승과 한운석을 잡는 것이 바로 그녀의 책임이었다!

오늘 장문인이 이곳에 있었어도, 그녀와 마찬가지로 한운석을 놓아주지 않았을 거라 생각했다.

검종의 대의 앞에서는 용비야의 생사도 중요하지 않았다.

한운석이 순순히 항복하지 않는다면, 공격하는 수밖에 없었다.

사대 장로의 검이 살기등등하게 소리를 냈다. 살기를 감지한 하얀 늑대의 눈빛은 더욱 분노에 휩싸였고, 사대 장로가 아직 공격하기도 전에 먼저 달려들었다. 큰 몸집에 반해 동작은 쏜살같이 빠르고 민첩했다.

창구자는 대제자 혁역련赫亦漣에게 눈짓을 보낸 후 독짐승을 정면으로 공격했다.

그는 큰 소리로 외쳤다.

"천검진법, 포진!"

나머지 세 장로가 세 방향으로 각기 흩어진 후 높이 솟아오르자 장검 소리가 울려 퍼졌다. 이들은 사방에서 동시에 하얀 늑대를 향한 맹렬한 공격을 퍼부었다.

하얀 늑대는 나머지 셋의 공격은 아랑곳하지 않고 오직 창구자 한 사람만 노렸다. 하얀 늑대가 한 발을 세차게 내리쳐 강력한 장풍이 나오자, 창구자는 제대로 서 있기도 힘들어 숨을 수밖에 없었다.

세 곳에서 날아든 장검이 하얀 늑대를 찔렀으나 칼날은 들어가지도 않았다. 하얀 늑대는 나머지 한 발로 숨어 있는 창구자 쪽을 쓸었고, 동시에 커다란 꼬리를 흔들어 이장로를 땅에 떨어뜨렸다.

삼장로와 유 노파는 황급히 물러섰다. 삼장로가 소리쳤다.

"형님, 독짐승의 몸은 칼이 들어가지 않을 정도로 단단합니다, 불사신이에요! 어쩌면 좋습니까!"

창구자는 몸을 낮추며 하얀 늑대의 날카로운 발톱을 아슬아슬하게 피했다. 그 역시 물러서며 외쳤다.

"천라지망으로 저놈을 잡자!"

말이 떨어지기 무섭게 하얀 늑대가 그 앞에 달려들어 입을 쩍 벌리고 물어뜯으려 했다. 창구자는 기겁했다. 이 독짐승은 상상한 것보다 더 무시무시했다.

그는 순간적으로 기지를 발휘해 검을 늑대의 입에 끼우면서 아슬아슬하게 도망쳤다.

한운석은 이 틈에 침을 쏘았다. 창구자는 한운석의 침을 피하기 위해 보검을 포기하고 하늘 위로 도망칠 수밖에 없었다.

하얀 늑대는 창구자의 보검을 아그작 씹으면서 부숴 버렸다. 그 모습에 놀란 창구자가 다급하게 외쳤다.

"천라지망을 펼쳐라, 어서!"

천라지망은 천산검종의 가장 뛰어난 진법이었다. 일단 포진만 되면 하얀 늑대를 충분히 잡을 수 있었다.

세 장로는 다시 한번 세 곳에 자리를 잡았다. 준비가 되자 창구자는 하얀 늑대의 정면에 서서 아래쪽에 있는 대제자를 향해 고함쳤다.

"역련, 검을 다오!"

혁역련은 문을 지키고 있는 제자들과 싸우고 있었다. 그가 고개를 돌려 장검을 던지려는 순간, 한운석이 독침을 날렸다. 혁역련은 피할 수밖에 없었고, 장검은 날아가지도 못하고 땅에 떨어졌다.

하얀 늑대가 창구자를 향해 달려들자, 검이 없는 창구자는 도망칠 수밖에 없었다. 하얀 늑대는 그를 놔주지 않고 바짝 따라잡아 창구자의 옷을 물어뜯었다.

세 장로가 서둘러 구하러 왔으나, 모두 하얀 늑대의 적수는 못 되었다. 이들은 하얀 늑대를 피함과 동시에 한운석이 시시때때로 날리는 독침까지 경계해야 했다. 곧 하얀 늑대의 날카로운 발톱에 긁힌 상처들이 쌓여갔다.

하얀 늑대의 목표는 창구자뿐인 듯, 창구자를 구석으로 몰았다. 창구자가 더는 물러설 곳이 없게 되자 늑대는 낮게 울부짖으며, 당장이라도 핏빛 송곳니로 창구자를 물어뜯어 가루로 만들 것 같았다.

바로 이때, 이장로와 삼장로가 갑자기 한운석을 향해 검광을 내리꽂았다.

하얀 늑대는 재빨리 피하며 이장로와 삼장로를 공격했다. 창구자가 기뻐하며 외쳤다.

"한운석을 공격해서 견제해라!"

하지만 틀린 선택이었다. 하얀 늑대는 한운석을 태우고도 아주 쉽게 그들의 공격을 피한 후 다시 그들 앞에 나타났다.

보아하니 가장 앞에 서 있는 창구자가 제일 먼저 봉변을 당할 듯했다.

그런데 갑자기, 뒤에서 창효영의 경고가 들려왔다.

"한운석, 정말 용비야를 위한다면 당장 항복해라!"

한운석이 돌아보았다. 혁역련이 문을 지키던 제자 하나를 또 죽였고, 계당 문이 곧 부서질 듯했다.

하얀 늑대도 뒤쪽 위험을 감지했는지, 갑자기 창구자를 포기하고 방향을 돌렸다.

하얀 늑대가 돌아오자 혁역련을 위시한 무리가 사방으로 흩어졌다.

그런데 하얀 늑대가 입구에 앉자마자, 갑자기 묵직하고 천지를 뒤흔드는 힘이 정면에서 덮쳐와 하얀 늑대와 한운석을 그대로 날려 버렸다.

날아간 하얀 늑대와 한운석에게 부딪혀 계당 문이 열렸고 방 안의 물건들까지 다 부서졌다. 끝없이 날아가던 둘은 결국 돌벽에 세게 부딪히고서야 멈출 수 있었다.

하얀 늑대는 바닥에 쓰러졌고, 등에 올라탔던 한운석은 엄청난 양의 피를 쏟아냈다.

안은 엉망진창이었고, 밖은 정적이 감돌았다.

그리고 거대한 형체가 천천히 안으로 걸어 들어왔다…….

죽음도 자랑스러워

바람 하나 통하지 않을 정도로 빈틈없는 돌벽에 하얀 늑대가 부딪히면서 깊은 균열이 생겼다. 그러나 누구도 그 사실에 주의를 기울이지 않았다.

한운석은 맞은편에서 걸어오는 건장한 형체를 보고 만감이 교차했다.

그는 다른 사람이 아닌 바로 검종 노인 이검심이었다. 드디어 그가 왔다!

그가 왔으니 용비야는 이제 문제없었다.

하지만, 그녀는?

한운석은 갑자기 웃음이 나왔다. 자신의 불행은 피할 수 없을 듯했다.

방금 살기 가득한 힘에서 검종 노인의 태도는 이미 충분히 설명되었다.

검종 노인은 뒷짐을 지고 은색 머리카락을 가지런히 빗어 넘긴 채 문 안쪽에 서 있었다. 산처럼 우뚝 솟은 듯한 당당한 그 모습은 모든 소란을 잠재우고 한운석의 살길도 차단했다.

"독종의 잔당이 감히 우리 천산에 화를 불러와?"

검종 노인의 우렁찬 목소리가 방 전체에 울려 퍼졌다.

밖에 있는 사람들 모두 감히 한마디도 하지 못했다. 단목요조차 두려움이 일었다. 사부와 오랜 세월 함께 지내 왔지만, 이렇게 분노한 모습은 처음 보았다.

사부는 틀림없이 한운석을 죽일 것이다. 그 생각을 하자 단목요는 뛸 듯이 기뻤다. 드디어 내가 이겼어!

하얀 늑대 등에 엎드린 한운석은 기력이 다해 언제고 쓰러질 것 같았다. 하지만 그녀는 이를 악물고 버티면서 또박또박 힘을 주어 말했다.

"난 독종의 후예가 맞습니다. 하지만 천산에 화를 불러온 적은 없어요. 천산 장로들이 나를 괴롭힌 겁니다!"

독종 후예의 신분이나 독짐승을 가진 것은 인정할 수 있었다. 하지만 누명을 쓴 것을 왜 인정해야 하나?

검종 노인은 한운석이 이렇게 쉽게 자신의 신분을 인정할 줄은 몰랐다. 그는 어제 병이 발작했다가 이제 막 회복된 참이었다. 오늘이 비야의 폐관 수련 마지막 날, 가장 중요한 날임을 기억하고 있었기 때문에, 회복되자마자 휴식도 취하지 않고 바로 구중궁에서 나왔다. 그런데 나오자마자 시종으로부터 계율원 상황을 보고 받았다. 한운석이 독종의 잔당이었고, 독짐승을 소환해 계당에서 장검각, 장경각, 쇄심원, 계율원 사람들과 난투를 벌이고 있다는 소식이었다.

그는 도저히 믿을 수 없어 바로 이곳으로 달려왔다. 과연 계당에는 사상자들이 널브러져 있었고, 한운석은 독짐승에 올라타고 무리와 대치 중이었다.

그는 지금까지 비야의 안목을 믿어 왔다. 용비야가 한운석을 천산에 데려오기 전에 어느 정도 알아보고 이 여자를 꽤 마음에 들어 하고 있었다. 그런데 그녀가 독종의 잔당일 줄이야! 감히 천산에 이런 소동을 일으키다니!

"화를 불러오지 않았다고? 독짐승을 불러내고, 우리 천산 제자를 다치게 한 건 어떻게 설명하겠느냐? 한운석, 너는 용비야를 속이고 그를 이용해 천산정에 왔다. 의도가 무엇이냐?"

하얀 늑대는 검종 노인의 말을 알아들은 듯, 낮게 그르렁거리던 소리에 이제는 분노까지 더했다. 그는 검종 노인을 향해 입을 쩍 벌리며 으르렁댔다.

한운석은 하얀 늑대를 쓰다듬은 후, 허리를 꼿꼿이 세우고 의연하게 검종 노인을 똑바로 바라봤다.

"천산 사대 장로와 장경각, 장검각, 쇄심원, 계율원 사람까지 백여 명이 나같이 연약한 여자 하나를 둘러싸고 공격하다니, 이 무슨 뻔뻔한 짓입니까? 이게 바로 그 대단한 무림지존 천산검종의 기풍인가요? 내가 독짐승을 소환해 내지 않았다면 어떻게 스스로를 지켰겠어요? 내가 뭘 잘못했죠?"

검종 노인이 살짝 놀라자 창구자가 갑자기 뛰어들었다. 옷은 찢어져 꼴이 말이 아니었고, 분노한 표정은 흉악하게 변해 있었다.

그는 오늘 용비야를 어찌할 수 없음을 깨달았다. 그렇다면 용비야가 나오기 전에, 용비야에게 큰 도움을 주는 한운석을 없애야 했다!

"한운석, 어디서 궤변을 늘어놓느냐? 이 늙은이는 진작부터 네가 독종의 잔당이고 천산에 음모를 꾸미러 왔을 거라 의심했다. 그래서 오늘 일부러 사람들을 데리고 와서 계율원에 소동을 일으켰던 거다. 그런데 네가 정말로 독짐승을 소환해 낼 수 있을 줄이야!"

창구자는 한운석을 가리키며 욕을 퍼부었다.

"어디 말해 봐라, 비야를 유혹한 의도가 무엇이냐? 비야를 이용해서 무슨 짓을 하려 했지?"

이장로와 삼장로도 따라나섰다. 이장로가 진지하게 보고했다.

"장문인, 대장로와 우리 두 사람은 이 일에 대해 함께 상의했습니다. 우리 두 사람이 오늘 이런 일을 벌인 것도, 다 대장로가 독종 잔당을 잡아낼 수 있게 도와드린 겁니다. 장문인, 제발 현명하게 판단해 주십시오!"

"장문인, 현명한 판단을 내려 주십시오. 무슨 일이 있어도 독종의 잔당을 살려 둘 수 없습니다!"

삼장로가 진지하게 말했다.

유 노파는 진작 들어와 있었으나 그녀는 무리 뒤에 서서 아무 말도 하지 않았다.

"훌륭하신 천산 장로들이 이렇게 비열하고 간사하며, 위선적이고 저속할 줄은 생각도 못 했습니다!"

한운석은 고개를 연신 가로저었다.

"창구자의 진짜 목적은 용비야예요! 유 장로, 오늘 일은 장로께서 가장 잘 알잖아요. 한쪽 편을 들어 달라고는 바라지도 않아요. 다만 사실을 말해 주세요!"

유 노파는 미간을 잔뜩 찌푸린 채 한운석을 볼 뿐, 계속 말이 없었다.

"유민, 말해라!"

검종 노인이 차갑게 말했다.

유 노파는 복잡한 눈빛을 보이며, 창구자와 단목요가 억지로 계율원에 난입하여 한운석이 독을 썼다고 모함한 일을 사실대로 말했다. 하지만 마지막에 한마디를 덧붙였다.

"이 늙은이는 한운석이 독종의 잔당인 줄 몰랐습니다. 대장로가 일부러 계율원에 소동을 일으켜 독짐승을 불러내려고 했는지는 이 늙은이도 모릅니다. 저는 한운석이 독종의 잔당이라는 사실을 안 후, 더는 감싸지 않았습니다."

유 노파는 그녀를 지켜 주지 않았지만, 적어도 모함하지는 않았다. 한운석은 속으로 한숨을 돌렸다.

그녀는 설명을 덧붙이지 않았다. 검종 노인이 분명 모든 상황과 창구자의 의도를 파악할 수 있을 거라 믿었다.

"장문인, 한운석이 독을 썼다는 사실은 절대 모함이 아닙니다. 요요가 한 말이고, 증인도 있습니다. 요요는 정말 중독되었습니다!"

창구자는 교묘하게 용비야 일을 피해 갔다. 그가 말을 마치자 단목요가 들어왔다. 그녀는 훌쩍이며 검종 노인의 곁으로 가서 양 소매를 높이 걷었다. 그러자 무시무시한 장미 덩굴무늬가 모습을 드러냈다.

"사부님, 이것 보세요……. 제 얼굴을 망가뜨린 것도 모자라 이런 짓까지 벌였어요!"

단목요는 검종 노인의 손을 잡고 갑자기 무릎을 꿇더니 서럽게 울기 시작했다.

"사부님, 요요가 이렇게 빌게요. 더 이상 저와 사형의 일에 관여하지 말아 주세요. 요요는 무서워요, 저 여자가 괴롭힐까 봐 너무 무서워요……."

애지중지하는 제자가 이렇게 우는 모습을 보고 있자니, 검종 노인은 분노에 초조함까지 더해졌다.

하지만 그래도 그는 한 문파의 장문인이었고, 병이 발작하지 않는 한 충분히 냉정해질 수 있었다.

충분히 냉정해진다는 게 무슨 뜻이겠는가? 바로…… 충분히 냉혹해질 수 있다는 뜻이었다!

그는 창구자의 진짜 의도는 물론 창구자가 비야를 해치지 못하자 한운석부터 먼저 없애려 한다는 것을 알아챘다. 요요의 독과 한운석이 무관하다는 것도 간파했다.

한운석은 창구자와 요요를 먼저 건드릴 정도로 어리석지 않았다. 독이라는 뻔히 보이는 수작을 벌일 정도로 바보도 아니었다.

그녀는 모함을 받았다.

그러나 그녀는 반드시 독을 썼다는 죄명으로 죽어야 했다!

그녀가 죄를 쓰지 않으면, 요요와 창구자, 이장로, 삼장로가 모두 모함죄를 써야 했다. 이 일은 이미 천산 전체를 시끄럽게 했기 때문에, 전처럼 천산정에 따로 불러 이야기할 수도 없었다.

요요와 장로들에 대해서는 그가 따로 처벌을 내릴 것이다. 하지만 표면적으로는 그들을 보호해야 했다. 그들을 보호하는 것이 바로 천산검종의 존엄을 지키는 일이었다.

게다가 그가 가장 걱정하는 것은 비야였다!

비야가 폐관 수련을 성공적으로 마치고 순위전에 참가하면, 장문인 자리를 계승할 수 있었다. 지금 이런 중요한 시기에 비야가 한운석 때문에 발목을 잡혀서는 안 됐다.

백번 양보해서 비야가 순위전에 참가하지 않는다고 해도, 독종 잔당과 연루되어서는 안 됐다. 이 일이 소문이라도 나면 비야는 운공대륙에서 공공의 적이 된다! 심지어 중남도독부조차 그를 배신할 수 있었다.

그러니 비야가 한운석의 신분을 알든 모르든, 비야가 폐관 수련을 마치기 전에 반드시 이 화근을 해결해야 했다.

검종 노인은 순간 독한 눈빛을 번뜩이며 차갑게 물었다.

"한운석, 해약은 어디 있느냐?"

한운석은 냉소를 금할 수 없었다. 검종 노인은 지금 그녀가 독을 썼다고 믿는 걸까?

그녀는 '사존'이라는 호칭도 붙이고 싶지 않아 싸늘하게 대답했다.

"없어요!"

"본 사존이 주는 마지막 기회다. 해약을 내놓아라!"

검종 노인이 노한 목소리로 말했다.

"해약을 주면 나를 놔줄 건가요?"

한운석이 소리 내 웃기 시작했다. 자기가 생각해도 너무 웃긴 말이었다.

"시체는 보전해 주지."

검종 노인이 무표정한 얼굴로 말했다.

"그럴 필요 없어요!"

한운석은 한 손으로 하얀 늑대의 등을 꽉 짚으며 무력해진 몸의 중심을 잡는 한편, 나머지 한 손으로 단목요를 가리키며 말했다.

"저 여자와 같이 묻히겠어요!"

창구자가 황급히 말했다.

"장미 덩굴독은 저 여자만 해독할 수 있는 건 아닙니다! 사형, 속지 마십시오! 지금 요요를 가지고 우리를 협박하는 겁니다!"

단목요에게는 해약이 없었다. 하지만 독이 발작하기까지는 아직 사흘이 남았으니 군역사를 찾아가면 되었다!

아니면 다른 독술사를 찾아갈 수도 있었다! 그녀는 죽을 리 없었다.

단목요는 양손에 퍼진 덩굴무늬를 바라보며 독하게 마음먹었다.

"사부님, 독종 잔당을 없애는 게 더 중요하니, 요요는 신경 쓰지 마세요! 요요는 분명 해약을 찾을 수 있을 거예요!"

얼굴도 망가졌으니, 몸도 망가뜨리지 뭐! 적어도 앞으로 창구자는 그녀에게 관심을 갖지 않을 것이다.

한운석만 죽으면, 누구도 그녀에게서 용비야를 빼앗아갈 수 없었다. 사부는 분명 용비야에게 그녀를 책임지라고 명할 것이다.

검종 노인은 잠시 침묵했다가 싸늘하게 명령했다.

"여봐라, 의성 고 원장에게 서신을 보내, 본 사존이 장미 덩굴독의 해약을 구한다고 전해라."

독은 의성의 금기이나, 의성에는 독의가 존재했다. 그는 군역사가 분명 갖고 있을 걸 알았지만, 의성에 부탁할 수밖에 없었다.

검종 노인의 말이 떨어지자마자 창구자와 이장로, 삼장로가 바로 주변을 둘러쌌다. 유 노파는 주저하는 듯했으나 결국은 그쪽으로 갔다.

장문인은 한운석을 죽이려는 게 분명했다.

이 다섯 사람을 바라보는 한운석은 전혀 두렵지 않았다. 도리어 고개를 젖히고 큰 소리로 웃기 시작했다.

"왜 웃는 거냐?"

창구자가 물었다.

"왜 웃냐고요? 나처럼 무공도 할 줄 모르는 연약한 여자에게 무슨 대단한 능력이 있겠어요! 그런데 검종의 장문인과 사대장로까지 이 작은 방 안에서 나를 에워싸고 있잖아요! 하하, 나 한운석, 오늘 죽어도 아주 자랑스러울 거예요!"

한운석이 큰 소리로 말했다.

그랬다. 그녀는 아주 자랑스러웠다!

그녀는 하얀 늑대의 등에 올라탄 채 그들을 내려다보았다.

천산검종의 최강자와 천산검종 전체를 멸시하는 눈빛으로 바라보았다. 두려움은 없었다. 오직 경멸뿐이었다!

모두들 그녀의 입가에 드러난 비웃음에 마음이 찔렸다. 창구자조차 감히 그녀의 눈을 똑바로 바라볼 수 없었다.

챙!

날카로운 소리와 함께 검종 노인이 염빙보검을 뽑았다. 열기와 한기를 동시에 내뿜는 이 검은 불빛과 얼음빛이 완벽하게 어우러져 휘황찬란한 광채를 발산했다.

이 검은 한운석을 겨냥했다.

"그르릉……."

하얀 늑대가 분노하며 뛰어올라 검종 노인의 검을 뛰어넘어 위에서 덮쳤고, 검종 노인은 바로 바깥으로 물러났다.

하얀 늑대는 바로 그 뒤를 쫓았다. 세차게 부는 바람처럼 으르렁대는 울음소리는 듣는 이의 간담을 서늘하게 했다.

이장로와 삼장로는 동시에 그 뒤를 따라갔지만 창구자는 움직이지 않았다. 하지만 유 노파가 자신을 주시하는 것을 보자, 어쩔 수 없이 용비야를 포기하고 밖으로 나갔다.

다른 사람은 검종 노인이 왜 첫 공격부터 도망쳤는지 이해하지 못했으나 유 노파는 잘 알고 있었다. 그는 계당을 망가뜨려 용비야를 방해하고 싶지 않았던 것이다.

유 노파도 다급하게 따라 나가느라 벽에 갈라진 균열에 주의를 기울이지 못했다.

밖으로 나간 유 노파는 붉은빛과 푸른빛이 얽힌 검광에 눈이 부셔 제대로 눈을 뜰 수 없었다. 엄청난 기세를 떨치며 강력한 힘이 부여된 검광은 파죽지세로 한운석과 하얀 늑대를 향해 돌진했다…….

검심, 당신이 첫 번째

거대하고 눈부신 검광이 홍수처럼 밀려왔다. 쌩하고 세차게 날아드는 검광을 피할 길은 없었다.

한운석은 이제 다 끝났음을 알았다.

하얀 늑대 역시 이 재난을 피할 길이 없음을 알았다.

한운석은 눈을 감고 정신을 집중하며 하얀 늑대를 독 저장 공간에 집어넣으려고 애썼다.

도망칠 수 없게 된 이상, 꼬맹이를 저들 손에 넘겨줄 수는 없었다.

생사의 갈림길에서도 그녀는 여전히 정신을 집중할 수 있었다. 연약하고 고통에 몸부림치는 몸과 달리, 그녀의 정신력은 여전히 강인했다.

하지만 독 저장 공간과 해독 시스템이 모두 붕괴 상태가 되어 가동할 수 없었다!

그녀는 눈이 휘둥그레질 정도로 놀랐다. 이게 어떻게 된 일이지?

그 순간 하얀 늑대가 갑자기 두 발을 들고 벌떡 일어났다.

"안 돼!"

한운석이 소리쳤지만 이미 늦었다.

검광이 그대로 하얀 늑대의 가슴을 가격했다. 한운석은 늑대의 털을 잡고 등에 매달려 있어서 하나도 다치지 않았다.

좀 전에 하얀 늑대를 날려 버린 것만 봐도 검종 노인의 내공이 얼마나 강력한지 알 수 있었다. 하얀 늑대는 전혀 그의 상대가 못되었다.

그녀는 하얀 늑대가 몸을 부르르 떠는 것을 느낄 수 있었다.

이 녀석은 죽지는 않아도, 고통은 느꼈다!

"이검심, 당신들……."

한운석의 말이 채 끝나기도 전에 검종 노인이 또 검을 힘껏 휘둘러 번개처럼 맹렬한 검광을 날렸다. 하얀 늑대는 소리를 내지르며 한운석을 데리고 도망치려 했다. 하지만 검기가 그의 뒷다리를 그대로 찍는 바람에 도망칠 수 없었다.

"크르르르……."

하얀 늑대가 고통으로 울부짖기 시작했다! 죽지도 않고 다치지도 않는 몸이 아니었다면, 진작 목숨을 잃었을 것이다! 검종 노인의 검을 누가 당해 낼 수 있을까?

"이검심, 이 녀석을 해치지 말아요, 내가……."

"크르르……."

또다시 날아든 검의 공격이 하얀 늑대의 배를 가격했다. 하얀 늑대는 더는 고통을 견딜 수 없었는지, 갑자기 높은 곳에서부터 떨어져 땅에 심하게 부딪혔다.

제대로 붙잡고 있을 힘이 없었던 한운석은 그 순간 튕겨 날아갔다. 창구자는 바로 검을 휘둘렀지만, 하얀 늑대가 배가 아프든 말든 상관하지 않고 즉시 달려와 몸으로 검기를 막으며 한운석을 받아냈다.

그러나 이검심의 검은 멈추지 않았다. 그는 얼음장 같은 얼굴로 끊임없이 검을 휘둘렀다. 속도는 빨랐고, 위력은 끝이 없었다.

그는 운공대륙의 제일 고수였다! 그의 검은 운공대륙에서 가장 대단한 검이었다!

아무리 독짐승이라도, 이런 강력한 공격을 견딜 수 없었다. 하얀 늑대는 공격할 엄두도 못 냈고, 피하는 속도도 점차 느려졌다.

그저 당하고만 있을 뿐이었다.

하지만 그럼에도 불구하고 그는 한운석이 다치지 않게 결사적으로 그녀를 보호했다.

하얀 늑대의 힘이 얼마 남지 않은 것을 본 창구자가 소리쳤다.

"다 같이 나서서 장문인을 돕자. 함께 한운석을 공격해!"

장문인이 말이 없자 세 장로는 창구자와 함께 하늘로 솟아올랐다. 네 검이 위쪽에서 한운석을 일제히 공격했다.

이런 순간에 한운석의 독침은 아무 소용이 없었다.

하얀 늑대는 검종 노인과 네 장로, 이 다섯 명의 검기를 견뎌야 했다.

슉슉슉!

검기들이 채찍처럼 하얀 늑대의 몸을 내리쳤다. 하얀 늑대는 더 이상 포효하지도, 으르렁거리지도, 피하지도 않았다. 검종 노인 무리를 매섭게 노려볼 뿐, 그들이 공격하든 말든 전혀 굴복하지 않았다.

한운석은 마음이 찢어지는 것 같았다.

"꼬맹아……, 네가 꼬맹이인 걸 알아. 말 잘 들어야지?"

그녀는 하얀 늑대의 목을 끌어안고 목멘 소리로 귓가에 속삭였다.

"꼬맹아, 착하지. 내 말대로 해, 응? 먼저 도망쳐, 알았지? 난 무사할 거야."

"……."

"꼬맹아, 제발 부탁이야. 먼저 도망쳐. 우린 저들을 이길 수 없어. 빨리 도망쳐. 고북월을 찾아가……."

한운석은 말을 마치고 과감하게 손을 놓은 후, 하얀 늑대의 높은 등에서 뛰어내렸다.

이때 창구자의 검기가 날아와 한운석의 배를 가격했다. 그 공격에 한운석은 바람에 날리는 낙엽처럼 멀리 날아갔다. 마치 공중에 아름다운 꽃을 흩뿌리듯, 그녀의 배에서 선혈이 뿜어져 나왔다.

"크르르르르……."

하얀 늑대의 미친 듯한 울부짖음이 천산검종 전체에 울려 퍼지자 사람들은 두려움에 넋이 나갔고, 검종 노인마저 깜짝 놀라 자신도 모르게 공격을 멈췄다.

땅에 떨어진 한운석은 숨이 곧 끊어질 듯했으나 여전히 버티고 있었다. 그녀는 꼬맹이를 향해 힘없이 손을 흔들었다. 가라는 뜻이었다.

하얀 늑대가 어떻게 갈 수 있을까. 그는 미친 듯이 창구자를 향해 돌진했다. 하지만 창구자에게 이르기도 전에 검종 노인의 검이 무정하게 한운석을 찌르려 했다.

하얀 늑대는 그녀를 보호하러 되돌아올 수밖에 없었다. 검종 노인의 검은 하얀 늑대의 가슴에 막혀 더 들어가지 못했다.

그런데 검종 노인이 갑자기 힘을 주더니, 검을 매개로 하여 하얀 늑대의 가슴 위에서 강력한 기를 분출했다.

"안 돼……. 꼬맹아……, 가! 어서 가……."

하얀 늑대는 한운석을 보호하며 절대 비키지 않았다!

"꼬맹아, 어서 말 들어!"

한운석은 필사적으로 소리치며 잡아당겼지만, 하얀 늑대는 꿈쩍도 하지 않았다.

이 모습을 본 주변 사람들은 입이 떡 벌어졌다. 이들은 독짐 승을 본 적은 없지만, 독종의 독짐승은 흉악하고, 교활하며, 피에 굶주려 있고, 독으로 천하를 해치려 한다고 들어 왔다.

그런데 지금 눈앞에 있는 이 독짐승은 전설과 완전히 달랐다. 충성스럽고 강직한 모습은 정말 감동적이었다!

하지만 감동적인 게 뭐 어떻단 말인가?

검종의 장문인이 직접 공격하는 데 감히 누가 나서서 막을 수 있을까? 한운석을 감싸던 천산정 제자들은 쥐 죽은 듯 조용했다. 서동림은 피바다 속에 쓰러져 생사도 알 수 없었다.

하얀 늑대는 끊임없이 쏟아지는 검기를 고집스레 견뎠고, 미간에 있던 불꽃은 점점 그 빛을 잃어갔다. 그는 천천히 고개를 돌려 한운석을 바라보았다.

잔혹하고 냉혹한 핏빛 눈동자가 갑자기 상냥하게 변하더니, 뜨거운 눈물 한 방울이 천천히 흘러내렸다. 자책과 비통함의 눈물이었다.

운석 엄마, 미안해, 꼬맹이는 이미…… 최선을 다했어.

갑자기 거대한 몸집이 순식간에 작고 작은 다람쥐로 변해 땅에 떨어졌다. 새하얀 털에는 주인의 핏자국이 스며 있었다.

그는 죽지는 않으나, 고통은 느꼈다.

거대한 체구로 견뎌 낸 고통을 순식간에 손바닥만 한 작고 작은 몸집으로 다 감당하려면 얼마나 고통스러울까?

꼬맹이는 몸을 동그랗게 오므리고 파르르 떨었다.

한운석은 서둘러 꼬맹이를 들어 올렸다. 그녀의 손에 가득한 피에 꼬맹이의 털이 붉게 물들었다. 그녀는 꼬맹이를 따뜻하게 해 주려고 얼른 진료 주머니에 넣었다.

그러나 곧 검종 노인의 검이 그녀의 앞으로 날아들었다.

"한운석, 독종의 잔당은 반드시 죽어야 한다! 네 스스로 목숨을 끊겠느냐, 아니면 본 사존이 나서야 겠느냐? 네가 선택해라."

한운석은 분노로 고개를 들고 그를 바라보며, 두 손으로 검종 노인의 검날을 움켜쥐고 소리쳤다.

"둘 다 싫어요! 누가 자기 출신을 결정할 수 있나요? 대체 왜 독종의 후예라는 이유만으로 날 죽이려고 하죠?"

"……."

"내가 천하에 몹쓸 짓이라도 저질렀나요? 내가 무고한 사람을 독살하기라도 했어요? 말해 봐요!"

한운석은 받아들일 수 없었다!

"이검심, 말해 봐요! 말하지 못하면 절대 승복할 수 없어요!"

장내는 고요했고, 검종 노인도 침묵했다. 모든 사람의 눈길은 한운석의 두 손에 집중되었다. 검종 노인의 검날을 필사적으로 붙들고 있는 그녀의 두 손에서 피가 끊임없이 흘러내렸다.

닭 한 마리 죽일 힘도 없는 연약한 여자가 지금까지 버틸 줄은 누구도 생각지 못했다.

손으로 검종 노인의 검을 잡다니, 이 얼마나 어리석은 행동인가? 하지만 그 자리에 있는 모든 사람, 심지어 단목요까지 웃을 수 없었다.

이 여자가 맨손으로 막는 것 외에 뭘 할 수 있을까?

유 노파는 더는 볼 수 없어 눈을 돌렸다. 그녀는 두려웠다. 그 모습을 계속 보다가 마음이 흔들려 구하고 싶어질까 두려웠다.

이렇게 좋은 여자가 왜 하필 독종의 잔당일까? 왜 하필 천산정에서 정체를 드러냈을까?

"놔라!"

검종 노인이 결국 입을 열었다. 과도한 감정이 섞이지 않은 평온한 목소리였다.

"못 놔요! 죽어도 못 놔!"

한운석은 보는 이의 마음이 아플 정도로 고집을 부렸다.

"승복할 수 없어요! 죽어도 못 해!"

그녀는 바람 불면 날아갈 듯한 연약한 체구임에도 등을 꼿꼿이 세우며 굳은 기개를 드러냈다. 그녀의 보라색 치마는 피로 얼룩덜룩해졌으나, 영혼은 깨끗하여 어떤 모욕도 용납할 수 없었다!

"한운석, 네 말이 맞다. 하지만 넌 반드시 죽어야 한다."

검종 노인은 담담하게 말한 후, 돌연 힘을 주었다. 그러자 검날이 한운석의 손 사이를 빠르게 통과했다.

그런데 갑자기!

한쪽에서 강력한 검기가 불쑥 날아들었다. 이 검기는 여러 천산 제자의 몸을 관통해 그대로 검종 노인의 손등을 가격했다.

예상치 못한 공격에 검종 노인은 자신도 모르게 손을 놓았다. 손은 지켰으나 그의 검은 한운석의 손에 들어갔다.

한운석이 돌아보니 그녀를 에워쌌던 천산 제자들이 하나씩 쓰러졌다. 그리고 맞은편에서 그녀에게 가장 익숙한 모습이 스치듯 날아왔다.

용비야!

한 달 동안 보지 못했을 뿐인데, 천 년을 떨어진 듯했다. 벽하나를 사이에 두고 하마터면 생사의 이별을 할 뻔했다.

용비야, 운석은 끝까지 당신을 기다렸어요. 포기하지 않기를 잘했어요.

한운석은 분명 웃고 싶었는데, 하염없이 눈물이 흘러내렸다.

그를 만나고 나니, 완강하게 버티던 모든 고집과 의지가 순식간에 무너졌다.

두 팔에 힘이 빠지면서 검종 노인의 검도 댕그랑 소리를 내며 땅에 떨어졌다. 모든 기력이 다한 한운석은 천천히 아래로 쓰러졌다.

의식을 잃기 직전, 그녀는 익숙한 온도를 느낄 수 있었다. 용비야의 품 안이었다.

언제든 바람에 날아가 버릴 듯이 연약해진 여자를 안은 채, 원래부터 얼음장 같던 용비야의 얼굴이 소름 끼칠 정도로 차가워졌다. 그는 눈을 내리깔고 상냥하게 한운석의 헝클어진 머리를 매만지며 얼굴의 핏자국을 닦아 주었다.

그곳에는 정적만이 감돌았고, 검종 노인조차 말이 없었다. 그 눈동자는 빛과 어두움이 교차하며 복잡하게 빛났다.

용비야는 보는 이가 두려움을 느낄 정도로 조용했다.

그는 옷자락을 찢어 아주 조심스럽게, 그리고 부드럽게 한운석의 두 손을 싸맨 후, 몸에 난 상처를 돌아보았다. 내상과 외상이 다 있었고, 특히 배의 상처가 가장 심각했다.

그는 점점 더 조용해졌고, 뿜어내는 살기는 더욱 짙어졌다. 창구자 무리는 저도 모르게 경계 태세에 들어갔다.

용비야는 진기를 한운석에게 주입하여 그녀의 목숨을 부지한 후 그녀를 조심스레 바닥에 내려놓았다. 그리고 깨끗한 검은 장포를 벗어 그녀를 잘 덮어 주었다.

검은 장포를 벗자 장내 모든 사람이 찬 숨을 들이마셨다.

그는 하얀 속적삼만 입고 있었는데, 꼿꼿하게 세운 그의 등은 모두 피범벅이었다. 채찍에 맞은 상처들도 어렴풋이 보였다.

그는 한운석의 입술에 살짝 입 맞춘 후 몸을 일으켰다.

그리고 서늘한 눈빛으로 장내 모든 사람을 하나하나 돌아보았다. 칠흑같이 어두운 그의 눈동자 속에는 분노의 불길이 활활 타올랐다. 그는 노한 목소리로 말했다.

　"이 여자를 다치게 한 사람은 반드시 죽는다!"

　바람 소리도 들리지 않을 정도로 고요한 순간이었다.

　"비야……."

　검종 노인이 입을 떼려는 순간, 용비야가 갑자기 그를 향해 검을 들었다.

　"당신이 첫 번째다!"

저버릴 수 없다

검종 노인은 헉하고 찬 숨을 들이마셨다!

용비야가 그에게 이런 말을 할 줄은 꿈에도 생각 못 했다. 오랜 세월 그는 용비야를 자기 자식처럼 대했다!

단목요 일 외에는 대부분 그에게 한없이 잘해 주었다.

그런데 오늘 여자 하나 때문에 비야가 자신을 대적하다니?

비야, 지금 네가 무슨 말을 하고 있는지 아느냐?

검종 노인은 큰 충격을 받은 듯 뒤로 물러서면서 말했다.

"비야, 네가…… 사부를 죽일 생각이냐?"

"본 왕은 저 여자를 다치게 한 자를 한 사람도 놔줄 수 없다!"

현한보검은 주인의 타오르는 분노를 감지한 듯, 용비야의 말과 함께 캉캉 소리를 내며 꿈틀댔고, 언제든 검종 노인을 공격할 것 같았다.

검종 노인이 화난 목소리로 말했다.

"비야, 이 여자가 어떤 신분인지 아느냐?"

어떤 신분?

용비야는 당연히 알고 있었다. 한운석이 독종의 후예인 것뿐 아니라, 서진 황족의 후예인 것도 알고 있었다!

독종의 후예는 운공대륙 각 세력이 두려워하며 탄압하려는 존재로, 어느 세력이든 모두 죽이려 들었다. 서진 황족의 후예는

244

자신의 나라, 가문과 깊은 원한을 가진 불구대천의 원수였다.

하지만 그게 뭐 어떻다는 말인가?

이 모든 게 한운석과 무슨 상관인가? 과거 독종이 천하를 독으로 해하려던 야심에 한운석은 개입한 적이 없었다. 서진 황족과 동진 황족의 당시 원한에 대해 한운석은 아무것도 몰랐다! 심지어 아직까지도 자신의 또 다른 신분에 대해 아는 바가 없었다.

그녀에게 무슨 잘못이 있을까?

그녀는 그와 마찬가지로 부모도, 출신도 선택할 수 없었다. 하지만 두 사람 모두 운명이라고 체념한 적은 없었다. 그렇지 않은가?

그녀가 누구든 상관없었다. 그가 아는 그녀는 비웃음 속에서도 꿋꿋이 진왕부에 들어왔던 굴복할 줄 모르는 신부였다. 혼자 힘으로 천녕국 황족 전체와 맞섰던 연약한 여자였다. 맨손으로 약성 전체를 손에 넣은 후 천하의 무수한 병자에게 은혜를 베푼 의원이었다. 그가 너무도 아껴서 지난 4년 동안 차마 다치게 할 수 없었던, 그의 지어미요, 유일한 여자였다!

그녀를 어떻게 이 지경으로 다치게 할 수 있는가?

어떻게!

"독종의 후예다!"

용비야가 싸늘하게 말했다.

돌벽에 갈라진 균열을 통해 그는 검종 노인과 사대 장로가 방 안에서 한운석을 에워싸고 하는 말을 모두 들었다.

아직 서정력을 완전히 통제하지 못했지만, 그는 그래도 먼저 나와야 했다.

벽 하나를 사이에 두고, 사랑하는 이가 밖에서 모욕을 당하는데 구해 줄 수 없다는 사실이 얼마나 고통스러운지, 누구도 이해할 수 없을 것이다!

지금은 그의 평생 가장 냉정하지 못한 순간이었다. 전혀 냉정해지고 싶지 않았다.

"네가! 감히……."

검종 노인은 화가 났지만, 그래도 용비야를 덮어 주려 애썼다.

"비야, 지금 깨달아도 늦지 않다! 독종의 잔당은 누구나 죽여야 하는 존재다. 우리 천산검종도 절대 감싸 줄 수 없다! 본 사존이 저 여자를 죽인 후에 너를 데리고 의성에 가서 용서를 빌겠다. 모르고 한 일에는 죄가 없으니, 고 원장은 분명 사정을 봐 줄 것이야!"

검종 노인은 일부러 이렇게 말하면서 용비야에게 상황의 심각성을 암시했다. 총명한 비야라면, 그가 애쓰고 있음을 알아들을 거라 믿었다.

그는 한운석이 독을 써서 천산 제자를 해치지 않았고, 한운석이 독종을 위해 천하에 몹쓸 짓을 하지 않았다는 것도 알았다. 하지만 한운석은 반드시 죽어야 했다!

한운석의 독종 잔당 신분이 드러난 이상, 비야는 연루될 수밖에 없었다. 그러면 천산검종의 장문인 자리를 얻지 못함은 물론이요, 속세의 조정 세력도 심각한 영향을 받아 비야의 명성이 다 무너질 수 있었다.

산 아래로 소식이 퍼지면 의성이 가장 먼저 비난할 것이고, 무림과 조정 세력이 모두 연합하여 그에게 압박을 가할 게 분명했다. 그러면 중남도독부의 명문세가 세력이 기회를 틈타 이 문제를 크게 떠들어댈 것이다.

용비야가 어렵사리 운공대륙 조정에 완벽한 판을 마련해 두었는데, 한운석 때문에 완전히 흔들리게 생겼다! 10여 년간 심혈을 기울인 노력이 모두 수포로 돌아갈 수 있었다! 심지어 동진 황족의 세력까지 그에게 반기를 들 수 있었다.

여자 하나 때문에 모든 것을 잃고, 여자 하나 때문에 천하의 악명을 뒤집어쓰다니, 절대 그럴 수 없었다!

용비야는 큰 소리로 웃기 시작했다. 사부의 뜻은 당연히 알아들었다. 하지만 그가 마음속으로 아버지처럼 생각했던 검종 노인이 그를 전혀 이해하지 못하고 있을 줄은 생각도 못 했다.

그는 이미 말했었다. 강산을 내주어도 한운석과 바꾸지 않는다고!

권세와 강산, 천하를 얻기 위해 무고한 여자를 저버리는 그런 일은, 절대 할 수 없었다!

"정파正派와 정도正道라는 것이 겨우 이 정도였군!"

용비야의 입가에 조소가 흘러나왔다. 더는 검종 노인의 허튼소리를 듣고 싶지 않았다. 그는 두 손으로 검을 쥐고 돌연 하늘위로 높이 솟아올랐다.

현한보검에 어떤 힘을 주입한 것인지, 장내에 있는 모든 사람이 현한보검에 용솟음치는 무시무시한 힘을 느낄 수 있었다!

그제야 검종 노인은 현실을 받아들였다. 용비야는 정말 그를 죽일 생각이었다!

검종 노인이 손을 내밀어 살짝 주먹을 쥐자 염빙보검이 그의 손으로 날아왔다. 그는 발끝을 디뎌 가볍게 하늘 위로 솟아올랐다. 그리고 바람을 안고 서서 차가운 눈빛으로 용비야를 향해 다가갔다.

"사부는 아주 실망했다!"

검종 노인은 일부러 목소리를 낮추며, 계속해서 용비야를 설득하려 했다.

용비야만 생각을 바꾸고 한운석을 죽인다면, 상황은 그리 심각해지지 않았다.

"강자가 약자를 힘으로 누르고, 다수가 소수를 괴롭혔다. 장검각, 장경각, 쇄심원, 계율원도 모자라 당신 같은 검의 종사까지 함께 나서 무공도 할 줄 모르는 여자를 괴롭히다니, 본 왕은 당신 같은 사부를 둔 적 없다!"

용비야가 코웃음을 쳤다.

"감히!"

검종 노인의 분노는 극에 달했으나, 그 말에 반박할 수 없었다.

용비야가 공격하려는 순간, 아래에서 창구자와 이장로, 삼장로가 감히 한운석을 해치려 하는 모습이 보였다.

"죽고 싶구나!"

그가 분노에 휩싸여 세차게 던진 검은 창구자 옆에 내리꽂혔다.

그들이 한운석과 너무 가까이 있어 한운석이 다칠까 염려했기에 망정이지, 아니었다면 진작 목숨을 앗아갔을 것이다.

창구자는 재빨리 피해 가벼운 상처만 입었지만, 공격에 몸이 날아간 이장로와 삼장로는 꼴사납게 내던져져 내상을 입었다.

이들은 화들짝 놀랐다. 용비야의 무공이 이렇게 빨리 성장했을 줄은 생각도 못 했다. 내공이 몇 품에 이른 걸까? 설마 장문인과 동일한 팔품에 도달한 걸까?

어떻게 그런 일이?

이장로와 삼장로는 두려움에 떨며 더는 나서지 못했다. 창구자도 겁이 나서 한쪽으로 물러났다.

한운석은 건드리지 않아도 괜찮았다. 용비야와 이검심이 목숨 걸고 싸우게 하고, 나중에 사검문 세력을 끌어들여 자리를 뺏으면 되었다.

용비야가 내공이 크게 늘긴 했지만, 원래는 내일 출관할 예정이었음이 틀림없었다. 그렇지 않았다면 유 노파와 한운석이 죽을힘을 다해 돌문을 지키지 않았을 것이다. 창구자는 고개를 들고 냉소적인 눈빛으로 위를 바라보았다. 용비야는 분명 부상당한 상태였다!

싸워라!

스승과 제자끼리 싸워 봐라!

용비야는 날카로운 휘파람 소리로 오랫동안 그에게 충성해

온 천산 각 계파의 제자들을 부른 후 검종 노인과 싸우기 시작했다.

공중에서 두 고수의 대결이 펼쳐지자, 순식간에 구름과 바람이 일어나며 하늘빛이 달라졌다.

모든 사람이 두 보검이 쏟아내는 강력한 힘을 느낄 수 있었다. 검종 노인과 용비야, 두 사람이 검을 휘두를 때마다 드러나는 웅장한 기세에 천지가 흔들렸다.

처음 시작할 때는 용비야가 주제도 모르고 덤벼 패할 거라 생각하는 자도 있었다.

하지만 몇 초의 공격이 오가는 동안, 용비야는 패하기는커녕 검종 노인과 필적할 만한 실력을 보여 주었다.

공중에서 검광이 세차게 부딪쳤고, 언뜻언뜻 눈에 보이는 두 사람의 모습은 마치 용과 호랑이의 싸움 같았다. 젊은 제자들은 모두 멍하니 그 모습을 바라보며, 지금 복수의 전투를 벌이고 있다는 사실조차 잊어버렸다. 그들의 눈에는 용비야만 들어왔다.

이 남자는 일월성신처럼 눈이 부셨다!

창효영과 단목요도 멍하니 고개를 들고 구경하면서 주변 일을 다 잊고 있었다.

곧 젊은 제자 무리가 들이닥쳤다. 문파 규율에 따르면 계파 제자는 천산에 함부로 올라올 수 없었다. 하지만 용비야의 휘파람 소리에 천산정에 문제가 생겼음을 눈치챈 이들은 무조건 뛰어들 수밖에 없었다.

그들은 도착하자마자 용비야가 장문인과 싸우는 모습을 보고 깜짝 놀랐다. 무슨 일이 발생한 것인지 알 수 없었다.

"어서 왕비마마를 보호해라!"

누군가가 벌떡 일어났다. 바로 천산정의 시위였다.

한 사람이 용감하게 나서자 뒤에 있던 무리도 그를 따라 일어섰다. 이들은 방금 일어난 모든 상황을 직접 목도했다.

그들은 분개하면서도 장문인의 위엄을 두려워했고, 힘이 없어 도울 수 없었다. 하지만 이제 용비야가 왔으니 그들도 모든 것을 다 걸었다.

누군가는 무엇이 정의이고, 무엇이 올바르지 못한지 제대로 알아보기 마련이었다.

제자들이 서둘러 한운석을 계당 안으로 옮겼다. 용비야는 싸우는 중에 잠시 그쪽을 보느라 정신이 분산되었다. 그 틈에 검종 노인이 검을 내리쳤고, 그 역시 검으로 막아냈다.

스승과 제자는 몇 초의 공격을 주고받은 후, 잠시 멈춰 대치했다.

"창구자가 이득을 보게 놔둘 셈이냐?"

검종 노인이 낮은 목소리로 물었다.

"그자는 두 번째다!"

용비야가 차갑게 말했다. 검종 노인은 분을 참으며 다시 말했다.

"예정보다 앞서 출관했기 때문에 넌 이미 부상을 당했다! 본 사부를 이길 수 없어."

"본 왕이 죽지 않는 한, 한운석도 죽을 수 없다."

용비야도 이대로 싸우다가는 창구자만 이득을 본다는 사실을 모를 정도로 바보는 아니었다.

하지만 그는 계속 싸워야만 했다! 또 반드시 검종 노인부터 죽여야 했다.

그가 인정도 의리도 없고, 마음이 독해서가 아니었다. 검종 노인이 죽지 않으면 한운석은 살길이 없었다.

"반드시 살려야겠느냐?"

검종 노인이 또박또박 물었다.

"다른 선택지가 있는가?"

용비야가 반문했다.

검종 노인은 일말의 망설임도 없이 대답했다.

"없다! 본 사존이 살아 있는 한, 절대 네가 잘못된 길로 빠지게 허락할 수 없어!"

검종 노인이 돌연 힘을 주자 용비야도 힘껏 버티기 시작했다. 그는 확실히 부상을 입은 상태였지만, 견딜 수 있었!

두 사람이 다시 격전에 들어가자 모든 사람이 그들의 동작 하나하나를 주시했다. 유 노파는 초조한 마음에 이마를 찌푸리며, 어찌할 바를 몰랐다.

용비야와 검종 노인의 싸움은 3일 밤낮이 지나도록 승부가 나지 않았다.

내일이 바로 천산검종의 성회, 검종 순위전이었다. 하지만 누구도 그 사실은 기억하지 못했다. 다들 두 사람에게만 집중하고 있었다.

승부 결과가 어떠하든 천산검종은 큰 변화를 맞이할 게 분명했고, 창구자는 이미 조용히 준비 중이었다.

유 노파는 오랫동안 망설이다가 결국 사람들이 주의하지 않는 틈을 타 소리 없이 그곳을 떠났다.

그녀는 멀리 간 게 아니라, 또 다른 밀실을 통해 지하도를 지나 한운석이 있는 계당에 도착했다. 그녀가 나타나자 제자들은 모두 놀랐고, 한운석 앞을 지키며 경계했다.

침상에 누운 한운석은 지난 사흘간 많은 진기를 주입받고 적잖은 기약을 복용했다. 아직 깨어나지는 못했으나 안색은 많이 회복되었다.

"유 장로, 당신……."

우두머리 제자가 입을 열려는 순간, 유 노파가 차갑게 말을 끊었다.

"한운석을 좀 봐야겠다."

반드시 깨어나야 해

유 노파가 한운석을 봐야겠다고 말하자 모두 더 그녀를 경계했다.

어젯밤에 겨우 의식을 회복한 후 아직 누워 쉬고 있던 서동림이 바로 옆에 있는 침상에서 일어나 그녀에게 달려들었다.

"유 장로, 당신도 이렇게 비열한 사람이었소? 흥, 우리가 사람을 잘못 봤군!"

"한운석을 빨리 회복시키고 싶다면 당장 비켜라!"

유 노파가 사정없이 말했다.

그녀는 한운석을 도운 것을 후회하지 않았지만, 창구자와 함께 그녀를 공격한 것 역시 후회하지 않았다. 둘 다 그녀가 마땅히 해야 할 일이었다. 지금 그녀가 하려는 행동 역시 해야 할 일이었고, 천산을 위한 일이었다.

"우리 마마를 해치려는 거겠지! 누가 그런 허튼소리를 믿을 줄 알고!"

서동림은 경멸하듯 콧방귀를 뀌었다.

유 노파가 굳어진 표정으로 공격하려는 순간, 서동림이 다급하게 물었다.

"유 장로, 진왕 전하와 검종 영감탱이가 결투하는 틈을 타 이곳을 기습하다니! 당신이 무슨 영웅호걸이요!"

"무엄하다!"

유 노파가 성난 목소리로 외쳤다.

"장문인을 더 모욕한다면 가만두지 않겠다."

"모욕? 흐흐, 내 어찌 감히 모욕을 하겠소. 검종 영감탱이가 화가 나서 또 사대 장로를 모조리 불러와 나 하나를 에워싸면, 나는 죽은 목숨일 텐데!"

서동림은 무서워하는 척하면서 비꼬고 있었다.

그는 유 노파를 상대하며 시간을 끄는 동시에, 진왕 전하에게 이 상황을 알리라고 곁에 있는 자에게 눈짓을 보냈다.

그러나 눈치 빠른 유 노파는 밖으로 나가려는 자에게 즉각 매서운 일장을 날렸고, 거센 장풍이 그를 막았다.

"비야와 장문인이 고투를 벌이다가 창구자가 어부지리를 얻으면, 너희 모두 죽은 목숨이다!"

유 노파의 엄숙한 표정과 서늘한 목소리에 자리한 모든 사람이 두려움에 떨었다.

"이 일을 부추긴 자는 창구자다. 너희의 진정한 원수는 바로 창구자야!"

그 말에 무리는 어리둥절해져 서로 얼굴을 쳐다보았다. 검종 노인이 원망스럽기는 했으나 유 노파의 말이 맞았다. 진정한 원수는 창구자였다.

지금 진왕 전하의 실력은 검종 노인과 막상막하인데, 이 두 사람이 계속 싸우다간 둘 다 망하고 결국 창구자만 이득을 보게 되었다.

서동림은 형제들을 둘러본 후 잠시 망설이다가 물었다.

"이 일은 왕비마마와 무관하오. 왕비마마는 의식을 잃어 전하를 설득할 수 없소!"

"내가 바로 깨울 수 있다! 지금 비야를 설득할 수 있는 사람은 그녀뿐이야."

유 노파의 말투가 자못 심각했다.

"당신을 어떻게 믿겠소?"

서동림은 여전히 경계를 늦추지 않았다.

유 노파가 크게 화를 내며 말했다.

"이 늙은이는 지금 당장 한운석은 물론 너희 모두의 목숨을 뺏을 수도 있기 때문이지! 정말 한운석을 죽일 생각이었으면, 왜 너희와 이런 쓸데없는 말을 하고 있겠느냐?"

서동림은 말이 없었다. 열 명 남짓한 형제들은 서로 눈빛을 교환하며 망설였다. 유 노파의 말은 틀리지 않았지만, 그들 중 누구도 이런 엄청난 책임을 감당할 수 없었다!

그런데 유 노파가 그들이 부주의한 틈을 타 갑자기 바람처럼 몸을 날려 그들 사이를 통과했다. 무리가 정신을 차렸을 때, 그녀는 이미 침상에 앉아 혼절한 한운석을 일으켜 세우고 있었다.

"유 장로, 당신……."

서동림이 깜짝 놀랐다.

"문을 닫아라. 모두 한쪽으로 물러서서 머리를 감싸고 쪼그려 앉아!"

유 노파가 차갑게 경고했다.

"그렇지 않으면 바로 이 여자를 죽이겠다."

유 노파의 손이 정말 한운석의 목을 움켜쥐고 있었다.

다들 깜짝 놀라서 유 노파가 하라는 대로 했다. 서동림은 머리를 감싸고 쪼그려 앉으면서 소리쳤다.

"죽이려거든 나부터 죽여라!"

유 노파는 정말 이들에게 진절머리가 난 듯했다. 그녀는 한 손으로 한운석을 받치고 다른 한 손으로 운기조식하여 한운석 몸에 진기를 주입했다. 그 모습을 본 후에야 무리는 한숨을 돌렸다. 유 노파는 정말 왕비마마를 구하러 온 것이었다.

다들 유 노파가 왕비마마에게 진기를 조금 주입하고 말 거라 생각했다. 그런데 그녀는 단번에 진기를 절반이나 주입해, 잠깐 사이에 안색이 창백해졌다. 왕비마마는 깨어나지 않았지만 얼굴에 혈색이 돌기 시작했다.

유 노파는 범천 육품 고수였다. 그녀의 진기 절반을 얻었다면, 왕비마마가 아무리 심각한 내상을 입었어도 별문제가 되지 않았다. 하지만 진기가 절반이나 사라진 유 노파의 원기는 크게 손상되었다!

다들 놀라움을 금치 못했고, 서동림은 감히 믿을 수 없었다. 그는 재빨리 침상에 다가와 확인한 후에야, 유 노파가 정말 그렇게 했음을 믿게 되었다.

"유 장로, 당신……, 당신이……."

진기 절반을 잃은 유 노파는 순식간에 열 살은 늙은 듯했다. 쇠약하고 창백해진 몸에 늙은 기색이 완연했고, 무예를 익힌

자의 건장함은 보이지 않았다.

그녀는 한운석의 맥을 짚으면서 물었다.

"이제야 믿겠느냐?"

"왕비마마를 깨워 준다고 해도, 진왕 전하는 절대 당신을 용서하지 않을 거요."

서동림은 아까의 분노를 참을 수 없었다.

"이 늙은이는 그의 용서를 바라지 않는다. 수백 년간 이어온 천산의 기반을 이대로 무너뜨리고 싶지 않을 뿐이야!"

어쩌면 유 노파야말로 가장 냉정한 인물일지도 몰랐다.

'무너지는 것도 당신들이 자초한 거야!'

서동림은 이렇게 속으로만 외칠 뿐이었다. 어쨌든 왕비마마가 유 노파의 손안에 있으니 감히 기분을 상하게 할 수 없었다.

유 노파는 한운석을 침상에 누인 후 직접 곁을 지켰다. 한운석은 심각한 내상을 입었으나 용비야가 이미 진기로 그녀의 목숨을 살렸고, 지금은 유 노파가 절반의 진기를 주입했으니 한운석의 내상을 치유하기에 충분했다.

한운석의 부상은 단목요와 달리 치명적이지 않았다. 진기만 충분히 공급해 주면 단시간 내에 회복될 수 있었다. 맥상을 보니 그녀의 몸은 아직 매우 쇠약했지만, 큰 걱정은 없었다.

3일 밤낮 의식을 잃고 있었으니, 이제 깨어날 때가 되었다.

그런데 유 노파가 한참을 기다려도 한운석은 깨어나지 않았다.

유 노파는 깜짝 놀랐다.

"어떻게 이런 일이? 맥상은 모두 정상인데!"

서동림이 걱정스레 말했다.

"왕비마마에게 무슨 짓이라도 했다가는, 당신……."

그 말이 채 끝나기도 전에 유 노파는 그를 밀어냈다. 그녀는 한운석의 두 손에 자신의 손을 맞대어 계속 진기를 주입했다.

서동림은 유 노파가 진기 주입 외에는 아무 짓도 하지 않는 것을 직접 확인했다.

그렇다면 왕비마마는 왜 깨어나지 않는 거지? 이건 말이 안 되잖아!

곧 유 노파는 이 할의 진기를 더 소진했다. 하지만 한운석은 여전히 미동도 하지 않았다.

모두들 주변을 둘러싸고 서서 불안한 마음에 안절부절못했고, 두려움과 놀라움, 그리고 의심에 휩싸였다. 온갖 감정이 마음속에 요동치는 가운데, 다들 유 노파의 상태를 잊었고, 유 노파도 자기 상태를 간과했다.

돌연 그녀는 자신의 두 손을 거두고 고개를 돌려 침상 밖으로 피를 토했다. 다행히 바로 침상을 붙들었기에 망정이지, 아니었으면 바닥에 쓰러질 뻔했다.

그녀에게는 이제 일 할의 진기만 남았다. 계속 진기를 소진하다가는 목숨도 잃을 판이었다.

하지만 한운석은 여전히 깨어나지 않았다!

유 노파는 도저히 믿을 수 없었다. 그녀는 문득문득 눈앞이 어두워지는 것을 무시하려 애쓰며 다시 한번 한운석의 손을 잡아끌었다.

서동림은 그 손을 쳐냈다.

"그만하시오, 그러다가 죽을 수도 있소!"

"이 늙은이는 죽어도 되지만…… 그녀는 반드시 깨어나야 해……."

유 노파는 말할 힘조차 남아 있지 않았다.

"그녀가 깨어나지 않으면 천산은…… 천산은 끝장이야!"

내내 엄하기만 하던 유 노파의 목소리에 결국 슬픔과 비통함이 묻어났다. 인정하고 싶지 않았지만, 후회스러웠다. 장문인을 막지 않은 것이, 비야를 저렇게까지 자극한 것이 후회되었다.

두 사람은 3일 밤낮을 쉬지 않고 싸웠고, 유 노파 역시 3일 밤낮 잠도 자지 않고 물 한 모금 입에 대지 않았다. 지금 이 상황을 어떻게 수습해야 할지 몰랐다!

한운석이 용비야를 설득한다고 해도 그다음은? 그다음에는 어떻게 해야 하지?

한운석의 신분, 용비야의 성격, 장문인의 고집, 모두 다 바꿀 수 없는 것들이었다. 천산과 독종은 영원히 공존할 수 없었다!

생각이 여기까지 미치자 유 노파는 슬픈 생각이 밀려들어 또 선혈을 토했다.

갑자기 서동림이 놀라며 소리쳤다.

"왕비마마가 움직였소! 왕비마마의 눈이 움직이고 있어!"

유 노파가 얼른 시선을 돌렸다. 한운석은 여전히 눈을 감고 있었지만, 눈썹이 살짝 떨리고 눈동자가 움직이며 언제든 눈을 뜰 것만 같았다.

모두 긴장한 상태로 바라보며 호흡마저 조심스럽게 했다.

한운석은 지난 사흘간 진짜로 의식을 잃은 게 아니었다. 그녀는 내내 독 저장 공간에 머물면서 순조롭게 독 저장 공간의 두 번째 단계에 도달했다.

꼬맹이의 회복이 그녀가 마지막 관문을 돌파하고 두 번째 단계에 도달하게 해 주었다. 이제는 그녀에게 위협을 가하는 독을 발견하기만 하면 독 저장 공간에 넣어 사용할 수 있었다.

그녀는 독 저장 공간만이 아니라 자동으로 독을 감지하는 해독 시스템도 갖고 있었다. 그렇다면 이제 어떤 독도 그녀를 다치게 할 수 없었다.

두 번째 단계에 이르자 그녀는 이제 독짐승인 꼬맹이를 완전히 이해하게 되었다.

하얀 늑대는 꼬맹이의 실체가 아니었다. 고서야말로 꼬맹이의 실제 모습이었다. 즉 꼬맹이가 다쳐서 몸이 약해지면 원래 모습으로 돌아오는 것이었다. 고서는 불사불멸이었지만 부상을 당할 수 있었다. 고서가 변신한 모습인 하얀 늑대는 창과 총알도 꿰뚫을 수 없을 만큼 단단한 불사불멸의 몸이었다.

꼬맹이는 언제든지 진짜 몸으로 돌아와 독종 갱을 탈출할 수 있었지만, 내내 독종을 지키면서 주인이 돌아오기를 기다렸다. 그녀가 갱에 들어갔을 때, 꼬맹이는 실제 모습으로 돌아와 그녀의 진료 주머니에 몰래 숨어들어 따라나섰던 것이다.

꼬맹이가 진짜 모습으로 변하지 않았다면 그녀가 독짐승의 피를 뽑는 일은 불가능했다. 독짐승의 피를 뽑은 후, 꼬맹이는 원기가 크게 손상되어 내내 다람쥐 모습을 하고 있었다.

그녀를 주인으로 인정한 꼬맹이가 그녀의 독 저장 공간에 들어가 수행했기 때문에, 한운석의 수행은 꼬맹이를 데리고 수행한 것이나 마찬가지였다.

그녀가 두 번째 단계에 이르면 꼬맹이는 사람 말을 완전히 알아듣게 되고, 세 번째 단계에 도달하면 꼬맹이와 완전히 마음이 통해서 서로 대화를 나눌 수 있게 되었다.

한운석의 의식이 조금씩 돌아오고 있었다.

독 저장 공간과 독짐승에 대한 생각은 차츰 사라졌고, 기억이 함께 돌아오면서 자신의 상황과 용비야가 불같이 분노하던 모습이 떠올랐다.

"용비야!"

갑자기 그녀가 놀라 소리치면서 자리에서 벌떡 일어났다.

드디어 깨어났다!

복부의 찢어진 상처에서 느껴지는 고통에 정신은 더욱 또렷해졌다. 용비야는 보이지 않았다. 서동림과 무리들이 그녀를 에워싸고 있었고, 입가에 피를 머금고 있는 유 노파가 창백한 얼굴로 그녀를 바라보며 웃고 있었다.

"이제야 깨어났구나!"

유 노파는 기쁜 나머지 눈물이 날 것 같았고, 푹 패인 눈가가 촉촉이 젖어 들었다.

"당신……."

한운석은 영문을 알 수 없었다.

"용비야는?"

말이 떨어지기 무섭게 갑자기 우레와 같은 소리가 울려 퍼지면서, 강력한 힘이 방문을 와르르 무너뜨렸다. 밖에서는 검종 노인의 꾸짖는 소리가 들려왔다.

"한운석, 어서 해약을 내놓아라!"

해약?

"내가 며칠이나 의식을 잃고 있었죠?"

한운석이 다급하게 물었다.

이검심은 이미 패배했다

상황은 이러했다……

검종 노인과 용비야가 날이 저물도록 싸우고 있는데 천산정의 몇몇 시종이 갑자기 뛰어들어 단목요의 독이 발작했다고 소리쳤다.

사흘이 지나는 동안 장미 덩굴독은 이미 단목요의 온몸으로 퍼졌고, 이제 덩굴에서 천천히 꽃이 피어나기 시작했다.

해약이 없으면 오늘 단목요는 반드시 죽었다!

검종 노인은 억지로 용비야의 검기를 막아낸 후, 계당으로 달려가 검기를 날려 문을 열었다.

또 한운석을 방해하게 놔둘 용비야가 아니었다. 그는 바로 뒤따라가 검종 노인에게 들러붙었다. 검종 노인은 어쩔 수 없이 용비야와 싸움을 계속했지만, 마음은 초조해서 어쩔 줄 몰랐다!

요요가 죽으면 이 세상에 그 여자의 흔적은 모두 사라졌다. 그렇게 놔둘 수 없었다!

한눈을 파는 바람에 검종 노인은 계속 무너졌고, 곧 용비야에게 완전히 제압당했다. 숨어서 지켜보던 창구자는 용비야의 깊은 내공에 놀람과 동시에 기뻐하고 있었다.

이미 부상당한 몸인 용비야는 오래 버틸 수 없었다. 이검심이 패배한다면, 천산에서 자신을 막을 자는 없었다.

"사흘이다! 분명 단목요의 독이 발작한 게야!"

유 노파가 얼른 대답했다.

한운석은 용비야를 설득할 수 있었고, 단목요의 생사가 걸렸다면 장문인도 충분히 양보할 수 있었다. 정말 좋은 기회였다.

"한운석, 지금이 화해할 기회다! 어서 두 사람의 싸움을 말려다오!"

유 노파는 흥분하여 한운석의 손을 잡았다.

한운석은 전혀 조급해하지 않고 유 노파의 손을 세차게 뿌리쳤다.

"화해? 왜요?"

그녀와 꼬맹이를 그렇게 만들어 놓고, 단목요 하나 때문에 이제 와서 그들을 화해시키라고? 대체 왜!

"창구자가 이날만을 기다려온 걸 모르느냐? 두 사람이 계속 싸우다간 천산은 무너지고 만다!"

유 노파가 대로하며 말했다.

"천산이 무너지는 게 독종의 잔당과 무슨 상관이죠?"

한운석이 차갑게 물었다.

"너는!"

유 노파는 화가 나서 피가 거꾸로 솟는 듯했다. 그녀는 황급히 고개를 돌려 선혈을 쏟아냈다.

"당신……."

유 노파가 왜 저러는지 모르는 한운석에게 서동림이 담담히 설명했다.

"왕비마마, 유 노파가 진기를 소진하여 마마의 상처를 치료했습니다."

한운석은 그제야 그렇게 심각한 부상을 당했는데도 원기가 상한 느낌이 없었던 이유를 깨달았다. 유 노파가 그녀를 구해 준 것이었다.

하지만 유 노파가 구해 주었음에도 그녀의 마음속 분노는 가라앉지 않았다. 천산검종의 죄도 용서할 수 없었다!

그녀는 싸늘하게 말했다.

"화해시키려고 날 구해 준 거라면 그럴 필요 없어요. 진기를 돌려드리죠!"

유 노파는 고개를 연신 가로저었다.

"한운석, 천산이 무너지는 건 너와 아무 상관이 없다. 하지만 천산이 무너지면, 용비야도 무너진다!"

한운석이 반박하려는데 유 노파가 차갑게 말했다.

"한운석, 네 독종의 신분이 산 아래에 알려지면 어떤 결과를 불러올지 생각해 본 적 없느냐? 용비야가 얼마나 큰 문제에 부딪히게 될지는? 게다가 저 두 사람이 싸우다가 둘 다 다쳐서 창구자가 천산을 장악하면, 너희 두 사람이 산에서 내려갈 수 있을 것 같으냐?"

분노하던 한운석은 갑자기 냉정함을 찾고 유 노파를 말없이 바라보았다.

독종의 비밀이 드러났을 때의 결과는 생각했었다. 창구자가 가만히 앉아서 어부지리를 노리는 것도 알고 있었다.

"한운석, 장문인이 널 죽이려 한 것은 천하의 정의만을 위해 서가 아니라 비야를 위해서였다!"

유 노파는 노파심에 충고했다.

갑자기 검기에 맞아 계당 지붕이 열리더니 검종 노인이 세차 게 아래로 굴러 떨어졌고 그 뒤를 용비야가 바짝 추격했다.

방 안에 있던 사람들은 깜짝 놀랐다. 하지만 두 사람은 그저 스치듯 지나갔을 뿐, 곧장 하늘 높이 날아올랐다.

"한운석, 용비야는 너를 위해 천하 모두에게 미움을 사려고 하는데, 너는 그를 위해 분노를 참아 줄 수 없겠느냐?"

"……."

"한운석, 너도 사리 분별을 할 줄 알겠지. 설마 용비야 주변 사람이 다 떠나게 놔둘 생각이냐?"

"……."

"한운석, 정말 화근이라는 오명을 뒤집어쓸 거냐?"

유 노파가 분개하며 질문을 던지자 한운석은 두말하지 않고 바로 침상에서 내려와 나가려 했다. 그런데 발이 땅에 닿자마 자 현기증이 일었다.

이 어지러움은 해독 공간이 업그레이드할 때의 어지러움과는 완전히 달랐다. 그녀의 몸이 너무 약해져서 나타난 현기증이었 다. 유 노파가 진기로 그녀의 내상을 치유했으나, 중상을 입고 3일 밤낮 의식을 잃고 있었으니 그녀의 몸은 아주 쇠약해져 있 었다.

그녀는 유 노파의 어깨를 붙들고 멈춰 섰다.

유 노파는 말없이 이마를 찌푸린 채 그녀를 바라보았다. 주변 사람들도 말없이 그녀를 기다렸다.

그들 역시 한운석과 마찬가지로 도저히 그 분노를 참을 수 없었다. 하지만 그들은 현실을 직면해야 했고, 대국을 중시해야 했다!

인생을 살다 보면 많은 근심과 굴레에 시달리기 마련이었다. 아무것에도 얽매이지 않고 인생을 살아가며, 원하는 대로 은혜와 원수를 갚고 사는 이가 몇이나 될까?

한운석처럼 소탈한 여자라고 해도 얽매이지 않고 원하는 대로 살 수 있을까?

그녀는 잠시 멈췄다가 냉소를 지으며 물었다.

"유 장로, 정의가 무엇인지 아나요?"

자신을 들여다보는 한운석의 눈빛을 마주하며, 유 노파는 사흘 전 일이 떠올라 대답할 말을 찾지 못했다.

"그 어떤 싸움, 상처, 살육도 정의라 할 수 없어요. 승패를 가르는 모든 싸움은 정의롭지 못해요. 하지만, 이기는 게 곧 정의예요! 승리해야만 진정한 정의를 지킬 수 있고, 진정한 정의를 실현할 수 있어요. 모든 정의는 정의롭지 못한 것을 밟고 이루어져요!"

한운석은 한 자 한 자 또박또박 말했다.

"유 장로, 난 화해시키러 가는 게 아니에요. 왜냐하면, 이검심은 이미 패배했으니까요! 그리고 용비야는 천하 모두에게 미움 받지 않아요. 왜냐하면, 그는 언젠가 운공대륙과 천하 모두를 정복할 거니까요. 모든 사람이 그를 버리고 떠난다 해도 나는 끝까지 그와 함께예요!"

한운석은 말을 마치고 결연하게 손을 뗀 후 성큼성큼 걸어나갔다.

그녀의 뒷모습은 연약해 보였지만, 꼿꼿하고 강인하여 영원히 쓰러질 것 같지 않았다.

유 노파는 멍하니 그 모습을 바라보았다. 한운석의 뒷모습이 입구에서 사라질 때까지 그녀는 멍청히 바라보고 있었다. 살아오면서 수많은 사람을 겪어 보았다. 천산에 입문하여 무예를 배우려는 자는 모두 뛰어난 인재들이었다. 하지만 한운석 같은 여자는 처음이었다.

닭 한 마리 죽일 힘도 없으면서 경외심을 불러일으킬 정도로 강인한 여자였다. 속세에 살고 있으면서도 속세의 차원을 넘어선 듯한 여자였다. 그 누구도 감히 넘볼 수 없는 여자였다!

한운석은 나가자마자 용비야와 이검심이 공중에서 고투를 벌이는 모습을 보았다. 한쪽에서는 천산정의 시종들이 계속 큰 소리로 이검심에게 단목요의 상황을 보고하고 있었다.

단목요의 지금 상태는 죽은 것만 못했다.

일단 장미 덩굴에 꽃이 피면, 모든 덩굴이 몸을 얽어매기 시작하는데, 그 고통은 보통 사람이 견뎌 낼 수 있는 수준이 아니었다.

"이검심, 해약을 줄 수 있어요!"

한운석이 소리쳤다.

말이 떨어지자 용비야가 먼저 공격을 멈추고 한운석을 향해 날아왔다. 이검심도 바로 검을 거두고 그 뒤를 쫓아왔다.

용비야는 착지하자마자 한운석을 붙들었다. 그녀를 품에 꼭 껴안고 싶은 마음을 억누르고, 머리부터 발끝까지 그녀의 몸을 살폈다.

"어디가 아프냐? 고통스러운 데가 있느냐? 말해라!"

한운석은 사실 온몸이 아주 고통스러웠다. 하지만 아무리 큰 고통도 마음의 고통만 못했다.

"괜찮아요."

그녀는 용비야를 바라보았다. 분명 아주 울고 싶은데, 웃음이 나왔다.

"깨어났으니 죽지 않아요. 괜찮아요."

용비야는 그 말을 믿지 않았다. 그는 그녀의 손을 붙들고 맥을 짚었다. 이때, 유 노파가 밖으로 나왔다.

"내상은 모두 치료되었다. 비야, 스승과 너 두 사람의 결판은 좀 늦추도록 해라. 누군가에게 좋은 일을 시켜 줄 수는 없다."

유 노파의 안색과 한운석의 안정적인 맥상을 보고 용비야는 상황을 파악했다.

하지만 그렇다고 뭐가 달라질까?

그는 차가운 목소리로 유 노파에게 질문했다.

"그때 본 왕에게 뭐라고 약속했습니까? 한운석이 왜 계당 밖으로 나온 겁니까?"

약속을 했으면 지켜야 했다!

한운석이 독종의 후예라는 신분이 밝혀진 게 뭐 어떻단 말인가? 유 노파는 적어도 그가 나올 때까지 기다렸다가 옳고 그름, 선과 악을 가려야 했다!

유 노파는 고개를 떨군 채 아무 대답도 할 수 없었다.

"한운석, 당장 해약을 내놔라!"

검종 노인이 쫓아왔다.

용비야는 즉시 한운석을 뒤로 끌어당겼다.

"꿈도 꾸지 마라! 단목요는 더더욱 죽어야 마땅하다!"

검종 노인은 초조한 나머지 하얗게 질린 채, 용비야는 무시하고 냉랭하게 말했다.

"한운석, 어떻게 해야 해약을 내주겠느냐?"

그 말에 유 노파는 속으로 한숨을 지었다. 한운석의 말이 맞았다. 이검심은 이미 패배했다…….

한운석은 대답하려다가 무심코 용비야 등이 온통 붉은색으로 가득함을 발견했다. 핏빛 붉은색이었다.

그녀는 깜짝 놀라 뒤로 물러서서 다시 살펴보았다. 순간 그녀는 찬 숨을 들이쉬며 넋을 놓을 듯했다. 용비야의 하얀 속적삼은 이미 선혈로 붉게 물들어 있었다. 그의 등이…… 대체 어떻게 된 거지?

한운석은 한 손으로 입을 막고 다른 한 손으로 조심스럽게 그의 등을 만졌다. 그러자 용비야가 바로 비켜섰다.

"괜찮다. 그저…….'

해명하기도 전에 한운석이 사납게 굴었다.

"움직이지 말아요!"

용비야는 그래도 돌아섰다.

"사소한 상처일 뿐이다, 괜찮다……."

"함부로 움직이지 말아요!"

한운석은 아주 무섭게 굴면서, 대체 어디서 힘이 났는지 용비야를 다시 돌려세웠다. 용비야는 눈을 내리깔고 더는 함부로 움직일 엄두를 내지 못했다.

검종 노인은 애가 탔다.

"한운석, 대체 어떻게 해야 해약을 주겠느냐, 요요가 다 죽게 생겼다! 어서……."

"입 다물어요!"

한운석이 성난 목소리로 소리쳤다.

검종 노인은 순간 멍해졌지만, 그녀와 실랑이를 벌일 여유조차 없었다.

"무슨 조건이든 본 사존이 다 들어 주겠다. 우선 해독부터 해 다오, 요요는……."

"계속 쓸데없는 소리를 하면, 신선이 온다고 해도 그 여자를 구해 내지 못할 거예요! 못 믿겠으면 계속해 보시던가요!"

한운석이 성난 눈으로 쏘아보자 검종 노인은 하려던 말을 그대로 삼키고 더 이상 말을 꺼내지 못했다.

장내는 아주 고요했다……. 한운석이 빠르게 뛰는 자기 심장 소리를 들을 수 있을 정도로 조용했다.

그녀는 얇은 핏빛 속적삼을 사이에 두고 용비야의 등을 가만히 어루만졌다. 곧 그의 상처가 만져졌다.

그녀는 바로 용비야의 허리띠를 끌러 뒤에서부터 그의 속적삼을 벗겨 냈다. 그 순간, 모든 상처가 그녀의 눈앞에 모습을 드러냈다.

한 달 동안 날마다 채찍에 맞아 생긴 상처 하나하나가 그의 탄탄하고 꼿꼿한 등에 이리저리 얽혀 있었다. 상처가 너무 많아서 셀 수조차 없었다. 상처들은 표면에 딱지도 앉지 않았고, 모두 피범벅이 되어 등에는 그야말로 성한 데가 없었다.

한운석의 손은 허공에 멈춰선 채, 감히 어느 곳도 건드릴 수 없었다.

그녀는 입을 꾹 다물었다가 목멘 소리로 물었다.

"용비야, 아파요?"

"아프지 않다…….."

용비야는 담담하게 말하면서 속적삼을 입으려고 했지만 한운석이 붙잡았다.

"나는 아파요……. 너무너무…….."

말이 나오자마자 눈물이 터지는 바람에 시야가 흐릿해졌다.

어떻게, 어떻게 이토록 심하게 다칠 수 있지?

그녀는 채찍 상처임을 알아보았고, 그가 스스로 쳐서 만든 상처임을 깨달았다. 밀실에서 대체 무슨 일을 겪었던 거지? 한 달 동안 겨우 벽 하나를 사이에 두고 그녀는 아무것도 모르고 있었다.

"용비야, 날 속였군요…….."

이런 사람을 구해야 할까

피범벅이 된 용비야의 등을 바라보면서, 한운석은 애간장이 녹는 것처럼 고통스러웠다!

폐관 수련일 뿐이라고 했었는데, 왜 이렇게 스스로를 다치게 만들었지? 이 한 달 동안 대체 무슨 무공을 연마한 거야?

"용비야, 날 속였군요……. 감히 날 속였어요! 한 달 동안 대체 뭘 한 거죠?"

한운석은 더는 말을 잇지 못하고 조용히 눈물을 흘렸다. 입을 여는 순간 스스로 통제하지 못하고 대성통곡을 할까 두려웠다.

용비야는 뒤돌아섰다. 펑펑 눈물을 흘리는 한운석을 보자, 그의 미간이 일그러지기 시작했다.

그녀가 다른 일 때문에 운다면, 맘껏 울게 놔둘 수 있었다. 하지만 자신 때문에 울면, 정말 어찌해야 좋을지 알 수 없었다.

설득하려니 방법을 몰랐고, 달래고 싶어도 달랠 줄 몰랐다.

한운석, 네가 우니 본 왕의 마음이 심란하구나.

그는 계속 그녀의 눈물을 닦아 주었다.

"정말 수련한 것이다. 속이지 않았다."

"왜 이렇게까지 다쳤어요?"

한운석이 화난 목소리로 물었다.

"빨리 목적을 달성하려면 대가를 치러야 하는 법."

용비야가 의미심장하게 그녀를 바라보았다.

"시간이 부족했다."

"하루 전에 나왔는데, 괜찮아요?"

한운석이 다급하게 물었다.

"괜찮다."

용비야는 사랑스럽게 그녀의 앞머리를 어루만진 후 목소리를 낮춰 말했다.

"본 왕이 문제가 있어 보이느냐?"

보기에는 확실히 아무 문제도 없었다. 게다가 그는 3일 밤낮 검종 노인과 싸우고도 멀쩡했다.

한운석은 결국 고개를 끄덕인 후 더는 캐묻지 않았다. 지금 이 순간, 그녀의 마음속에 가장 중요한 것은 용비야의 상처를 치료하고 약을 바르는 일이었다.

그녀는 지금까지 용비야가 진심으로 그녀를 속일 거라고 생각해 본 적이 없었다. 게다가 이미 벌어진 일, 더 물어봐야 무슨 소용이 있을까? 시간 낭비일 뿐이었다.

"앉아요. 약을 발라야겠어요."

그녀는 여전히 사나운 태도로 말했다.

그 말에 검종 노인은 초조해졌다. 요요의 목숨이 왔다 갔다 하는 지금, 곧 독이 발작해서 죽을 수도 있는데 한운석은 정말 구할 생각이 없는 걸까?

"한운석, 대체 어떻게 해야 해약을 내놓겠느냐? 말해라, 내가 다 들어 주겠다!"

검종 노인은 초조해서 미칠 것 같았다.

한운석은 못 들은 척하고 용비야 등 뒤에 무릎을 꿇고 앉아 족집게, 면봉, 면포, 물약을 꺼내 쭉 늘어놓았다.

격노한 검종 노인은 한운석의 손을 확 끌어당겼다.

"그녀를 놔줘라!"

용비야가 공격하려는 순간 한운석이 막아서며 싸늘하게 말했다.

"이검심, 해약을 원하면 단목요가 직접 와서 부탁하라고 해요!"

그녀는 말을 마치고 검종 노인의 손을 세차게 뿌리쳤다. 그리고 아주 조심스럽게 용비야에게 약을 바르기 시작했다. 혹여나 그가 아플까, 피를 많이 흘리지나 않을까 염려하여 동작 하나하나에 공을 들이며 천천히 움직였다.

그녀의 눈에는 어떤 일도 용비야의 부상보다 중요하지 않았다.

검종 노인은 이제 아무것도 따지지 않고 서둘러 단목요를 불러오라고 시켰다.

텅 빈 대전 안, 단목요는 머리가 헝클어져 꼴이 말이 아니었고, 치마 곳곳은 찢어져 있었다. 그녀는 고통에 몸부림치며 바닥을 굴러다녔고, 몇 번이나 자해할 생각도 했지만 감히 그러지 못했다. 이제는 힘이 다 빠져서 무력하게 바닥에 늘어진 채, 시종의 소식을 기다리고 있었다.

그녀는 이미 시종을 시켜 사부에게 소식을 알렸다. 사부는 반드시 그녀를 구해 줄 거라고 믿었다. 무슨 일이 있어도, 절대 가만히 눈 뜨고 그녀가 죽게 놔두지 않을 것이다.

장미 덩굴은 그녀의 몸을 죄면서 온몸의 뼈와 오장육부를 짓눌렀다. 몸 어느 곳 하나 아프지 않은 곳이 없었다. 하지만 이 정도는 아무것도 아니었다. 가장 무서운 것은 장미 덩굴이 장미꽃을 계속 피우고 있다는 사실이었다. 이 꽃들이 탐욕스럽게 그녀의 피를 빨아들이고 있음을 느낄 수 있었다. 게다가 속도는 점점 더 빨라졌다.

꽃이 피어나면서 피가 치솟는데, 마치 몸에 구멍이 여러 개 난 듯한 느낌이었다. 언제라도 이 구멍들을 통해 온몸의 피가 한 방울도 남지 않고 다 솟구쳐 나올 듯했다.

두려웠다!

그녀는 죽고 싶지 않았다. 더군다나 이렇게 처참하게 죽기는 더 싫었다.

시종이 들어오자 그녀는 반색하며 다급하게 물었다.

"어떠냐? 사부가 이기셨느냐? 해약을 가져왔어?"

"아닙니다. 한운석이 직접 오라고 요청해서, 사존이 모셔오라 명하셨습니다."

시종이 사실대로 대답했다.

"한운석……."

단목요는 혼잣말로 중얼거렸다. 아무리 어리석은 그녀라지만, 일이 그리 간단치 않음은 짐작할 수 있었다. 군역사에게 해약을 달라고 하지 않은 게 너무도 후회되었다. 왜 그랬지? 대체 왜!

해약만 갖고 있었어도, 모든 상황이 달라졌을 텐데.

단목요가 도착했을 때, 한운석은 이미 용비야의 상처 치료를 끝낸 후였다. 그녀는 그가 옷 입는 것을 도와주면서 고개를 숙이고 열심히 허리띠를 매고 있었다.

멀리서 이 모습을 본 단목요는 눈에 바늘이 찔린 듯 거슬렸다. 그녀는 시녀에게 부축을 받아 검종 노인의 곁에 도착했다.

단목요는 서자마자 바로 주저앉아 조용히 흐느꼈다.

검종 노인은 얼른 몸을 구부려 단목요의 손을 들어 보았다. 그녀의 손등과 팔에 이미 장미꽃들이 피어나 점점 선홍색으로 변해가고 있었다.

"사부님……, 요요는 너무 아파요……. 사부님, 요요를 살려주세요. 사부님……, 요요는 무서워요……. 너무 두려워요."

단목요는 울먹이며 말했다.

"사부님, 요요는 죽음이 두려운 게 아니에요……. 요요가 두려운 건…… 요요가 죽고 나면 사부님 곁에 아무도 없을까 두려워요……. 흑흑."

냉정함을 잃지 않고 있던 검종 노인은 그 말을 듣자 마음이 찢어질 듯했고, 곧 한운석을 향해 노성을 내질렀다.

"해약은! 해약은 안 줄 생각이냐?"

"해독은 상의할 수 있어요."

한운석은 태도를 분명하게 한 후 차갑게 말했다.

"하지만 애매한 상태로 해독할 수는 없어요! 이 독을 누가 썼는지 그것부터 분명히 하죠!"

"사람 목숨이 달렸는데, 무슨 일이든 사람부터 구하고 다시 이야기해라!"

검종 노인은 마치 명령하듯 말했으나, 한운석은 전혀 들어주지 않았다. 그녀는 세 살 먹은 어린아이 달래듯 쉽게 넘어갈 상대가 아니었다.

해약을 그녀가 갖고 있으니 단목요의 목숨도 그녀에게 달렸다. 지금 저 두 사람은 그녀에게 부탁해야 마땅했다. 하지만 저게 어디 부탁하는 태도인가? 부탁을 하려면 그에 맞는 모습을 보여야지. 한운석은 남이 위험한 틈에 이득을 얻는 행동을 할 생각은 없었다. 하지만 몇 가지 문제는 확실하게 짚고 넘어가야 했다!

"확실하게 이야기하고 사람을 구하겠어요!"

한운석이 차갑게 말했다.

"사람부터 구해라. 독이 곧 발작한다! 한운석, 요요가 잘못되면 천산에서 한 발짝도 못 나갈 줄 알아라!"

검종 노인은 초조함에 분노가 치솟았다.

"계속 논쟁하다가 잘못된다면, 본 왕비에게는 책임이 없어요!"

한운석의 말은 그야말로 경고였다.

"감히!"

검종 노인은 눈에서 소름 끼칠 정도의 살기를 뿜어냈다. 지금까지 이 정도로 그의 말을 거스른 사람은 없었다. 한운석이 처음이었다!

검종 노인이 노려보든 말든 한운석은 팔짱을 낀 채 느긋하게

서 있었다. 용비야는 그녀 뒤에 서서 얼음장 같은 얼굴로 검에서 손을 떼지 않고 있었다.

검종 노인은 용비야를 보고 한 발 물러설 수밖에 없음을 알았다.

"요요, 이 독은 대체 어떻게 된 일이냐?"

그가 차갑게 물었다.

단목요가 어디 쉽게 인정할 사람인가. 그녀는 몸을 웅크리고 엉엉 소리 내 울기 시작했고, 소리는 갈수록 커졌다. 실의에 빠진 그 가련한 모습은 모르는 사람이 보면 정말 괴롭힘을 당했다고 생각할 정도였다.

갑자기 손등에 있는 장미꽃에서 선혈이 분출되었다. 장미 덩굴이 피워낸 첫 번째 꽃이었다.

"아아……."

단목요는 기겁했다.

"사부님……, 살려 주세요! 사부님! 흑흑……."

그녀는 검종 노인의 다리를 붙들었다. 인내심이 바닥난 검종 노인은 그녀를 걷어차며 노성을 질렀다.

"대체 누가 독을 썼느냐! 어서 말하지 못하겠느냐?"

"저예요! 흑흑……. 장미 덩굴독은 제가 썼어요. 사부님, 살려 주세요! 요요는 죽고 싶지 않아요……. 흑흑, 사부님, 요요를 구해 주세요."

단목요는 정말 무서워서 대성통곡을 했다.

"인정했다. 해약은?"

검종 노인이 화난 목소리로 한운석에게 물었다.

한운석은 그를 무시하고 차가운 말투로 단목요에게 물었다.

"이번 달 내내 천산에서 나타난 독충들, 장검각과 장경각의 제자들이 까닭 없이 중독된 일들은 어떻게 된 거지?"

"나다! 나야! 다 내가 그랬다……. 흑흑……."

단목요는 시인할 수밖에 없었다. 시인한 후 그녀는 다시 검종 노인의 다리를 붙잡고 필사적으로 간청했다.

"사부님, 제발…… 요요를 살려 주세요!"

다른 사람들과 자기 자신을 해하려 했던 두 가지 죄목이 낱낱이 드러났고, 사부인 검종 노인의 체면은 완전히 땅에 떨어졌다. 곁에서 지켜보던 수많은 사람들이 이미 술렁이기 시작했다. 특히 장검각과 장경각의 제자들은 분노에 휩싸여 난리법석이었다.

창구자는 이미 장검각과 장경각 두 장로에게 둘러싸였고, 세 사람은 언성을 높여 싸우기 시작했다.

이때 단목요의 다른 손에 있는 장미꽃에서도 피가 뿜어져 나와 손등 전체가 갈라졌다.

"아……, 아악……! 사부님!"

그녀가 비명을 지르며 울부짖었다.

"사부님, 살려 주세요! 살려 주세요!"

"용서할 수 있을 때 용서해야 하는 법. 한운석, 이제 만족하느냐?"

검종 노인은 이제 음험한 기운으로 가득했다.

"아니요!"

한운석은 직설적으로 답한 후 다시 물었다.

"단목요, 의태비 납치 사건은 혼자 한 거냐, 아니면……."

말이 끝나기도 전에 단목요의 어깨에서 피가 뿜어져 나왔다. 단목요는 놀라서 소리쳤다.

"창구자! 그 일은 창구자와 내가 함께했다!"

그 말이 떨어지자 갑자기 왈가왈부하며 떠들던 주변이 조용해졌다. 창구자와 두 장로도 순간 싸움을 멈췄다. 모든 사람이 그쪽을 바라보았다.

방금, 단목요가 뭐라고 한 거지?

단목요는 한운석의 발아래로 달려들어 울부짖었다.

"한운석, 부탁이야, 해약을 줘! 그 일은 창구자와 내가 함께 저질렀어. 이번 달에 일어난 모든 일은 창구자와 내가 공모해서 벌인 거야! 다 말했으니 어서 해약을 줘! 날 좀 살려 줘! 흑흑……."

부탁하려면 그에 맞는 모습을 보여야 하는 법, 단목요는 이제야 부탁하는 사람 같았다. 하지만 한운석은 꿈쩍도 하지 않고 그녀가 눈물 콧물을 흘리며 애걸복걸하든 말든 멸시하는 눈빛으로 내려다보았다.

검종 노인은 이제 더 이상 단목요를 보고 있지 않았다. 차가운 눈빛으로 한운석을 바라보는 그의 미간에는 하늘에 사무칠 듯한 분노가 요동쳤다.

오랫동안 아껴온 그의 제자가 한운석 앞에서 이런 모습으로 모욕을 당하고 있었다. 그가 가까스로 지켜 낸 평화를, 어렵사리 눌러 왔던 진상을, 한운석이 모두의 앞에서 폭로했다. 모조리 다!

그의 눈에서 살의가 번뜩였다. 전에는 어쩔 수 없이, 마지못해 죽여야 했다면, 지금은 진심으로 죽이고 싶었다!

"한운석, 네가 정말……."

유 노파가 나서려는데 용비야가 장검을 뒤로 돌려 그녀 앞에 꽂으며 저지했다.

유 노파는 애가 타서 미칠 것 같았다. 한운석이 화해가 아니라 갈등을 일으키려고 왔을 줄이야! 이 여자는 정말 화근이었다!

"한운석, 본 사존이 마지막으로 묻겠다! 해약을 줄 것이냐, 아니면 안 줄 것이냐?"

한계에 도달한 검종 노인은 한 자 한 자 또박또박 물었다.

"이검심, 하나만 묻죠. 이런 사람을 구해야 할까요?"

한운석이 차갑게 반문했다.

원하는 대로 사는 인생

한운석은 모두가 보는 앞에서 검종 노인의 한계를 건드리려는 것 같았다! 단목요가 죽으면 검종 노인과 용비야는 싸울 수밖에 없었다!

한쪽에 숨어 있던 창구자는 이장로와 삼장로의 질책과 힐난에도 신경 쓰지 않았다. 명예가 실추된 것도 상관치 않았다. 그는 흥분한 채, 단목요가 어서 독이 발작해 죽어 버리기만을 바랐다.

단목요가 죽으면 이번 천산 내란에서 승자는 바로 자신이었다!

검종 노인은 분노로 이마의 힘줄이 튀어나올 듯했고, 아주 살기등등한 눈빛으로 한운석을 노려봤다.

"한운석!"

유 노파가 화가 나서 소리치며 용비야의 검을 밀어냈다. 그러나 용비야의 검이 금방 그녀의 목으로 날아들어, 움직이는 것은 물론 말조차 할 수 없었다.

한운석은 여전히 전혀 두려울 게 없는 모습으로 주변 사람들을 돌아보며 큰 소리로 물었다.

"다들 말해 봐요, 구해야 할까요?"

세상에 소리가 사라진 듯, 장내는 고요했다. 누구도 감히 '안 된다'고 할 수 없었지만, 그렇다고 '그래야 한다'고 말하고 싶은 사람도 없었다.

선녀같이 아름다운 단목요가 악독한 마음씨에 위선과 가식으로 똘똘 뭉친 여자일 줄은 누구도 생각 못 했다. 특히 남자 제자들이 단목요에게 가졌던 좋은 인상은 순식간에 무너졌다.

창효영의 입가에 은근한 냉소가 걸렸다. 아버지의 명예는 실추되었지만, 단목요가 신세를 망쳤으니 며칠은 기분이 좋을 것 같았다. 단목요가 죽어 버린다면 천산의 여제자 중 그녀가 가장 뛰어난 인재가 되었다.

한운석의 발아래 달려든 단목요의 몸 곳곳에서 피가 흐르고 있었다. 생사의 갈림길에서 그녀는 이미 눈물 때문에 말도 나오지 않았고 이성을 잃었다.

늘 예리했던 검종 노인의 눈동자는 어느새 흐릿해졌고, 그의 검에서는 강렬한 살기가 느껴졌다. 그가 한운석을 향해 검을 휘두르려는 순간, 갑자기 단목요가 소리치기 시작했다.

"억울해요! 사부님, 사형……, 한운석, 난 억울해! 흑흑……. 억울해요. 다 창구자가 시킨 일이에요! 나에게 강요했어요!"

"……."

"난 그렇게 많은 생각을 할 수 없었어요. 창구자는 사형이 장문인 자리를 차지할까 두려워서, 지난 몇 년 동안 수단 방법을 가리지 않고 자신과 결탁하라며 강요했어요!"

단목요는 한운석의 치맛자락을 붙잡고 간절하게 애원했다.

"한운석, 다 창구자가 시킨 일이야, 저자가……, 저자가……

날 능욕했어. 그리고 자신과 협력하지 않으면 이 사실을 공개해서 내 명예를 더럽히겠다고 협박했어! 한운석, 믿어 줘! 한운석, 정말 다 말한 거야, 날 믿어 줘!"

순간 모두가 침묵했고, 계율원과 천산 전체가 조용해졌다.

일이 이 지경에 이를 줄은 누구도 생각하지 못했다. 더군다나 단목요와 창구자 사이에 이런 파렴치한 일이 있었을 줄은 상상도 못 했다.

한운석도 몹시 놀랐다. 단목요에게서 더 많은 내막을 캐내려 했을 뿐이었는데, 단목요와 창구자 사이에 이런 더러운 수작이 벌어지고 있었다니!

장내는 더 조용해질 수 없을 정도로 정적이 감돌았다. 모두들 창구자를 찾지 못하자 창효영 쪽을 보았다.

경멸, 조소, 혐오의 눈빛을 받은 창효영은 너무도 수치스러웠다. 머릿속에 아무 생각도 들지 않았다. 자신의 친아버지가 이런 비열한 짓을 벌였을 줄은 생각도 못 했다.

결국 그녀는 견딜 수 없어서 입을 가리고 주변 사람들을 밀어내며 허겁지겁 도망쳤다.

창구자는 제자리에 멍하니 서 있다가 창효영이 울면서 도망치는 모습을 보고는 그제야 정신을 차렸다. 그는 계속 이 일을 갖고 단목요를 위협해 왔지만, 정말 그 사실을 퍼뜨릴 생각을 한 적은 없었다.

단목요는 정말…… 어리석기 그지없었다! 이렇게 말하면 한운석이 동정이라도 해 줄 거라 생각한 걸까? 말도 안 되는 소리였다.

검종 노인의 검에 가득하던 살기는 홀연히 사라졌다. 주변도 조용했지만, 그는 더욱더 조용했다. 마치 조각상이라도 된 듯, 숨소리마저 들리지 않았다.

그의 눈동자는 점점 더 흐려졌고, 정신도 희미해지는 것 같았다.

한운석이 드디어 진료 주머니에서 해약을 꺼내자 용비야가 그녀의 손을 잡고 작은 소리로 물었다.

"뭐하는 거냐?"

"단목요가 죽으면 제일 기뻐할 자는 창구자예요. 우리가 아주 골치 아파진다고요!"

한운석은 아주 냉정하게 용비야의 손을 뿌리친 후, 쪼그리고 앉아 단목요에게 해약을 먹였다. 그런데 바로 이 순간 하늘에서 맹렬한 검기가 날아들었다.

용비야가 검을 휘둘러 검기를 맞받아친 덕에 한운석은 순조롭게 해약을 먹일 수 있었다. 단목요는 자신이 해약을 먹었다는 사실을 확인한 후에야 마음을 놓더니, 눈앞이 흐려지면서 그대로 혼절했다.

한운석은 일어나 검종 노인과 대화하려다가, 그의 눈빛이 뭔가 이상함을 발견하고 속으로 놀라고 있었다. 검종 노인의 흐릿한 눈동자와 먼 곳을 바라보는 듯한 눈빛을 보니, 의식이 흐려지는 것 같았다!

설마…….

한운석은 용비야에게 알리려 했으나, 용비야는 그녀를 자신의 뒤로 밀어내고는 방금 검기가 날아온 쪽을 향해 검을 들고 차갑게 말했다.

　"창구자, 차마 얼굴을 들 수 없나 보군?"

　창구자는 어느 바위 뒤에서 높이 뛰어오르더니, 화를 내며 꾸짖었다.

　"단목요, 이 요물 같은 것. 혼자서 그 많은 악행을 저지른 것도 모자라, 이 늙은이가 아껴 준 마음을 저버리고 감히 나를 모독해? 반드시 죽이고 말겠다!"

　참으로 허울 좋은 명분이었다!

　그 자리에 있는 사람들은 다들 똑똑해서, 조금만 생각해도 어떻게 된 일인지 알 수 있었다.

　두 사람은 누가 누구를 위협한 게 아니었다. 부끄러움을 모르고 서로 결탁한 게 분명했다.

　단목요는 장문인의 사랑을 등에 업고 있기 때문에 아무리 창구자라고 해도 그녀를 함부로 대할 수 없었다. 그녀가 화를 자초한 게 아니라면 창구자가 어떻게 위협할 수 있었을까? 또 창구자가 옳은 행동을 했다면 왜 남의 말에 신경 쓰겠는가? 단목요는 또 왜 다른 누구도 아닌 창구자를 모욕했을까?

　"그런 일이야 다 서로 원해서 하는 거죠, 창 사숙, 여복이 상당합니다! 하하."

　무리 중 누군가가 대담하게 큰 목소리로 말했다.

　그 말에 고요함은 깨어지고 장내는 순식간에 웃음소리로 떠들썩해졌다. 창구자는 붉으락푸르락한 얼굴이 되어 화난 목소리로 말했다.

"용비야, 비켜라, 아니면 오늘 너도 함께 죽이겠다!"

그런데 그 말이 떨어지자마자 검종 노인이 갑자기 단목요를 들어 올리더니 산 정상으로 빠르게 날아갔다.

"장문인, 이 일을 제대로 가리지 않으면, 이 창구자 절대 승복할 수 없습니다!"

창구자가 바로 쫓아갔다.

"용비야, 이검심의 병이 발작한 것 같아요……."

한운석이 작은 소리로 말했다.

용비야는 그녀를 데리고 그 뒤를 추격했다. 두 사람이 도착했을 때, 검종 노인은 이미 단목요를 데리고 구중궁에 들어간 후였다. 창구자가 시종을 밀치고 문을 부수며 들어가려고 하자, 용비야가 창구자의 손과 문 사이에 검을 찔러 넣어 그를 막았다. 하마터면 창구자의 손을 찌를 뻔했다.

창구자는 바로 뒤로 물러섰고, 용비야는 입구 앞을 차지한 후 물었다.

"감히 구중궁까지 들어오려 하다니, 반란을 일으킬 셈이냐?"

창구자는 이미 반역할 마음을 먹고 있었고, 사검문 세력과도 연락해 두었다.

다만 이검심과 용비야, 스승과 제자가 서로 싸우다가 둘 다 다칠 거라 생각했던 그의 예상이 어긋났고, 가만히 앉아 어부지리를 얻지도 못했다.

그는 이해득실을 따져볼 수밖에 없었다. 이런 상황에서 사검문 사람을 끌어온다고 해도 승리를 장담할 수 없었다. 이긴다면 가장 좋지만, 만일 패배한다면 오명을 덮어쓸 뿐 아니라 영원히 천산검종에서 쫓겨나 무림 어디에도 발을 붙이지 못하게 되어 다시는 재기할 수 없었다.

하지만 지금 반역하지 않으면 앞으로 기회는 더욱 적었다.

단목요가 모든 일을 다 폭로해 버렸으니, 계속 버티기는 어려워졌다!

창구자가 주저하고 있는 사이 용비야가 차갑게 말했다.

"창구자, 그리 서둘러서 반란을 일으킬 필요 없다. 우리 두 사람의 싸움은 아직 끝나지 않았으니까!"

창구자가 즉각 뒤로 물러섰다.

"용비야, 자신 있으면 순위전에서 만나는 게 어떠냐?"

용비야는 허락할 생각이 없었으나, 한운석이 그의 손을 붙들며 작게 말했다.

"당신은 좀 쉬어야 해요."

용비야와 검종 노인의 싸움은 3일 밤낮 동안 이어졌고, 사람의 기력은 한계가 있기 마련이었다. 게다가 검종 노인의 상황이 확실치 않은 상황에서 용비야가 창구자와 고투를 벌이다가 또 다른 상황이 생기면 어쩌나?

"좋다! 죽기를 기다려라!"

용비야가 싸늘하게 말했다.

창구자는 겨우 한숨을 돌렸다. 당장 내일 순위전이 시작되기는 하나, 아직 반나절과 하룻밤이 남아 있었다. 준비하기에 충분한 시간이었다.

용비야가 예상외의 내공을 보여 주었지만, 예정보다 일찍 출관했기 때문에 분명 내상을 입었을 거라 확신했다. 게다가 이검심과 사흘 내내 싸웠으니 얼마 버티지 못할 게 분명했다.

순위전에서 용비야를 죽이면 명분도 정당하고 어떤 책임도 질 필요가 없었다. 게다가 천산 제자들에게 그의 진정한 실력을 보여 줄 수도 있었다.

용비야가 죽으면 더 이상 이검심의 제자는 없었다. 그때 그는 천천히 단목요와 결판을 내고 그의 명예를 되찾을 생각이었다!

"흐흐, 나중에 산 아래로 도망치지나 마라!"

창구자는 콧방귀를 뀌며 돌아갔다.

창구자가 떠나자 한쪽에 숨어 있던 유 노파가 걸어 나왔다. 겨우 일 할의 진기만 남은 상태에서 억지로 천산정까지 쫓아오다 보니 입에서 계속 피가 흘러나왔다.

그녀는 방금 한운석이 용비야를 말리는 모습도 다 보았다.

"한운석……."

유 노파가 탄식하며 말했다.

"천산의 대국을 중요하게 생각해 주다니, 참으로 고맙다!"

"유 장로, 천산의 대국은 나와 상관없어요."

한운석이 담담하게 말했다.

"진상을 밝히고 억울한 죄를 벗기 위해서였을 뿐이에요. 음모와 더러운 수작을 드러내고, 천산 제자들에게 진정한 옳고 그름을 확인시켜 주기 위해서였죠. 유 장로, 이게 바로 정의예요."

유 노파는 나이도 어린 한운석이 이런 말을 할 수 있다는 데 놀랐다. 사실 이런 이치는 다들 알고 있었다. 그러나 오랜 세월이 흐르는 동안, 누가 실제로 그렇게 행동했던가?

가장 공정한 계율원조차 장문인이 두려워 단목요가 백독문과 결탁한 일을 처리하지 못했다.

유 노파는 문득 이 여자가 계율원의 제자이기를, 천산 제자이기를 간절히 바랐다. 독종의 잔당이라는 사실은 이미 잊은 지 오래였다.

영혼 자체가 눈부시게 뛰어나 출신마저 잊게 만드는 사람들이 있다. 한운석이 바로 그런 사람이었다.

"한운석, 어찌 되었든 네가 단목요를 구했다."

유 노파가 진지하게 말했다. 속으로는 한운석이 천산검종과 장문인에게 일말의 인정이라도 남아 있기를 바랐다.

하지만 유 노파의 생각은 틀렸다. 한운석은 이렇게 정의를 행할 수도 있지만, 원하는 대로 은혜와 원수를 갚으며 자유로운 인생을 살 수 있는 여자였다.

"유 장로, 때로는 사는 게 형벌일 수 있어요."

창구자보다 단목요는 훨씬 더 심각하게 지위와 명예가 실추되었다. 그녀는 이미 천산검종의 치욕이자 웃음거리가 되었다. 천산검종에서 사는 것이 죽음보다 더 고통스러울 것이다!

하지만 서주국 공주의 신분도 잃고 무공도 사라졌으니, 천산검종이 아니면 어디도 갈 수 없는 신세였다.

유 노파는 뭐라고 하면 좋을지 모르다가 갑자기 웃어 버렸다.

누구도 이 여자의 영민함과 소탈함을 따라잡을 수 없었다. 그저 좋아하고 부러워할 따름이었다.

유 노파가 떠난 직후, 용비야는 한운석을 한 번 보더니 과감하게 구중궁 문을 걷어찼다…….

하늘에도 정이 있다면

구중궁 문이 열리자 밀려드는 스산한 한기가 한운석의 뼈까지 파고드는 듯했다. 이 궁전이 얼마나 오랫동안 닫힌 채 햇빛을 보지 못했는지 하늘만이 알 것이다.

한운석은 용비야와 안으로 들어간 후 문을 굳게 닫고 단단히 걸어 잠갔다.

커다란 궁전은 텅 비어 있었고 안은 칠흑같이 어두웠다. 앞에서 은은하게 빛나는 등불만 보였는데, 그곳에 검종 노인과 단목요가 있는 것 같았다.

안으로 들어갈수록 더 추워졌다. 검종 노인이 평소 병이 발작했을 때 스스로를 이곳에 가두고 대체 어떻게 견디는 것인지 상상이 안 되었다.

불쌍한 사람에게도 미운 모습이 있듯, 미운 사람에게도 불쌍한 모습은 있기 마련이었다!

한운석은 병이 발작한 검종 노인의 모습을 본 적이 없었다. 고상한 멋을 풍기는 선풍도골의 노인이 이렇게 딱한 모습이 될 거라고는 생각도 못 했다.

그를 향한 미움이 가득함에도, 한운석의 마음은 너무나 비통했다.

건장한 체구에 자신감이 넘치며 고고한 자태를 보이던 검종 노인, 무림 지존이자 위대한 스승인 그가 겨우 목숨을 부지하고 있는 개처럼 딱하게 몸을 웅크리고 있었다.

그는 구석에 쪼그려 앉아 두 손으로 무릎을 감싸고 몸을 옹송그리고 있었다. 예순이 넘은 나이에 길 잃은 어린아이처럼 어쩔 줄 몰라 했다.

공허하고 흐리멍덩한 눈빛을 한 채, 그는 계속 알아들을 수 없는 말을 혼자 중얼거렸다. 멀지 않은 곳에 누인 단목요는 아직 의식이 돌아오지 않았다.

한운석은 멍해졌지만 용비야는 무표정한 얼굴로 꼼짝도 하지 않았다.

한참 후에야 한운석이 조용히 입을 열었다.

"전에도…… 이런 모습이었나요?"

한운석은 용비야가 했던 말을 떠올렸다. 사모가 세상을 떠난 후 하룻밤 사이에 머리가 하얗게 세는 바람에 검종 노인의 머리카락이 은발이 되었다고 했다.

오직 '정情'만이 사람에게 이런 고통을 안겨 줄 수 있었다. 하늘에도 정이 있다면, 하늘도 늙을 테지!

한참이 지나도 용비야는 대답하지 않았다. 듣지 못한 듯했다.

"병이 발작하면 늘 이런 모습인가요?"

한운석이 다시 물었다.

그러나 용비야는 여전히 대답하지 않았다. 한운석이 돌아보니 그는 눈을 아래로 내리깔고, 검종 노인을 보고 있지 않았다.

마음이 괴로워 보고 싶지 않은 게 아닐까.

그래도 사부였다. 아버지처럼 깊은 은혜와 정을 나누었던 사부였다. 지난 몇 년 동안 동진 황족의 무거운 짐을 이해해 준 사람은 사부뿐이었다.

"전에는 이렇지 않았다. 이번에는…… 가장 아픈 곳을 다친 것 같구나."

용비야가 결국 입을 열었다.

갑자기 검종 노인이 고개를 들었다. 두 눈동자는 붉게 충혈되었고, 제정신이 아닌 듯한 표정이었다. 그는 한운석과 용비야를 봤다가 다시 단목요를 바라본 후 혼잣말처럼 중얼거리기 시작했다.

"구할 수 없어……. 그녀를 구할 수 없어……. 내가 죽일 놈이야, 다 내 잘못이야……. 그녀를 구할 수 없어……."

그는 말을 하면서 눈물을 줄줄 흘렸다.

"가자."

용비야는 아무것도 보지 않고 뒤돌아섰다.

한운석은 여전히 멍하니 서 있었다. 그녀는 이검심이 말하는 '그녀'가 단목요가 아니라 용비야의 사모란 걸 알았다.

"가자!"

용비야가 한운석을 잡아끌었다. 자신도 보고 싶지 않지만, 한운석도 이 모습을 보길 원치 않는 듯했다.

검종 노인의 마지막 남은 존엄을 지켜 주려는 걸까?

한운석은 용비야가 분노하면서도 사부를 불쌍히 여김을 알고 있었다. 그녀 역시 마찬가지였다.

너무 밉고 달갑지 않은 상대이지만, 그녀는 인정할 수밖에 없었다. 이검심이 그녀를 죽이려 한 것은 모두 용비야를 생각해서였다.

독종의 후예라는 신분이 세상에 알려지면 용비야는 큰 문제에 부딪혔다.

한운석이 떠나려는데 갑자기 검종 노인이 손바닥을 휘둘렀다. 그러자 무형무색의 무시할 수 없는 강력한 힘이 그의 손바닥에서 터져 나와 단목요의 단전으로 흘러갔다.

"이건······."

한운석은 그 힘을 도저히 무시할 수 없었다.

"내공이다!"

용비야는 바로 달려들어 검종 노인의 손을 붙들었다.

"정말 미쳤군!"

이 힘은 다름 아닌 검종 노인의 내공이었다!

유 노파가 한운석에게 주입한 진기는 따로 요양하면 천천히 회복할 수 있었다. 하지만 내공은 주고 나면 사라졌다! 진기는 몸을 보호하나 내공은 무공의 기초였다.

검종 노인의 높은 무공 수준을 생각하면 그 내공이 얼마나 강력한지 알 수 있었다. 그런데 단목요의 몸에 주입하며 낭비하다니, 정말 미친 게 틀림없었다.

"놔라!"

검종 노인은 미친 듯이 용비야의 손을 뿌리쳤다.

"반드시 살려야 해, 반드시! 방해하면 죽여 버릴 거다!"

"저 여자는 단목요입니다! 낙청령洛靑靈이 아닙니다!"

용비야가 화를 내며 말했다.

하지만 검종 노인은 그 말을 전혀 듣지 않고 용비야를 공격했다. 용비야는 물러서서 검을 뽑을 수밖에 없었다.

시간이 촉박했다. 당장 내일이 순위전이었다. 이검심과 협상을 하러 왔지, 이렇게 자포자기한 모습을 보려고 온 게 아니었다!

그 모습을 보던 한운석은 초조해졌다. 용비야가 검종 노인과 또 싸우길 원치도 않았지만, 용비야가 귀한 기력을 이런 무의미한 일에 쏟는 것은 더더욱 바라지 않았다.

두 사람이 서로 싸우려 하자 한운석은 얼른 용비야의 손을 잡아당겼다. 그러나 검종 노인의 검이 덮쳐 왔고, 아슬아슬하게 한운석 옆을 찍었다.

용비야도 놀랐지만, 한운석은 너무 놀라 온몸에 식은땀이 흘렀다.

"이검심, 낙청령은 이미 죽었어요! 죽었다고요!"

한운석이 소리쳤다.

"낙청령은 당신 때문에 죽었어요. 왜 아직도 사실을 직면하지 못하는 거죠?"

그 말에 검종 노인은 멍해졌다. 한운석을 바라보는 그의 눈빛이 점점 흉악해지기 시작했다.

"조심해라."

용비야가 한운석을 잡아당기려 했지만 한운석은 숨지 않았다.

"오랫동안 해마다 병이 발작하니까, 이렇게 스스로 벌을 주면 낙청령이 용서해 줄 거라고 생각해요? 잘 들어요, 그녀는 영원히 당신을 용서하지 않을 거예요! 이 위선자, 겁쟁이! 당신은 그 웃기지도 않은 존엄, 명성, 대의를 지키려고 낙청령을 저버렸어요. 분명 계속 기다렸을 텐데, 당신이 명분을 주기를 기다렸을 텐데……. 하지만 영원히 기다릴 수는 없어요. 그녀는 이미 죽었어요! 죽을 때조차 당신을 사부라고 부를 수밖에 없었겠죠."

"……."

"이제야 왜 날 죽이려고 했는지 알겠어요! 하하, 낙청령조차 당신의 그 도덕규범과 옳고 그름의 기준을 따라야 했으니 다른 사람은 오죽하려고요?"

한운석은 대담하게 검종 노인의 눈을 마주하며 계속 말했다.

"이검심, 제대로 사랑할 줄 모르면서 왜 사랑하려고 해요? 왜 상처를 주려고 해요?"

"……."

"당신은 그녀의 목숨만이 아니라 마음도 구하지 못했어요! 아무것도 주지 못했다고요! 이검심, 당신은 미쳐야만, 미쳤을 때만 그녀의 신분을 인정하고 그리워할 수 있죠! 실심풍이라니……. 하하, 그건 변명에 불과해요. 천산의 대의와 사제 관계를 잊기 위한 변명일 뿐이라고요."

"……."

"이검심, 그렇게 오랜 세월이 흐르도록 왜 병을 치료하려고 하지 않았죠?"

마지막이 되자 한운석도 이제는 목이 메어 왔다.

"낙청령은 이미 죽었어요. 멀리 떠났어요. 당신이 지금 모든 것을 내던지고, 정정당당하게 마땅한 명분을 준다고 해도, 그녀는 영원히 알 수 없어요."

사람은 왜 늘 잃고 나서야 그 소중함을 깨달을까.

검종 노인은 일찌감치 장검을 내려놓았다. 그의 눈동자는 더 이상 흐릿하지 않았다. 다만 눈물이 하염없이 흘러내렸다. 바닥에 주저앉은 그의 모습에서 끝없는 슬픔이 느껴졌다.

한운석의 말 한마디 한마디는 그의 가슴 가장 깊숙하고 가장 약한, 가장 치명적인 곳을 공격하며 정곡을 찔러 댔다.

한운석은 자신이 너무 잔인한 것을 알았다. 하지만 철저하게 잔인해져야 했다. 현실은 사람의 마음보다 훨씬 잔인하니까.

한운석은 옆에 혼절한 단목요를 일으켜 세워 가면을 벗겼다. 그러자 늙고 추한 얼굴이 드러났다.

"이검심, 잘 봐요. 이 사람은 낙청령이 아니에요. 타고난 재능이 아무리 비슷해도 그녀가 아니에요. 단목요 같은 여자에게 현녀검법을 전수하는 것은 낙청령을 모욕하는 거예요!"

이검심은 단목요를 보지 않았다. 사실 이 모든 사실을 그도 아주 잘 알고 있었다. 요 몇 년 동안 단목요를 편애하고 응석을 받아 주었던 것은 바로 하나의 희망, 누군가 현녀검법을 전수받을 수 있다는 희망 때문이었다.

그래서 단목요가 중상을 입었을 때도 그는 그녀의 단전에만 관심을 가졌고, 망가진 외모에 대해서는 신경 쓰지 않았다.

텅 빈 대전 안에 정적만이 감돌았다. 이검심은 고개를 숙인 채, 조각상처럼 움직이지 않았다.

"가요."

한운석이 담담하게 말했다.

"내일 순위전에서 창구자와 결전이 있습니다."

용비야는 이 말만 남기고 한운석과 함께 떠났다.

입구에 이르자 용비야가 담담하게 말했다.

"한운석, 내가……."

"네?"

한운석은 그의 말을 기다렸다.

하지만 용비야는 그녀의 앞머리를 부드럽게 어루만지며 말없이 미소로만 답했다.

"내가 뭐요?"

한운석이 캐물었다.

"내가 너의 내상을 봐 주마. 가자."

용비야가 담담하게 말했다. 사실 한운석이 좀 전에 했던 말이 내내 그의 마음속에 맴돌았다.

'제대로 사랑할 줄 모르면서 왜 사랑하려고 해요? 왜 상처를 주려고 해요?'

칠중궁은 용비야가 천산정에서 머무는 처소였다. 궁전 내부 구조는 진왕부의 침궁과 아주 비슷했다. 들어서자마자 한운석은 진왕부에 돌아온 것 같은 착각이 들었다.

이때서야 그녀는 한 가지 일이 떠올랐다.

"용비야, 진왕부에서 서신이 왔었어요. 소소옥이 실종되었대요, 납치된 것 같아요!"

"걱정마라. 초서풍이 알아서 할 거다."

용비야의 눈동자에 복잡한 눈빛이 잠시 스치더니, 그는 한운석의 손을 끌어당겨 진지하게 맥을 짚었다.

한운석은 더 묻고 싶었지만, 입을 열려다가 그의 눈빛에 제지당했다.

결국 그가 진맥을 잘할 수 있게 마음을 가라앉힐 수밖에 없었다.

한운석에게 별문제가 없다는 사실을 확인한 후에야 용비야는 안심했다. 그는 갑자기 한운석의 배에 손을 뻗어 그녀의 아랫배 위로 손을 갖다 댔다.

너무 민감한 곳이라 한운석은 긴장할 수밖에 없었다.

용비야의 따뜻한 손이 그녀의 아랫배에 닿자 몸이 훈훈해지고 말로 표현할 수 없을 정도로 편안해졌다. 뭔가 따뜻한 기운이 아랫배에서부터 흘러나와 온몸으로 흐르는 게 느껴졌다.

분명 피곤하고 쇠약해져 있었는데, 지금은 기분이 상쾌하고 새로운 몸으로 태어난 것 같았다. 그녀는 점점 용비야의 손에 대해서는 잊고 온몸이 가벼워진 듯한 느낌에 사로잡혔다…….

"다행히 유 사숙의 진기가 보호해 주었군."

용비야는 한숨을 돌리며 마음을 놓았다가 바로 걱정하기 시작했다.

"널 데려오는 게 아니었다."

한운석은 갑자기 흥분했다.

"날 떼놓고 갈 생각은 말아요!"

용비야는 웃으며 답했다.

"이제 운공대륙 전체가 네 신분을 알게 되겠구나."

한운석은 그 일에 대해서는 생각도 못 하고 있었다. 천산에 오르기는 힘들어도, 독종에 대한 일이 천산에서 퍼져나가기란 너무도 쉬웠다.

용비야는 진지하게 말했다.

"내일 순위전에서는 오직 승리뿐, 패배는 없다."

천하가 한운석의 신분을 알게 된다면, 천산의 변고에 대해서도 알게 될 것이다. 그는 천산의 대권과 운공대륙 무림 세력을 장악해야만 의성에 맞설 수 있었다.

그렇지 않으면 한운석과 함께 산을 내려가는 순간 모두의 표적이 될 게 틀림없었다.

대화를 나누는데 갑자기 문을 두드리는 소리가 들렸다.

……누구일까?

더 나쁜 소식

누군가 문을 두드리고 있었다. 하지만 용비야와 한운석은 누가 왔는지 아는 듯, 약속이라도 한 것처럼 아랑곳하지 않았다.

용비야가 담담하게 물었다.

"그 독짐승은 어떠냐?"

독짐승이 어떻게 한운석을 보호했는지 직접 보지는 못했으나, 그 소리는 들었다. 그는 독짐승이 없었다면 한운석이 저 무리의 검에 목숨을 잃었을 것을 알았다.

꼬맹이 이야기를 시작하자 한운석의 마음은 또 칼에 베이듯 아팠다. 그녀는 독 저장 공간이 회복되자마자 꼬맹이를 독 연못에 넣고 상처를 치료했다. 독 저장 공간에 있는 귀한 독약은 모조리 독 연못에 넣어 독성을 더욱 강화하여 꼬맹이를 조금이라도 더 돕고자 했다.

이번에는 독짐승의 피를 뽑지 않았지만, 갓 회복된 꼬맹이가 공격을 받은 후 원래 모습으로 돌아간 것을 보면 부상이 심각한 게 틀림없었다.

"독 저장 공간에서 치료받고 있지만 아직 의식을 회복하지 못했어요."

한운석은 아주 심각했다.

용비야는 말없이 가만히 있었다.

"다시는 꼬맹이를 함부로 내던지면 안 돼요!"

한운석이 진지하게 말했다.

지난번 내기에서 진 이후, 용비야는 꼬맹이를 내던진 적이 없었다. 그는 난처한 듯 고개를 숙이고 말했다.

"던지지 않은 지 오래되었는데……."

"다시는 괴롭히거나 무시하거나 싫어하거나 사납게 대하면 안 돼요!"

한운석은 용비야를 노려보며 아주 진지하게 말했다.

용비야가 그녀의 눈을 피하는 모습에 한운석은 화가 났다. 이 인간, 이게 무슨 뜻이지? 설마 계속 꼬맹이를 싫어하겠다는 거야?

한운석이 발끈 화를 내려는데 용비야가 대답했다.

"앞으로…… 잘…… 대해 주겠다."

말투는 어색했지만, 그가 이런 말을 한 이상 정말 꼬맹이를 잘 대해 주겠다는 뜻이었다.

"그만하면 됐어요!"

마침내 한운석이 만족했다.

한운석은 자신이 꼬맹이에게 얼마나 대단한 선물을 줬는지 모르고 있었다.

용비야가 이런 말을 한 건 딱 두 번이었다. 첫 번째는 속으로 한운석에게 '본 왕이 잘 대해 주겠다.'라고 한 말이었고, 두 번째가 바로 꼬맹이였다.

안타깝게도 꼬맹이는 아직 의식불명이었다. 그렇지만 않았다면 분명 흥분해서 이리저리 뛰어다녔을 것이다. 지금 꼬맹이는 인간의 말을 알아들을 수 있기 때문이었다.

밖에서 문을 두드리는 소리가 멈추고, 낮고 쉰 목소리가 들려왔다.

"비야, 내일 순위전에 대해서 이야기하자……."

문을 두드린 사람은 바로 검종 노인 이검심이었다.

용비야는 한운석을 본 후 마침내 문을 열어 주었다. 이검심이 오지 않았다면, 좀 전에 한운석이 쏟아부은 말은 모두 헛수고가 될 뻔했다.

열린 문으로 보이는 이검심의 꼴은 여전히 말이 아니었다. 구중궁에서 바로 온 게 틀림없었다. 잠깐 사이에 10년은 늙은 듯했고 예전의 풍모는 전혀 보이지 않았다. 하지만 다행히 눈빛만은 여전히 또렷하고 예리했다.

즉 그가 지금 완전히 제정신으로 돌아왔다는 뜻이었다.

한운석은 용비야 뒤에 서서 검종 노인을 관찰했다. 직접 눈으로 확인하고도 검종 노인이 그런 무기력한 모습을 보일 수 있다는 게 상상이 안 됐다.

검종 노인은 되도록 한운석의 눈빛을 피했고 용비야는 그를 방 안으로 데려와 이야기를 나누었다. 한운석은 내일의 격전이 얼마나 위험한지 몰랐지만, 이검심은 아주 잘 알고 있었다.

3일 밤낮의 격전 이후 드디어 한자리에 앉았다. 분별력 있는 두 사람은 따로 화해의 말을 나누지 않아도 이해관계를 잘 알고 있었다.

"내일, 얼마나 자신이 있느냐?"

검종 노인이 단도직입적으로 물었다.

용비야가 예정보다 앞서 출관하지 않았다면 이런 질문을 할 리 없었다. 용비야가 서정력을 완전히 장악했다면 창구자와의 싸움은 식은 죽 먹기였다.

하지만 용비야는 원래 일정보다 먼저 폐관 수련을 마치고 나왔고, 두 사람은 3일 밤낮을 쉬지 않고 싸웠다. 검종 노인은 용비야의 상황을 잘 몰랐지만, 반드시 이긴다는 확신이 없다는 것만은 알았다.

"하룻밤 쉬면 충분합니다."

용비야가 담담하게 말했다.

검종 노인은 바로 이마를 찌푸렸다. 믿을 수 없어서 질문을 던지려는데 용비야가 눈짓을 보냈다. 한운석에게 진상을 알리고 싶지 않은 게 분명했다.

검종 노인은 그제야 용비야가 '서정력'을 숨기고 있다는 사실을 떠올리고 어떻게 해야 할지 알았다.

"네 맥상을 봐야겠다."

용비야는 망설임 없이 손을 내밀었다. 맥을 짚자마자 검종 노인의 안색이 새파래졌다. 한운석조차 뭔가 이상한 낌새를 눈치챌 정도였다.

"어때요?"

한운석이 다급하게 물었다.

"별일 아니다."

용비야가 바로 대답했다.

한운석은 이제 전보다 훨씬 냉철하게 판단할 수 있었다. 전에 용비야의 등에 가득한 상처를 봤을 때는 우느라 정신이 없었다. 하지만 지금 곰곰이 생각하니, 용비야가 '별일 아니다'라고 하는 허튼소리를 어찌 믿을까 싶었다.

이 인간은 자신을 안심시키려는 게 분명했다.

한운석이 화가 나서 죽일 듯이 노려보았다.

"거짓말쟁이! 다시는 당신 말 안 믿어요!"

용비야는 심장 박동이 빨라지며 말로 표현하기 힘든 공포를 느꼈다. 그는 한운석의 화난 표정을 보고, 주저하며 해명하지 못했다.

그러나 한운석은 그의 이상한 모습을 알아채지 못하고 다급하게 검종 노인에게 물었다.

"대체 어떤 상황이에요? 심각한가요? 창구자와 다시 싸우면 어떻게 되나요?"

한운석은 확실한 승산이 없다면 싸우지 말아야 한다고 생각했다. 순위전에서 생사는 자기 책임이었다. 일단 창구자가 약점을 잡으면 목숨을 겨우 부지할 게 뻔했다.

검종 노인이 말이 없자 한운석은 대놓고 말했다.

"이검심, 창구자는 당신이 길러 낸 이리니까 알아서 처리하세요! 순위전에 용비야는 안 나가요!"

장문인은 순위전에 참가할 수 없지만, 그는 오늘 밤 창구자를 없애 버릴 수 있었다. 설마 단목요가 밝힌 창구자의 그 많은 죄상으로도 창구자를 벌하기에 부족하단 말인가?

내란을 원치 않는다느니, 파벌 간의 유혈 싸움을 좋아하지 않는다느니, 사검문 세력을 끌어들이고 싶지 않다느니 하는 말은 다 변명에 불과했다. 왜 용비야가 위험을 무릅쓰고 천산의 표면적인 평화를 지켜야 하지? 이검심에게 창구자를 죽일 능력이 없는 것도 아니잖아! 어차피 혼란스러워질 거였다면 그렇게 되라지.

걱정과 의분으로 가득한 한운석의 모습을 보면서, 용비야의 심장 박동 속도도 정상으로 돌아왔다. 그는 사랑스럽게 그녀를 바라보며 말없이 웃었다.

검종 노인도 웃고 있었다. 은발은 헝클어졌고, 늙어 버린 얼굴은 눈물로 얼룩덜룩했지만, 웃기 시작하니 쉽게 다가갈 수 있는 인자함이 느껴졌다. 검종 노인이 대답했다.

"이제 와서 천산의 혼란은 더 이상 중요하지 않다. 하지만 천산 아래는 이미 곳곳에 소문이 났을 게다. 천산은 혼란해져도 그뿐이고, 이 늙은이가 지금 당장 창구자를 죽여 버릴 수도 있다. 하지만 비야는 내일 순위전에 나가서 이겨야 한다. 그에게는 검종의 장문인 자리와 무림 세력이 필요해. 그렇지 않으면 의성을 상대하기도, 너를 보호하기도 어려워질 거다."

한운석은 냉정함을 되찾고 상황을 이해했다.

이번 싸움에서 용비야는 무슨 일이 있어도 반드시 이겨야 했다!

"상황은 어떠합니까?"

용비야가 드디어 입을 열었다.

"오늘 밤에 내가 도와줄 테니 안심해라."

검종 노인이 진지하게 말했다. 그는 드디어 한운석의 눈빛을 피하지 않고 진지하게 그녀를 바라보았다.

"네 말이 맞다. 이 늙은이가 길러 낸 이리니, 내가 직접 처리해야 한다."

검종 노인은 대체 뭘 하려는 걸까? 용비야는 또 어떤 상황이지? 한운석은 여전히 알 수 없었다. 용비야에게 물어보고 싶었지만, 용비야가 진실을 말해 주지 않을까 두려웠다. 그저 검종 노인이 밤에 올 때까지 기다릴 수밖에 없었다.

검종 노인이 나간 후 얼마 되지 않아서 두 사람에게 소식이 전해졌다. 검종 노인이 단목요를 천옥天獄에 가두었다는 소식이었다.

천옥은 천산검종에서 가장 최악의 옥방으로, 우리 같은 곳이었다. 천검대전 아래 위치한 이곳의 모든 옥방은 사면이 창문 없는 벽이었고, 천장은 철망으로 되어 있었다. 그 안에 갇혔다는 것은 영원히 다른 사람 발아래 밟혀 살며 다시는 돌이킬 수 없다는 뜻이었다.

"마침내 깨어나셨군."

용비야가 담담하게 말했다.

이렇게 오랜 시간을 보내면서, 그는 사부가 병이 난 게 아니라 취해 있다고 생각했다. 한운석이 잔인하게 그의 상처를 헤집으면서, 고통이 그를 깨웠던 것이다.

밤이 되기 전, 서동림이 영남군에서 온 두 개의 서신을 전했다. 상황이 아주 좋지 못했다.

한운석이 독종의 후예라는 소식은 운공대륙 전체에 퍼졌다. 의성은 가장 먼저 약성을 비난하며, 약성에게 약귀당과의 모든 협력을 중지하라고 요청했다. 동시에 의학계 사람들이 중남도 독부에서 펼치는 진료 활동을 제한했다.

소문이 퍼지자 고북월은 가장 먼저 의문을 제기하며 의성에게 증거를 대라고 요구했다.

한운석은 멀리 천산에 있었고, 천산의 제자들만 독짐승을 보았기 때문에 의성은 아직 증거를 댈 수 없었다. 약성도 이를 이유로 의성에게 공식적인 답변을 하지 않았고, 의학계 사람들도 완전히 철수하지 않았다.

하지만 중남도독부 내부는 이미 두 파로 나뉘었다. 일부는 계속 용비야를 믿었고 한운석이 결코 독종의 후예가 아니라고 믿으며, 의성에게 증거를 대라고 요구했다. 또 일부는 용비야가 직접 나서서 설명하길 요구했고, 용비야에게 한운석을 의성에 넘겨주어 속죄하라고 요청했다.

삼국의 전쟁이 아직 이어지는 가운데, 영승은 의성 편에 서서 용비야가 독종과 결탁했다고 비난했고, 천안국과 서주국은 공개적인 입장을 표명하지 않은 채 관망하고 있었다.

하지만 이것도 가장 나쁜 소식은 아니었다. 최악은 바로 영승이 어디서 났는지 모를 홍의대포를 대량 조달했다는 소식이었다. 그는 모든 홍의대포를 동원해 동부 전선의 목씨 집안 군대를 막았고, 직접 영씨 집안 군대를 이끌고 나가 초씨 집안 군대와 격전을 벌였다. 서주국 황제는 모든 것을 다 걸고 풍림군 전장에 온 나라의 병력을 다 쏟아부었다.

용비야의 표정은 아주 무거워졌다. 영승의 이번 한 수는 완전히 그의 예상 밖이었다. 그는 영승이 운공상인협회에 남아 있는 홍의대포를 북려국을 막는 데 사용할 거라고 예상했다. 그렇지 않았다면 신중한 영승이 북려국의 방어 전선을 비워 두고, 동부와 서부 지역 전장에 모든 병력을 집중시키지 않았을 것이다.

대체 무슨 이유로 영승이 이렇게 충동적으로 나왔을까? 이렇게 모든 것을 다 건 까닭은 무엇일까?

상황은 정말 심각했다. 삼국 간 전투에 갑작스러운 변수가 생겼고, 중남도독부에는 내란이 발생했다. 고북월 쪽이 얼마나 버틸 수 있을지 몰랐다. 일단 의성이 중남도독부에 전면적인 제재를 가하면, 영승이 거들 것도 없이 중남도독부는 안에서부터 무너질 것이다.

한운석은 안색이 아주 창백해졌다. 의성 세력이 강력한 줄은 알았지만, 의약계 산업이 전장錢莊(옛날의 은행 같은 곳), 양식, 무기 같은 산업을 대신해 조정을 압박할 수 있을 거라고는 생각도 못 했다.

의원이 없으면 백성은 두려움에 휩싸이고, 결국은 나라에 혼란을 가져오기 마련이었다.

그녀가 독종의 후예라고 해도, 아니 백번 양보해서 그녀가 온갖 나쁜 짓을 저질렀다고 해도 의학원은 의료진을 철수하는 방식으로 용비야를 위협해서는 안 되었다!

이건 마치 백성의 목숨을 갖고 장난질하는 거나 다름없었다!

의학원에 있어 병을 고치고 목숨을 구하며 의술을 깊이 연구하는 일 같은 건 이미 부차적인 것이었다. 그들에게 의술은 반대 세력을 제거하는 날카로운 무기였다.

한운석은 이전까지 독종의 과거, 독종과 의학원의 은원에 대해 전혀 궁금하지 않았다. 하지만 이제는 그녀도 호기심이 생겼다.

"내가 정말 천산에 오는 게 아니었나 봐요."

한운석이 심각하게 자책하기 시작했다.

어찌 될지는 하늘만 아는 법

한운석은 심각하게 자책했다. 만약 그녀가 천산에 오지 않았다면 이 많은 일이 생기지 않았을 텐데. 지금 생각해 보니, 검종 노인과 유 노파가 그리 밉지 않았다. 그들의 걱정은 전혀 틀리지 않았다.

용비야는 한참 동안 한운석을 바라본 후 담담하게 말했다.

"출신은 네가 원하든 원치 않든 버릴 수 없다. 언젠가는 인정해야 하는 일이었다."

한운석도 알고 있었다. 평생 독종의 비밀을 숨기고 살 수는 없지 않은가? 그건 너무 비겁했다!

지금은 그저 순위전에 희망을 걸 수밖에 없었다.

"이번 한 달 동안 북려국 쪽 움직임은 어떠하냐?"

용비야가 물었다.

서동림이 서둘러 대답했다.

"백리 장군 쪽에서 뭔가를 알아냈으나, 아직 확실한 소식은 없습니다."

"말해라."

용비야가 차갑게 대답했다.

"군역사와 태자, 이황자가 설산 북쪽의 동오국冬烏國에 갔습니다. 백리 장군은 그들이 말을 사러 갔다고 의심하고 있습니다."

서동림이 낮은 목소리로 보고했다.

"북려국 황제가 초조해진 모양이군요."

한운석이 말했다.

"늘 초조했지."

용비야는 생각에 잠겼다. 만약 군역사가 동오국에서 말을 사 온다면, 돌아오는 동안 기병과 말이 서로 맞춰 가며 훈련할 수 있을 것이다. 빠르면 겨울이 될 무렵에 투입할 수 있었다.

만약 더 안전을 기하기 위해 겨울까지 미뤄도, 북려국은 삼 국의 전투에서 이점을 얻고 우위를 점할 수 있었다.

"북려국이 일단 참전하면……."

한운석은 생각에 잠긴 듯 말했다.

"그럼 영승을 견제할 수 있지 않을까요?"

원래는 서주국과 천안국이 영승을 협공하는 삼국 간의 난투 였다. 다들 실력이 비등하니 용비야는 가만히 앉아서 어부지리 를 얻을 수 있었다. 그러나 영승이 북부 지역 방어선을 포기했 고, 홍의대포를 대량 동원하여 천녕국에 맞섰다. 게다가 서부 전선 전투에 직접 참여하여 초천은과 격전을 벌였다. 그렇다면 영승의 승산이 아주 높다는 소리였다.

천녕국 목씨 집안 군대의 종합 실력이 그리 강하지 않기 때 문이었다. 목씨 집안 군대는 용맹스럽고 싸움을 잘했으며, 목 대장군과 목청무도 뛰어난 인재이긴 했다. 그러나 무기에 있어 서든, 군량과 마초 등 물자에 있어서든, 용천묵의 지원에는 한 계가 있었다. 게다가 천녕국의 그 내란에서 목씨 집안 군대는 모든 것을 다 걸고 용천묵을 지원하면서 많은 병력을 소진했다. 계속 징병하고 있긴 하지만, 과거의 영광을 재현하기는 어려웠다.

어쨌든 목 장군은 영승의 홍의대포를 당해 낼 수 없었다.

목 장군의 군대가 패배하면 영승은 반드시 홍의대포 군대를 서부 전선으로 이동시켜 초씨 집안 군대와 맞설 것이다. 그러면 영승은 양쪽 전선에서 모두 승리할 수 있었다.

영승의 성격상, 일단 서주국과 천안국에 승리를 거두면, 의학원이 중남도독부를 제재한 틈을 타서 바로 군사를 이끌고 남쪽으로 내려올 게 분명했다.

"그렇다!"

한운석의 말은 용비야의 생각대로였다.

"북려국이 영승을 견제할 수 있다면, 적어도 두 달 정도는 시간을 벌어 의성의 제재에 맞설 수 있다!"

지금 의성은 증거를 내놓지 못해 중남도독부를 완전히 제재하지 못했다. 약성 쪽은 한동안 버틸 수 있고, 고북월과 백리원룡 쪽도 견딜 수 있었다.

그러니 용비야는 되도록 빨리 천산 일을 마무리 짓고 서둘러 중남도독부로 돌아가 의성의 전면적인 제재에 맞설 준비를 해야 했다.

온갖 지혜를 짜내도 결국 어찌 될 지는 하늘만이 아는 법, 나쁜 소식도 좋은 결말이 될 수 있었다!

용비야는 바로 서신을 쓴 후 서동림에게 매를 통해 고북월에게 전하라고 분부했다. 되도록 국면을 안정시키고 의성을 상대하면서, 북려국이 군대를 동원할 때까지 기다리라는 내용의 서신이었다.

모두 나쁜 소식밖에 없었지만, 적어도 막다른 골목은 아니었다. 한운석은 속으로 한숨을 돌렸다.

"전하, 소소옥이 까닭 없이 실종되었는데, 지금까지 어떤 단서도 찾지 못했습니다."

서동림이 서둘러 말했다.

한운석이 진작에 용비야에게 말해 준 일이었다.

"알았다."

용비야가 담담하게 말했다.

"초서풍에게 초천은 쪽과 연락해서 함께 찾으라고 전해라."

"납치하고도 협박하지 않다니, 무슨 계략이 숨겨져 있는 걸까요?"

한운석이 물었다.

"아마도 오래 묵은 원한이 있겠지. 아니면 아직은 협박하러 올 때가 아니거나."

용비야는 이 일을 별로 신경 쓰지 않는 듯 담담하게 말했다.

"기다려 보자."

서동림이 떠난 후 방 안이 조용해졌다.

마침 오후라 천산이 가장 조용한 때였다.

한운석은 창가에 기대어 산 아래 적막한 모습을 보면서 감개가 무량해졌다. 그녀는 천산의 평온함 아래 일찌감치 거센 파도가 치고 있었음을 알았다.

창구자는 지금 준비 중일 테고 사검문 세력도 공격 준비로 술렁이고 있을 것이다. 장경각과 장검각이라고 다를까? 유 노파는 그들의 훌륭한 조력자였으나, 안타깝게도 그녀의 원기가 심각하게 손상되었고, 1년 반은 요양해야 회복될 수 있었다.

산 아래 계파들도 시국을 관망하고 있었다. 대부분 용비야를 지지했었지만, 한운석이 독종의 잔당이라는 사실이 드러난 지금 용비야 편에 서는 사람은 얼마나 될까?

검종 노인은 단목요를 감옥에 가뒀을 뿐, 창구자의 악행과 그녀의 독종 신분에 대해서는 최종 판결을 내리지 않았다. 천산 제자들은 감히 의견을 내거나 물어보지 못했지만, 다들 기다리고 있음이 분명했다!

한운석은 내일 순위전이 끝난 후에야 검종 노인이 이 두 가지 일에 대한 최종 결론을 내릴 거라 생각했다.

내일 싸움에 정말 많은 것이 걸려 있었다.

한운석이 멍하니 있는 사이, 용비야가 어느새 소리 없이 곁에 다가와 가만히 그녀를 안았다. 그는 매끄러운 턱을 그녀의 어깨에 올리며 물었다.

"무슨 생각을 하느냐?"

"그게……."

한운석이 대답하려는데 용비야가 그녀의 입을 가리며 말했다.

"아무 생각도 하지 마라. 모처럼 쉴 수 있는 오후인데, 본 왕과 함께 있자꾸나."

한운석이 웃었다.

"계속 함께 있었잖아요."

"아무 생각도, 아무 말도 하지 않고 그냥 곁에 있을 수 있겠느냐?"

용비야의 부드러운 목소리에서 숨길 수 없는 피로감이 묻어났다.

한운석은 물론 그가 피로함을 알았다. 사실 그녀도 너무너무 피곤했다.

그가 저렇게 말하니 피곤함이 더 밀려왔다.

생각을 비워 본 지도 너무 오래되었다. 모든 혼란스러움을 내려놓고, 잠시 멈춰 제대로 된 휴식을 취하기로 했다.

"좋아요."

그녀가 돌아서려는 순간 용비야가 갑자기 그녀를 안아 올려 침상으로 성큼성큼 걸음을 옮겼다.

한운석은 반듯하게 누웠고, 용비야는 등의 상처 때문에 그녀 옆에 엎드렸다. 두 사람은 손을 마주 잡고 약속이라도 한 듯 눈을 감고 아무 말도 하지 않았다.

욕망이나 연애감정 없이 함께 있을 때가 있다. 포옹도 말도 필요치 않고, 그저 조용히 곁에 있어 주는 것, 그것만으로도 깊은 사랑을 느낄 수 있었다.

오후 내내 두 사람은 이렇게 누워서, 용비야와 한운석 둘 중 누가 먼저인지도 모르게 잠이 들었다.

용비야는 자신의 신분을 알게 된 후 이렇게 긴장을 풀고, 이렇게 편안히 잠든 적이 없었다. 이 오후에 그는 몸의 통증과 어린 시절 겪은 온갖 고초도 잊어버렸다. 동진 황족과 모후, 부황, 당자진과 여 이모, 일곱 귀족, 서진 황족, 독종, 의학원까지 모두 잊고 있었다…….

한운석 역시 타임슬립한 이후 이렇게 긴장을 푼 건 처음이었다. 오후 시간은 길지 않았음에도 거의 백 년은 잔 것 같았다. 그녀는 아주 길고 긴 꿈을 꾸었는데, 현대와 운공대륙이 모조리 뒤엉켰고, 익숙한 장소와 사람도 모두 뒤죽박죽이었다.

점차 정신이 희미해지는 가운데 두 개의 힘이 그녀를 양쪽에서 잡아당기는 듯했다. 오른쪽에는 용비야의 얼굴이 뚜렷하게 보였다. 하지만 왼쪽 얼굴은 흐릿해서 보이지 않았다. 누구지?

"누구……."

그녀는 꿈에서 중얼거렸다.

그 사람은 대답하지 않고 갑자기 그녀를 확 잡아당겼다.

"용비야!"

그녀가 돌아보았을 때 용비야도 그녀를 보고 있었다. 무표정한 얼굴로 아무 말도 하지 않는 그는 쫓아오지 않고 도리어 계속 뒤로 물러나더니, 뒤편 어둠 속으로 파묻히고 말았다.

"용비야!"

한운석은 깜짝 놀라며 벌떡 일어났다. 얼마나 놀랐는지 온몸에 식은땀이 흘렀다.

그녀 옆에 앉아 있던 용비야가 손을 잡으며 물었다.

"악몽을 꾸었느냐?"

한운석은 고개를 숙이고 자기 손을 잡고 있는 용비야를 본 후에야 한숨을 돌렸다.

"당신이었군요."

"왜 그러느냐?"

용비야가 영문을 몰라 물었다.

"꿈에서 누가 날 끌고 가려고 했어요. 얼굴이 잘 보이지 않았는데, 당신이었군요!"

한운석은 웃음이 났다. 너무 피곤했나 봐. 긴장을 풀자마자 꿈을 꾸다니.

"본 왕 외에 감히 누가 너를 데려간단 말이냐?"

용비야도 웃었다.

"푹 잤어요?"

한운석이 물었다.

"음."

용비야는 정말 푹 잤다. 이렇게 편안하게 잔 적이 없었다. 기력도 많이 회복되었다.

"푹 잤다니 잘됐구나. 이리 오너라."

갑자기 검종 노인의 목소리가 들렸다. 한운석은 그제야 검종 노인이 옆의 차 탁자에 앉아 있음을 발견했다. 낭패하고 딱한 모습은 이미 사라졌다. 하루 만에 하얗게 세었다는 그 은발을 가지런하게 빗어 넘긴 그는 화내지 않고도 위엄을 드러냈다.

"용비야의 부상은 대체 어떤 상태인가요?"

그녀가 진지하게 물었다.

"원래 예정보다 앞서 출관했으니, 내상을 억누르고 지금까지 버틴 것만도 운이 좋았다. 내일 싸움의 승산은 그리 크지 않아. 이긴다 해도 중상을 입을 거다. 가볍게는 주화입마에 들어갈 수 있고, 심각하면 기혈이 역행하여 죽을 수도 있다."

검종 노인이 차갑게 말했다.

한운석은 너무 놀라서 용비야를 매섭게 노려보았다. 용비야는 부인하지 않았다.

"그럼 어떡해요?"

한운석은 바로 검종 노인 앞으로 달려갔다. 검종 노인에 대한 원한은 새카맣게 잊은 지 오래였다.

검종 노인은 결국 참지 못하고 웃음을 터뜨렸다.

"아이야, 이 늙은이를 믿을 수 있겠느냐?"

"믿지 않고 다른 방법이 있나요? 우린 지금 같은 배를 탔어요. 창구자와 단목요가 그런 짓을 벌인 데는 천산의 장문인이자 단목요의 사부인 당신 책임이 가장 커요! 그리고 용비야도 당신 제자인데 나 같은 독종의 잔당과 결탁했으니, 제대로 가르치지 못한 책임도 있어요. 이제 사람들은 창구자, 단목요, 나만 욕하는 게 아니라, 맡은 자리에서 책임을 다하지 못한 천산 장문인이자 무림맹주인 당신을 욕할 거라고요!"

한운석은 너무 흥분해서 말하다가 잠시 멈춰 차로 입을 축인 후 말을 이었다.

"용비야를 생각해 주지 않아도 돼요. 지금 당장 가서 창구자를 죽여도 돼요. 그게 뭐 어때서요? 당신이 장문인 자리를 계속 지키고 있다고 천하 모두가 진심으로 따를 것 같아요? 천산 무림지존 자리는 3년도 안 되어서 잃게 될 거예요!"

한운석은 이검심과 용비야가 속에서 끄집어내지 못했던 가장 핵심적인 부분을 짚었다.

그들은 순수하게 서로 돕고 용서하는 관계가 아니었다. 바로 같은 배를 탄 사람, 영광과 실패를 모두 함께 감당해야 하는 사이였다.

용비야는 소리 없이 입꼬리를 올리며 웃음 지었다.

검종 노인은 소리 내 크게 웃었다.

"아이야, 네가 여자라서 다행이다. 비야에게 적수가 하나 줄었으니 말이야."

한운석은 검종 노인과 남녀평등에 관한 문제를 논할 생각은 없었다. 그녀는 다급하게 물었다.

"어떻게 용비야를 도와줄 건가요?"

검종 노인은 용비야를 본 후 다시 물었다.

"용비야와 하룻밤 폐관 수련에 들어간다고 해도, 여전히 이 늙은이를 믿겠느냐?"

그런데, 한운석의 대답은…….

사부······.

한운석의 대답은 예상 밖이었다.

"당신은 믿어요, 용비야는 못 믿지만."

그녀는 말을 마치고 의미심장한 눈길로 용비야를 힐끗 쳐다 봤다. 부상당한 일도 속인 용비야를 어떻게 또 믿을 수 있을까?

용비야는 변명을 하려는 듯하다가 결국 말없이 웃기만 했다.

사실 그는 사부에게 서정력에 대해 말하지 말라고 미리 부탁해 놨었다. 이 여자가 두 사람을 감시해도 속는 것은 마찬가지였다.

검종 노인은 한운석이 이렇게 말할 줄은 몰랐다. 제자가 해명하고 싶어도 말을 꺼내지 못하는 모습을 보자, 마음이 아파졌다.

이 여자에 대한 비야의 마음이 참으로 각별하구나!

"비야, 시작하자."

검종 노인이 담담하게 말했다.

"어떻게······ 할 생각입니까?"

용비야가 물었다.

명확하게 서정력을 지칭하지 않았지만 두 사람은 무슨 이야기를 하는지 잘 알았다. 용비야는 예정보다 일찍 출관했기 때문에 서정력을 완벽하게 통제하지 못했다. 마지막 서정력을 억지로 몸속에 집어넣으면서 간신히 제압하긴 했으나, 강제로 짓눌렀기 때문에 심각한 내상을 입었다.

사실 그가 검종 노인과 사흘 밤낮 쉬지 않고 싸울 수 있었던 것도 무리해서 버텼기 때문이었다. 그가 조금이라도 긴장을 늦췄다면, 검종 노인의 검에 패했을 것이다.

마지막 서정력을 통제하게 된다면, 그의 실력은 검종 노인과 비슷해졌다.

지금 그 힘은 아직도 그의 몸속에서 날뛰고 있었다. 방금 긴장을 풀고 자고 나니, 이 힘은 그 어느 때보다도 더 활발해졌다.

내상이 심각한 상태에서는 그 힘을 끌어낼 수 없음은 물론 통제도 불가능했다. 그러니 외부 힘, 즉 검종 노인의 힘을 빌릴 수밖에 없었다.

검종 노인의 힘을 통해 내상을 회복한 후에야 마지막 서정력을 끌어내 다시 통제하려고 시도할 수 있었다.

"이 늙은이의 진기로 상처를 치료하겠다."

검종 노인이 진지하게 말했다.

용비야는 말없이 고개만 끄덕였다. 검종 노인도 진기로만 그의 상처를 치료할 수 있었다.

검종 노인은 사람을 시켜 입구를 지키게 했다. 스승과 제자 두 사람은 밀실에 들어가지 않고 대나무 침상 위에 앞뒤로 나란히 앉았다. 한운석은 옆에 서서 지켜보고 있었다.

"아이야, 보기만 하고 절대 소리를 내서는 안 된다. 알겠느냐?"

검종 노인이 진지하게 경고했다.

"그렇지 않으면 그의 목숨을 해칠 수도 있다."

한운석은 힘껏 고개를 끄덕였다.

"알겠어요."

"비야, 너는 절대 마음을 분산시켜서는 안 된다."

검종 노인이 엄하게 훈계했다.

"예."

용비야는 담담하게 대답했다.

"난 밖에서 기다리는 게 낫겠어요."

한운석은 겁이 났다. 이곳에 서 있으면 아무래도 용비야에게 영향을 줄 것 같았다.

"거기 서 있거라. 네가 있으면 더 안심이 된다."

용비야가 웃었다.

검종 노인은 이미 운기조식을 시작했고, 한운석은 감히 더 말할 수 없어 서둘러 용비야 뒤로 물러섰다.

용비야도 금방 마음을 다잡았다. 하지만 그는 곧 뭔가 이상한 낌새를 눈치챘다. 검종 노인은 진기로 그를 치료하는 게 아니었다. 그것은…… 내공이었다!

그는 깜짝 놀라 뒤돌아봤다. 하지만 그 순간 검종 노인이 두 손으로 그의 양어깨를 붙잡았다. 묵직하고 강력한 내공이 순식간에 그의 어깨로 쏟아부어졌다.

"사부……."

용비야는 자신도 모르게 '사부'라는 말을 내뱉었다. 예정보다 일찍 출관한 이후부터 지금까지 그는 검종 노인을 사부라고 부르지 않았다.

"집중해라!"

서슬 시퍼런 검종 노인의 목소리가 큰 종소리처럼 울려 퍼졌다.

용비야는 집중하지 않으면 어떤 결과에 이르는지 잘 알기 때문에, 원하지 않아도 그저 고개를 돌리고 묵묵히 감당할 수밖에 없었다.

사부는 진기가 아닌 내공을 사용해 그의 상처를 치료했다!

전에 사부는 단목요에게 내공을 주입하려다가 그에게 저지당했다. 진기는 다시 회복될 수 있지만, 내공은 다시 수행하기 어려웠다. 특히 사부의 나이와 체력을 생각하면, 거의 불가능했다.

그의 내상을 치료하려면 진기든 내공이든 반드시 큰 대가를 치러야 했다. 사부는 대체 얼마나 많은 내공을 전수하려는 것일까?

용비야는 가늠이 되지 않았다. 어쩌면 검종 노인도 예측할 수 없을 것이다. 어쨌든 둘 다 서정력에 의한 내상은 처음 접했다.

묵직하고 순수한 내공이 끊임없이 용비야의 몸에 주입되었다. 그는 부상 상태의 변화를 느낄 수 있었고, 몸에 남은 마지막 서정력이 더는 날뛰지 않고 점점 조용해지고 있음을 확실히 느꼈다.

용비야는 정신을 집중해서 검종 노인이 그에게 전수한 내공을 자기 것으로 만들어야 했다. 자신의 것으로 만들어야만 그의 내상을 완전히 없앨 수 있었다.

점점 시간이 흐르고, 검종 노인의 희생도 쉬지 않고 이어졌다.

뒤에서 바라보는 한운석은 잠시도 마음을 놓을 수 없었다. 그러나 그녀는 진상이 무엇인지, 얼마나 위험한지 몰랐다. 그리고 검종 노인의 아낌없는 헌신에 대해서도 전혀 몰랐다.

검종 노인은 병이 발작했을 때는 단목요에게 내공을 주려고 했지만, 정신이 멀쩡할 때는 용비야에게 내공을 전수하고자 했다. 이것만 봐도 그가 제자인 용비야를 얼마나 아끼는지 알 수 있었다.

거대한 궁전 안은 정적이 감돌았고, 어둠 속에서 희미한 등불이 용비야와 검종 노인의 얼굴을 비추었다. 두 사람의 얼굴에는 땀이 송골송골 맺혀 있었다. 평화롭게 상처를 치료하는 것처럼 보였지만, 잔잔한 물결 아래에는 거대한 파도가 몰아치고 있었다.

그런데 갑자기!

용비야가 돌연 검종 노인을 돌아보았다. 용비야의 안색은 새파랗게 질렸고 눈빛은 넋이 나간 듯했다.

깜짝 놀란 한운석은 황급히 다가가 어찌 된 일인지 묻고 싶었지만, 혹 방해가 될까 두려워 참았다.

용비야가 넋이 나간 듯했던 이유는 다른 게 아니었다. 검종 노인이 단번에 오품 내공을 그의 몸에 모조리 주입했기 때문이었다. 오품 내공은 그가 반평생 쌓아 온 내공이었다!

원래 팔품 고수였던 그가 오품이나 낮아져서 이제는 삼품의 검객이 되었다. 계파의 일반 제자와 싸워도 이길 수 있을지 미지수였다.

완전히 폐인이 된 것은 아니었으나, 그 같은 고수에게는 폐인이 된 것이나 마찬가지였다.

그러니 용비야가 어찌 놀라지 않을 수 있을까? 어찌 받아들일 수 있을까? 사부는 자신의 모든 것을 쏟아부어 그를 완성시켰다!

"비야, 정신을 집중해라!"

검종 노인은 힘 있고 우렁찬 목소리로 또박또박 말했다.

용비야에게는 너무도 익숙한 목소리였다. 어린 시절 사부가 그를 데리고 내공을 수련할 때마다 늘 했던 말이었다.

문득 용비야는 어린 시절로 돌아온 것 같았다. 검종 노인은 엄한 스승이자 자애로운 아버지였다. 수련이 끝나면 그는 더 이상 엄하게 대하지 않고 직접 음식을 차려 주었다. 그는 술을 마셨고 용비야는 차를 마셨다. 한여름의 깊은 밤, 반짝이는 별들이 하늘을 수놓고 있을 때, 스승과 제자 두 사람은 그 아래서 함께 잔을 들고 마시며 기분 좋은 시간을 보냈다.

용비야의 인생 중 유일하게 어린 시절이라고 부를 수 있던 때가 있다면 바로 천산에서 보낸 한여름 밤이었다.

용비야의 주의력이 분산된 것을 감지한 검종 노인이 화를 내며 꾸짖었다.

"비야, 너는 지금껏 사부를 실망시킨 적이 없었다! 이번 역시 허락할 수 없다!"

용비야는 슬픈 마음이 일었지만 그래도 얼른 마음을 가다듬고 정신을 집중하여 혼신의 힘을 기울였다.

오품에 달하는 내공이었다. 엄청난 힘을 쏟아 흡수하여 자신의 것으로 만들어야 했다!

밤은 깊고 달빛이 고요하게 비추는 이때…… 한운석은 산 위에 뜬 달처럼 조용하게 이 모든 장면을 눈에 담았다.

동이 점차 터올 때가 되어서야 검종 노인은 손을 거두었다. 그는 하마터면 옆으로 쓰러질 뻔했지만 다행히 손으로 바닥을 짚었다. 그의 임무는 다 끝났다.

하지만 용비야는 아직 끝나지 않았다. 내상이 회복되었으니 마지막 남은 서정력을 끌어낸 후 다시 몸에 흡수시켜 통제해야 했다.

검종 노인은 침상에 손을 짚어가며 힘들게 내려왔다.

단정한 모습임에도 초라하게 느껴지는 것은 어쩔 수 없었다. 저 높은 지존 자리에 있던 팔품 고수가 바로 삼품으로 떨어졌으니, 이 얼마나 초라하고 딱한 일인가?

안색은 종잇장처럼 창백해져 제대로 서 있기도 힘들어 보였다. 그는 한참 한쪽에 기대고 있다가 한운석 쪽으로 걸어갔다.

한운석은 감히 소리 낼 엄두도 내지 못하고 바라보기만 했다.

검종 노인이 가까이 오자 그녀가 부축하려고 다가섰다. 그런데 이때, 용비야의 몸속에서 강력한 힘이 폭발하듯 터져 나왔다.

무형무색의 힘이었지만, 무공을 할 줄 모르는 한운석조차도 이 힘이 뿜어내는 살기와 포악한 기운을 느낄 수 있었다.

그녀는 직감적으로 이것이 좋은 힘이 아니라는 것을 알았다. 검종 노인이 방금 용비야에게 준 힘일까? 아니면 용비야가 원래부터 갖고 있던 것일까?

호기심이 잔뜩 솟아났지만 그녀는 감히 물어보지 못하고 계속 검종 노인을 향해 걸어갔다.

그런데 용비야가 갑자기 허리춤에서 채찍을 꺼내더니 허공을 향해 세차게 내리쳤다.

한운석은 어리둥절해졌다가 그의 등 상처를 떠올렸다. 설마 용비야가…….

그녀가 놀라 소리 내려는 순간, 검종 노인의 매서운 눈빛과 마주쳤다. 그녀는 입은 벌렸지만 결국 소리를 내지 못했다.

그저 속수무책으로 용비야의 채찍이 머리끝까지 올라갔다가 한 바퀴 휘둘린 후 채찍 끝으로 그 등을 세차게 내리치는 모습을 보고 있어야 했다.

그렇게, 선혈이 사방에 흩뿌려졌다.

마지막 남은 이 서정력은 이전 어느 때보다 강력했고 통제하기 힘들었다.

한 번의 채찍질이었지만, 그 힘은 이전 어느 채찍질과도 비교가 안 되었다.

한운석은 공기 중에 천천히 퍼져가는 피비린내를 맡을 수 있었다. 그녀는 입을 틀어막고 눈물을 꾹 참으며, 지난 한 달간 용비야에게 무슨 일이 있었는지 생각하지 않으려 애썼다. 쉬운 남자가 아니라는 건 알고 있었지만, 정말 이렇게 쉽지 않을 줄은 몰랐다.

채찍을 쥐고 어둠 속에 서 있는 늘씬한 그의 자태는 유독 고독해 보였다. 마치 드넓은 천지 사이에 의지할 데 없이 홀로 서 있는 듯했다. 겉으로는 가까이 있는 듯 보여도, 실제로는 아주 멀리 떨어져 있는 것 같았다.

'멀리' 있다는 것은 고독함의 또 다른 표현이었다. 아무도 가까이 갈 수 없을 만큼 멀었다.

한운석은 표현할 수 없을 정도로 마음이 아팠다. 그녀는 속으로 다짐했다. 이 남자에게 잘해 줘야지, 할 수 있는 최선을 다해 그를 사랑하고 지켜 줄 거야.

용비야는 그렇게 서 있었고, 한운석과 검종 노인도 움직이지 않았다. 한운석은 용비야에게서 눈을 떼지 않았지만, 검종 노인은 용비야를 등지고 서서 눈을 내리깔고 기다렸다.

마침내 여름의 뜨거운 태양이 산 정상까지 올라 천산산맥을 비추자, 용비야가 천천히 뒤돌아섰다. 그는 핏자국이 남아 있는 잘생긴 얼굴로 멋진 웃음을 지어 보였다.

한운석을 향한 웃음이었다.

한운석도 바로 웃었다. 한운석의 웃음을 보자 검종 노인은 그제야 긴 한숨을 내쉬며 미소 지었다.

한 걸음씩 그들을 향해 다가오던 용비야가 세 걸음 정도 남았을 때 갑자기 멈춰 섰다.

— 사부님!

그의 놀란 목소리는 전음을 통해 전해졌다.

검종 노인은 깜짝 놀라 갑자기 뒤돌아보았다. 용비야는 멀쩡했고 전혀 이상한 낌새는 보이지 않았다. 왜 이러는 걸까?

— 무슨 일이냐?

검종 노인도 전음으로 물었다.

— 서정력이 역행하고 있습니다.

용비야가 진지하게 말했다.

최후의 서정력을 통제한 후, 몸속 서정력은 완벽해졌다. 이 힘이 완벽해지면서 더 묵직하고 강력하게 변한 것이 확실히 느껴졌고, 그는 자신이 다 통제한 줄 알았다. 그런데 갑자기 이 힘이 역행했다!

검종 노인은 대경실색했다. 지금껏 이런 상황을 마주한 적이 없었다. 설마 주화입마일까?

바로 이때, 문밖에서 시종의 목소리가 들렸다.

"사존, 창 장로가 사람을 보내 재촉하고 있습니다."

천검대전 앞에는 순위전의 무대가 이미 마련되어 있었다.

승부, 예측 불가

용비야는 분명 서정력을 통제했다. 그런데 이제 겨우 얼마나 지났다고, 이 힘이 몸속에서 역행하는 일이 벌어지다니!

이게 어찌 된 일이란 말인가?

서정력처럼 강력한 힘뿐 아니라, 낮은 품계의 내공이라도 몸속에서 역행하는 상황이 벌어지면 아주 위험했다.

용비야와 검종 노인, 두 사람 모두 서정력에 대한 이해에는 한계가 있었다. 그들 역시 왜 이렇게 된 건지 알지 못했다.

용비야는 꼼짝도 하지 않고 서 있었다. 얼굴에 아무 표정도 나타나지 않았지만, 한운석은 그와 검종 노인 사이에 형성된 아주 긴장된 분위기를 느낄 수 있었다.

겨우 마음을 놓았는데, 또다시 심장이 두근두근 쉬지 않고 뛰기 시작했다.

이제 곧 순위전이 시작되었다. 이렇게 중요한 순간에 용비야에게 절대 문제가 생겨서는 안 됐다. 순위전을 놓치면 모든 게 끝장이었다.

갑자기 검종 노인이 빠른 걸음으로 다가와 두 손으로 용비야를 붙잡았다. 용비야는 검종 노인이 뭘 하려는지 알아챈 듯했다. 그는 검종 노인의 손을 막고 싶었지만, 검종 노인은 이미 기합을 넣고 그의 삼품 내공을 모조리 용비야 몸에 집어넣었다.

이 삼품 내공과 용비야에게 준 오품 내공을 합하면, 강력하고도 완벽한 범천 팔품 내공이 완성되어 서정력을 강제로 누를 수 있었다.

검종 노인은 손을 놓자마자, 뒤로 몇 걸음 주춤하더니 땅에 주저앉아 몇 번이나 선혈을 토해냈다. 평생 익힌 자신의 내공을 모조리 소진한 셈이었다.

검종 노인의 범천 팔품 내공만이 서정력과 맞설 수 있었다. 용비야는 사부를 한 번 보고는 의연하게 가부좌를 하고, 범천 심법의 강력한 기세로 서정력을 강제로 억누르려 했다.

한참 후, 역행 상태는 사라졌고, 서정력을 통제할 수 있게 되었다.

용비야는 회복되자마자 검종 노인에게 다가왔다.

"사부님……."

— 비야, 이 두 개의 힘은 잠시 네 몸 안에서 비슷한 기세로 서로 견제하고 있을 뿐이다. 허나 서정력이 역행한 데는 분명 이유가 있을 것이다.

검종 노인이 전음으로 말했다.

용비야도 알고 있었다. 그는 잠시 이 힘을 제어했을 뿐, 언제 또 문제가 발생할지는 아무도 모르는 일이었다.

그가 아주 심각하게 말했다.

"사부님의 내공이……."

"허허, 운석 말이 맞다. 이 늙은이야말로 명성이 땅에 떨어진 사람이니, 무공을 가지고 뭘 하겠느냐, 없애 버리고 보통 사람이 되는 게 낫다."

검종 노인은 허허 소리를 내며 웃었다. 그는 일찌감치 득과 실을 확실히 간파했다.

만약 그가 평범한 보통 사람이었다면, 낙청령은 죽지 않았을지도 몰랐다.

옆에서 듣고 있던 한운석은 그제야 검종 노인이 모든 내공을 소진해 용비야를 도왔음을 깨달았다. 그녀는 말 한마디 하지 않고 조용히 그에게 단약 한 병을 건넸다.

검종 노인은 그 모습을 보고 웃었다.

"이 늙은이를 원망하지 않는 게냐?"

한운석은 고개를 숙이고 단약을 검종 노인의 손에 쥐여 줄 뿐, 여전히 말이 없었다. 사실 그를 원망하는 마음은 진작 사라졌다.

그녀는 돌아서 용비야 뒤쪽으로 간 후, 조용히 그의 상처를 치료했다.

"사존, 창 장로가 이미 비무대에 올랐습니다. 이장로와 삼장로 모두 참가하지 않는다고 합니다."

문밖에 있는 시종이 또 보고했다.

천산검종 순위전에는 참가 조건이 따로 없었고, 별도로 신청할 필요도 없었다. 참전하고 싶은 자는 비무대에 오르면 그만이었다.

용비야와 창구자의 결전 소식은 일찌감치 시끄럽게 퍼진 듯했다. 이장로와 삼장로가 싸움에 참여하지 않는다는 사실은 적어도 이 두 세력이 지금까지도 계속 관망하며, 완전히 창구자를 지지하지는 않는다는 소리였다.

그들이 창구자를 지지했다면, 순위전에 참가해 용비야의 기력을 먼저 소진시켜 놓으며 창구자의 수고를 덜어 줘야 했다.

원기가 크게 상한 유 노파는 더더욱 참가할 수 없었다. 이렇게 올해 순위전은 용비야와 창구자, 두 사람의 단독 대결이 될 듯했다.

이런 높은 수준의 시합은 참가 조건에 제한이 없어도 늘 장로만 참가했다. 어떤 의미에서 보면 순위전은 사실 사대 장로의 순위전이었다.

"비야, 어서 가라!"

검종 노인이 그를 재촉했다.

"괜찮으신 겁니까?"

용비야는 아무래도 마음이 놓이지 않았다.

"이 늙은이는 관전도 해야 하는데, 무슨 문제가 있겠느냐? 어서 가라, 빨리!"

검종 노인의 말 속에 숨은 뜻을 용비야는 알아들었다.

서정력은 불안정한 힘이었다. 아직 통제할 수 있을 때 빨리 창구자를 해치워야 했다.

만약 통제할 수 없게 되면, 어젯밤부터 지금까지 해 온 모든 노력이 수포로 돌아간다.

용비야가 한운석을 보며 말하려는데, 검종 노인이 말했다.

"걱정 마라, 나와 함께 갈 테니, 누구도 감히 다치게 할 수 없다."

용비야와 한운석 외에는 아직 누구도 지금 상황을 모르니, 그는 당연히 한운석을 완벽하게 지켜 줄 수 있었다. 내공은 다 잃었지만 적어도 그의 신분은 남아 있었다.

한운석이 고개를 끄덕이자 용비야는 더 이상 지체하지 않고 가려 했다. 그런데 한운석이 그를 불러 세우더니, 깨끗한 두루마기 하나를 꺼내 직접 입혀 주었다.

"안심해라."

용비야는 그녀의 앞머리를 쓸어 올리며 가볍게 입을 맞추었다.

"예."

한운석은 쓸데없는 말은 하지 않았다.

"기다릴게요."

용비야가 나간 후, 검종 노인은 허허 소리를 내어 웃으며 말했다.

"아이야, 이 늙은이는 비야가 평생 어떤 여자에게도 마음을 쓸 일은 없을 거라 생각했었다. 이럴 줄은, 정말 생각도 못 했다!"

한운석은 속으로 중얼거렸다.

'사실, 나도 전에는 저 남자가 어떤 여자에게 상냥하게 대할지 아주 궁금했어요.'

처음 그 조심스럽던 모습과 지금의 다정한 모습을 생각하면, 한운석도 믿어지지 않을 정도였다. 용비야가 그녀의 남자가 되다니.

"아이야, 네가 진심으로 그를 대하면, 훗날 그는 너를 절대 홀대하지 않을 거다!"

사실 검종 노인이 하고 싶은 말은 따로 있었다. 한운석이 끝까지 용비야의 곁을 지킨다면, 동진 황족의 황후 자리는 그녀 것이었다.

검종 노인은 용비야가 서정력에 대해서까지 한운석에게 감추는 것을 보니, 동진 황족 일도 털어놓지 않은 게 분명하다고 생각했다. 어쨌든 아직은 때가 아니었다.

"훗날이라니 너무 멀어요. 난 그의 지금을 원해요, 매 순간을요. 지금 매 순간이 과거에는 훗날이고, 평생이니까요."

한운석의 목소리는 너무 작아 마치 자기 자신에게 하는 소리 같았다. 검종 노인은 그 말을 듣지 못하고 웃으며 말했다.

"가자, 좋은 곳에 데려가 주마."

"내공을 다 잃었는데 기분이 좋은가요?"

한운석은 수상하다는 듯 물었다. 검종 노인이 내내 웃고 있기 때문이었다.

"기분이 좋다마다."

검종 노인은 감개에 젖기 시작했다.

"오랜 세월, 이 무공에 짓눌려 숨도 제대로 쉬지 못했다. 이제는 해방된 셈이지."

한운석은 검종 노인이 내공이 아니라 명성, 신분, 지위를 말한다는 것을 알았다. 명성, 신분, 지위는 곧 책임을 의미했다!

모두 실력으로 감당해야 했고, 실력이 사라지면 자연스레 내려 놓을 것들이었다.

그녀는 그를 부축하며 말했다.

"가요."

검종 노인은 한운석을 천산정의 관전대로 데려갔다. 그것은 가로누인 큰 바위였는데, 그 끝에 앉으니 천검대전 앞에 높이 세워진 비무대가 선명하게 보였다.

용비야는 지금 막 비무대로 날아와 창구자와 대면했다. 장내 는 아주 떠들썩했다!

다섯 번째 산에 관전하러 올 수 있었던 사람들은 다 지금 상황을 속으로 훤히 꿰고 있었다. 다들 용비야와 창구자의 이 결투에 천산의 미래가 결정됨을 잘 알았다.

다섯 번째 산까지 올 수 없었던 사람들은 소식을 알아보며 모두 산 아래서 기다리고 있었다. 결투 결과를 기다림과 동시에 창구자와 용비야 중 누구를 지지할지 결과를 감당할 준비 중이었다.

천산산맥 전체를 뒤흔드는 싸움이었기에, 검종의 모든 사람이 예의주시했다.

창구자의 푸른 도포가 바람에 휘날렸고, 긴 수염과 검은 머리카락도 바람 속에서 살벌한 기운을 뿜어냈다. 그는 현청보검을 든 채, 고고하고 침착하면서도 근엄한 일파一派의 위대한 스승 같은 모습으로 비무대 오른쪽에 서 있었다.

하지만 장내 모든 사람은 그의 더러운 수작에 대해 다 알고 있었다. 그가 꾸밀수록, 도덕군자인 척하는 그 위선적인 모습에 구역질이 났다!

"졸렬한 인간!"

한운석은 그를 이렇게 평가했다.

"비야의 능력을 보고도 감히 싸움에 나선 걸 보면, 대비한 게 있을 것이다."

검종 노인이 진지하게 말했다.

"용비야가 회복되었는데 아직도 승산이 없나요?"

한운석이 물었다.

"이론적으로는 승산이 있지. 이길 공산이 아주 크다."

수염을 쓰다듬는 검종 노인의 눈동자에 걱정이 숨겨져 있었다.

"이론적이라니요?"

한운석이 궁금해했다.

"그게……."

검종 노인은 잠시 생각했다가 진지하게 설명해 주었다.

"무예 시합에서는 뜻밖의 일이 벌어지기 쉽다. 무공 수준, 지구력, 체력, 의지력까지 승패에 영향을 주지. 그러니 모든 예측은 그저 이론적일 뿐이다."

한운석은 잘 몰랐지만 검종 노인의 말이 일리가 있다고 생각했다.

"뜻밖의 일은 창구자에게 생기겠죠."

용비야에 대한 한운석의 믿음은 굳건했다.

검종 노인은 웃으며 더 이상 말하지 않았다. 사실 방금은 한운석에게 대충 둘러댄 말일 뿐이었다. 이 똑똑한 여자는 무예만큼은 유독 아무것도 모르는 바보였다.

고수의 대결에서는 오직 무공 수준만 겨룰 뿐, 지구력, 체력, 의지력은 다 무시해도 됐다. 이런 것들은 양쪽 다 강했기 때문이었다.

검종 노인은 용비야 몸속 서정력이 얼마 동안 안정을 유지할 수 있을지 걱정하고 있었다. 완벽하게 제어할 수 없는 이 부분이 바로 승패를 결정했기 때문에, 승부는 미지수였다!

검종 노인은 용비야도 분명 속전속결로 끝내야 하는 것을 알거라 생각했다. 하지만 그의 검은 과연 얼마나 빠를 수 있을까?

늘씬하고 탄탄한 체구의 용비야가 비무대의 왼쪽에 홀로 우뚝 서 있었다. 흑의 경장은 핏자국으로 얼룩덜룩했고, 검은 바람막이와 머리카락이 바람에 날려 휘휘 소리를 내며 공중에서 펄럭였다.

서릿발이 날리듯 냉혹한 얼굴, 바다처럼 깊은 아름다운 눈동자를 가진 용비야는 싸늘하게 창구자를 바라보았다. 그 입가에는 위에서 내려다보는 듯한 경멸의 표정이 걸려 있었다.

이 남자는 어느 곳에 서 있든지 천하를 멸시할 수 있었다.

창구자는 용비야의 그 비웃음이 아주 눈에 거슬렸다. 그가 먼저 검을 들고 나섰다.

"용비야, 순위전에서는 신분의 귀천, 항렬, 무공 수준이 어떠하든 상관없다. 허나, 비무대에 선 이상 생사는 자기 책임이다!

사숙이 이 말부터 미리 해 두마.”

　말 한마디를 천금같이 아끼는 용비야는 얼음장 같은 얼굴로 아무 말 하지 않고 바로 그를 향해 검을 뽑아 들었다.

　“용비야, 네가 장문인의 제자인 걸 봐서 기회를 주겠다.”

　창구자는 말하면서 검을 내려 발치 쪽 땅에 조용히 금을 그으며 냉소를 지었다.

　“패배를 인정하고 비무대에서 물러나면, 네 목숨은 살려 주마.”

속전속결

창구자의 그 말에 장내 모든 사람이 찬 숨을 들이쉬었다. 용비야가 검종 노인과 3일 밤낮 싸울 수 있었다는 건 검종 노인에게 필적할 만한 실력을 갖췄다는 소리였다. 대체 창구자는 무슨 자신감으로 저리 방자하게 구는 걸까?

순간 사람들은 이 결투의 승패를 더욱더 예측할 수 없었다.

창효영은 무리 속에 숨어서 두 손으로 입을 꽉 틀어막고 있었다. 울고 싶었지만 울 수도 없었다. 이제 누구 편에 서야 한단 말인가? 그녀는 아버지와 단목요가 그런 짓을 벌인 사실이 원망스러웠고, 용비야의 무정함이 미웠다. 사실 몇 년 전부터 아버지는 용비야에게 그녀와 혼인만 약속하면 그를 장문인으로 힘껏 밀어주겠다는 뜻을 내비쳤다. 하지만 용비야는 신경도 쓰지 않았다.

사랑하기 때문에 미웠다. 미움은 사랑의 또 다른 표현이었다.

창효영은 아버지가 지는 것을 원치 않았지만, 용비야가 지는 것도 싫었다.

패배자에게 기다리는 것은…… 죽음이었다!

입을 가리고 있던 그녀의 손은 어느새 주먹으로 변했다. 긴장되고 긴장되었다.

멀지 않은 곳에서 이장로와 삼장로는 계속 눈빛을 교환하다가 결국 이장로가 먼저 입을 열었다.

"셋째야, 용비야가 죽으면 창구자가 분명 반역을 도모할 거다! 대비를 해야 한다!"

"만약 창구자가 지면요? 그럼 우리는⋯⋯."

삼장로가 주저하고 있는데 이장로가 냉소를 지었다.

"창구자는 용의주도하고 노련하며 재주를 드러내지 않는 자다. 내공이 칠품 고급에 달했을지도 모를 일이야. 용비야와 장문인은 3일 밤낮 계속 싸웠지만, 장문인이 봐주신 걸 거다. 두고 봐라. 용비야는 절대 창구자의 상대가 못 된다."

"하지만⋯⋯."

삼장로는 그래도 주저했다.

"아무리 그래도 창구자는 장문인을 이길 수 없습니다. 게다가 이미 패가망신한 그자와 손을 잡으면⋯⋯."

"용비야는 독종의 잔당과 결탁했는데 천하 무림이 어찌 그를 따르겠느냐? 게다가 장문인은 두 제자 모두 추문에 휩싸였으니 이미 체면이 바닥에 떨어졌다!"

이장로는 무시하듯 말했다.

"셋째야, 강호는 실력으로 말하는 곳이다. 지금 천하 누구나 아는 그 일들은 아직 풍문에 불과해. 장문인은 단목요를 가두기만 했을 뿐, 창구자와 한운석을 처리하지 않았다. 듣기로 중남도독부와 약성도 한운석이 독종의 잔당이라는 사실을 인정하지 않는다는구나! 아직도 모르겠느냐? 오늘 지는 사람이 모든 죄를 덮어쓰는 거다! 이기는 사람은 아무 상관도 없는 게야!"

삼장로는 비무대의 일촉즉발 형세를 지켜보며 중얼거렸다.

"더 기다려 봅시다. 좀 더 상황을 지켜봐야 합니다……."

이 두 사람 부근에 앉아 있는 유 노파는 용비야에게서 눈을 떼지 않고 있었다. 어젯밤 그녀는 오랫동안 망설이다가 결국 천산정에 가지 않았다. 하지만 밤새도록 비야가 예정보다 일찍 출관한 일 때문에 걱정이 되어 잠을 한숨도 이루지 못했다.

이들뿐 아니라 장검각, 장경각, 쇄심원, 계율원의 제자들 모두 두 사람의 승패를 놓고 추측하고 고민하며 의논이 분분했다.

"자, 용비야, 물러나겠느냐?"

창구자가 하하 소리를 내며 웃기 시작했다. 명백한 도발이었다.

용비야가 얼음처럼 차가운 눈동자를 가늘게 뜨고 서늘한 눈빛을 보내며 말했다.

"창구자, 네가 비무대에서 물러나도, 본 왕은 네 시체도 보전해 주지 않을 것이다!"

"함부로 말을 지껄이다니, 반드시 후회하게 해 주마!"

창구자는 대로하며 바로 검을 들고 달려들었다. 그의 검은 장내 사람들이 제대로 볼 수 없을 정도로 빠르게 용비야 앞으로 날아왔다.

용비야는 바람처럼 피해 창구자 뒤에 나타났다. 창구자는 허공을 찌른 후에 바로 돌아서서 공격했다.

용비야는 아주 가뿐하게 그의 검을 몇 번이나 받아쳤다.

창구자는 믿을 수 없었다!

공세가 빨라지면서 사람과 검 모두 환상적으로 움직였다. 검이 향하는 곳에 사람이 나타났고, 사람이 움직이면 검도 따라갔다. 곧 사람들은 눈으로 이들의 싸움을 따라잡을 수 없었다. 그저 용비야 주변에 창구자인지 아니면 그의 검인지도 모를 형체가 언뜻언뜻 보였다.

제자리에서 전혀 움직이지 않고 있는 용비야는 포위된 것인지 아니면 전심전력으로 맞서고 있는 것인지 알 수 없었다.

한운석처럼 무공을 모르는 사람은 봐도 무슨 상황인지 알 수 없었다. 다행히 검종 노인이 계속해서 그녀에게 설명해 주었다.

용비야는 내내 창구자의 공격에 맞섰고, 창구자는 전혀 우위를 차지하지 못했다. 게다가 창구자의 이런 강력한 공격은 많은 정신력이 소진되나, 용비야는 자기 상태를 유지하면서 공격에 대응해 힘을 상당히 아낄 수 있었다.

설명을 들으며 이 모습을 보는 한운석은 더욱더 긴장되었다. 검종 노인이 창구자가 곧 전술을 바꿀 것이라 말했기 때문이었다.

과연 창구자는 갑자기 훌쩍 날아올라 한 곳에 착지한 후 공격을 멈췄다.

그는 어둡고 음산한 눈빛을 번뜩였다. 이 상황에 승복할 수 없었고, 용비야가 계속 버텨 낼 거라고 믿지도 않았다!

용비야는 폐관 수련 이후 무공이 크게 성장했다. 분명 지난 한 달 동안 내공을 수련한 게 틀림없었다.

진실을 모르는 사람들은 대부분 그가 벌을 받은 줄 알았다. 하지만 창구자는 용비야가 분명 폐관 수련을 했고, 예정보다 일찍 수련을 마치고 나왔기 때문에 심각한 내상을 입었을 거라고 확신했다.

용비야는 지금 힘겹게 버티고 있을 뿐이었다. 어찌 됐든 이 검심이 나서서 구해 주었어도 하루도 안 되어서 회복하는 일은 불가능했다.

창구자는 이 사실을 굳게 믿고 오늘 순위전의 우승뿐만 아니라 용비야의 목숨을 취하기 위해 왔다.

어제 오후와 밤 사이에 그는 내내 용비야에게 어떻게 맞서고 그의 약점을 물고 늘어질지 고심했다.

용비야가 내상을 입었으니, 반드시 기회를 틈타 용비야와 내공을 겨뤄야 했다. 일단 용비야가 공력을 많이 소진하면 내상을 견디지 못할 테니, 그때 용비야를 철저히 밟아 줄 생각이었다!

용비야라는 강력한 적수를 없애면 그와 사검문 문주 두 사람이 이검심을 공격할 수 있었다! 그러니 오늘 이 싸움에서 승리하면, 천산의 내란도 정식으로 시작되는 것이다!

이렇게 빨리 자리를 뺏을 생각은 없었다. 이게 다 한운석과 용비야가 그를 너무 몰아붙였기 때문에, 단목요 그 천한 계집이 너무 바보천치처럼 굴었기 때문이었다.

창구자는 갑자기 양손으로 검을 쥐고 하늘 위로 날아올랐다. 현청보검이 방출한 엄청난 검광은 찬란한 별빛처럼 눈이 부셨고, 수많은 사람이 그 모습을 보며 감탄해 마지않았다.

지금까지는 몸풀기에 불과했다. 진짜 대결은 이제 시작이었다! 그렇다면 줄곧 방어만 하던 용비야도 이제 공격을 시작할까?

사람들은 창구자가 모든 내공을 이 검에 다 쏟아부었음을 알수 있었다. 창구자가 먼저 공격하면 주도권을 차지할 게 분명했다. 이 강력한 검기 앞에 용비야가 피할 길은 없었다. 그에게 남은 선택은 단 하나, 바로 대항하며 맞서 싸우는 것! 끝까지 가는 것이었다!

이 검이 두 사람의 승패와 천산의 운명을 결정지었다!

순간 장내가 고요해졌고, 고요함 속에서 용비야가 고개를 들었다. 기다란 손이 미간을 덮어 얼굴에 드러난 감정을 볼 수 없었다.

곧 사람들은 그에게 집중했다. 다들 이 남자가 하늘 높이 솟아오르는 그 순간을 놓칠까 두려워 감히 눈 한 번 깜빡이지 못했다.

그러나 용비야는 쫓아가지 않았다. 그저 고개를 들고 바라보기만 했다.

머리 위에서 빛나는 창구자의 검광은 점점 더 눈이 부셨고, 검기는 더욱 맹렬하게 뿜어져 나왔다. 곧 주변 사람들은 맞은편에서 날아드는 검기가 날카로운 검날처럼 피부를 따갑게 스치는 느낌을 받았다.

무공을 할 줄 모르는 한운석에게 그 느낌은 더 선명했다. 그녀는 심지어 안절부절못하면서 뒤로 물러섰다. 반면 검종 노인은 모든 내공을 잃었어도 몸 안에 강력하고 순전한 진기가 남아 여전히 몸을 보호했기 때문에 전혀 흔들리지 않았다.

"사존, 창구자가 뭘 하려는 거죠? 용비야가 왜……."

한운석이 물었다.

"안심해라. 비야는 충분히 맞설 수 있다."

하지만 검종 노인의 걱정 어린 눈빛에서 그의 마음이 고스란히 드러났다.

그랬다. 그의 마음은 걱정과 긴장, 불안으로 가득했다.

용비야, 왜 쫓아가지 않는 거냐? 왜 아직 공격하지 않지?

검종 노인은 창구자가 지금 절묘한 한 수를 두었음을 알 수 있었다. 그는 용비야의 내상을 알아차리고 용비야가 모든 내공을 쏟아 맞설 수밖에 없도록 몰아가고 있었다.

사실 용비야는 서정력과 팔품 범천력 중 하나만 사용해도 창구자를 돌이킬 수 없는 지경으로 만들 수 있었다. 그런데 아직도 움직이지 않다니, 설마 용비야의 몸속 서정력에 또 무슨 문제가 생긴 걸까?

검종 노인은 마음을 졸이고 있었고, 한운석은 더 이상 검종 노인을 믿을 수 없었다. 지금 이 모습은 용비야답지 않다는 걸 그녀도 알아챘다.

평소 그의 성격대로라면, 창구자가 저렇게 오래 방자하게 날뛰도록 가만 놔뒀을 리 없었다. 진작 속전속결로 끝냈을 것이다.

대체 무슨 일이지?

정적 속에 모두가 주목하는 가운데, 창구자의 검광이 절정에 도달했다. 그가 쥐고 있는 현청보검은 보이지 않고, 번개처럼 눈부시기 그지없는 하얀 빛만 보일 뿐이었다. 그 빛이 천천히 아래로 이동해 곧 용비야를 찍어 내릴 듯했다!

쿵! 쿵! 쿵!

한운석은 심장이 튀어나올 것처럼 가슴이 쿵쾅거렸다. 안 그래도 창백한 검종 노인의 얼굴은 핏기 하나 없이 하얗게 질렸고, 입술도 떨고 있었다!

창효영은 아예 눈을 감았다.

"봐라, 창구자가 이겼다!"

이장로가 아주 기뻐했다.

삼장로는 더는 주저하지 않고 연신 고개를 끄덕였다.

유 노파는 비무대 아래 앉아서 두 손을 꽉 잡고 있다가 결국은 참지 못하고 고개를 돌려 작은 목소리로 제자에게 분부했다.

"싸울 준비를 하고, 다릿목들을 반드시 사수하라고 전해라."

잠시 후, 장내는 형용할 수 없을 정도로 고요해졌다. 사람들은 대부분 자신도 모르게 숨을 죽인 채, 눈 한 번 깜빡이지 않고 그들을 주시했고, 기다렸다.

창구자의 검이 세찬 일격을 날리기를 기다렸다!

"용비야, 죽어라!"

창구자는 큰 소리와 함께 번개처럼 빠르게 검을 휘둘렀다.

슉!

갑자기 아주 특이하고 매서운 소리가 넓은 하늘을 갈랐다!

사람들은 창구자가 검광을 휘두르면서 난 매서운 소리라고 생각했다. 하지만 뜻밖에도 이것은 용비야가 검을 들어 올리는 소리였다. 대체 그의 검에 얼마나 많은 힘이 담겨 있기에, 이렇게 손 한 번 들었다고 공기를 가르는 소리가 나는 걸까?

그렇다면 용비야가 반격을 하려는 걸까?

사람들은 곧 정신을 차렸다. 눈 깜빡하는 사이에, 용비야의 현한보검이 뜨거운 태양보다 눈부신 하얀 빛을 발하며 창구자의 검광을 완전히 압도했다. 창구자와 현청보검 모두 순식간에 빛을 잃었다.

눈부신 검광과 싸늘한 검기가 산과 바다를 뒤집을 듯한 기세로 하늘 높이 솟아올랐다.

챙!

두 검광이 부딪혔다. 정확하게 말하면 용비야의 검기가 창구자의 검기를 세게 가격하면서 천지를 뒤흔드는 거대한 소리가 났다. 두 검기가 서로 맞서거나 대치하면서 난 소리가 아니었다. 용비야의 검기가 창구자의 검기를 철저하게 압도하자 창구자의 검기는 거칠게 주인에게 되돌아갔다.

자신의 가장 강력한 힘을 그대로 받은 창구자는 허리를 꺾으며 선혈을 쏟았다. 하지만 곧 용비야의 검기가 덮쳐 와 창구자를 때렸다. 창구자는 높이 솟구쳤지만 곧 아래로 추락하면서 의식을 잃었고, 생사를 알 수 없었다.

누구도 예상치 못한 결과였다. 방금 용비야가 보여 준 검의 위력은 창구자 검기의 곱절이었다!

어떻게…… 이럴 수 있을까? 정말 무시무시한 남자였다!

다시 조용해진 장내에는 용비야의 발걸음 소리만 들렸다. 그는 얼음장 같은 얼굴과 매서운 눈빛을 하고 한 걸음씩 창구자 곁에 다가온 후, 단번에 그를 비무대 밖으로 뻥 차 버렸다.

"아버지!"

창효영이 와락 울음을 터뜨리며 달려들었다.

용비야가, 이겼어?

"용비야가 이겼어! 이겼어요! 사촌, 저 사람이 이겼다고요!"

한운석은 뛸 듯이 기뻐했다.

그런데 사람들이 이 결과를 받아들이기도 전에, 무리 중 누군가가 비무대 위로 날아왔다.

늘씬한 체구에 품위가 넘치는 그는 온화한 표정을 하고 뒷짐을 지고 섰다.

순위전에 참가하려는 걸까?

그는…… 누구일까?

깊이 숨어 있던 뜻밖의 인물

그는 누구인가?

장내 모든 사람이 궁금해했다. 창구자가 혼절하지 않았다면 더 놀랐을 것이다. 이 사람은 다른 누구도 아닌 바로 그의 대제자 혁역련이었기 때문이다!

그는 다섯 살에 강호 명문인 혁씨 집안에서 추천을 받아 천산에 올랐다. 훌륭한 집안 출신에 보기 드문 재능까지 갖춰 창구자가 바로 제자로 삼았다.

그 전에도 창구자의 쇄심원에서 받은 제자는 많았다. 하지만 혁역련은 창구자가 처음으로 인정한 제자였기 때문에, 평소 사람들이 쇄심원의 대사형이라고 말하는 이가 바로 그였다.

혁역련은 따뜻하고 착한 성품의 소유자로, 늘 겸손하고 점잖게 사람들을 대했으며, 천산에서 준수한 얼굴로 유명한 공자였다. 또 장경각, 장검각, 쇄심원, 계율원의 제자 중 아주 뛰어난 무예 실력을 자랑했다.

하지만 아무리 그래도 용비야는 이길 수 없었다!

백만 번 양보해서 용비야가 한 달 동안 폐관 수련을 하지 않고, 서정력을 얻지 못했고, 검종 노인의 팔품 범천력을 받지 못했다 해도 혁역련은 용비야의 상대가 못 되었다.

혁역련의 내공은 높아 봤자 오품에 불과했다!

이유 여하를 막론하고 순위전의 규칙상, 비무대에 한번 서면 반드시 결투해야 했다. 혁역련은 왜 비무대에 올랐을까? 죽음을 자초하는 걸까?

사람들이 놀라는 가운데 혁역련은 짧게 한숨을 내쉰 후 용비야에게 읍을 하며 말했다.

"진왕 전하, 쇄심원의 대제자 혁역련이 가르침을 청합니다."

창효영은 창구자를 부축하며 소리쳤다.

"대사형, 내려와요! 미쳤어요?"

"사매, 대사형의 재주는 남보다 못하나, 사부님의 분은 풀어드려야 마땅하다. 천산 장로의 수장이신 사부님이 이렇게 모욕당하시는 것을 어찌 용납하겠느냐?"

그는 말하면서 쇄심원 제자들을 돌아보았다.

"사부님은 쓰러지셨으나 우리 쇄심원은 아직 쓰러지지 않았고, 앞으로도 쓰러지지 않을 것이다. 그렇지 않으냐!"

제자 중 누군가가 바로 대답했다.

"옳소! 대사형 말씀이 맞습니다!"

곧 무리 중 지지하는 자들이 나타났다. 다들 용비야가 창구자와 쇄심원을 괴롭히기라도 한 것처럼, 흥분하고 격앙된 태도로 의분에 차서 나섰다.

"대사형, 옳습니다. 사형이 쓰러지셔도 우리가 있습니다! 우리가 뒤를 이어가겠습니다!"

"대사형, 진왕 같은 팔품 고수와 겨룬다면 지더라도 영광입니다! 사형이 훨씬 낫습니다!"

"허허, 진왕 전하의 무공이 이렇게 빠르게 정진해서 사부님도 적수가 안 될 줄이야! 대사형, 오품으로 팔품에 도전하는 사형은 우리 쇄심원의 자랑입니다! 우리 마음속에서는 사형이 진왕보다 더 강합니다!"

그들의 말 한마디 한마디를 듣고 있자니, 한운석의 가슴 가득 분노가 치솟았다.

어쩜 저리도 뻔뻔스러울까!

창구자가 길러 낸 제자들다웠다. 하나같이 꼴불견에 억지를 부리는 위선자들! 뱉는 말마다 옹색하기 그지없었다.

용비야가 쇄심원 대문을 박차고 들어가서 도전한 것도, 강한 힘만 믿고 약자를 괴롭힌 것도 아니었다. 누구도 강요하지 않고 자발적으로 나서는 순위전이었다!

이건 분명 강자들의 싸움이었다. 혁역련 같은 약자가 사부의 복수를 위해 뛰쳐나와 가르침을 청하는 용기는 가상했다.

하지만 아직 싸우기도 전에 약자임을 반복해서 강조하다니, 마치 용비야가 자신을 어떻게 하기라도 한 것처럼, 용비야가 그에게 몇 초 양보하지 않으면 괴롭히는 일이라는 듯, 용비야가 승리하면 싸우지 않고 이긴 거나 다름없다는 식으로 말하고 있었다.

정말 아니꼽잖아?

용비야는 차가운 눈빛으로 혁역련을 노려보며 얼음장 같은 목소리로 말했다.

"유 사숙, 본 왕과 창구자의 싸움이 아직 끝나지 않았는데,

이자는 어디서 온 겁니까?"

그 말에 사람들은 깜짝 놀랐고 고요함이 장내를 휩쓸었다.

쇄심원 제자들은 어안이 벙벙해졌고, 감히 더 말을 내뱉는 자가 없었다.

창구자는 이미 공격을 당해 의식을 잃고 쓰러졌다. 설마……, 설마 용비야는 그를 죽이려는 걸까?

유 노파가 바로 자리에서 일어섰다.

"여봐라, 순위전을 방해한 혁역련을 가두고 심문을 준비해라!"

갑자기 창효영이 소리쳤다.

"아버지가 졌어요! 아버지도, 쇄심원도 패배를 인정할게요……. 흑흑……."

창효영은 아버지와 대사형이 최근 무슨 계획을 꾸미고 있었는지는 잘 몰랐다. 하지만 아버지가 패배하면 장문인이 분명 책임을 물을 것은 알았다. 의태비, 단목요 사건과 함께 요 몇 년 동안 아버지가 공적인 명목으로 사리사욕을 채우고, 중간에서 재물을 가로챈 여러 죄목 역시 숨길 수 없을 것 같았다.

그러니 대사형에게까지 문제가 생기면 안 되었다. 대사형이 남아서 쇄심원의 뒤를 이어야지, 만일 대사형에게 변고라도 생기면 그녀 혼자 여자의 몸으로 어떻게 한단 말인가? 최근 몇 년 동안 아버지 신분을 이용해 천산의 많은 사업을 관장해 왔기 때문에 장사 일은 감당할 수 있었다. 하지만 쇄심원의 다른 일은 아는 게 하나도 없었다!

"용비야, 아버지의 패배를 인정하겠다! 창구자가 졌다, 두 사람의 대결은 끝났다고!"

창효영이 큰 소리로 외쳤다.

용비야는 무표정했고, 창효영은 다급하게 소리쳤다.

"혁역련, 당장 내려와요! 쇄심원은 패배를 인정했어요, 그러니 내려와요!"

창효영은 창구자를 한쪽에 내려놓은 후 유 노파에게 달려왔다.

"유 사숙, 순위전의 규칙에 따라 패배를 인정하면 대결은 끝납니다! 아버지의 패배를 인정해요! 저는 딸로서 아버지를 대신해서 패배를 인정할 수 있어요."

기꺼이 패배를 인정하는 이 말에 불만으로 가득했던 수많은 사람들의 마음이 후련해졌다. 특히 한운석이 그랬다. 쇄심원 사람들의 행동은 순전히 모욕을 자초한 짓이었다.

유 노파는 용비야를 본 후 다시 심판석에 있는 백발이 성성한 노인 셋을 바라보았다.

세 노인은 천산에서 퇴임한 장로들이었다. 진정 속세를 초탈한 존자들로, 1년 내내 폐관 수련과 고행에 힘쓰며, 10여 년간 얼굴을 드러낸 적이 없었다.

그들은 천산 파벌 싸움은 물론 속세의 어떤 싸움에도 관여하지 않았다. 하지만 검종 노인은 이들을 청하여 꿈틀대는 사검문 세력을 두려움에 떨게 하고자 했다.

검종 노인은 계속 혁역련을 주시하며 엄숙한 표정을 지었다. 곧 존자 중 한 명이 고개를 끄덕인 후 선포했다.

"이 싸움은 용비야의 승리다."

그 말이 나오자, 시위에게 두 팔이 붙들렸던 혁역련이 바로 뿌리치고 나오며 큰 소리로 말했다.

"그렇다면 개인적으로 진왕 전하에게 도전합니다! 그것은 되겠지요?"

마침내 참모습이 드러났다!

창효영은 어리둥절했고, 자리한 사람들 모두 뜻밖의 상황이 이해되지 않았다. 하지만 용비야의 눈동자는 상황을 간파했다. 혁역련이 뛰어들었을 때부터 그는 혁역련의 다릿심을 주의해서 보았다. 이자의 무공은 사람들이 생각하는 것보다 훨씬 뛰어났다.

감히 싸움에 뛰어들 각오를 했다면 대비를 하고 왔을 것이다.

용비야는 이번에도 속전속결로 끝내야 함을 알고 있었다. 좀 전에 창구자와 속전속결로 싸움을 끝내기 위해 너무 폭발적인 힘을 발휘했다. 지금 또 서정력이 역행할 조짐이 슬슬 보였다.

그에게는 시간이 얼마 없었다.

용비야는 현한보검을 혁역련에게 겨누며 명령조로 말했다.

"검을 뽑아라."

그런데 혁역련은 검을 뽑지 않고 음험한 눈빛을 번뜩이며 겸손하게 읍을 하고 나섰다.

"진왕 전하, 잘 좀 봐주십시오!"

용비야는 서슴없이 검을 내리치며 번개처럼 빠르게 공격했다. 그런데 예기치 못한 일이 벌어졌다. 혁역련은 귀신같은 움직임으로 순식간에 공격을 피하는 바람에 옷자락만 조금 찢어 졌을 뿐이었다.

정말 빠른 속도였다!

용비야의 검은 물론, 혁역련의 움직임도 눈으로 따라잡을 수 없었다.

그제야 다들 혁역련이 만만치 않은 상대임을 깨달았다. 그는 창구자의 복수가 아니라 정말 용비야에게 도전하여 순위전에 서 자리를 탈환하고 싶었던 것이다!

이자는 정말 깊이도 숨어 있었다!

이렇게 빠른 경공을 쓰려면 적어도 육품 내공은 되어야 했 다. 다시 말해 혁역련의 무공은 다른 세 장로와 필적할 수준이 란 뜻이었다!

정말 예상 밖의 일이었다!

이장로와 삼장로는 어리둥절해 서로 얼굴만 쳐다보았다.

"창구자가 이 제자를 정말 깊이 숨겨 뒀군!"

"뜻밖이야, 허허, 정말 생각도 못 했어! 진정 창구자가 가르 쳤단 말인가?"

유 노파는 흥분하여 자리에서 벌떡 일어섰다. 나이도 어린 혁역련의 깊은 내공에 놀라 감탄하면서도 또 다른 문제를 고민 하고 있었다.

"혁역련에게 경공을 누가 가르쳤지? 내가 알기로 경공은 창 구자의 전문이 아닌데?"

용비야 역시 의외였다. 그는 검을 멈추지 않고 연이어 공격했지만, 혁역련의 피하는 속도는 좀 전보다 더 빨라졌다.

혁역련의 속도에 적잖은 사람들이 영족을 떠올리기 시작했다! 과거 서진 황족의 수호자였던 바로 그 영족!

순간 온갖 추측이 난무하기 시작했다.

혁역련의 무공은 용비야만 못했다. 하지만 이 정도 경공 수준이면 용비야의 공격을 충분히 피할 수 있었다. 지구력만 충분하다면 용비야와 장기전을 벌일 수 있었다.

승리할 수는 없으나, 패배할 일도 없었다!

이 결투는 결국 지구력 싸움이 될 가능성이 높았다.

한운석은 도저히 믿어지지 않았다. 설마 그녀를 구해 주었던 백의공자가 이자일까? 어떻게 그런?

그녀는 연신 고개를 가로저었다. 너무 비슷하긴 하지만 그래도 아니기를 바랐다.

백의공자는 그녀 인생의 놀라움이자 잊을 수 없는 만남이요, 평생 다시는 없을 아름다운 우연이었다. 다시는 만나지 못할망정 혁역련이 이 아름다운 추억을 깨뜨리기를 바라지 않았다.

그녀는 꼬맹이를 소환해서 확인해 볼까도 생각했다. 하지만 아직도 독 연못 안에서 깊이 잠들어 있는 꼬맹이를 도저히 방해할 수 없었다.

용비야는 여러 차례 검을 휘두르며 혁역련을 탐색하고 그의 경공 걸음 수를 관찰하고 있었다. 진정한 영술을 본 적이 없었다면, 고북월을 잘 알고 영술 수련에 대해 조사하지 않았다면 그도 일찌감치 오해했을 것이다.

영족 사람이 아니면 누구도 영술을 수련할 수 없었고, 기껏해야 피상적으로 배울 수 있을 뿐이었다. 혁역련은 절대 영족 사람이 아니었다.

용비야의 검은 점점 더 빨라졌다. 분명 검은 하나인데, 연달아 빠르게 찌르면서 수십 개의 검 그림자가 만들어져 혁역련 주변을 공격하는 바람에 혁역련은 뒤로 물러설 수밖에 없었다. 뒤로 물러서는 속도는 좌우로 이동할 때만큼 빠르지 않았다.

혁역련은 뜻밖의 상대였지만, 용비야는 잠깐 사이에 상대의 약점을 거머쥐었다. 곧 용비야가 혁역련의 어깨를 내리치자 혁역련의 팔 하나가 떨어져 나갔다.

적잖은 여제자들이 비명을 질렀다. 하지만 그들의 비명소리가 멈추기도 전에 용비야의 무시무시한 검기가 혁역련의 나머지 팔도 베어 냈다.

혁역련은 팔 없는 신세가 되었다. 하지만 놀랍게도, 그는 무서우리만큼 차분했다. 마치 두 팔이 그의 것이 아니기라도 하듯, 전혀 개의치 않았다.

그는 여전히 정신을 집중해서 용비야의 검을 피하는 데 전념했다.

똑똑한 자들은 혁역련이 몸을 피하는 도피 전술로 순위전에서 승리할 생각이 아님을 눈치챘다. 그는 이미 시합 결과를 예상한 듯했다. 그렇다면 그가 진짜 이 싸움에 나선 목적은 뭐란 말인가?

이렇게 시간을 질질 끌고 있는 이유는, 대체 무엇일까?

주군의 예측

혁역련은 대체 무엇 때문에 싸움에 나섰을까? 자신을 위해서
인가, 아니면 창구자가 음모를 꾸며서 시켰을까? 그것도 아니
면 배후에 다른 세력이 있는 걸까?

현장에 있는 사람들은 아직 사태의 심각성을 의식하지 못했
다. 용비야는 계속 검을 내리쳤고, 피하지 못한 혁역련은 현한
보검에 수많은 살점이 잘려 나갔다.

잠시 후 혁역련의 복부 양쪽에서 끊임없이 피가 흘러나왔다.
그런데도 그는 계속 버텼다!

그는 눈살 한 번 찌푸리지 않고 계속 피했고, 죽을힘을 다해
버티며 쓰러지지 않았다.

보는 이의 마음이 조마조마했다. 용비야의 어느 일격에 혁역
련이 죽을지 몰랐다. 용비야는 침묵하고 있었지만, 다들 용비
야가 전력을 다하지 않고 혁역련이 패배를 인정하기를 기다리
는 것 같다고 추측했다.

창효영은 더는 보고 있을 수 없어 소리쳤다.

"대사형, 패배를 인정해요! 인정하세요!"

고요함 속에서 창효영의 목소리가 유난히 애처롭게 들렸다.
그러나 혁역련은 그 소리를 듣지 못한 듯, 조금도 동요하지 않
고 계속 공격을 피했다.

피하는 와중에 피와 살이 사방에 흩어졌다!

그랬다. 선혈만이 아니라 살점도 사방으로 튀었다. 용비야의 검광에 잘려 나간 육신이 흩날리기 시작했다. 외모가 출중한 이 잘생긴 공자가 갈가리 찢어져 죽을 것 같았다!

사람에게는 누구나 측은지심이 있었다. 쇄심원 제자들 외에 많은 사람이 혁역련을 안타까워했고, 유 노파 뒤에 있는 제자들마저 용비야를 비난하기 시작했다.

용비야가 지금 사람을 괴롭혀도 너무 괴롭히는 거 아닌가?

갑자기 창효영이 비무대 앞으로 달려들어 고함쳤다.

"용비야, 차라리 단번에 죽여라! 사형은 너와 아무 원한이 없다. 한운석의 복수를 하려거든 우리 부녀에게 덤벼라!"

그렇다. 혁역련은 용비야와 아무 원한이 없었다. 팔품 고수나 되는 자가 왜 이렇게 혁역련을 괴롭히며 시간을 끄는 걸까.

처음에는 다들 혁역련이 다른 의도를 갖고 일부러 시간을 끄는 게 아닐까 의심했다. 그런데 지금은 대부분 용비야가 시간을 지체하고 있다고 의심했다.

한운석과 검종 노인만 용비야에게 문제가 생겼음을 감지했다. 용비야가 일부러 시간을 끄는 게 아니었다. 혁역련이 자신의 목숨을 걸고 일부러 시간을 늦추고 있었다.

용비야는 혁역련에게 붙들린 상태였다.

"사존, 대체…… 무슨 일이에요? 내상이 완전히 회복된 게 아니군요. 그렇죠!"

한운석이 다급하게 물었다.

검종 노인은 미간을 잔뜩 찌푸리고 용비야를 주시했다. 한운석에게 대답하고 싶지 않은 것인지 아니면 긴장해서 한운석의 질문을 듣지 못한 것인지 알 수 없었다.

사실 용비야가 혁역련의 약점을 발견한 그 순간부터, 그는 용비야가 힘겨워하고 있음을 예리하게 알아챘다.

고수의 무예 대결에서 상대의 치명적인 약점을 발견하는 순간 승패는 정해진 것이나 다름없었다. 게다가 평소의 용비야라면 혁역련의 약점을 발견한 후 검을 세 번 휘두르기도 전에 혁역련을 죽였을 것이다.

그런데 지금 그는 그렇게 많이 검을 휘둘러 혁역련을 저 지경으로 만들어 놓고도 죽이지는 못했다!

상황을 잘 모르는 사람은 이 싸움을 보고 용비야가 일부러 혁역련을 괴롭히며 창구자에게 복수한다고 생각할 것이다. 하지만 진실을 아는 자는 용비야가 혁역련을 죽이지 못하고 있음을 알 수 있었다.

그의 검은 매번 혁역련을 죽이려고 달려들었지만 정확하게 찌르지 못했다.

정확하게 찌르지는 못해도, 용비야는 강력한 검기를 사용해 혁역련을 공격할 수도 있었다! 혁역련은 창구자가 아니므로, 팔품 범천력을 이용해 검기를 날리면 혁역련의 오장육부를 박살내기에 충분했다!

그러나 용비야는 그렇게 하지 못했다.

검기는 물론 검법조차 너무 약해졌다. 그가 비무대 위에서

동요하지 않고 태연자약하게 있지 않았다면, 장내 모든 사람이 그의 상태가 심상치 않음을 알아챘을 것이다!

어쩌면 좋지?

검종 노인은 초조해서 미칠 것 같았다. 창구자에게 온 힘을 쏟느라 이렇게 예기치 못한 일이 벌어질 줄은 생각도 못 했다! 이대로 가다가는 용비야가 곧 주화입마에 빠질 수도 있었다!

검종 노인은 혁역련이 뭔가 아는 게 분명하다고 생각했다.

하지만 그와 용비야 외에 천산의 누가 서정력에 대해 알 수 있단 말인가? 늘 용비야 곁을 지키는 한운석조차 모르는데, 어떻게 밖으로 새어 나갈 수 있을까?

검종 노인은 많은 생각을 할 겨를이 없었다. 지금은 서둘러 이 순위전을 끝내는 게 가장 중요했다.

혁역련은 죽자고 버티며 패배를 인정하지 않았다. 그렇다면 용비야는?

검종 노인은 여기까지 생각했다가 바로 자기 생각을 부인했다. 용비야는 물론 사부인 자신조차도 용비야가 패배를 인정하는 것은 용납할 수 없었다!

자부심이 강하고 존귀한 왕, 천지에 드높은 기개를 뽐내는 남자가 어떻게 패배를 인정할 수 있을까?

하지만 패배를 인정하지 않으면 또 어찌해야 하나?

"용비야!"

갑자기 한운석이 소리 지르는 바람에 검종 노인은 정신을 차렸다. 용비야는 검을 한 번 휘두른 후 바로 한쪽 무릎을 꿇고 주저앉았다!

원래는 혁역련의 심장을 찌를 수 있는 공격이었지만, 그가 무릎을 꿇으면서 장검이 아래로 미끄러져 허공을 찔렀다.

순간, 시끄럽게 떠들던 소리는 조용해졌고, 모두 놀라서 입이 떡 벌어졌다. 이장로, 삼장로와 유 노파는 거의 동시에 벌떡 일어섰다. 셋 다 눈을 휘둥그레 뜬 채 말문이 막혔다. 이런 상황이 벌어질 거라고는 정말 생각도 못 했다.

높은 자리에 앉은 백발의 존자들도 너무 의아한 상황에 어찌할 바를 몰라 서로 얼굴만 쳐다보았다.

용비야가…… 어떻게 된 거지?

검종 노인이 가장 아끼는 제자, 젊은 나이에 범천 팔품에 도달한 남자, 천산의 기적이자 무림의 기적인 그가 왜 갑자기 무릎을 꿇고 주저앉았을까? 대체 왜 그러는 거지? 심각한 내상을 입은 걸까?

방금 일부러 그런 게 아니라…… 힘이 따라주지 못해서 혁역련을 죽이지 못한 걸까?

그러니까 혁역련은 정말 일부러 시간을 끌고 있었다! 혁역련이 용비야의 내상을 알고서? 이 얼마나 비열한가!

혁역련은 이 틈에 뒤로 멀찍이 물러섰다. 두 팔이 다 잘려 나갔고, 몸에 성한 곳 하나 없이 피투성이가 되어 쓰러지기 일보 직전임에도, 그의 입가에는 간사하고 음험한 표정이 떠올랐다!

그는 반드시 버텨야 했다!

무슨 일이 있어도 최후의 순간까지 마지막 남은 힘을 다 쏟으며 버텨야 했다. 죽는 한이 있어도 용비야가 먼저 죽을 때까지 기다려야 했다!

주군은 오랜 세월 군사를 기르는 것은 긴급한 순간에 쓰기 위해서라고 했다. 주군은 그를 천산에 보내 오랫동안 창구자 곁에 숨어 있게 했다. 그리고 오늘, 드디어 주군에게 충성을 다할 수 있게 되었다!

방황한 적도 있었고 의심한 적도 있었다. 몰래 하산하여 주군을 찾아가 대체 그에게 뭘 하라는 것인지 물어본 적도 있었다!

비범한 재능을 타고났지만, 반드시 숨겨야만 했다. 오랜 세월 동안 용비야가 천산과 무림에서 잘난 체하고 있을 때 그가 얼마나 속이 쓰렸는지는 자신만 알았다.

심지어 주군을 배신하고 진짜 실력을 드러내어, 창구자에게 충성을 다하며 그와 함께 천산의 장문 자리를 차지할까도 생각했었다.

하지만 끝내 참았다. 어쨌든 주군이 두려웠고, 그를 배신한 자의 말로는 상상도 할 수 없었다.

그는 그저 기다릴 수밖에, 목적도 없이 기다릴 수밖에 없었다.

이번에 용비야가 한운석과 함께 천산에 오자 그는 비밀리에 주군에게 서신을 보내 최근 천산에서 일어난 모든 일을 보고했다. 그리고 어젯밤에서야 주군은 그에게 밀서를 보냈다.

밀서를 읽고 놀란 그는 밤새 한숨도 잠을 이루지 못했다. 주군은 창구자의 패배를 예상했고, 창구자가 패한 후 그가 순위전에 참여하여 용비야에게 도전하되, 공격은 하지 말고 오직 방어만 하여 최대한 시간을 끌라고 명령했다.

밀서의 끝에서 주군은 이것은 그저 기회일 뿐 성공하지 못할 수도 있으나, 그가 놓치면 다시는 기회가 없을 거라고 언급했다.

그는 이해할 수 없었다. 주군이 자신을 죽음으로 내몰려는 것인지 의심스러워, 순위전이 시작될 때까지도 참가 여부를 결정하지 못했다.

하지만 창구자가 너무 짧은 시간 만에 패배하자 그는 주군의 말을 믿게 되었다.

그는 과감하게 비무대에 올랐다. 사실 용비야가 힘에 겨워 하기 전까지는 안절부절못했다. 장내 사람들과 마찬가지로 그 역시 용비야가 일부러 자신을 괴롭히는 건 아닐까 의심했다.

하지만 지금 그는 완전히 주군을 신뢰했다. 주군에게 감격했고, 자신의 결정에 더욱 감격했다!

용비야의 모습을 보니 내상, 그것도 아주 심각한 내상을 입은 게 틀림없었다. 그렇지 않으면 아무 이유 없이 무릎을 꿇고 주저앉을 리 없었다!

용비야는 제정신이 아닌 게 분명했다. 내상을 입은 몸으로 조금 전 창구자와 대결하면서 그토록 강력한 검기를 뿜어내다니.

이런 상황에서는 주화입마에 빠지기 쉬웠고, 심각하면 기혈이 역행하여 죽을 수도 있었다!

용비야의 안색이 창백해진 것을 확인한 혁역련의 입가에는 웃음이 번져 갔다. 더는 기다릴 수 없었다.

죽더라도 순위전에서 용비야를 이기고 죽어야 했다. 그 오랜 세월이 흘러, 드디어 용비야를 이길 수 있게 되었다!

오늘 이 순간은 그만한 가치가 있었다!

용비야는 한쪽 무릎을 꿇고, 두 손으로 장검을 쥔 채 고개를 숙이고 있었다. 가까이서 보면 그의 양쪽 귀밑머리에 땀이 송골송골 맺혔고, 관자놀이 부근에는 푸른 핏줄이 두드러졌다.

그는 아무런 내색도 하지 않고 한쪽 무릎을 꿇고 있기만 했다.

겉으로는 침묵해도 몸속은 얼마나 거센 파도가 몰아치고 있을까? 그는 이를 악물고 이 모든 것을 참아내고 있었다!

"패배를 인정해요! 안 그러면 죽어요!"

한운석은 벌떡 일어나서 달려가려고 했지만 검종 노인이 막았다.

"그는 패배를 인정하지 않을 거다. 지금은 가 봤자 방해만 될 뿐이야."

"난 저 사람을 죽게 놔둘 수 없어요! 절대!"

한운석은 거의 울먹이며 말했다. 그녀는 아무것도 상관하지 않고 달려가려 했지만 검종 노인이 그녀의 손을 꽉 붙들었다.

"한운석, 그의 자부심을 이해한다면, 패배를 인정하게 할 수 없다!"

한운석은 멍하니 그를 바라보며 눈물범벅이 된 얼굴로 말했다.

"사촌, 그럼 뻔히 죽는 걸 보고 있으란 말이에요? 그럴 수 있어요?"

장내는 너무도 고요했고, 모두 비무대의 움직임 하나하나에 주의를 기울였다. 혁역련과 용비야는 열다섯 걸음 정도 떨어져 있었다. 한 사람은 피를 흘리며 서 있었고, 한 사람은 무릎 꿇고 앉아 고개를 숙인 채 있어 속을 종잡을 수 없었다.

시간은 그렇게 조금씩 흘러갔다.

검종 노인은 한운석에게 대답해 줄 수 없었다. 하지만 그는 뜨거운 가마 속 개미처럼 초조하고 안절부절못했다. 비야는 패배를 인정할 수도, 대결에서 물러설 수도 없었다. 유일한 방법은 계속 싸우는 것이었다.

계속 싸워야 한다면 빨리 끝내야 했다.

더 시간을 끌다가는 그의 서정력이 더 심각하게 역행할 수 있었다. 범천심법의 힘으로도 누르지 못할 정도로 역행하게 되면, 하늘의 신선이 나타나도 그를 구해 낼 수 없었다!

어째서, 왜 아직도 움직이지 않지? 설마 이미…….

검종 노인은 더는 생각을 이어갈 수 없었다. 그런데 이때, 혁역련이 갑자기 한 걸음씩 용비야를 향해 다가왔다.

그는 용비야가 계속 공격하기를 기다렸다. 용비야가 계속 공격하면 주화입마를 더 재촉할 수 있는데, 용비야는 미적대며 움직이지 않았다.

원래는 계속 기다리려고 했지만, 그도 더는 버틸 수 없었다!

서 있긴 했지만 언제든 혼절할 수 있는 상태였고, 온몸에서 피가 끊임없이 흘러내렸다. 그는 자신이 피를 다 쏟아 죽는 순간까지도 용비야가 공격하지 않을까 두려웠다.

무슨 일이 있어도 이 절호의 기회를 놓칠 수 없었다…….

신망을 얻고 천산을 지키다

용비야가 공격하지 않자 혁역련은 마음을 굳게 먹고 한 걸음씩 그에게 다가갔다. 다섯 걸음 정도 남았을 때, 그는 마지막 남은 힘을 다해 빠르게 움직여 순식간에 용비야 앞으로 다가섰다. 그리고 용비야의 가슴을 향해 발을 날림과 동시에 그의 발끝에서 날카로운 칼날이 튀어나와 용비야의 가슴을 겨누었다.

그런데 용비야의 동작이 그보다 빨랐다!

세 존자와 검종 노인 외에 현장 그 누구도 용비야의 동작 과정은 보지 못했다. 사람들의 눈에는 결과만 보였다.

용비야가 혁역련의 발꿈치를 잡아 버린 것이 그 결과였다. 칼날이 용비야의 가슴에 닿을락 말락 하여 찌르기 직전이었다.

찰나에 이루어진 일들이었다.

용비야가 홱 잡아끌자 혁역련은 몸이 완전히 뒤집혀 땅에 벌러덩 쓰러졌다. 다른 발로 걷어차려고 했지만, 용비야는 아예 그 다리를 짓밟아 불구로 만들었다.

그리고는 칼날을 숨겨 둔 발을 잡아당겨 혁역련 얼굴 앞으로 눌러 버렸다. 무예를 익힌 사람은 인대가 유연하다지만, 그래도 혁역련은 허벅다리가 아파 견딜 수 없었다. 이제 남은 힘도 얼마 없는데, 자기 발끝의 칼날까지 바짝 다가오자 혁역련은 겁에 질려 눈을 크게 떴다. 용비야는 그의 복사뼈를 꽉 움켜쥐고 그의 눈을 향해 칼날을 조준했다.

용비야는 그 옆에 웅크려 앉아 낮은 소리로 물었다.

"말해라. 누가 일부러 시간을 끌라고 시켰느냐?"

"여, 연기를 한 것이냐?"

혁역련의 목소리는 아주 미약했지만, 무시할 수 없는 고집이 느껴졌다.

용비야는 코웃음을 쳤다.

"보아하니 너는 함정에 빠졌구나. 여기서 죽다니…… 솜씨가 아깝다."

혁역련은 자기 귀를 의심했다. 좀 전에 이상했던 용비야 모습이 다 연기였다니, 갑자기 자신이 웃음거리가 된 것 같았다. 그는 속았다. 주군에게, 그리고 용비야에게 속았다. 희망이 물거품이 되자, 그제야 손발이 모두 망가져 죽은 후에 시신조차 온전치 못한 신세가 될 것임을 깨달았다.

이 얼마나 비참한 결과인가! 도저히 받아들이기 힘들었다!

"창구자의 죽음은 정해진 것이니, 네가 쇄심원 수장 자리를 계승할 수도 있었을 텐데."

용비야는 냉소를 지으며 낮은 목소리로 말했다.

"누가 순위전에 참가해 고의로 시간을 끌라고 시켰는지, 본 왕에게 말해라."

그 말에 혁역련의 얼굴에 증오가 서렸다.

"용비야, 가까이 와라, 알려 주겠다."

용비야가 몸을 숙여 가까이 다가가자 혁역련이 입을 열어 여섯 글자를 말했다. 목소리에 너무 힘이 없어서 용비야가 제대로 들었는지도 알 수 없었다.

용비야가 일어서려는데, 혁역련이 마지막 남은 힘을 쏟아 자기 발끝 칼날을 향해 돌연 몸을 밀어붙였다.

날카로운 칼날이 그의 목을 뚫었고, 혁역련의 목숨도 끊어졌다.

용비야는 제대로 보지도 않고 벌떡 일어섰다.

혁역련은 죽었고, 용비야가 이겼다.

사람들은 멍하니 조용해진 비무대를 바라보았다. 방금 일어난 모든 일이 한바탕 꿈만 같았다. 손에 땀을 쥐게 하는 놀랍고 다채로운 일들이 벌어져 무엇이 진실이고 거짓인지도 분간하기 힘들었다.

이제야 시합 결과가 나왔다. 혁역련은 진짜 죽었고, 더는 뜻밖의 일은 일어나지 않을 것이다.

용비야는 훤칠하고 도도한 모습으로 여전히 버티고 있었다. 안색이 조금 창백한 것 외에 조금 전의 낭패한 모습은 보이지 않았다. 그는 높은 비무대 위에 서서 장내를 내려다보다가, 결국 싸늘한 시선으로 쇄심원 제자들을 바라보며 그쪽을 향해 현한보검을 겨누었다.

그가 말했다.

"다음으로 본 왕에게 나설 자는 누구냐!"

쇄심원 제자들은 모두 고개를 떨군 채 누구 하나 입을 떼지 못했고, 창효영은 아버지를 꽉 붙들고서 울음소리조차 낼 수 없었다.

다른 사람들은 더더욱 움직일 엄두를 내지 못했다.

대부분 사람은 용비야가 방금 무릎을 꿇은 척 연기한 건 혁역련을 가까이 유인하여 속전속결로 끝내기 위해서였다고 생각했다.

이제 사람들은 더는 의심하지 않았고, 이 남자의 능력에 대해 진지하게 생각하기 시작했다.

바로 이때 용비야가 한 손으로 뒷짐을 지고, 다른 한 손으로 검을 쥔 채 큰 소리로 물었다.

"결투에 나설 자가 또 있느냐?"

그 말이 떨어지자마자 현한보검이 거대한 검광을 표출하며 장내를 두려움에 떨게 했다!

고민할 게 뭐 있을까? 주저할 것은 뭐란 말인가? 용비야의 이 검기는 범천 팔품을 넘어섰다! 검종 노인보다 훨씬 강했다.

자리한 많은 이들의 마음에 숭배와 경외심이 일었다. 쇄심원 무리는 더는 감히 모반할 엄두를 내지 못했고, 그저 용비야와 검종 노인이 쇄심원을 가볍게 용서해 주기만을 바랄 뿐이었다.

검종 노인과 한운석 두 사람만은 눈을 떼지 않고 용비야를 바라보며, 아주 많이 긴장하고 있었다!

검종 노인은 손에 땀이 날 정도로 긴장했다. 그는 용비야가 지금 힘겹게 버티고 있음을 가장 잘 알았다!

그는 용비야가 속임수를 써서 혁역련을 죽인 후에 바로 쓰러질 줄 알았다. 용비야가 이렇게 우뚝 버티고 서서, 한마디 한마디 힘을 주어 쇄심원을 도발하며, 제왕처럼 천산 뭇 제자들을 오만하게 노려볼 줄은 생각도 못 했다.

그의 마지막 검 공격은 그 자리에 있는 사람들을 겁먹게 하는 것을 넘어서, 사검문을 두려움에 떨게 만들기 위해서였다. 하지만 이 일격을 위해 큰 대가를 치러야 했다. 그의 몸속 모든 서정력은 일찌감치 역행하고 있었다!

고요함 가운데 대답하는 사람이 없었다.

아직 존자가 순위전 종료를 선언하지 않았기 때문에 검종 노인은 긴장을 늦출 수 없었다. 뜻밖의 상황이 두려운 게 아니었다. 이 순위전에서 예기치 못한 상황이 너무 많이 발생했고, 용비야는 더 이상 어떤 의외의 상황도 감당할 수 없었다.

지금은 사품 고수가 와도 용비야를 완전히 무너뜨릴 수 있었다.

바로 이때, 이장로가 자리에서 걸어 나왔다.

이런……

검종 노인은 마음이 조마조마했고, 한운석은 숨을 죽이고 바들바들 떨고 있었다.

"안 돼……."

그녀는 믿을 수 없었다!

이장로가 관전석에서 비무대로 걸어 나왔다. 용비야는 무표정한 얼굴로 꼼짝도 하지 않았지만, 속마음은 폭풍우가 치듯 심란했다. 그 자신이 누구보다 지금 상황을 가장 잘 알고 있었다.

그런데 갑자기 이장로가 멈추더니 두 손으로 용비야를 향해 읍을 하며 말했다.

"청출어람이라더니, 비야, 너는 사부의 자랑이자 우리 천산의 자랑거리다. 사숙인 나는…… 네게 승복한다!"

이건…….

이것은 패배를 인정하는 것인가? 뜻을 밝히는 걸까?

이 모습을 보고 삼장로도 서둘러 다가와 마찬가지로 용비야에게 읍을 했다.

"비야, 삼사숙도 네게 승복한다! 아직 어린 나이에 범천 팔품을 돌파하다니, 앞날이 아주 창창하구나!"

이 두 기회주의자들이 모두 입장을 정했으니, 자리에 있는 누가 감히 비무대에 올라 도전할까?

검종 노인은 그제야 졸이던 마음을 내려놓았고, 한운석도 한숨을 돌렸다. 그녀는 당장이라도 달려가 용비야를 꼭 안아 주고 싶었지만 참아야 했다. 그저 용비야가 어서 천산정에 돌아가 상처를 치료하기만을 바랐다.

유 노파가 자리에서 일어났다.

"존자님, 더 이상 참가할 자가 없다면……."

용비야를 바라보는 세 존자의 눈동자에서 그를 아주 마음에 들어 하는 눈빛이 드러났다. 이들은 당연히 용비야가 힘겹게 버티고 있음을 알았다.

곧 한 존자가 일어나서 이번 순위전에서 우승한 용비야가 최고 서열에 올랐고, 그다음이 창구자라고 선언했다.

순위전이라기보다는 차라리 패권 싸움이라고 부르는 게 나을 뻔했다.

용비야는 돌아서서 세 존자에게 읍을 한 후 천산정으로 날아 갔다.

그는 검종 노인과 한운석이 관전 바위에서 기다리는 것을 보 았지만, 그들을 찾아가지 않고 바로 구중궁으로 돌아갔다.

검종 노인과 한운석도 바로 그를 쫓아갔다. 그들이 구중궁에 도착했을 때 용비야는 안으로 들어가지도 못하고 대문 앞에 주 저앉아 계속 피를 토하고 있었다.

"용비야!"

한운석은 너무 놀라서 심장이 멎는 듯했다. 서둘러 용비야 곁으로 달려갔을 때, 용비야의 안색은 소름 끼칠 정도로 창백 했고, 차가운 두 눈동자는 핏발이 가득 서 있었다. 낯설게 느껴 질 정도로 너무 싸늘하고 차가웠다.

"걱정 마라, 괜찮다……."

그는 이 지경이 되어서도 한운석을 위로하려 했다.

"괜찮다, 난 그저……."

말이 끝나기도 전에 그는 선혈을 한 움큼 쏟아냈다. 토해 낸 피는 곧 검은색으로 변했다.

진정한 검은색이 아니라, 어혈로 인해 피가 암홍색이 되어 거무스름한 붉은 빛을 띤 것이었다.

한운석은 허둥대며 진료 주머니에서 목숨을 부지할 수 있는 환약이란 환약은 모조리 꺼내 용비야에게 먹였다. 하지만 소용 없었다!

어렵사리 먹였지만 그는 바로 토해 냈고, 입에서는 피가 솟구쳐 나왔다.

"용비야, 날 놀라게 하지 말아요! 용비야!"

한운석은 울먹이며 말했다.

"어떻게 해야 해요? 내가 어떻게 도와야 해요? 용비야……. 용비야, 절대 날 버리고 가면 안 돼요……. 절대!"

한운석은 지금껏 자신이 이렇게 쓸모없는 사람인 줄 몰랐었다. 그녀는 아무 도움도 줄 수 없었고, 아무것도 몰랐다.

그녀가 뭐라고 물어도 용비야는 대답해 주지 않았다. 아직 의식은 남아 있었으나, 그녀에게 대답할 힘은 남아 있지 않았다.

혁역련을 죽일 때 그의 서정력은 역행하기 시작했다. 마지막 검은 그가 이를 악물고 내리쳤던 것이다.

그는 그 일격이 없었다면 이장로와 삼장로는 물론 사검문을 겁먹게 할 수 없음을 알았다. 그렇게 검을 휘둘러야만 그가 직전에 보인 약한 모습을 연기라고 믿게 할 수 있었다.

입에서 끊임없이 쏟아지는 피는 영원히 멈추지 않을 듯했다.

한운석은 도저히 정신을 차릴 수 없어 검종 노인의 옷자락을 붙들고 말했다.

"구해 주세요! 제발 부탁이에요, 꼭 좀 구해 줘요!"

검종 노인도 거의 무너지기 일보 직전이었다. 그는 형언할 수 없을 정도로 마음이 아팠다. 천산의 평화는 지켰지만, 그가 가장 아끼는 제자의 목숨은 지킬 수 있을지 미지수였다.

그는 중얼거리듯 말했다.

"사품 이상의 내공이 있으면 우선 그를 지킬 수 있다."

"당신이 구해 줘요! 대단한 천산 종주니까, 분명 방법이 있을 거예요!"

한운석은 미친 사람처럼 울부짖었다.

그녀가 누구에게 도움을 청할 수 있을까? 용비야는 또 누구에게 도움을 청한단 말인가?

용비야가 목숨을 걸고 싸워야 천산의 평화를 지키고 사검문을 두려움에 떨게 만들 수 있었다. 그러나 드넓은 천산에 사품 고수는 많고 많았지만, 그녀는 도움을 청할 수 없었다! 이 커다란 천산에서 그녀가 부탁할 수 있는 사람은 검종 노인뿐이었고, 이 상황을 알 수 있는 사람도 검종 노인밖에 없었다.

바깥에 짐승 같은 자들이 용비야가 심각한 부상을 당했다는 걸 알면, 그들에게 살길을 열어 줄까?

한운석은 검종 노인이 이미 내공을 다 잃었음을 알고 있었지만, 그럼에도 검종 노인의 옷자락을 붙들고 고집스레 애원했다.

"제발 부탁이에요, 당신만 도와줄 수 있어요! 사존, 방법을 좀 생각해 주세요. 용비야는 죽으면 안 돼요! 죽으면 안 된다고요……."

한운석의 우는 모습에 검종 노인의 마음도 찢어지는 듯했다. 그는 모든 것을 내걸고 다급하게 명령을 내렸다.

"여봐라, 비야를 부축해서 구중궁에 데리고 가라. 감히 이 일을 밖에 알리는 자가 있으면 살려 두지 않겠다!"

그가 말을 마치고 가려 하자 한운석이 얼른 그를 붙들었다.

"어디로 가려고요?"

"존자에게 간다. 지금은 존자만 그를 구할 수 있어."

존자는 그 어떤 속세 일에도 개입하지 않았다. 천산의 생사
존망이 걸린 순간이 와도 존자는 전혀 간섭하지 않고 검술만
연구할 사람들이었다.

세 존자를 청해 순위전을 주재하게 한 것만 해도 아주 예외
적인 일이었다. 존자가 사람을 구하러 나서 줄지는 검종 노인
도 확신이 없었다. 하지만 반드시 시도해야 했다!

왜 말을 하지 않는 것이냐

검종 노인이 떠난 후 몇몇 시종이 한운석을 도와 용비야를 구중궁으로 옮겼다. 구중궁에 오는 동안 그는 엄청난 양의 피를 쏟았다.

뒤를 돌아본 한운석은 눈앞이 흐릿해졌다. 붉게 물든 긴 복도와 함께 온 세상도 붉게 물들어 영원히 씻기지 않을 것 같았다.

시종은 용비야를 침상에 누인 후 물러갔다. 용비야는 이미 의식불명이었다. 창백한 얼굴과 입가에 남은 흐릿한 핏자국이 눈에 거슬릴 정도로 선명했다.

한운석이 아무리 아는 게 없어도 용비야의 혈기가 역행한 것은 알았다. 제때 치료하지 않으면 정말 신선이 와도 구해 낼 수 없었다.

그의 생명이 엄청나게 솟구쳐 나오는 선혈과 함께 사라지고 있었다.

한운석은 소매를 들어 필사적으로 용비야 입가의 핏자국을 모조리 닦기 시작했다. 곧 그녀의 양쪽 소매가 피로 붉게 물들었다.

그녀는 손도 써서 필사적으로 닦아 냈다. 선혈이 솟구쳐 나오면 바로 닦아 냈지만 피가 솟아나는 속도를 따라잡을 수 없었다.

분명 피가 눈앞에 보이는데, 다 닦아 낼 수 없었다. 아무리 애써도 눈앞에 보이는 용비야를 잡을 수 없는 듯한 느낌과 비슷했다. 아무리 해도 잡히지 않는 이 남자는 언제고 영원히 그녀를 떠날 것만 같았다.

그녀는 두려움에 손이 떨렸고, 몸이 떨렸고, 목소리마저 떨려왔다.

"안 돼……. 용비야, 비야……, 날 놀라게 하지 말아요, 제발."

닦아도 안 되자 그녀는 손으로 용비야의 입을 막았다. 하지만 소용없었다!

아무 소용도 없었다!

선혈은 그녀의 손가락 사이로 넘쳐흘러 순백색 이불 위로 떨어졌다. 이 끔찍한 장면이 그녀에게 꿈이 아니라 현실이라고, 진짜라고 일깨워 주었다!

어쩌면 좋지?

"용비야, 말해 줘요, 내가 어떻게 해야 해요? 용비야, 이러지 말아요! 제발, 부탁이에요, 이러지 말아요……. 용비야, 일어나요!"

그녀는 전에 수많은 가능성을 상상했었다. 혼자 하산하게 될 여러 가지 상황을 상상하고 몰래 준비도 했었다. 하지만 이런 결과를 생각한 적은 없었다.

"용비야, 약속했잖아요, 함께 하산하기로 약속했잖아요! 속이면 안 돼요! 안 돼……, 용비야, 당신이 어떻게 날 속일 수 있어요? 용비야, 어떻게 이럴 수 있어요? 어떻게?"

용비야는 그녀와 함께 하산하기 싫은 게 아니라 아예 하산이 불가능했다. 그녀와 함께 내려가 줄 수 없었다. 하산할 목숨이 남아 있지 않았으니까!

한운석은 울다가 목이 다 쉬었다. 그녀는 침상 옆에 앉아서 용비야를 바라보며 혼잣말을 중얼거렸다.

"용비야, 감히 날 속이다니, 내가 영원히 당신을 안 믿으면 어쩌려고요? 용비야, 앞으로……, 앞으로 내가 당신을 믿을 기회가 남아 있을까요?"

그녀는 눈물이 북받쳐 말을 더 잇지 못했고, 그의 몸 위에 엎드려 대성통곡했다.

그녀가 믿고 싶어도…… 앞으로 그럴 시간이 있을까? 기회가 남아 있을까?

용비야는 몸까지 차갑게 식어 가고 있었다…….

쾅!

검종 노인이 문을 박차고 들어왔다. 그의 뒤로 백발이 성성한 세 명의 존자도 따라 들어왔다. 이들은 방 안 가득한 피비린내에 이맛살을 찌푸렸다.

검종 노인이 천산정에서 내려가기도 전에 세 존자가 찾아왔다. 세 존자는 이미 용비야가 심각한 부상을 입었음을 간파했고, 특별히 그를 구하기 위해 와 준 것이었다.

용비야의 무공이 강해도 그들을 설득하기에는 부족했다. 하지만 용비야의 완강한 의지, 굽힐 줄 모르는 고집이 그들을 설득시켰다. 이들이 백 살 넘게 살아오는 동안 천산에 이런 자부심 강한 제자는 처음이었다.

한운석은 그의 곁을 떠나고 싶지 않았고 두려운 마음도 들었지만, 그래도 바로 자리를 비켰다.

그녀는 아는 게 없었기 때문에 혹여나 세 존자에게 영향이라도 줄까 두려워 한마디도 내뱉지 않았다.

존자는 용비야의 맥을 짚은 후 바로 명령했다.

"모두 나가서 밖을 잘 지키고, 아무도 가까이 오지 못하게 해라!"

모든 시종이 즉각 밖으로 나갔다. 한운석은 나가고 싶지 않았기 때문에 절대 방해하지 않겠다고 말하려 했다.

하지만 검종 노인이 그녀에게 밖에서 기다리라는 눈빛을 보냈다.

그녀는 소리 없이 고개를 가로저었다. 정말 가고 싶지 않았다.

검종 노인은 조용히 손을 흔들며 계속 그녀에게 나가라고 했다. 이때 한 존자가 용비야를 부축해서 일으켰고, 또 다른 존자가 검종 노인을 바라보며 차갑게 물었다.

"직전에 무슨 상황이었는지 어서 말해라!"

검종 노인은 얼른 앞으로 가면서도 잊지 않고 한운석을 바라보았다.

한운석이 어찌 감히 그들의 시간을 지체할 수 있겠는가. 그녀는 용비야를 보고 결연하게 뒤돌아서 밖으로 나와 직접 문을 닫았다.

그녀는 두 다리에 힘이 빠져 문 앞에서 털썩 주저앉았다.

마음이 다 무너졌는데 어찌 서 있을 수 있을까?

이때 서동림이 소식을 듣고 달려왔다. 그는 땅에 주저앉은 왕비마마를 보자마자 서둘러 부축했다.

"왕비마마, 전하……, 전하는 어떠십니까?"

한운석이 고개를 들자, 서동림은 순간 멍해졌다가 갑자기 마음이 너무 아파졌다.

그는 지금껏 왕비마마가 우는 모습을 본 적이 없었다. 왜…… 이렇게까지 울고 계실까?

"전하께서……."

서동림은 놀란 나머지 순간 제대로 서 있지 못하고 한쪽에 주저앉았다.

"전하……, 전하께서……."

"아무 일 없을 거다!"

한운석이 차갑게 말했다.

"그럼요, 그럼요! 착한 사람은 하늘이 돕는다고 했습니다. 전하는 분명 무사하실 겁니다!"

서동림이 다급하게 말했다. 사실 그가 서둘러 온 것은 밀서를 전하기 위해서였다. 영남 쪽에서 특급 서신이 왔는데, 그는 감히 열어 볼 수 없어 받자마자 이곳으로 달려왔다.

하지만 지금 왕비마마 모습을 보니 감히 서신을 꺼낼 엄두가 나지 않았다. 꺼낸다 한들, 왕비마마도 보실 리 없었다!

아무리 다급한 일이라 해도 전하의 목숨보다 중요하지 않았다!

한참 시간이 지나도 방 안에서는 아무 기척이 없었다. 서동림이 보니 왕비마마는 두 손을 꽉 쥐고 있는데, 얼마나 힘이 들어갔는지 손가락에 핏기 하나 없었다.

아무리 생각해도 어떻게 위로해야 할지 몰랐던 그는 깨끗한 손수건 하나를 건넬 수밖에 없었다.

"마마, 눈물을 닦으십시오. 전하는 마마가 우는 모습을 보고 싶지 않으실 겁니다."

한운석은 멍하니 그를 바라보며 움직이지 않았다.

서동림은 왕비마마가 정말 정신이 나가거나 미치는 건 아닐까 걱정되어 얼른 다시 권유했다.

"마마, 전하가 깨어나셨을 때 이렇게 울고 계신 모습을 보면 마음 아프실 겁니다. 괴로워하실 겁니다."

한운석은 그제야 정신을 차리고 대충 손으로 눈물을 닦은 후 일어섰다. 그리고 스스로에게 다짐했다. 울지 말고 기다리자!

한운석의 이 기다림은 장장 닷새 밤낮 동안 이어졌다.

다섯째 날 밤, 한운석은 거의 정신이 나갈 것만 같았다. 그녀는 울진 않았지만, 장승처럼 멍하니 굳게 닫힌 문만 주시하고 있었다.

서동림이 물을 입에 가져다 주어도, 그녀는 조금도 움직이지 않았다.

서동림은 알았다. 진왕 전하에게 만일 무슨 일이라도 생기면, 이 여자는 정신이 나가지도, 미치지도 않을 것이다. 그냥……
죽어 버릴 것이다.

드디어 여섯째 날 새벽이 되자 삐걱 소리가 나며 문이 열렸다. 검종 노인과 세 존자가 밖으로 나왔는데, 표정이 하나같이 좋지 못했다.

한운석은 입을 열어 물어보려 했으나, 목이 완전히 잠겨 소리가 나오지 않았다.

"마마……."

서동림은 결국 참지 못하고 울음을 터뜨렸다. 왕비마마는 닷새 밤낮 동안 물 한 방울 입에 대지 않고 한마디도 하지 않았다. 곁에 함께 있었지만, 그는 정말 그녀가 어떻게 버텼는지 알 수 없었다.

그녀는 절망에 이를 때까지, 목소리가 완전히 나오지 않을 때까지 피눈물을 흘렸다.

한운석은 다시금 입을 떼려 애썼지만, 여전히 소리가 나오지 않았다. 닷새 동안 참아 온 눈물이 소리 없이 흘러내렸다. 안으로 들어가기는커녕 감히 들여다볼 수조차 없었다.

검종 노인과 세 존자의 표정을 본 그녀는 더 무서워졌다. 심지어 문 앞에서 길고 긴 세월 동안 기다리고 싶었다. 그럼 적어도 사는 동안 기대할 수 있고, 희망이 있었다.

"진왕 전하는 어떠십니까?"

서동림이 입을 열었다. 사실 그도 두려웠다. 하지만 왕비마마의 소리 없는 질문에 그는 마음이 찢어질 듯했다.

재기발랄한 왕비마마가 이 지경이 되도록 우는 모습을 진왕 전하가 본다면 얼마나 마음 아파하실지, 상상도 할 수 없었다.

"1년 반은 요양해야 침상에서 내려올 수 있다."

검종 노인이 깊이 탄식했다.

그 말에 한운석은 바로 안으로 뛰어 들어갔다. 그곳에……

그곳에 용비야는 아직 의식을 회복하지 못한 채 조용히 침상 위에 누워 있었다. 더 이상 피는 흘리지 않았지만, 몸과 얼굴에 온통 피가 묻어 있었고, 침상도 대부분 붉게 물들어 있었다.

한운석은 침상에서 다섯 걸음 정도 떨어진 곳에서 멍하니 그를 바라보았다. 이 남자가 그녀에게서 멀어지고 있다는 느낌이 들었다.

알고 보니 가장 먼 거리는 백 걸음이 아니라 삶과 죽음이었구나.

영원히 백 걸음의 거리를 유지한다고 해도, 그의 모든 것을 보고, 듣고, 알 수 있었다. 적어도 그와 같은 하늘 아래서 같은 일월성신을 바라볼 수 있었다.

하지만 삶과 죽음은 아무리 애써도 그 간극을 뛰어넘을 수 없었다. 영원히 불가능했다.

세 존자가 떠난 후, 검종 노인이 들어왔고 서동림도 그 뒤를 따라왔다. 밖에서 기다리는 시종 중 한둘은 몰래 고개를 내밀어 안쪽을 훔쳐보았으나 감히 들어올 엄두는 내지 못했다.

한운석은 묵묵히 그리고 조심스럽게 용비야의 얼굴에 남은 모든 핏자국을 닦아 내고 있었다.

"내공과 기혈이 역행했다. 세 존자가 엄청난 대가를 치르고 겨우 그를 살려 냈어."

검종 노인이 담담하게 말했다.

"안심해라. 존자가 모든 진기를 써서 그의 목숨을 보호했으니 죽지 않을 것이다!"

그 말을 듣고 나서야 한운석은 동작을 멈추었다. 묻고 싶은 게 있었지만 여전히 목소리가 나오지 않았다.

검종 노인은 그제야 한운석의 초췌한 모습을 알아챘다. 활기넘쳤던 그녀의 눈빛은 영혼을 잃은 듯 어둡기만 했다.

"초조해 마라. 네가 도울 수 없는 일이었다. 그의 상처는 내공으로만 치료할 수 있다."

검종 노인이 탄식하며 말했다.

"이따가 유민에게서 몇 사람을 데려오마. 유민은 믿을 수 있다."

한운석은 고개를 숙이고 다시 닦기 시작했다. 그러자 검종 노인이 또 말했다.

"언제 깨어날지는 나도 알고 싶구나. 창구자의 죄도 판결해야 하고, 독녀인 네 신분에 대해서도…… 설명해야 한다."

한운석은 침묵했다. 묻고 싶었던 것은 검종 노인이 다 말해주었다.

사흘 후 새벽, 피로에 지친 한운석은 침상 머리맡에 엎드려잠이 들었다. 꿈속에서 누군가 그녀의 앞머리를 어루만지는 듯했다.

그녀는 갑자기 눈을 떴다. 그런데 용비야가 말로 다 할 수 없는 애정이 담뿍 담긴 부드러운 눈빛으로 그녀를 보고 있었다.

그녀는 멍하니 있다가 깜짝 놀라며 일어나 검종 노인을 부르러 가려 했다. 용비야가 깨어났으니, 존자들이 다시 봐 줘야 하는 게 아닐까?

"한운석, 이리 와라……."

용비야는 목소리마저 쇠약해졌다.

한운석은 바로 되돌아왔다. 입을 열려는 순간, 목이 너무 따끔거려서 하고 싶은 말을 써서 용비야에게 보여 줄 수밖에 없었다.

그녀는 이렇게 썼다.

어디가 아파요? 불편한 곳이 있어요? 말해요!

어디서 많이 들은 말이었다. 얼마 전 그가 폐관 수련에서 나와 온몸 가득 상처 입은 그녀를 보았을 때, 그 역시 이리 다급하게 물었었다.

그런데 용비야는 이 글자는 보지 않고 오랫동안 그녀를 바라보다가 손을 내밀어 그녀의 목을 어루만졌다.

"한운석, 왜…… 말을 하지 않는 것이냐?"

다른 사람에게 시집갈래요

한운석이 왜 말을 안 하냐고?

그녀는 하고 싶은 말이 가득했고, 일주일은 넘게 말할 수 있었다. 하지만 그녀는 말할 수 없었다. 용비야가 깨어난 것을 보자, 하고 싶던 말은 다 사라졌다. 그저 괜찮냐고만 묻고 싶었다.

용비야의 마음 아파하는 눈빛에 그녀는 얼른 글자를 써서, 목이 아파서 잠시 목소리를 낼 수 없다고 말해 주었다.

사실 평소 세심했던 한운석이라면 이상한 낌새를 눈치챘을 것이다. 용비야는 가장 먼저 그녀의 목을 어루만지며 '왜 말하지 않는 것이냐'라고 물었지, '목이 왜 그러느냐?'라고 묻지 않았다.

마치 그녀가 목이 쉬었음을 일찌감치 알아챈 듯했다. 여러 날 동안 혼절해 있었던 그가 어떻게 아는 걸까?

정말 진상을 아는 것일 수도, 추측일 수도 있었다.

어쨌든 한운석은 많은 생각을 하지 않았다. 그녀는 진심으로 감격했고 기뻤다. 이 남자가 살아 있고 깨어난 게 무엇보다도 중요했다.

"왜 아픈 것이냐?"

용비야가 다시 물었다. 약한 목소리는 부드러워 듣는 한운석의 마음이 녹아내릴 듯했다. 그녀는 지금껏 그의 목소리를 들을 수 있다는 게 이렇게 멋진 일인 줄 몰랐었다.

그녀는 잠시 생각했다가 다시 종이에 써 내려갔다.

몸에 열이 올라서, 염증이 생겼어요.

용비야는 이마를 찌푸리며 그녀를 보았다. 한참 바라보다가 갑자기 어쩔 수 없다는 듯 웃기 시작했다. 그는 그녀의 눈가를 가볍게 쓰다듬으며 부드러운 목소리로 물었다.

"바보 같으니, 울었구나, 그렇지?"

한운석은 시선을 피하며 대답하지 않았다.

"죽지도 않았는데 이렇게 울다니, 나중에 정말 내가……."

용비야의 말이 끝나기도 전에 한운석이 살벌한 눈빛으로 입을 다물라고 경고했다.

용비야는 그래도 말을 계속했다.

"나중에 내가 정말 죽으면, 어쩌려고 그러느냐?"

한운석은 더 이상 종이에 쓰지 않았다. 대신 소리 내지 않고 입을 벌려 답했다.

"당신이 정말 죽으면 난 울지 않을 거예요."

그녀는 한 자 한 자 이를 갈며 말했다. 소리는 나지 않았지만, 용비야는 그녀의 입 모양을 보고 무슨 뜻인지 알아차렸다.

"울지 않는다고?"

용비야는 한참 생각하다가 담담하게 말했다.

"울지 않으면 뭘 할 거냐? 또 고칠소와 저 멀리 떠돌아다니려고? 본 왕이 정말 그 녀석의 다리를 분지를까 무섭지 않으냐?"

한운석은 바로 종이에 썼다.

지금은 그런 능력이 없잖아요!

모처럼 '고칠소' 이 세 글자를 꺼냈지만 용비야는 화난 게 아니었다. 원래 한운석을 웃기려고 한 소리였는데, 되레 그녀에게 놀림당할 줄은 몰랐다.

지금 그는 확실히 고칠소의 다리를 부러뜨릴 능력이 없었다. 몸에 입은 내상이 언제 다 나을지도 몰랐다. 그저 중추절 전까지는 회복되길 바랄 뿐이었다.

한운석에게 놀림을 당했지만, 그는 화내기는커녕 웃음을 지었다. 그가 웃음을 보이자 한운석은 그에게 진 것 같은 느낌이 들었다.

그녀는 언짢은 표정으로 그를 바라보았다. 하지만 보다 보니 자신도 모르게 웃음이 났다.

요 며칠 동안 그녀는 웃은 적이 없었다.

"본 왕이 안을 수 있게 가까이 오너라, 어서!"

용비야가 조급하게 굴었다.

한운석은 바로 허리를 굽혔다. 혹 그를 눌러서 아프게 할까 걱정되어 두 손으로 그의 양쪽을 짚었다. 그런데 용비야는 자신의 몸이 눌릴 정도로 그녀를 꽉 끌어안았다.

"믿어지느냐? 지난 며칠 동안 네가 우는 소리를 다 들었다. 다만…… 깨어나지 못했다."

그는 갑자기 진지해졌다. 진지한 모습에 한운석은 함부로 움직일 수 없었다.

한운석이 그의 말을 곰곰이 생각하기도 전에 그가 또 말했다.

"한운석, 앞으로는 내가 없어도 울지 마라, 알겠느냐?"

그는 그녀의 귓가에 소곤소곤 속삭였다. 너무 작은 목소리인데도 거부할 수 없는 힘이 느껴졌다. 그가 말했다.

"기다렸다가 내가 깨어나면, 내가 나타나면 그때 울어라. 알겠느냐? 네가 울 수 있게 내 어깨를 내주겠다."

"당신이 영원히 사라질까 봐 무서웠어요……."

한운석이 갑자기 소리를 냈다. 흐느껴 울다가 말한 듯 심하게 잠긴 목소리였다.

"바보 같으니, 아직 신부 맞이 가마를 보내 너를 맞이하지도 못했고, 가마 문을 열어 너를 업고 들어가지도 못했고, 너와 맞절도 못 했는데, 왜 내가 사라지겠느냐?"

용비야가 아주 진지하게 물었다.

한운석은 원래 울 생각이 없었지만, 주체할 수 없이 눈물이 흘렀다. 지금껏 그에게 이 일들에 대해 말을 꺼낸 적도 없었고, 기억하려 들지도 않았지만, 그래도 잊히지 않았었다.

그 역시 일언반구 하지 않았기 때문에 별로 신경 쓰지 않는다고 생각했었다. 그런데 그는 그녀에게 빚진 것을 내내 기억하고 있었다.

"좋아요, 내가 다 기억해 놨어요. 나한테 빚진 거 꼭 갚아요, 잡아떼면 안 돼요! 안 그러면 다른 사람한테 시집갈 거예요!"

그녀가 진지하게 말했다.

그 말이 떨어지기가 무섭게 그녀의 허리를 감싸 쥔 힘이 숨쉬기 힘들 정도로 그녀를 강하게 얽어맸다. 하지만 그녀는 여전히 강경했다.

"그렇게 정했어요!"

그녀와의 겨루기에서 용비야는 늘 패자였다. 그녀가 아파하지 않아도 그의 마음이 아팠기 때문에 결국 어쩔 수 없이 손을 놓을 수밖에 없었다. 그는 그녀의 목을 부드럽게 만졌다.

"말을 적게 해라. 정말 목을 못 쓰게 되면 내 죄는 더 커진다."

그녀는 그의 몸 위에 엎드려 있었다. 사실 아직 완전히 정신을 차리지 못했고, 최근 몇 년 동안 어떻게 지내온 건지 모르겠다는 생각이 들었다. 지금 이 순간조차 한바탕 꿈처럼, 제멋대로 흘러가는 꿈처럼 느껴졌다.

"사존을 찾아가서 당신 부상을 봐 달라고 해야겠어요!"

그녀가 몸을 일으키려 했지만 용비야가 놔주지 않았다.

"자, 말하지 말고 본 왕이 좀 안고 있게 해 다오."

한운석은 그의 가슴에 얼굴을 파묻고 있어, 지금 이 순간 그의 눈동자 가득한 미안함을 발견하지 못했다…….

다정함은 늘 오래 가지 못했다.

곧 검종 노인이 들어왔다. 그는 용비야가 깨어난 것을 보고 크게 기뻐하며 서둘러 그를 진맥하려 했다. 한운석은 물러서려 했으나, 용비야가 그녀의 손을 잡고 놔주지 않았다.

"맥을 짚어야죠!"

한운석이 낮게 말했다.

용비야는 왼손으로 그녀를 붙잡고, 오른손을 검종 노인에게 내밀었다.

"방해돼요, 소란 피우지 말아요."

한운석이 작은 목소리로 타일렀다. 초조해진 그녀는 검종 노인이 가까이 오자 귀뿌리까지 뜨거워졌다.

하지만 용비야는 그래도 손을 놓지 않았다. 그녀는 어쩔 수 없이 한쪽으로 조금 물러서 침상 가장자리 근처에 앉아 검종 노인에게 겨우 자리를 내주었다.

검종 노인은 이 모든 장면을 보고도 못 본 척하며, 웃지도 않고 묵묵히 용비야의 맥을 짚었다.

"존자의 진기에 감사해야 한다. 그분들이 아니었으면 목숨을 잃을 뻔했다."

검종 노인이 한숨을 쉬며 말했다.

"얼마나 요양해야 합니까?"

용비야는 오직 이 문제에만 관심이 있었다.

"늦으면 1년, 빨라도 반년은 걸린다. 이번 가을에는 하산할 수 없다."

검종 노인이 사실대로 대답했다.

용비야가 말이 없자 한운석이 서둘러 말했다.

"건강이 제일 중요하니 1년 정도 잘 요양해요! 북려국 쪽 정세는 아직 뚜렷하지 않아요. 군역사가 군마를 갖고 올 수 있다면 영승은 절대 남쪽으로 내려오지 못할 거예요."

용비야는 고개를 끄덕인 후 화제를 바꾸어 검종 노인에게 물었다.

"창구자는 재판을 받았습니까?"

"감옥에 갇혀 있다. 일단 그를 심문하면 독종 일은……."

검종 노인이 아주 난처해했다.

창구자의 추문은 모르는 이가 없었고, 독종에 대해서는 더 시끄럽게 떠들어 댔다. 산 아래에서 많은 소문이 돌았지만, 장문인인 그가 아직 판결을 내리지 않아서 두 가지 일 모두 최종 결론이 나지 않았다.

"독종은…… 우선 부인하겠습니다!"

용비야가 말했다.

"그날 독짐승을 본 사람이 그렇게 많은데, 어떻게 부인해요?"

한운석이 반문했다.

"부인한다고 말하지 않고 조사 중이라고 하면 된다."

용비야의 말에 검종 노인은 허허 소리를 내며 웃기 시작했다. 이렇게 적당히 얼버무리며 수습하는 방법은 그에게 아주 익숙했다.

장검각, 장경각, 쇄심원, 계율원 제자들 앞에서 그가 직접 한운석이 독종의 잔당이라고 인정한다 해도, 그게 뭐 어떻단 말인가?

천하 모든 사람 앞에서 말한 것도 아니요, 공식적으로 외부에 발표한 것도 아니었다. 산 아래 소식은 모두 항간에 떠도는 소문일 뿐이었다. 창구자는 이미 패배했고 장검각, 장경각도 모두 굴복한 지금, 천산의 어느 제자가 공개적으로 장문인의 말을 지적하며, 자신이 산 아래에 소식을 전했다고 인정할 수 있을까?

이 세상에는 누구나 다 아는 사실도 공식적으로 인정하기 전까지는 영원히 사실이 될 수 없었다.

한운석은 이런 두루뭉술한 방법이 싫었지만, 이것이 가장 좋은 방법임을 인정할 수밖에 없었다.

용비야는 창구자를 이기고 혁역련을 죽였다. 그 강력한 검 공격에 쇄심원에서 반역을 도모하던 세력도 시들해졌다. 며칠 전 정탐꾼이 보고한 바에 따르면, 천산 산자락을 배회하던 사검문 세력도 모두 철수했다.

이제 천산은 어느 정도 안정되었다. 하지만 용비야가 부상을 당했고, 검종 노인이 내공을 모두 잃었다는 이 두 가지 사실이 알려지면 그 결과는 상상할 수 없었다.

그래서 천산 상황은 여전히 심각했다. 천산을 장악하고 공개적으로 의성에 대항하려던 용비야의 계획은 늦출 수밖에 없었다. 이런 상황에서 강경하게 의성과 맞서기보다는 우회 전술을 써야 했다.

'조사 중'이라는 변명으로 시간을 끄는 데는 두 가지 이유가 있었다. 첫째, 용비야의 상처를 치료하기 위해 시간을 벌어야 했다. 둘째, 고북월과 백리원룡이 중남도독부를 진정시키기 위해서도 시간을 벌어야 했다. 천산이 인정하지 않는 한, 약성은 물품을 공급할 구실이 있었고, 고북월도 중남도독부 가주들의 입을 막을 근거가 있었다.

한운석이 탄식했다.

"적어도 양심이 있는 의원들은 끝까지 버티겠죠."

의성이 금지령을 내렸을 때 가장 두려운 것은 약성의 약 공급 중단도, 중남도독부 명문세가들이 이 틈에 그녀를 왕비 자리에서 폐하는 일도 아니었다. 바로 중남부 지역의 크고 작은 의관들이 철수하는 일이었다.

병자가 의원을 찾는 일은 밥 먹듯이 매일 필요하지는 않으나, 밥 먹는 것만큼이나 중요했다.

만약 모든 의원이 중남부 지역을 떠나면, 크고 작은 병을 앓는 백성들은 치료받을 길이 없어졌다. 이 얼마나 무시무시한 일인가!

이전에 한운석은 의성이 얼마나 강력한지, 또 운공대륙에서 어떤 위치를 차지하는지도 알고 있었다. 하지만 남들이 하는 말을 들은 것뿐 그 힘을 실감한 적은 없었다. 심지어 믿기 힘들기도, 이해가 안 되기도 했다.

의성은 군대도 없고 무력도 제대로 갖추지 못했으며, 재력도 세 손가락 안에 들지 못했다. 그저 운공대륙 의학계를 장악했을 뿐인데? 왜 그리 높은 지위를 차지하고 있을까 싶었다.

하지만 이제는 믿게 되었다!

치료 약이 없는 역병은 한 나라, 심지어 한 문명도 무너뜨릴 수 있었다. 의성의 힘은 역병이 도는 것만큼이나 무시무시했다.

그녀가 알기로 세계대전 중에도 의학계는 국경선을 따지지 않았다. 세계 각지 의사들이 자진해서 전쟁터에 뛰어들어, 빗발치는 포탄 속에서도 부상자를 치료하고 사람을 살렸다. 운공 대륙의 의학원은 정말이지 이 업계의 괴짜 중의 괴짜였다!

한운석은 궁금해졌다.

"당시 의학원은 왜 독종을 무너뜨렸죠? 독종이 대체 무슨 천하에 몹쓸 짓을 했나요? 아니면…… 그저 반대 세력을 없애기 위해 독종을 멸한 건가요?"

검종 노인은 용비야를 한 번 본 후 담담하게 말했다.

"너희들……, 불사불멸의 몸을 가진 사람에 대해 들어 보았느냐?"

독종의 사정

불사불멸의 몸을 가진 사람?

용비야는 당연히 알았고 본 적도 있었다. 하지만 한운석은 들어 보기만 했다. 불사불멸의 몸을 가진 사람은 양독술로 길러 낸 독고인으로, 강시처럼 겉으로는 정상인처럼 보이나 죽지도 늙지도 않는다고 했다.

"독고인 때문인가요?"

한운석이 물었다.

검종 노인은 고개를 끄덕인 후, 의학원과 독종의 역사에 관해 이야기하기 시작했다.

의학원은 운공대륙에서 대진제국보다 더 오랜 역사를 갖고 있었다. 처음에 의학원은 그저 의술을 가르치는 학당이었으나, 수백 년에 걸쳐 강성해지더니 오늘날 운공대륙 최고의 세력으로 발전했다.

의학원이 제대로 부상하기 시작한 것은 대진제국 멸망 직후였다. 의학원은 성을 세워 자치권을 행사함과 동시에 의학협회를 설립하여 규정과 제도를 만들어 천하 의원을 장악했다.

의학원은 운공대륙 의학계의 시초, 즉 의종醫宗이고 대다수 의원의 의술은 그곳에 뿌리를 두었다. 그래서 의학협회가 설립되자 거의 모든 의원이 지지했고, 방해 세력도 별로 없었다. 어쨌든 모든 의원은 협회의 보호를 받고, 협회의 힘에 의지할 수 있게 되기를 기대했고, 의술과 업계의 더 나은 발전을 강구했다.

의학협회는 의원을 보호함과 동시에 천하 의원을 구속하고 심지어 조종할 수 있는 힘이 생겼다.

협회가 어느 정도 강성해지자 이제는 의원 혼자서는 맞설 수 없게 되었다. 일단 협회와 맞서면 업계 내에서 이리저리 난관에 부딪히며 제한을 받아, 종국에는 남아 있을 수 없기 때문이었다.

의학원이 중남도독부에 가하는 제재에 많은 의원이 불복하겠지만, 그들 중 대다수는 분노하면서도 겉으로 표현하지 못할 게 뻔했다.

"그러니 병기, 식량, 의약, 수리 등 민생과 관련된 업계는 역시 조정에서 관리하는 게 가장 좋아요. 그렇지 않으면 조정은 결국 이 업계들에게 위협을 받게 될 거예요."

한운석이 진지하게 말했다.

그녀는 이런 이치를 진작부터 깨닫고 있었다. 이 말은 특별히 용비야에게 하는 말이었다. 운공대륙은 상업과 무역이 무척 발달했지만 각국 조정은 땅만 다스릴 뿐 주요 업계들을 너무 느슨하게 관리했다.

용비야는 그녀를 본 후 생각에 잠긴 듯이 고개를 끄덕였다.

검종 노인은 갈수록 한운석이 마음에 들어 속으로 탄식했다. 이 여자가 독종의 후예만 아니었다면 얼마나 좋았을까?

그는 차를 한 모금 마신 후 이야기를 계속했다.

독종은 과거 의학원의 주요 구성 부분이었다. 이들은 의학원에서 따로 독립해 나와 '독의'라 칭했으며, 마찬가지로 긴 역사를 자랑했다.

의학원의 독종은 운공대륙에서 '만독의 수장'이라고 불렸다. 군역사가 다스리는 백독문, 당문에 있었던 독문 분파, 독술계의 여러 기타 세력의 독술은 모두 독종에서 기원했다.

독종이 세워지기 전, 운공대륙의 '독' 개념은 뱀독 정도에 그쳤다. 뱀독 치료 역시 일반 치료에 해당했다.

약과 독은 본래 한 뿌리에서 나왔다. 의학원 의원들은 진료하던 중, 사람들이 독초를 잘못 먹고 죽을 뻔한 일이 자주 발생하는 것을 발견했고, 그때부터 의학원에서 독이 있는 약초를 연구하기 시작하면서 '독약초' 개념이 생겨났다.

의원들은 점차 많은 약재에 어느 정도 독소가 들어 있음을 발견했다. 제대로 사용하지 않거나 배합이 잘못되면 중독 현상을 일으켜 심하면 목숨도 잃을 수 있었다. 약재 외에 약용 가치가 없는, 이름 없는 식물에도 극독이 들어 있었다. 심지어 독사뿐 아니라 많은 동물도 독소를 갖고 있었다.

그래서 의학원은 독립적인 전문 학파를 만들어 독종이라고 이름 짓고, 의원들을 따로 모아 전문적으로 독을 연구하기 시작했다.

독종이 세워진 후, 의학원은 의종, 독종 이렇게 두 파로 갈렸다.

사람을 구하는 기술은 사람을 해칠 수도 있다.

사실 의원이야말로 세상에서 가장 무서운 살수였고, 독의는 더더욱 그러했다.

독종의 독술도 처음에는 해독 기술로 시작해서 중독된 사람을 치료하는 데만 쓰였다. 독종에서는 해약 연구에 필요하지 않는 한, 어떤 독술사도 무슨 이유에서든 절대 독을 써서는 안 된다는 엄격한 금지령이 존재했다.

그러나 금지령이 아무리 엄해도, 어디에나 규칙을 어기는 인간은 존재했다.

독약학이 발전하면서, 이름이 붙여지고 책에 기록되는 독약이 갈수록 많아졌다. 점차 외부 세력이 들어와 각종 조건을 내걸어 독술사를 유혹하여, 완성된 독약은 물론 독약 약방문까지 사 갔다.

욕심이 사람을 망친다고, 아무리 엄격한 금지령도 결국 모든 사람을 유혹에서 막아 주지는 못했다. 독종이 세워진 지 10년도 안 되어서 운공대륙에 해마다 중독으로 사망하는 사람의 수가 급격히 증가했다.

이에 독종은 독약의 외부 유출을 엄중히 조사하기 시작했다. 꽤 많은 독의를 잡아냈고, 일벌백계의 본보기로 삼고자 죽음으로 엄히 다스렸다. 그러나 나날이 강성해지는 독종 세력이 두려웠던 의종은 이 기회를 틈타 곳곳에서 독종을 헐뜯기 시작했다. 그렇게 5년이 안 되어서 독종과 의학원은 물과 기름처럼 상극이 되었다.

의종이 의학원 대부분 세력을 장악했기 때문에 독종은 자신을 보호하는 차원에서 비밀리에 '양독 계획'을 시작했다.

여기까지 말하자 한운석이 황급히 물었다.

"그게 지금 독술계의 양독 기술인가요?"

"그렇지. 지금 독술계의 많은 사람이 쓰는 양독 기술은 독종에서 나왔다."

검종 노인은 고개를 끄덕인 후 말을 이어갔다.

"양독 기술에는 독인, 독시, 독고라는 세 분류가 있다. 가장 흔한 경우가 독인인데, 정상 사람과 똑같지만 수명에 제한이 있고, 일부 저급 독소에 대한 면역력이 있지. 독시는 결사대와 비슷한데, 중급 독소에 면역력이 있다. 그리고 독고는……."

검종 노인이 여기까지 말하자 한운석은 흥분되었다. 고서에서 독인, 독시에 대한 내용은 자세하게 읽었지만, 독고에 대한 자료는 찾을 수 없었다.

독고에 대한 내용은 선인들이 일부러 지워 버린 듯, 그저 자질구레한 내용만 조각조각 남아 있을 뿐이었다.

"독고는 풀로 만드는 하급 고, 벌레로 만드는 중급 고, 사람으로 만드는 고급 고로 나뉜다고 들었어요."

한운석이 진지하게 말했다.

"그렇다."

검종 노인은 고개를 끄덕인 후 웃으며 말했다.

"너도 고술을 연구하고 있었구나. 지금은 얼마나 알고 있느냐?"

"하나도 몰라요. 내가 독종의 후예라는 사실도 작년에야 알았는걸요."

한운석은 용비야를 보고 허락을 받은 후에야 검종 노인에게 약성 목씨 집안을 포함한 자신의 출신에 대해 다 털어놓았다.

"그렇다면 너는 네 아버지가 누군지 모르는 것이냐?"

검종 노인은 의아해하며 말했다. 그는 용비야가 모든 독종의 잔당과 결탁한 줄 알았다.

한운석은 이 일에 대해 많이 이야기하고 싶지 않았다. 그녀는 독고에 관심을 보이며 반문했다.

"그건 중요하지 않아요. 그보다 독고는 어떻게 풀죠?"

검종 노인은 깜짝 놀랐다.

"아니, 요즘에도 고술에 걸린 자가 있단 말이냐?"

한운석은 전에 용천묵의 배가 이유 없이 불룩하게 솟아난 사건을 검종 노인에게 말해 주었다. 당시 용천묵의 배가 이유 없이 불룩해진 것은 새옥백이 고를 썼기 때문이었다. 나중에 용천묵이 군역사에게 납치되었을 때, 군역사는 고를 풀어 준 후 용천묵에게 다시 독을 써서 그녀를 중상모략하려 했었다.

당시 이 일로 의학원이 떠들썩했지만 용천묵의 배가 불룩해진 진짜 원인은 공개되지 않았다. 그러나 용천묵의 괴병이 재발한 사건을 통해 새옥백, 낙취산, 군역사 이 세 사람이 고술을 안다는 것을 추측할 수 있었다.

사실 용천묵의 괴병이 재발한 일에 대해 한운석도 진상을 완벽하게 알지는 못했다. 하지만 용비야는 아주 잘 알고 있었다.

당시 용천묵의 괴병이 재발한 것은 모두 백의공자, 즉 고북월이 꾸민 일이었다.

새옥백에게 고술을 가르쳐 준 것도 고북월이었다. 고북월이 용천묵에게 고를 쓴 이유는 첫째, 고칠소의 신분을 알아내고, 둘째, 한운석을 독종 갱으로 유인하기 위해서였다.

사실 낙취산은 고술에 대해 알지 못했다. 하지만 그는 고칠소의 사람이었다. 고칠소는 낙취산에게 병의 진실을 알려 주었고, 낙취산과 새옥백이 맞붙게 했다. 대진이라는 공개적인 방법으로 새옥백의 비밀을 폭로하고 의학원에 수치를 주려 했던 것이었다.

하지만 군역사가 끼어들어 고칠소의 계획을 망쳐 놓았다. 그럼에도 고북월은 고칠소를 의성으로 유인했고, 고칠소가 과거 의성의 귀재였던 소칠임을 알아냈다.

요 몇 년 동안 의학원은 계속해서 새옥백을 심문했고 군역사를 캐고 다녔다. 하지만 정작 일을 꾸몄던 고북월과 고칠소는 의심하지 못했다.

용비야는 침묵을 지키며 내내 말이 없었다.

"고술을 아는 자가 그렇게 많을 줄은 생각도 못 했다. 보아하니 당시 의종이 독종을 완전히 멸하진 못한 것 같구나!"

검종 노인이 한탄했다.

"대체 그 당시에는 어떻게 된 거예요?"

한운석이 물었다.

"의성이 독종을 멸한 것은 양독 기술 중 독고술 때문이었다. 독고술의 가장 높은 단계인 사람으로 고를 만드는 기술은 불로, 불사, 불멸의 독고인을 길러 낼 수 있었으니까."

검종 노인이 말하자마자 한운석이 얼른 질문했다.

"그래서 길러 냈어요?"

용비야도 궁금했다. 그는 고칠소가 불사불멸의 몸이란 것은 알았지만 늙지 않는지 여부는 몰랐다. 고칠소가 어린 나이에 의성에서 쫓겨난 진짜 이유는 무엇인지, 언제 불사불멸의 몸을 갖게 되었는지는 용비야도 잘 몰랐다.

"아니다."

검종 노인은 확신에 찬 말투로 말했다.

"사람으로 만드는 고는 단지 상상에 불과했다. 관련된 독 방문도, 고술도 있었던 적이 없어. 풀과 벌레로 만드는 고만 있을 뿐이었다. 게다가 당시 의종은 독종을 멸하면서 독고술과 관련된 기록도 다 없애 버렸지."

한운석은 눈살을 찌푸렸다.

"그러니까 독종은 천하에 몹쓸 짓을 하지도 않았는데, 고작 상상 때문에 의종이 독종을 멸한 거예요?"

검종 노인은 이제서야 한운석이 독종의 후예 같다고 느껴졌다.

그전까지는 이 여자가 독종 사람이라는 사실도 잊을 뻔했다. 정말 상관없는 남 이야기하듯이 독종을 언급했기 때문이었다.

독짐승이 주인으로 섬기려면 반드시 독종의 직계 후손이어야 했으니, 아무래도 피로 이어진 관계였다. 그런데 한운석이 독종에 대해 어쩜 저리도 냉정할 수 있는지 검종 노인은 이해되지 않았었다.

"본 사존도 그저 대략적인 것만 알 뿐이다. 당시 의종이 어떻게 독종을 무너뜨렸고, 얼마나 많은 사람을 죽였는지, 또 도망친 독종의 고아가 몇이나 되는지는 아마도 의학원 사람만이 알 것이야."

검종 노인이 담담하게 말했다.

"독종이 무너진 후에 의종은 의성과 의학원 전체를 완전히 손에 넣었다."

"언젠가는 이 일의 진상을 밝혀야 해요!"

한운석의 눈동자에 증오가 서렸다.

검종 노인과 용비야는 독종의 후예인 그녀가 독종을 위해 복수하고 싶어 한다고 생각했다. 하지만 그녀는 타임슬립으로 이 세계에 왔기 때문에 독종에게 전혀 혈연의 정을 느끼지 않았다. 다만 반대 세력이라고 없애려 했던 의종의 이기적인 모습이 아주 불만스러웠다.

검종 노인은 더 이야기하지 않고 바로 계율원 제자들을 불러 용비야의 치료를 돕게 했다. 이날, 그는 앞으로 석 달에 걸쳐 용비야에게 자리를 물려주겠다는 소식을 발표한 후 창구자의 판결을 내렸다.

창구자는 장로와 쇄심원 수장 지위를 박탈당했고, 모든 무공을 빼앗긴 후 천옥에 갇혔다. 용비야의 공격을 받고 겨우 숨 쉴 기력만 남아 있는 상태에서 이제 무공까지 잃었으니, 목숨은 부지했으나 죽지 못해 사는 신세가 되었다.

유 노파가 잠시 쇄심원 수장 자리를 겸임했다. 다들 용비야가 장문인 자리를 계승하고 나면 산 아래 계파 가운데서 새로운 쇄심원 원장을 뽑을 거라고 추측했다. 그 때문에 모든 계파가 충성을 다했다.

　모든 일이 잘 풀리고 있었다. 그런데 그날 밤, 서동림이 갑자기 달려왔다. 그의 두 손에는 '특급' 밀서가 들려 있었다.

　"전하, 죽을죄를 졌습니다! 이 긴급 서신이 여드레쯤 전에 왔었는데……."

배웅하지 말아요

여드레 전에 왔던 긴급 서신이라니, 그것도 '특급'?

용비야와 한운석은 영문을 몰라 서로 얼굴만 쳐다보며 아주 불안한 느낌에 휩싸였다.

두 사람이 천산에 온 이후 지금까지 중남도독부에서는 긴급 서신만 보냈지, 특급이라는 말을 쓴 적은 없었다.

대체 무슨 일이 일어난 걸까?

이런 특수한 시기에는 특급이 아니라 급하지 않은 서신이라 해도 여드레나 늦게 확인하면 그 결과는 상상하기도 어려웠다!

서동림은 안색이 아주 좋지 못했다. 그는 이 일을 까맣게 잊고 있었다. 오늘 긴급 서신을 받지 않았다면 떠올리지도 못했을 것이다.

서신 내용을 확인한 용비야의 안색은 새하얗게 변했다. 그는 놀란 얼굴로 한운석을 바라보았다.

"고북월이……."

"왜요?"

한운석이 깜짝 놀라 물었다.

"중독되어서 지금까지 일어설 수 없다고 한다."

용비야가 사실대로 말했다.

"뭐라고요!"

한운석은 자신의 귀를 의심했다. 그녀는 얼른 용비야의 손에서 서신을 가져왔다.

용비야의 말은 사실이었다. 서신에는 고북월이 중독된 사실과 중독 증상을 명확하게 설명하고 있었다.

목령아는 서신을 통해 약을 구하면서, 독의를 불러 치료해 달라고 요청했다.

한운석은 서신에서 말하는 중독 증상에 대한 설명을 한 글자도 빼놓지 않고 자세히 살펴본 후, 손에 힘이 빠져 서신을 바닥에 떨어뜨렸다.

"시삼屍蔘이라니?"

용비야가 다급하게 물었다. 서신에서 말하는 독의 이름이었다. 한운석은 그를 바라보며 말을 하지 못하고 주저했다. 등에는 이미 식은땀이 흐르고 있었다.

용비야와 서동림은 '시삼'이라는 게 무엇인지 몰랐지만, 검종 노인은 알았다. 그는 깜짝 놀라며 말했다.

"정말 시삼이냐? 그게 정말 존재한다고?"

"약귀곡 사람이 진단했으니 틀림없을 거예요."

한운석이 중얼거렸다.

서신에서는 상황을 아주 세세하게 설명했다. 원래대로였다면 고북월의 다리는 이미 회복되어 자유롭게 다닐 수 있어야 했다. 그런데 중독되는 바람에 두 다리는 마비된 것처럼 또다시 감각을 잃었다.

목령아는 바로 고칠소를 떠올렸지만, 그를 찾을 수 없어 어쩔 수 없이 약귀곡 노집사를 불렀다. 노집사는 보자마자 고북월이 아주 희귀한 독인 시삼에 중독되었다고 확신했다.

시삼은 독약초의 일종으로, 무덤 주변에서 자라나는 인삼과 식물인데, 모양은 인삼과 비슷하나 크기는 훨씬 컸다. 이 독초는 어두침침하고 썩은 냄새가 나는 진흙에서 자랐기 때문에 습기가 찬 무덤이야말로 최적의 성장 환경이었다.

이것은 약이자 곧 독인 식물이었다.

약인 이유는 마취 작용이 있기 때문이었다. 한운석은 고서에서 신의 화타도 이것을 마취약으로 사용했다는 기록을 본 적이 있었다.

독인 이유는 일정량 이상을 탄 음료를 마시면 전신이 마비되고 사지에 감각이 사라져 초주검이 된 이후 그대로 죽음에 이르기 때문이었다.

한운석은 심란한 나머지 고북월이 왜 두 다리만 중독되었는지는 생각할 여유도 없었다. 두 다리만 중독되었다면 부분 중독인 셈이지만, 시간이 흐르면 독소는 전신으로 퍼질 것이었다.

"안 그래도 극독인데, 여드레 넘게 지났다면, 아무래도…… 상황이 좋지 않을 것 같다."

검종 노인이 진지하게 말했다.

한운석이 용비야를 보자, 용비야도 그녀를 바라보았다. 두 사람은 굳은 상태로 꼼짝도 하지 않았다. 마주치는 눈빛에는 두려움과 불안이 가득했다.

검종 노인이 말한 현실을 받아들이고 싶지 않았지만, 한운석은 검종 노인의 말이 맞다는 것을 인정해야 했다.

시삼은 극독이었다.

부분 중독이라면 하루만 지나도 온몸에 독소가 퍼졌다. 그런데 벌써 여드레가 넘게 지났다. 고북월은 상황이 좋지 않은 정도가 아니라, 죽었을 게 틀림없었다!

검종 노인은 복잡한 눈빛이 되어 더는 말하지 않았다. 방 안은 갑자기 조용해졌고 공기마저 얼어붙은 듯했다. 용비야는 안색이 아주 나빴고, 한운석은 고개를 숙이고 떨어진 서신을 바라보며 불안할 정도로 조용히 있었다.

서동림은 너무 놀란 나머지 몸이 말을 듣지 않아 도저히 움직일 수 없었다. 한참 후에 겨우 몸을 움직일 수 있게 되자, 그는 벌벌 떨면서 다른 서신을 내밀고 더듬더듬 보고했다.

"전하, 이…… 이것은, 바, 방금, 방금 도착한 것입니다!"

그 말에 모든 사람이 고개를 돌려 그를 바라보았다. 용비야는 싸늘하게 꾸짖었다.

"진작 꺼내지 않고 뭘 했느냐!"

서동림은 감히 한마디도 대답하지 못하고 벌벌 떠는 손으로 용비야에게 서신을 가져다주었다. 용비야는 그래도 냉정함을 유지한 채 서신을 열어 보며 물었다.

"또 있느냐?"

"어, 없습니다. 이 두, 두 통뿐입니다."

서동림은 이빨까지 덜덜 부딪칠 정도로 떨고 있었다.

중독된 고북월을 도와 달라는 서신이 온 게 여드레쯤 전이었다. 그런데 그동안에는 왜 서신을 한 통도 보내지 않았을까?

설마 이미 가망이 없어서 도저히 보고하지 못하다가 이제서야……

한운석은 더는 생각할 수 없었다. 그녀는 간절한 마음으로 용비야가 손에 든 서신을 바라보았다. 속으로 제발 나쁜 소식이 아니기를 기도하고 있었다.

그녀는 지금껏 자신이 이렇게 충격을 못 견디는 사람인 줄 몰랐다. 이미 며칠 동안 용비야 때문에 충분히 놀랐고 두려웠다. 너무 많은 충격은 감당할 수 없었다.

그녀는 속으로 기도하다가 도저히 기다릴 수 없어, 용비야가 서신을 열자마자 물었다.

"뭐라고 적혀 있어요? 고북월이……."

용비야는 그녀를 보면서 긴 한숨을 내쉬었다.

"가망이 있는 거죠! 아직 살아 있는 거죠!"

한운석이 다급하게 물었다.

"살아 있다. 독소가 어젯밤에야 퍼지기 시작했다는구나."

용비야는 정말 한시름 놓았다. 영족의 후예인 고북월에게 왜 이리도 마음이 쓰이는지, 그 자신조차 이해할 수 없었다.

한운석의 조마조마하던 마음도 그나마 진정되었다. 정말 눈물이 나올 정도로 감격스러웠다!

물론 지금 그녀에게 울 시간은 없었다. 기뻐할 시간은 더욱 없었다.

그녀는 바로 용비야의 손에 든 서신을 가져와서 읽었다. 이 서신은 오늘 아침에 쓴 것으로 고북월의 현재 상황을 상세하게 설명해 놓았다.

계속 답신이 오지 않자 목령아는 백리원룡을 찾아갔다. 하지만 천산 상황이 어떤지 잘 몰라서, 경솔하게 서신을 더 보낼 수 없었다. 고북월은 침술을 이용해 독을 다리에 봉인했고, 약귀곡에서 준 약들로 잠시나마 독소가 퍼지는 것을 막으면서 지금까지 시간을 끌 수 있었다.

하지만 어젯밤부터 독소가 더는 막아지지 않고 몸 위쪽으로 퍼져 갔다.

고북월은 천산에 문제가 생길까 염려하여, 목령아가 또 서신을 보내 재촉하지 못하게 했다. 이 서신도 목령아가 몰래 보낸 것이었다.

"바보!"

한운석은 걱정스러우면서도 화가 났다.

"의원이라는 사람이, 지금 죽음을 자초하고 있잖아요!"

시삼의 독성은 부분에서 전신으로 퍼지기만 하는 게 아니었다. 무시무시한 증상이 또 하나 있었는데, 시삼 독이 몸에 오래 남은 채 배출되지 않고 발작도 하지 않으면, 독소가 사람의 몸을 토양으로 삼아, 오장육부에서 시삼이 자라났다!

결국에는 죽고 나서도 시체는 시삼의 차지가 되었다.

만약 처음에 해약을 썼다면 완전히 시삼 독을 풀 수 있었다. 하지만 지금까지 시간을 끌었으니, 해약으로도 완전히 해독할 수 없었다. 반드시 침을 놓아 배독까지 해야 완전한 해독이 가능했다.

한운석은 조금도 지체할 수 없었다. 그녀는 바로 해독시스템에서 해약을 꺼내 서신을 쓴 후 서동림에게 당장 보내라고 분부했다.

서동림이 나가자 한운석이 입을 열기도 전에 용비야가 물었다.

"꼭 하산해야겠느냐?"

그는 산에 오기 전, 그녀의 하산을 대비해 미리 여러 가지 준비를 해 두었다. 하지만 그녀가 정말 먼저 하산해야 하는 순간이 오자, 이렇게 아쉽고 안심이 되지 않을 줄은 몰랐다.

천산은 아직 의학원에 정식 답변을 보내지 않았지만, 천하모든 사람이 그녀가 독종의 후예임을 알고 있었다!

그녀가 산에서 내려가면, 얼마나 많은 질책과 배척을 받고, 얼마나 많은 문제와 위험에 부딪히게 될까?

"해약은 독소를 칠 할 정도만 풀 수 있어요. 남은 삼 할을 배독하지 않으면 보름도 안 되어서 독이 오장육부의 어딘가로 파고 들어가 시삼를 키워낼 거예요."

한운석이 담담하게 말했다.

"내가 가지 않으면, 그 사람이 죽어요."

용비야는 중상을 입은 후 이제 막 의식을 회복했고, 너무 쇠약해져서 침상에서 내려오지도 못했다. 이런 그를 두고 한운석이 어떻게 발이 떨어질까? 어떻게 안심이 되겠는가?

하지만 사람 목숨이 달린 일이었다. 용비야에게, 그리고 자기 자신에게도 잔인해야 했다.

고북월은 그녀의 가장 좋은 친구인데, 어찌 나 몰라라 할 수 있을까?

게다가 시삼 독을 쓰는 일은 그리 쉽지 않았다. 그녀는 고북월 곁에 첩자가 있을 거라 의심했다.

더욱이 백리원룡은 무장이고 권모술수에 능하지 못했다. 용비야와 그녀가 이렇게 오래 떠나 있는 동안 중남도독부의 일은 고북월이 백리원룡의 뒤에서 다 감당하고 있었다.

특히 이번에 그녀의 독종 신분이 밝혀졌을 때, 고북월은 위험한 상황을 만회하고 대국을 안정시켰다. 고북월에게 무슨 일이라도 생기면, 용비야가 지금 이런 상황에서 중남도독부에 내란이 일어날 수 있었다.

공적으로든 사적으로든, 감정적으로든 이성적으로든, 한운석은 반드시 서둘러 산을 내려가 사람을 구해야 했다.

이런 이해관계는 한운석보다 용비야가 더 잘 알았다.

아쉬운 마음은 속으로 삼킨 후, 그는 주저하지 않고 냉정하게 말했다.

"당장 너를 비밀리에 하산시켜 주겠다. 대외적으로는 천산에서 너를 조사하고 있으며, 조사가 끝나기 전에는 내려 보내지 않겠다고 발표하마."

"좋아요!"

한운석도 머뭇거리지 않았다.

"내려가는 길은 하나뿐이다. 오늘 밤에 가거라. 비밀 시위가 산 아래에서 너를 맞을 거다."

용비야가 또 말했다.

"네."

한운석이 고분고분하게 답했다.

두 사람은 서로를 바라보며 더 이상 쓸데없는 말은 늘어놓지 않았다. 밤에 짐을 다 챙긴 후 떠나기 직전이 되어서야 한운석은 용비야에게 말했다.

"치료 잘 받고 있어요. 독을 풀고 나면 바로 돌아올게요."

"음."

용비야는 고분고분하게 답했다.

한운석은 한참 침묵하고 있다가 다시 말했다.

"배웅하지 말아요. 내가 올 때까지 기다렸다가 산 아래로 마중 나와요, 알았죠?"

용비야는 바로 대답하지 않았다. 그녀를 한참 동안 바라본 후에야 담담하게 대답했다.

"그러마."

"그럼 갈게요!"

한운석은 담담하게 말했다. 문밖에서 검종 노인과 서동림이 벌써 오랫동안 기다리고 있었다.

"음."

용비야는 고개를 끄덕였다.

한운석은 뭔가 말하려는 듯하다가 결국 입술을 깨물고 돌아섰다. 입구에 이를 때쯤 용비야가 불렀다.

"한운석……."

한운석은 바로 멈췄지만 돌아보지 않았다. 오래 기다려도 용비야는 말이 없었다.

결국 그녀가 돌아보았다.

"왜요?"

그가 웃으며 말했다.

"본 왕이…… 너와 함께 하산할까?"

그녀가 웃으며 말했다.

"좋아요. 그럼 내가 당신 짐을 챙겨줄 테니 함께 가요."

"그래."

그는 유쾌하게 대답했다.

하지만 그녀는 계속 움직이지 않았다. 두 사람 다 그저 농담일 뿐인 것을 알고 있었다. 그는 부상을 치료해야 했고, 산에서 내려올 수 없었다.

"용비야, 또 만나요!"

한운석이 진지하게 말했다. 용비야는 말없이 가라는 듯 손을 흔들었다.

이번에 한운석은 다시는 돌아보지 않았고, 용비야도 더는 부르지 않았다. 방문이 끼익 소리를 내며 닫혔고, 두 사람은 서로를 볼 수 없었다.

생사의 갈림길에서 돌아와 제대로 이야기도 나누지 못했는데 이렇게 헤어지다니?

한운석의 투명한 눈동자에 서린 눈물이 달빛을 받아 반짝였다.

　"사존, 이제 가요!"

　검종 노인의 안내와 시위들과 서동림의 경호를 받으며 한운석은 비밀리에 천산에서 내려왔다. 그런데 천산 아래에는 그녀를 기다리는 무리가 있었다!

늙은 여우

한운석은 아무도 모르게 천산을 내려왔는데, 어찌 된 일인지 산기슭에 이르자 강호인 무리가 길을 막아섰다. 매일 이곳을 지키고 있었는지, 아니면 소식을 듣고 일부러 가로막은 것인지는 알 수 없었다.

천산 시위들은 공격하기 어려웠다. 다행히 용비야가 비밀 시위를 충분히 붙여 준 덕에 곧 길을 막고 있던 자들을 다 해치웠고, 산에 보내 심문할 한 사람만 살려 놓았다.

골치 아픈 상황이 해결되자 보이지 않는 곳에 있던 검종 노인이 걸어 나왔다. 그는 진지하게 말했다.

"아이야, 아무래도 가는 길에 성가신 일이 많을 거다. 고생이 많겠구나."

"고생은요, 원래부터 제 문제였는걸요."

한운석은 담담하게 말했다. 이런 성가신 일들이 생기는 이유는 다 그녀의 출신 탓이었다.

"이 늙은이만 아니었다면……."

검종 노인은 죄책감을 느꼈다. 그가 지난 오랜 세월 동안 창구자를 내버려 두지만 않았다면 그토록 많은 문제가 생기지 않았을 것이다.

"무림 지존인 천산이 독종의 잔당을 죽이는 것은 당연한 이

치입니다. 운석은 사존께서 지켜 주신 은혜에 감사드립니다."

한운석이 진지하게 말했다.

"탓하려면 오랫동안 쓸데없이 모함을 받은 독종의 무능함을 탓해야지요. 독종의 후예인 제가 언젠가는 반드시 의학원에게 해명을 받아 낼 거예요!"

검종 노인은 한운석의 고집스러운 눈빛을 보고 다시 한번 탄복했다!

이 여자는 지금 운공대륙 전체의 표적이 되었고, 운공대륙 사람이라면 누구나 죽여 마땅한 독종의 잔당이었다. 천산 산기슭에서도 골치 아픈 일이 벌어졌는데, 천산을 벗어나면 얼마나 많은 문제가 생길까? 이번에 영남으로 돌아가는 길에는 또 얼마나 많은 위험과 모욕이 도사리고 있을까?

천하를 적으로 돌린 상황에서도 그녀는 이렇게 믿음이 확고했고, 의학원을 성토할 용기도 있었다.

사내대장부도 그녀만큼 기개와 담력이 넘치지는 않을 것이다.

"좋다! 의학원 쪽은 본 사존이 최선을 다해 시간을 끌어 주마."

검종 노인도 모든 것을 다 걸었다. 의학원의 고 원장은 이미 세 통의 서신을 보내 한운석의 출신을 추궁하면서, 명확한 답변을 내놓으라고 요청했으나, 그는 아직까지 답신을 한 통도 보내지 않았다.

"고맙습니다!"

힌운식은 공손히 읍을 하고 떠나려 했다. 그런데 검종 노인이 입을 열었다.

"비야는……."

검종 노인이 말을 끝내기도 전에 한운석이 끼어들었다.

"사존께서 잘 돌봐 주시고 치료를 잘 받게 해 주세요. 절대 미리 하산하지 못하게 해 주세요."

한운석은 잠시 멈췄다가 말을 이었다.

"그리고 저 대신 이렇게 전해 주세요……."

사실 하고 싶은 말이야 수도 없이 많았지만, 용비야 앞에만 서면 입이 떨어지지 않았다. 검종 노인 앞에서도 뭐라고 해야 좋을지 몰랐다. 결국 속에 가득 담아 두었던 말은 한마디로 변했다.

"안심하라고."

검종 노인은 근처 풀숲을 힐끗 본 후 어쩔 수 없다는 듯 웃었다.

"본 사존이 반드시 전해 주겠다."

"이만 가 보겠습니다!"

한운석은 고개를 돌려 산 위를 바라보았다. 하지만 하늘 가득 반짝이는 별 외에는 아무것도 보이지 않았다.

계속 머뭇거려 봤자 결국엔 가야 하는 길, 기분 좋게 떠나자. 그녀는 지금 잠깐의 이별이 훗날 더 멋진 재회로 이어질 거라고 확신했다.

그녀는 마음속으로 조용히 용비야에게 인사한 후 얼른 마차에 올랐다. 신분을 숨기기 위해 눈에 띄지 않는 누추한 마차를 마련했고, 한운석 한 명만 탈 수 있었다. 서동림은 변장하여 직접 마차를 몰았다. 그리고 수많은 비밀 시위 무리가 보이지 않는 곳에서 함께 했다.

마차가 완전히 보이지 않게 된 후에야 용비야가 수풀 속에서 걸어 나왔다. 그는 검을 지팡이처럼 짚으며, 한 걸음 한 걸음 아주 힘겹게 걸었다.

마차가 사라진 방향을 바라보며, 그 역시 마음속으로 한운석에게 작별 인사를 했다.

본디 침상에서 내려와서는 안 되었고, 하산은 말할 것도 없었다. 하지만 검종 노인은 그를 설득할 수도, 말릴 수도 없었다.

검종 노인이 얼른 그를 부축했다.

"왔으면서 알리지도 않고 배웅도 하지 않다니, 왜 그랬느냐?"

마차가 더 이상 보이지 않게 된 후에도 용비야는 저 먼 곳을 바라보며 담담하게 말했다.

"알게 되어도 가야 하니까요."

"그럼 왜 배웅하러 왔느냐?"

검종 노인은 화가 났다. 용비야가 한 번 하산하는 데 얼마나 많은 진기를 써야 했던가?

"하산하자마자 무리에게 둘러싸였습니다. 보아하니 구현궁의 그자는 모르는 게 없나 봅니다."

용비야가 냉소적으로 말했다.

검종 노인의 눈빛이 어두워졌다. 그는 자기 곁에 첩자가 숨어 있을 줄은 생각도 못 했다. 요 몇 년 동안 자신이 정말 어리석게 굴었던 것 같았다.

용비야가 혁역련에게 승리한 후 이 정보를 알아내지 않았다면, 그는 영원히 알 수 없었을 것이다.

그날 혁역련은 용비야에게 누구에게 지시를 받고 시간을 끌었는지 말해 주지 않았다. 하지만 혁역련은 용비야에게 아주 중요한 단서를 남겼다. 혁역련이 말한 여섯 글자는 바로 '구현궁, 염탐꾼'이었다.

"천산까지 손을 뻗치다니, 아무래도 배후의 늙은 여우가 너를 오랫동안 주시한 것 같구나."

검종 노인이 진지하게 말하자, 용비야는 그 말을 부인했다.

"아닙니다. 운공대륙을 오랫동안 주시해 왔겠지요."

그를 왜 주시했겠는가? 그를 주시해 왔다는 건, 바로 운공대륙의 천하 강산을 놓고 그와 싸우기 위해서였다.

"그자의 손은 천산만이 아니라 진왕부까지 뻗쳤습니다."

용비야가 차갑게 말했다.

"본 왕의 계획을 방해했으니, 반드시 대가를 치르게 하겠습니다!"

그는 소소옥이 까닭 없이 실종된 사건에 별로 주의를 기울이지 않았다. 천산 일을 돌보느라 바빠서 생각할 겨를이 없었기 때문이 아니었다. 일찌감치 알고 있었기 때문이었다.

소소옥은 기억을 잃은 후 한운석 곁에 계속 남아 있었고, 그는 줄곧 사람을 붙여 소소옥의 행방에 주의를 기울였다. 사실 영남군은 그의 세력권이었으니 사람을 그리 쉽게 잃어버릴 수는 없었다.

그는 소소옥을 미끼로 사용해 장계취계를 사용한 것뿐이었다. 이런 사정을 한운석에게 알리지 않은 것은 한운석이 소소옥에게 마음을 쓸까 염려해서였다.

소소옥은 그자들의 수중에 떨어졌을 것이다. 고생은 말할 것도 없고 나중에 목숨을 부지할 수 있을지도 미지수였다.

"고북월의 중독은 아무래도 늙은 여우와 관련 있을 듯하구나."

검종 노인이 목소리를 낮추고 말했다.

"운석이 이번에 가면 분명 위험해질 거다. 네 마음은 사부보다 더 모질구나, 허허!"

용비야는 대답하지 않았다. 사실 한운석을 붙잡을 수 있었다면, 보내지 않았을 것이다. 중남도독부가 혼란에 빠지고 모든 판이 흐트러질지언정, 한운석이 위험을 무릅쓰게 하고 싶지도, 한운석 홀로 천하 사람에게 욕을 먹게 하고 싶지도 않았다.

하지만 진실을 한운석에게 다 말해 주어도, 그 여자는 두려워하지 않고 영남으로 돌아갔을 것이다.

그가 막지 않은 것은 미련이 없어서가 아니었다. 마음이 모질기 때문은 더더욱 아니었다. 붙잡아 둘 수 없기 때문이었다. 한운석은 다른 여자와는 완전히 달랐다.

그녀는 두려워하지 않았고, 남자 뒤에 숨어서 시련을 피하려고 하지도 않았다.

그는 보낼 수 있는 비밀 시위를 다 동원하여 한운석을 보호했다. 동시에 쇄심원, 장검각, 장경각의 움직임을 감시했다. 이 세 세력만 나서지 않으면 천하의 어떤 속세 세력도 그가 이번에 보낸 비밀 시위들을 이길 수 없었다.

그녀의 이번 여정이 순조롭기만을 바랄 뿐이었다.

이때 한 백발 존자가 어두운 곳에서 걸어 나왔다. 용비야에게 돌아가라고 재촉하기 위해 온 것이었다.

이 존자는 용비야의 서정력 통제를 돕기 위해 왔다.

"비야, 서정력의 금기를 또 잊었느냐?"

존자가 싸늘하게 물었다.

용비야와 검종 노인은 서정력에 대해 잘 몰랐다. 그런데 존자들은 용비야의 상처를 치료하면서 서정력을 발견했고, 그들보다 훨씬 더 많이 서정력을 이해하고 있었다.

서정인이 금하는 것은 '욕慾'이었다. 즉 봉인이 해제되기 전, 서정력을 통제하기 전에 동정을 잃으면 지금까지의 공든 탑이 모두 무너졌다.

반면 서정력이 금하는 것은 '정情'이었다. 서정력은 운공대륙 최고 단계의 힘으로, 일단 서정력을 통제하면 무림에서는 무적이 되었다. 하지만 가장 사랑하는 사람 앞에서 서정력은 완전히 억제되었다.

즉 언젠가 한운석과 그의 검이 마주하게 되는 날이 오면, 한운석 앞에서 그는 내공을 모두 잃은 상태가 되었다.

서정력은 결국 정 때문에 죽을 수도 있는 힘이었다.

다시 말해 누군가 그를 죽이고 싶다면, 그의 검과 맞설 게 아니라, 한운석의 손을 빌리는 게 가장 좋은 방법이었다!

"기억하고 있습니다!"

용비야가 존자에게 진지하게 답했다.

바로 이 금기 때문에 그는 공개적으로 한운석에 대한 애정을 과시하는 일을 삼가야 할지도 몰랐다.

혁역련의 배후에 있는 그 늙은 여우도 뭔가 아는 게 있으니 혁역련에게 일부러 시간을 끌라고 시켰을 것이다. 만일 그 늙은 여우도 서정력에 대해 안다면, 한운석은 더 골치 아파졌다.

용비야는 또 저 먼 곳을 바라봤다가, 결국 마음 가득한 걱정을 누르고 존자와 함께 산으로 돌아갔다.

이 밤은 유독 느리게 지나갔다.

한운석은 마차 안에 앉아서, 이 여유로운 시간을 활용해 마음을 집중하고 독 저장 공간의 두 번째 단계를 잘 알아가도록 수행해야 한다고 계속 스스로에게 다짐했다. 하지만 아무리 해도 마음이 평온해지지 않았다. 자꾸만 용비야는 지금 뭘 하고 있을까 하는 생각에 빠졌다.

세상에 그리움의 독을 풀 수 있는 해약도 있을까?

적어도 한운석은 만들어 낼 수 없었다. 하지만 긴 그리움에 빠질 여유는 곧 사라졌다. 천산 세력권을 벗어나자마자, 동이 트지도 않았는데 또 골치 아픈 상황이 그녀를 기다리고 있었다.

갑자기 명문 정파 무리가 나타나 마차 주변을 단단히 포위했다.

"소문 한번 빠르네! 아무래도 우리 행적은 비밀이 아닌가 보군."

한운석이 작은 목소리로 말했다.

"마마, 별일 아닙니다, 계속 쉬고 계십시오!"

서동림이 진지하게 말했다. 그는 내내 마차에 앉아 조금도 움직이지 않았고, 뒤따라오던 비밀 시위가 소위 명문 정파라는 자들을 상대했다.

용비야가 그녀를 보호하기 위해 보낸 비밀 시위들은 당연히 모두 고수 중의 고수들이었다. 한 사람이 열 명을 충분히 상대했고, 곧 무리를 깔끔하게 해치웠다.

비밀 시위가 적을 전멸하여 입을 막으려 하자 한운석이 말렸다.

"어차피 우리가 비밀리에 다닐 수 없다면, 괜히 사람들 입에 오르내리지 않게 목숨을 살려 주자."

이번 행차에서 얼마나 많은 이들이 길을 막고 나설지는 하늘만이 알 일이었다. 만약 그런 무리를 보이는 족족 다 죽이면, 의학원은 분명 이 일을 구실로 크게 떠들어 댈 게 분명했다.

"죽이지는 않아도 본때를 보여서 우리가 쉽게 괴롭힐 상대가 아니란 걸 알게 해야 합니다!"

서동림은 말하면서 부상자들 위로 마차를 몰고 지나갔다.

과연 소식은 아주 빠르게 새 나갔다. 한운석 일행은 떠난 지 사흘 만에 벌써 스무 번이나 매복과 포위 공격을 만났다. 거의 두 시진에 한 번씩 마주치는 듯했다.

그들이 하는 욕은 이제 외울 정도였다. '요녀', '화근', '재수덩이', '위선자' 같은 것들은 물론이요, 약귀당을 연 것도 다 꿍꿍이가 있어서라느니, 약왕 노인의 총애도 미혹술을 써서 얻어

낸 것이라느니 등등…….

용비야의 비밀 시위단이 그토록 강하지 못했다면, 검의 공격이 난무하는 가운데 한운석은 일찌감치 목숨을 잃었을 것이다.

한운석의 마음이 그토록 강하지 못했다면, 정의를 부르짖는 소리에 일찌감치 짓눌렸을 것이다.

아직까지는 순조로웠다. 하지만 닷새째 되는 날 새벽, 그들은 소요성 세력에게 포위되었다.

놀랍게도…… 소요성이 총출동했다!

그녀의 목숨 값

오십여 명의 비밀 시위 고수들이 초라한 마차 주변을 겹겹이 둘러싼 후, 모두 검을 쥐고 바짝 경계했다.

이번에는 서동림도 더 이상 한운석을 안심시킬 수 없었다. 그 자신조차 놀라서 얼굴이 새하얗게 질렸다.

소요성이 총출동하다니!

정말 너무 뜻밖이었다!

비밀 시위들이 두 사람을 겹겹이 둘러싸며 빈틈없이 보호했고, 소요성 사람들은 그들 앞에 세 줄로 늘어섰다. 맨 앞에 서 있는 소요성의 장로와 무공이 뛰어난 제자들은 서동림이 지난번 여아성에서 다 보았던 자들이었다. 그런데 한 명이 유독 낯설었다.

쉰 살 정도 되어 보이는 그는 손에 양날검을 쥐고 있었는데, 구레나룻을 기른 얼굴에 차가운 눈빛을 번뜩이며 화내지 않고도 위엄을 드러냈다. 그는 흉신처럼 그곳에 서서 살기를 뿜어냈는데, 한운석처럼 무공을 할 줄 모르는 사람조차 선명하게 느낄 수 있을 정도였다.

"마마, 저…… 저자는……."

더듬거리는 서동림에 비해 한운석은 꽤 침착했다.

"소요성 성주 제종림齊宗霖일 거다. 운공대륙에서 당자진 다

천재소독비 15　　433

음 가는 서열 4위의 고수지."

한운석은 자조하기 시작했다.

"저자까지 올 줄이야. 본 왕비의 목숨 값이 꽤 나가나 보구나."

"마마, 저들은 이길 수 없습니다!"

서동림은 절대 자신을 비하하거나 상대를 과대평가하는 자가 아니었다. 그의 말은 사실이었다!

"확실히 이길 수 없지……."

한운석은 침착하게 말했지만 등줄기가 서늘해졌다.

다른 사람은 몰라도 제종림은 혼자서 오십여 명의 비밀 시위를 상대할 수 있었다. 이렇게 온 성이 총출동해서 덤벼들다니, 대체 얼마나 굳은 결심을 하고 그녀를 죽이려는 걸까!

"마마, 의성이 저들을 고용했을까요?"

서동림이 추측했다.

한운석은 바로 부정했다.

여아성과 소요성의 평판은 좋지 못했고, 의학원은 공개적으로 살수와 결탁해 독종의 후예를 죽일 만큼 어리석지 않았다. 청부살인은 구설수를 부르기 때문이었다.

게다가 용비야가 냉월 부인을 죽인 일은 소요성을 두려움에 떨게 만들기에 충분했다. 제종림은 절대 돈 때문에 온 성을 동원하여 그녀를 죽이러 오지는 않았을 것이다.

충분한 유혹거리가 없었다면 제종림이 경솔하게 나설 리 없었다. 그는 용비야는 물론 천산에는 더더욱 미움을 살 수 없기 때문이었다.

배후에 음모가 있는 게 틀림없었다!

"다른 목적이 있거나, 아니면 무슨 소식을 들었겠지."

한운석이 추측했다.

"마마, 저자의 목적이 무엇이든 우선은 목숨을 지킬 방법부터 생각해야 합니다! 싸움이 시작되면 제가 마마를 모시고 도망치겠습니다. 앞쪽으로 조금만 가면 갈림길이 나오니 그때 갈라져서 도망치면 됩니다."

서동림은 아주 진지했다.

"마마, 꼭 기억하십시오. 마마는 오른쪽, 저는 왼쪽입니다. 제가 어떻게든 저들을 유인하겠으니, 아무것도 상관 마시고 앞으로 뛰어가십시오. 그리고 우선 적당한 곳에 숨으십시오."

한운석은 어쩔 수 없다는 듯이 웃었다.

"서동림, 지금 이런 상황에서 우리가 도망칠 수 있다고 생각하느냐?"

서동림은 완고하고 진지한 눈빛으로 그녀를 바라보았다.

"마마, 도망칠 수 없어도 도망쳐야 합니다! 형제들이 목숨을 걸고서라도 마마를 위해 시간을 벌겠습니다. 저희를 믿으십시오!"

한운석이 평소 이 비밀 시위들을 아꼈던 마음은 헛되지 않았다!

그녀는 복잡한 눈빛으로 진지하게 말했다.

"도망치고 싶지도, 죽고 싶지도 않다. 내가 최대한 시간을 끌 테니, 너는 어떻게든 서둘러 천산 쪽에 연락해 지원군을 요청해라."

이들은 이미 서주국 경내로 들어왔다. 독종 잔당에 대해 서주국은 아직 입장을 표명하지 않았지만, 그렇다고 서주국 황족이 구하러 와 줄 리 없었다. 용비야가 서주국에 심어 둔 세력은 모두 도성에 있었고, 도성까지는 적어도 열흘은 넘게 걸렸다.

그러니 되돌아가 천산에 도움을 청하는 것만이 유일한 방법이었다.

이곳에서 천산까지는 닷새 정도 걸렸다. 서동림의 경공 실력으로 최대한 빨리 움직이면, 적어도 반나절 안에 이틀 동안 갈 길을 갈 수 있었다. 직접 천산까지 갈 필요는 없었다. 구조 요청 신호만 보내면 지원군이 와 줄 것이었다.

한운석도 자신이 얼마나 시간을 끌 수 있을지는 몰랐다. 하지만 어떻든 간에 최선을 다해 시간을 끌고 살아남아야 했다! 고북월이 그녀의 도움을 기다리고 있었고, 용비야가 그녀가 돌아오길 기다리고 있었다!

정말 소중한 생명이었다!

멀리서 보면 두 세력이 일촉즉발의 형세가 되어 금방이라도 싸움이 일어날 분위기였다. 그런데 한운석은 겹겹이 보호하고 있는 무리 속에서 걸어 나와 소요성 사람과 대면했다.

그녀가 나타나자 소요성 사람 모두가 주목했고, 이 틈에 서동림은 뒤로 몰래 빠져나갔다.

"허허, 이게 누구신가, 그 이름도 유명한 진왕비, 한운석 아니신가?"

제종림은 꽤 의외라는 듯 말했다.

"당신은 무림 서열 4위의 고수이자 소요성의 성주인 제 성주로군요? 말씀 많이 들었습니다."

한운석이 예의 바르게 말했다.

하지만 제종림은 더는 예의를 차리지 않고 냉랭하게 말했다.

"이 늙은이가 누군지 알면서 순순히 항복하지 않고 뭘 하느냐, 괜히 내가 나서게 만들지 마라!"

"죽더라도 이유는 알고 죽고 싶습니다. 대체 누가 운석의 목숨을 뺏어 오라 하던가요?"

한운석이 겸손하게 물었다.

제종림은 아주 진지하게 말했다.

"소요성은 이번에 하늘을 대신하여 정의를 행하고, 천하를 대신해 독종 잔당을 죽이러 왔다. 돈은 한 푼도 받지 않았다!"

한운석은 결국 하하 소리를 내며 웃음을 터뜨렸다. 빈정거림이 가득한 냉소였다.

"왜 웃느냐?"

제종림이 물었다.

"제 성주, 대체 언제부터 하늘을 대신해 정의를 행했나요? 아니, 진왕 때문에 소요성이 많이 놀랐나요? 그래서 이리도 다급하게 명문 정파들에게 영합하려는 건가요? 애써 봤자 무시당할 텐데, 뭐 하려요?"

한운석이 큰 소리로 웃기 시작했다.

"곧 죽을 상황에도 입은 살았구나. 네가 언제까지 웃을 수 있는지 보자!"

제종림은 대로하며 직접 공격하려 했다. 그런데 한운석이 갑자기 진지한 표정이 되어 큰 소리로 물었다.

"제종림, 본 왕비가 독종의 잔당이라고 누가 그러던가요?"

제종림은 한운석이 이런 질문을 할 줄은 몰랐다. 그는 순간 복잡한 눈빛이 되었다가 곧 대답했다.

"독종 직계 혈통만이 독짐승을 다스릴 수 있다. 한운석, 네 출신은 이미 비밀도 아니다. 눈치 없이 굴지 말고, 순순히 항복해라!"

"독짐승이라니요? 제 성주, 대체 어느 쪽 눈으로 독짐승을 보았나요?"

한운석이 다시 물었다.

제종림은 직접 독짐승을 본 적은 없었다. 하지만 그는 확신에 차서 말했다.

"천산의 장검각, 장경각, 쇄심원, 계율원 제자들이 직접 보았는데, 거짓이 있겠느냐?"

"천산 제자요?"

한운석이 어쩔 도리가 없다는 듯 고개를 가로저었다.

"그럼 대체 천산 제자 중 누가 직접 보았다던가요? 그리고, 천산이 언제 본 왕비가 독종의 잔당이라고 밝혔나요?"

제종림은 대답할 수 없었다. 한운석의 출신에 대해서는 이런저런 풍문으로만 떠돌 뿐, 어디서도 공식적으로 인정한 적은 없었다. 의성에서도 지금까지 중남도독부를 향해 한운석을 내놓고 의성의 조사에 협조하라고 요청만 했지, 한운석의 출신에 대해 명확하게 설명하지 못했다.

이번에 제종림이 성 전체를 다 끌고 와서 한운석을 가로막은 것은, 어느 고인高人이 알려 주었기 때문이었다. 이 고인은 그에게 용비야의 내상이 심각해 단시간에 회복이 불가능하고, 한운석은 혼자 천산을 내려와 영남으로 돌아갈 것이라고 알려 주었다.

그도 원래는 믿지 않았다. 그런데 고인은 한운석이 천산을 내려오는 시간과 가는 경로까지 상세하게 알려 주었다. 사람을 보내 알아보니 아주 정확했다.

제종림이 아무리 머리가 나빠도 그 고인이 천산 사람임은 알 수 있었고, 그래서 그 말을 믿게 되었다.

원래부터 한운석에게 묵은 원한이 있던 소요성은 나중에 용비야에게까지 위협을 당하자 도저히 승복할 수 없었다. 살수계가 어찌 용비야 부부에게 짓밟히고만 있겠는가?

제종림은 복수하고 싶었고, 분노를 표출하고 싶었다. 그래서 오늘 성 전체를 동원했고, 이 일로 운공대륙 전체를 뒤흔들어, 천하 모든 사람에게 소요성이 절대 만만치 않다는 것을 알리고 싶었다.

물론 제종림은 용비야가 부상 때문에 동행하지 않을 거라 확신했기 때문에 공공연하게 길을 막을 수 있었다.

그런데 지금 한운석의 말 때문에 그는 조금 불안해졌다.

제종림이 동요하자 한운석은 얼른 말을 이었다.

"제 성주, 솔직히 말할게요. 이번에 하산한 건 검종 사존, 진왕 전하와 함께 의성에 가서 독종의 일을 확실히 해명하기 위해서예요. 두 사람은 일이 있어서 좀 늦어지고 있지만, 잠시 후면 도착할 거예요."

한운석은 주변을 살피며 말을 이었다.

"아, 그리고 검종 사존이 제자들도 함께 데려올 테니 대체 누가 본 왕비의 소재를 누설했는지도 제 성주가 좀 알려 주세요."

한운석은 아주 침착하게 새빨간 거짓말을 술술 늘어놓았다.

그녀는 천산에 첩자가 있을 거라고 진작부터 예상했다. 그리고 소요성이 이렇게 총출동해서 공공연히 길을 가로막은 것은 분명 어떤 정보를 얻었기 때문이라고 생각했다. 그렇지 않고서야 제종림에게 이런 배짱이 있을 리 없었다.

그래서 그녀는 마음을 독하게 먹고 도박을 걸었다.

한운석의 말에 안 그래도 동요하던 제종림은 속으로 크게 놀랐다.

그 고인이 들킨 게 아닐까, 그래서 용비야가 장계취계를 써서 유인한 걸까?

이런 생각을 하며 그는 말없이 싸늘하게 한운석을 관찰했다.

아무리 봐도 이 여자가 거짓말하는 것 같지 않았다. 말은 거짓으로 꾸밀 수 있어도, 눈빛은 속일 수 없었다.

소요성 살수가 총출동한 상황에서도 이 여자의 눈에는 일말의 공포심도 느껴지지 않았다. 믿는 구석이 있는 게 아니라면, 어떻게 이렇게 조금도 두려워하지 않을 수 있겠는가?

여자는 물론 대장부라고 해도 이런 상황에서는 두려워하기 마련이었다!

제종림의 날카로운 눈빛에 한운석의 등은 식은땀으로 젖어 갔다. 누구도 그녀가 얼마나 두려워하고 있는지 몰랐다.

자칫 잘못해서 제종림이 마음을 다잡고 소요성이 공격하면, 그녀는 죽은 목숨이었다!

하지만 그래도 끝까지 버텼다! 그녀는 고고하고 업신여기는 태도로 제종림의 날카로운 눈빛을 쳐다보았다. 차분하고 침착하게, 여왕처럼 전혀 두려움이 없는 모습이었다.

제종림은 주저하고 있었다. 한운석이 계속 위협하려고 하는데, 갑자기 그들 뒤로 사람 형체가 세차게 내동댕이쳐졌다.

"서동림!"

한운석이 소리쳤다.

누군가에게 내던져진 서동림은 선혈을 토했고, 숨이 곧 끊어질 듯했다!

한운석 주변에 있던 비밀 시위들이 구하러 가려는 순간, 누군가가 날아들었다. 다른 누구도 아닌 소요성의 소주, 제요천이었다.

그는 한 발로 서동림의 몸을 밟고 서서 큰 소리로 외쳤다.

"아버지, 이 여자에게 속지 마십시오! 이쪽에서 시간을 끌면서 뒤에서는 사람을 보내 구조 요청을 하려고 했습니다! 용비야와 검종 노인은 함께 오지 않았습니다!"

"그자를 풀어 줘라!"

한운석은 분노하며 말하자마자 금침을 날렸다. 갑작스러운 공격에 제요천은 뒤로 물러설 수밖에 없었고, 그 틈에 비밀 시위들이 서동림을 구해 냈다.

한운석이 막 서동림을 부축했을 때 제종림은 이미 검을 뽑은 뒤였다. 오십여 명의 비밀 시위들이 대열을 갖추었고, 한운석은 서동림을 부축한 채 뒤로 물러섰다.

소요성의 다른 무리가 흩어지기 시작하더니 한운석 일행을 포위했다. 그리고 제종림은 홀로 오십여 명을 상대했다!

살벌한 싸움이 시작되었다. 칼날이 번뜩이며 비밀 시위들이 하나씩 쓰러졌고, 제종림의 검은 마침내 한운석의 앞에 이르렀다……

칠 오라버니가 보고 싶었어?

제종림이 한운석 앞으로 검을 들이민 순간, 갑자기 어디선가 돌이 날아와 그의 손목을 때렸다. 그 통증에 쥐고 있던 검 끝의 방향이 빗나갔고, 한운석은 얼른 피했다. 그녀는 서동림을 부축한 채 뒤로 물러서면서 제종림으로부터 떨어졌다.

"누구냐?"

제종림이 크게 소리쳤다. 하지만 주변에 소요성 살수 외에는 누구도 보이지 않았다.

제종림은 아픈 손목을 바라보았다. 그런데 방금 날아든 그 '돌'은 씨앗이었고, 그의 살을 파고들어 싹을 틔우고 있었다!

이것은······.

제종림은 지금껏 이런 것을 본 적이 없었다. 하지만 그도 만만한 상대는 아니었다. 그는 바로 비수를 꺼내 살을 찔러 씨앗은 물론 뿌리까지 모조리 도려냈다.

도려낸 뿌리는 결코 짧지 않았다. 그가 빨리 반응했기에 망정이지, 조금만 더 지났어도 검을 든 손은 중상을 입었을 것이다.

누가 쓴 씨앗이든 간에, 만만치 않은 상대였다! 반드시 한운석부터 잡은 후에 다시 처리해야 했다.

그러나 제종림이 한운석에게 다가갔을 때, 나른하면서도 농기 어린 목소리가 무리 밖에서 들려왔다.

"어이, 제종림. 그 여자는 본 도련님도 함부로 괴롭히지 못하는 사람인데, 눈이 어떻게 된 거 아냐?"

작지 않은 목소리인데도 어느 방향에서 들려오는지 알 수 없었다. 주변 살수들이 모두 찾아 나섰지만 찾을 수 없었다. 한운석은 문득 걸음을 멈추고 믿을 수 없다는 듯이 사방을 두리번거렸으나, 그녀 눈에도 보이지 않았다.

하지만 그녀는 누가 왔는지 알았다!

이 농기 어린 목소리는 정말 너무도 익숙했다!

"대체 어떤 놈이냐? 본 성주를 몰래 공격하는 자가 무슨 영웅호걸이라 하겠느냐? 당장 모습을 드러내라!"

제종림은 차가운 목소리로 말하면서도 한운석을 향해 걸음을 재촉했다.

한운석은 더는 물러서지 않았다. 그녀는 제종림의 손목을 흘끗 보고는 냉소를 지으며 경고했다.

"제종림, 한 걸음만 더 오면 유일한 해약이 개 먹이가 될 텐데, 괜찮겠어요?"

제종림은 그 말에 기겁하며 자기 손목을 쳐다봤다. 그제야 손목 상처가 새까매진 게 보였다. 중독 증상이었다!

"한운석, 해약을 내놔라!"

손을 내밀어 한운석을 붙잡으려는 순간, 갑자기 손이 너무 아파 왔다. 뜨거운 불길이 타오르는 듯한 통증에 도저히 힘을 쓸 수 없었다.

한운석은 계속 뒤로 피하며 말했다.

"이 독은 염독炎毒이에요. 상처에서부터 시작해 천천히 온몸으로 퍼져요. 제 성주, 당신은 이제 온몸이 맹렬한 불에 타는 느낌을 알게 될 거예요."

제종림도 쉽게 협박당하는 인물은 아니었다. 그는 바로 명령을 내렸다.

"여봐라, 이 천한 계집을 잡아라!"

한운석을 잡아야 독을 쓴 자와 협상할 수 있었다. 그렇지 않으면 이 독을 해결할 방법은 없었다.

살수들이 바로 달려들었다. 그런데 갑자기 한운석 발밑에서 가시덩굴이 솟아나더니, 수많은 가지를 미친 듯이 뻗어 내며 공중에서 사람들을 위협했다.

바로 제종림이 도려낸 그 씨앗에서 자라난 가시덩굴이었다. 가시덩굴은 한운석을 가운데 놓고 보호했고, 수많은 가지가 높이 솟아올라 매혹적으로 흔들렸다.

그 모습을 본 사람들은 모두 두려움에 떨며 감히 가까이 다가오지 못했다.

아름답기도 하지!

한운석은 춤추듯 흔들리는 가시덩굴을 보면서, 처음으로 가시덩굴이 저렇게 우아하고 아름다운 식물임을 깨달았고, 처음으로 이렇게 길을 막는 식물이 사람을 보호할 수 있음을 알게 되었다.

제종림의 손 통증은 갈수록 심해졌다. 그는 다른 손으로 상처를 붙들고 차갑게 말했다.

"베어라!"

"제종림, 아무래도 해약이 필요 없나 본데!"

그 사람이 경멸하듯 비웃었다. 모습은 보이지 않았지만, 목소리에서 그 아름다운 자태를 상상할 수 있었다. 그가 웃으며 말했다.

"뭐 없어도 상관없겠지. 그 손을 잘라 버리면 되니까."

이번에는 모든 사람이 이 목소리가 어디서 오는지 알 수 있었다. 다들 거의 동시에 남쪽을 바라보았고, 남쪽을 에워싸고 있던 살수들은 재빨리 물러섰다.

붉은 그림자가 허공에서 스치듯 날아들더니, 하늘 가득 춤추고 있는 가시덩굴 앞에 착지했다. 붉은 옷을 입은 남자였다.

그가 입은 장포는 타오르는 불처럼 붉었고, 넓은 소매가 펄럭거리며 화려하고 아름답게 땅을 덮었다. 뒷모습만 보아도 절세의 아름다움이 드러나 사람의 마음을 훔쳤다.

충격받은 사람들 속에서 그는 한운석을 향해 살짝 미소를 지었다. 그 순간, 어두컴컴하던 세상이 화사해지는 듯했고, 가시덩굴마저 요염한 붉은 꽃을 피워 냈다.

고칠소, 바로 그였다!

"소칠……, 오랜만이야."

한운석이 중얼거리듯 말했다.

"너는 누구냐?"

제종림이 차갑게 물었다. 순간 모든 살수가 주변을 에워쌌다.

"저자는 고칠소입니다. 하하, 천향차원의 장주가 언제부터 용비야의 개가 되었지!"

제요천이 웃으며 말했다.

고칠소가 등장한 게 뭐 어떻단 말인가. 적진에 홀로 뛰어든 저자가 어찌 소요성 전체를 상대할 수 있을까?

"저자는 방문좌도에 능통하고 독술도 뛰어나다. 다들 조심해라!"

제요천이 또 말해 주었다.

"고칠소, 해약을 내놓으면 본 성주가 목숨만은 살려 주겠다. 그렇지 않으면 본 성주의 이 손 값으로 네 두 손 두 발을 모두 못 쓰게 만들겠다!"

제종림이 무섭게 경고했다.

그런데 고칠소는 제종림은 전혀 아랑곳하지 않고 눈살을 찌푸리며 제요천 쪽을 바라봤다.

"방금 뭐라고 했지?"

"용비야의 개라고 했다!"

제요천이 지지 않고 말했다.

요사한 빛을 띤 고칠소의 두 눈동자는 바로 실처럼 가늘어졌고, 목소리는 오만하게 변했다.

"제요천, 본 도련님이 언제 도착했는지 아느냐?"

제요천은 물론 그 자리에 있는 무리 모두 영문을 알 수 없었다. 왜 저런 걸 묻지?

"네 녀석이 언제 왔는지 무슨 상관이냐. 주제넘게 굴지 말고 당장 해약을 내놔라! 사람을 현혹하는 기술로 다른 사람은 위협할 수 있을지 몰라도, 우리 소요성에는 안 통한다!"

제요천이 무시하듯 말했다.

고칠소는 상관하지 않고 차갑게 말했다.

"너희가 용비야의 비밀 시위를 다 죽이기 전에 이미 와 있었다."

이건…… 또 무슨 뜻이지?

"본 도련님이 왜 지금까지 기다렸다가 나섰는지 아느냐?"

고칠소가 또 물었다.

왜인지 알 수 없지만, 제요천은 문득 모골이 송연해지는 느낌을 받았다. 하지만 그는 곧 그 느낌을 무시하고는 비웃으며 말했다.

"위세를 뽐내고 싶었나? 미인을 구하는 영웅이 되려 했느냐? 주제도 모르고 덤비다니, 죽음을 자초하는구나!"

고칠소는 아름답게 관리한 그의 손톱을 갖고 놀며 말을 계속했다.

"왜냐하면, 본 도련님은 용비야를 아주 싫어하기 때문이지. 이 기회에 그 녀석 기를 좀 꺾어 놔야 속이 편할 것 같아서."

한운석조차 이유를 알 수 없었다. 고칠소는 왜 그랬을까?

일찌감치 왔으면서 지금까지 기다렸다니, 혼자서 성 전체 고수를 어떻게 상대하려고!

지난번 초씨 집안의 어전술 궁수를 상대할 때 그렇게 다쳤으면서, 이번에는 소요성 전체란 말이다!

한운석은 당장이라도 달려가 고칠소의 머리를 한 대 쥐어박으며 이렇게 말해 주고 싶었다. 허세 좀 작작 부려!

"허허, 그럼 말해 봐라, 용비야의 기를 어떻게 꺾을 셈이냐? 왜, 혼자서 열 명과 싸울 셈이냐?"

제종림은 냉소를 지었다.

"차라리 본 성주와 한판 붙는 게 어떠냐? 네가 이기면 우리 소요성이 물러나겠다. 하지만 네가 지면 해약은 물론 한운석도 데려가겠다. 어떠냐?"

고칠소는 눈썹을 치키며 요염하게 실눈을 떴다. 그 매력적인 모습은 여자는 물론 남자까지도 현혹될 것 같았다. 제종림마저 그 얼굴과 자태에 감탄하고 있었다.

그런데 고칠소의 분위기가 급변하더니, 아주 거칠게 퉤 소리를 냈다. 침방울이 제종림의 얼굴에까지 튀었다.

"미친놈, 이 몸이 바본 줄 알아? 혼자서 열 명과 싸워? 나보고 혼쭐나게 당하란 소리야? 잘 들어, 혼자서 열 명이 아니라, 너랑 일대일로 붙는 것도 난 못 해! 이 몸도 오늘 혼자 온 게 아니라고! 백 명으로 열 명을 상대할 생각이야!"

한운석을 제외한 모든 사람이 갑작스러운 고칠소의 변화에 깜짝 놀랐다. 하지만 진짜 그들을 놀라게 만든 것은 그다음에 일어난 일이었다.

"모두 나와!"

고칠소의 말이 떨어지자마자 주변 숲속에서 낯빛이 시퍼런 시체 같은 자들이 걸어 나왔다.

하나같이 죽은 것처럼 무표정한 얼굴이었다. 어떤 무기도 갖고 있지 않았고, 무공을 할 줄 아는지도 알 수 없었다. 하지만 그들이 내뿜는 죽음과 부패의 기운은 보는 이의 등을 서늘하게 만들었다. 그 수가 얼마나 많았는지, 소요성 세력을 전부 에워싸기 시작했다.

소요성 사람들은 겉으로는 침착해 보였지만 사실 모두 당황하고 있었다. 제종림은 엉망이 된 표정으로 중얼거렸다.

"결사대……."

고칠소는 헝클어진 머리를 정리하면서 무심하게 대답했다.

"아니, 이건 독시야."

그 말에 제종림은 하마터면 피를 토할 뻔했고, 주변 살수들의 얼굴은 모두 새하얗게 질렸다.

독시라니, 어쩐지 결사대보다 더 음산하고 무시무시했다!

군역사가 길러 낸 독인만 해도 충분히 무시무시했다. 게다가 그쪽에서 기른 독시는 열 명이 안 되었다.

그런데 고칠소가 이렇게 많은 독시 무리를 길러 냈다니! 소요성이 결사대는 상대할 수 있어도, 이 많은 독시는 당해 낼 수 없었다!

독시는 수많은 독에 면역력이 있었고, 보이지 않게 독을 쓸 수 있었다.

제종림은 식은땀이 줄줄 흘러, 손이 불타는 듯한 느낌마저 잊었다.

"고칠소, 너, 너는……."

"어때, 애들이 용비야의 비밀 시위보다 강하지!"

고칠소는 아주 진지하고 엄숙하게 물었다.

"제종림, 이 몸의 독시가 네놈 성 전체를 다 없애고 나면, 용비야가 나에게 승복할까?"

제종림이 어떻게 대답해야 할까?

그는 눈앞에서 요사스러운 아름다움을 뽐내는 이 절세의 미남자가 미친놈이란 생각만 들었다!

그는 한운석은 물론 해약에도 신경 쓰지 못하고 고함을 질렀다.

"모두 후퇴다!"

그가 가장 먼저 경공을 써서 하늘 높이 솟아올랐다. 소요성 사람 중 감히 남아 있을 자는 없었다. 모두 하늘 높이 뛰어올라 주변을 에워싼 독시들을 넘어 허겁지겁 도망쳤다.

고칠소는 독시를 시켜 추격하지 않았다. 일부러 그들을 놓아준 듯했다.

소요성 전체가 총출동했으니, 소식은 빠르게 퍼질 게 분명했다. 그가 진짜 독시로 소요성 전체를 무너뜨려 '독종의 잔당'인 한운석에게 불명예를 지울 수는 없었다. 독시는 독고 다음으로 천하 사람이 두려워하는 대상이었다.

제종림에게 쓴 독은 바로 풀지 않으면 손을 잘라 낼 수밖에 없었다. 이걸로 독누이 대신 화풀이를 해 준 셈 쳤다.

주변 가득 쓰러진 비밀 시위의 시신들을 보고도 그는 별로 상관하지 않았다. 다만 조금 늦게 도착해서 독누이를 놀라게 한 것 같아 괴로웠다.

그는 한 걸음씩 한운석을 향해 걸어왔다. 그가 가까이 오자 가시덩굴은 천천히 시들어 가더니 결국 모두 바닥에 떨어졌다. 그는 한운석 앞에 서서, 세상이 반할 것 같은 아름다운 웃음을 지으며 말했다.

"독누이, 정말 오랜만이야. 칠 오라버니가 보고 싶었어?"

한운석은 감격한 나머지 뭐라 해야 좋을지 몰라 그저 그를 바라보기만 했다…….

"칠 오라버니가 그렇게 잘 생겼어?"

고칠소가 큭큭거리며 웃었다.

한운석이 그의 얼굴과 웃음을 이토록 자세하게 들여다본 것은 처음이었다. 잘생긴 건 알고 있었지만, 이렇게 아름다운 줄은 몰랐었다.

세상이 반할 만한, 속세의 것 같지 않은 고칠소의 아름다움은 순간일 뿐이었다. 한운석 앞에서 그는 그저 세상의 때가 묻은 평범한 남자일 뿐이었다.

그는 냉담하지도, 아름답지도, 요염하지도 않았다. 사랑하는 사람을 아끼는 평범한 남자, 먹고 자는 평범한 일들과 잡다한 일상에 관심을 가지는 남자 같았다.

그는 서둘러 소매에서 물통을 꺼내 한운석에게 내밀었다.

"마셔, 얼른 마셔. 차갑지도, 뜨겁지도 않고 딱 알맞게 따뜻해. 너무 많이 마시진 말고. 식사도 준비했으니까."

그는 숲속에 세워 둔 마차로 달려가 3층 찬합을 갖고 왔다. 열어 보니 안에는 뜨끈뜨끈한 음식들이 가득했다.

"독누이, 먼 길 오느라 따뜻한 음식 먹은 지도 오래됐지? 탕국 좀 먹고 속부터 따뜻하게 해."

그는 오늘 아침 한운석의 행방을 파악하자마자 직접 이 모든 것을 준비해서 가져왔다.

영광스럽게 인정하도록

한운석은 확실히 며칠 동안 따뜻한 음식을 먹지 못했다. 지난 며칠 동안 멈추지 않을 수만 있었다면 그녀는 쉬지 않고 달렸을 것이다. 고북월이 그녀의 도움을 기다리고 있으니!

시삼 독이 고북월의 다리에 있는 시간이 길어질수록 더 위험했고 해독도 힘들어졌다.

뜨거운 김이 모락모락 나는 음식들을 보면서, 가득한 열기 때문인지 한운석은 눈앞이 흐릿해졌다.

간소하게 음식을 차리는 용비야와 달리 고칠소는 아주 전형적인 미식가였다. 싸 온 음식도 하나같이 엄선해서 정성 들여 만든 것으로, 색깔과 향, 맛을 두루 갖추었다.

그는 직접 국물을 떠서 한운석에게 건넸다. 한운석은 물통을 봤다가 다시 뜨끈한 국을 보고는 막막한 듯 물었다.

"뭐부터 먹어?"

"물로 목을 먼저 축인 다음 국물을 마셔."

고칠소는 아주 진지했고, 자신도 모르게 상냥한 목소리로 말했다.

한운석은 그의 이런 진지함이 정말 익숙지 않았다. 이런 그의 앞에서는 마음이 편치 못했고, 긴장을 늦출 수 없었다.

냄새를 맡자 눈앞이 많이 선명해졌고, 마음도 꽤 냉정함을 되찾는 듯했다.

"빨리 가야 해! 그렇게 많이 따질 여유가 어디 있어?"

그녀는 뜨거운 국을 받아 들고 벌컥벌컥 마셨다.

한운석이 고칠소의 호의를 받아 준 것은 이번이 처음이었다.

황량한 교외 들판에서 마시는 뜨거운 국 한 그릇, 아주 흔한 옥수수 갈비탕이었지만 그 맛은 한운석 평생 잊기 힘들 정도로 기가 막혔다.

한운석이 마시는 모습을 보자, 고칠소는 기분이 너무 좋아져서 얼른 밥도 퍼 주었다.

그녀가 받아 주기만 한다면 밥은 말할 것도 없었고 그녀를 위해 물 위에 뜬 달도 건져 주고 저 하늘의 별도 따다 줄 수 있었다.

막 한운석에게 밥을 건네주려는데, 그녀는 그 모습을 알아차리지 못하고 서둘러 중상을 입은 서동림을 부축해 마차에 태우며 물었다.

"약귀 노인네, 이 사람을 치료해 줄 수 있어?"

고칠소는 흘끗 쳐다보고는 하찮다는 듯이 말했다.

"쓸모없는 인간."

"저자의 도움은 필요 없습니다!"

서동림이 갑자기 소리쳤다.

"죽어도 도움 받지 않겠습니다!"

한운석은 물론 서동림의 분노를 이해했다. 서동림은 좀 전에 고칠소가 제종림에게 하는 말을 들은 게 틀림없었다.

한운석은 고칠소가 말은 못되게 해도 마음은 그리 독하지 않다는 걸 잘 알았다. 그는 분명 이제 막 도착했을 것이다. 일찍 왔다면 절대 비밀 시위가 몰살당할 때까지 기다린 후에야 나타났을 리 없었다.

고칠소는 서동림이 분노하는 모습을 쳐다보기도 싫었다. 사실 한운석은 고칠소를 완벽하게 아는 건 아니었다.

그는 아주 단호하고 극단적인 사람이었다.

좋아하면 아낌없이 잘해 주었고, 그 마음이 영원토록 변치 않았다. 마음에 들지 않으면 죽든 말든 상관하지 않았고, 그 마음 역시 영원토록 변치 않았다.

그는 좋은 사람이었지만, 양심 없는 자이기도 했다.

비밀 시위가 다 몰살당한 후에야 도착한 것은 사실이었다. 하지만 일찍 도착했어도, 한운석을 돕기 위해 공격하면 했지 비밀 시위들을 구하기 위해서는 아니었다.

"어리석기는! 제종림을 속이려고 한 말을 믿는 것이냐? 저 사람이 도와주지 않았으면 우린 진작 죽었다!"

한운석은 서동림을 노려봤다.

그제야 서동림은 주눅이 들어 입을 다물었다.

고칠소는 서동림과 전혀 다투지 않고 상처를 치료한 뒤, 다시 한운석 앞에 뜨끈뜨끈한 밥을 대령했다.

"독누이, 식기 전에 먹어, 얼른."

고칠소의 호의를 거절하기는 힘들었지만, 한운석은 도저히 밥이 넘어가지 않았다. 여기저기 널브러진 시체들, 제자리에 꿈쩍도 하지 않고 서 있는 저 무시무시한 독시들을 보고 있자니 깊은 연못에 던진 돌덩이처럼 마음이 끝없이 가라앉았다. 마치 영원히 바닥에 닿지 않을 것만 같았다.

한참 후에야 그녀는 고칠소를 돌아보며 말했다.

"약귀 노인네, 나랑 같이 사람들을 묻어 주자."

고칠소는 많은 말을 하지 않았다. 그는 한운석이 먹지 못하는 것을 보자 구수한 향을 풍기는 쌀밥을 내던지고 소매를 걷어 움직이기 시작했다.

검을 삽으로 삼아 커다란 구멍을 판 후, 오십여 명에 이르는 비밀 시위 시신과 그들의 검을 함께 묻어 주었다.

슬퍼할 시간도 없었다. 고칠소가 독시를 쫓아낸 후, 이들은 곧 길을 재촉했다.

마부가 된 고칠소는 좁은 길에서 벗어나 정정당당하게 대로로 다녔다. 그가 직접 한운석을 데리고 가니, 누구도 두렵지 않았다. 의성도 포함해서!

"언제 그렇게 많은 독시를 길렀어?"

결국 한운석이 이 질문을 던졌다. 그녀가 알기로 독시 하나를 기르기도 쉽지 않았다.

"줄곧 몰래 기르고 있었지. 이번에 특별히 천하 모두에게 보여 주려고 데리고 나왔어!"

고칠소가 차갑게 웃었다.

"왕비마마께 더 해를 끼치는 짓이다!"

서동림은 사정없이 질책했다.

왕비마마가 독종의 잔당이라는 소문이 이미 흉흉하게 퍼졌고, 의학원도 온갖 조치를 취하는 마당에 고칠소의 이런 소란까지 더해졌으니, 왕비마마의 죄명이 더욱 확실해졌다.

천하 모두가 두려워하는 것이 바로 독시, 독고 아닌가?

"뭘 두려워하는 거야, 독시는 본 도련님이 길러 낸 것이니 내 책임이지!"

고칠소는 도리어 홀가분하게 말했다.

"대체 어쩔 생각이야? 나 대신 죄를 뒤집어쓸 필요는 없어!"

한운석이 언짢아하며 물었다.

그녀는 그 속이 훤히 들여다보였다. 고칠소의 이 행동은 모든 사람의 이목을 그에게 집중시키고, 그녀 대신 독종 잔당의 죄명까지 덮어쓰려는 게 분명했다.

그가 과거 의학원 대장로의 양자였다는 사실이 알려지면, 의학원은 절대 그를 가만 놔두지 않을 것이다.

한운석은 겁쟁이처럼 영원히 신분을 숨기고 살 생각은 없었다. 하지만 백성에게 해를 끼치는 독종의 잔당이라는 소리를 들으며 살고 싶지도 않았다.

절대 성급하거나 충동적으로 나설 일이 아니었다.

지금의 인내는 후퇴가 아니라, 진실을 밝히고 죄명을 벗을 기회를 얻기 위해서였다. 한운석이 알기로 의학원의 그 늙은이들은 절대 좋은 인간들이 아니었다!

고칠소는 돌아보며 소리 내 웃었다.

"독누이, 칠 오라버니가 너 대신 죄를 덮어쓸 생각이었다면,

진작에 독시를 써서 소요성 사람을 다 죽였지! 칠 오라버니는 누군가에게 경고하고 싶었을 뿐이야. 두고 보라고!"

"의학원을 도발하고 있구나!"

한운석은 그 뜻을 알아챘다.

"아니, 칠 오라버니는 고운천에게 경고하고 있는 거야."

고칠소의 맑은 눈동자에 짙은 음흉함과 복수의 쾌감이 번뜩였다.

그는 이 독시 대군을 지금까지 약귀곡에 숨겨 놓았고, 외부로 끌고 나온 적이 없었다. 언젠가 의성에 맞설 날을 대비해 심혈을 기울여 길러 온 것들이었다.

아직 때가 이르지 않았지만, 의성 사람이 감히 독누이를 털끝이라도 건드렸다간 양쪽이 다 같이 무너지는 것도 개의치 않을 것이다!

소요성은 필시 이 소식을 빠르게 퍼뜨릴 테고, 고운천도 곧 그의 뜻을 알아차릴 것이다.

그가 소요성 사람을 독살하지 않은 것은, 순전히 한운석이 '잔인함'이라는 오명을 뒤집어쓰는 게 싫었고, 독종의 명예에 먹칠하고 싶지도 않았기 때문이었다.

그는 세상 모든 사람이 독누이를 욕하는 것을 두고 볼 수 없었다. 반드시 독누이가 영광스럽게 출신을 인정할 수 있도록 만들어 줄 테다!

한운석은 속으로 꽤 놀라고 있었다. 의학원 출신의 귀재인 고칠소가 무슨 비밀을 알고 있다는 느낌이 들었다.

"당신……."

한운석이 물어보려는 순간 고칠소가 갑자기 그녀를 돌아보았다.

"독누이, 칠 오라버니를 믿어?"

한운석은 의심스럽기도 하고 막막한 느낌도 들었다. 하지만 고칠소의 잡티 하나 없이 맑고 투명한 눈동자를 거부할 수 없었다.

귀신에 홀린 듯이 그녀는 고개를 끄덕였다.

"믿어."

고칠소는 크게 기뻐하며 소리 내 웃은 후, 말채찍을 휘둘러 너른 길을 질주하기 시작했다.

마차가 큰길 끝에서 사라질 무렵, 한 스승과 제자 두 사람이 길가에서 걸어 나왔다.

"사부님, 저 고칠소는 대체 어떤 사람이에요?"

제자가 물었다.

"허허, 재미있구나!"

사부는 수염을 쓰다듬으며 웃었다.

"가자. 곧 재미있는 구경거리가 생기겠구나!"

제자는 의문이 가득한 얼굴이었지만 더는 묻지 않았다. 스승과 제자 두 사람은 북쪽으로 향했다.

제자는 아무리 생각해도 이해가 되지 않았다. 대사형에게는 한운석을 다치게 만들지 말라고 해 놓고, 왜 소요성 사람에게 한운석을 죽이라고 부추겼을까?

사부는 대체 한운석이 살기를 바라는 걸까, 죽기를 바라는 걸까?

아니, 둘 다 아니라면, 죽음만 못한 삶을 살기를 바라는 건가?

소요성은 과연 이 소식을 빠르게 퍼뜨렸고, 독종의 잔당인 한운석의 세력이 거대하니 제거하지 않으면 후환이 끝이 없을 거라며 헐뜯었다.

소식을 들은 후 용비야의 찌푸려진 미간은 온종일 펴지지 않았다. 고칠소가 뭘 하려는 건지는 짐작이 갔다. 그가 걱정하는 것은 한운석이었다!

당장이라도 몸을 회복해 산을 내려가 달려가고 싶은 마음이 간절했다.

하지만 애석하게도 그는 정말 산을 내려갈 수 없었다.

"고칠소는…… 어떤 인물이냐?"

검종 노인은 너무도 궁금했다.

"고칠찰입니다."

용비야가 담담하게 말했다.

검종 노인은 큰 깨달음을 얻은 듯 말했다.

"그 사람이었구나! 이렇게 의성을 도발하다니, 대담한 자다!"

용비야는 검종 노인에게도 고칠소가 불사의 몸이라는 사실은 털어놓지 않았다. 남아일언 중천금이라, 그는 고칠소가 불사의 몸이라는 비밀을 지키고, 고칠소는 벙어리 할멈의 비밀을 지키겠노라고 약속했었다.

용비야는 다른 화제로 말을 돌렸다.

"사부님, 지난번에 단목요를 어떻게 치료하셨습니까?"

용비야는 지난 이틀 동안 부상을 치료하느라 바빴다. 이제 조금 한가해지고 나니 그 일이 떠올랐다.

단목요에 대한 이야기만 나오면 검종 노인의 안색은 여전히 좋지 못했다. 완전히 속에서 털어 내려면 아무래도 낙청령을 잊는 수밖에 없었다.

하지만 평생 마음에 품어온 사람을 이 나이가 되어 어떻게 잊을 수 있을까?

다만 지금의 검종 노인은 더 이상 비정상적인 방법을 쓰지 않고 또렷한 정신으로 그리움을 마주했다.

"단전에 중상을 입어 내공이 모두 사라졌고 기를 모을 수 없었다. 진기만 충분하면 치료할 수 있지. 단기간에 회복시키려면 기약 하나가 더 필요하다."

검종 노인은 기탄없이 대답했다.

"무슨 약입니까?"

용비야가 얼른 물었다.

검종 노인이 용비야의 귓가에 대고 말해 주자, 용비야의 안색이 살짝 변했다.

"알겠습니다."

곧이어 그는 고북월에게 주입한 그의 진기가 역행하여 튕겨 나온 일을 말해 주었다. 검종 노인은 아주 놀라워하며 말했다.

"그 사람은 아주, 아주 대단한 사람인 것 같구나!"

"어째서입니까?"

용비야는 이해되지 않았다.

"백 년에 한 명 나올까 말까 한 기재奇才다! 사지에 몰아넣어야 살아나는 몸을 가진 게 틀림없다. 일단 부상이 회복되면 내공이 크게 증가해 너와 내가 덤벼도 상대가 안 될 것이다."

검종 노인은 아주 진지하게 물었다.

"비야, 그 사람은 누구냐?"

용비야는 어두운 눈빛으로 한참 있다가 담담하게 말했다.

"친구입니다."

그는 더 이상 소개하지 않고 물었다.

"사부님, 말씀하신 그 기약은 소식이 있습니까?"

전에 검종 노인은 단목요를 치료하기 위해 약을 구하러 사람을 보냈었다.

"아직 소식이 없다……."

검종 노인은 잠시 망설이다가 입을 열었다.

"정말 그 사람을 치료할 생각이냐?"

용비야는 눈을 내리뜨고 있어 표정을 읽을 수 없었다. 하지만 그의 말투는 아주 확고했다.

"반드시 구해야 합니다."

소식이 천산까지 전해졌으니, 다른 곳이야 말할 것도 없었다.

서주국과 천안국은 아직 입장을 표명하지 않았다. 영승은 초천은과 치열한 격전을 벌이는 와중에도 공개적으로 중남도독부를 향해 한운석을 내놓지 않으면 초씨 집안 군대를 무너뜨리

고 남쪽으로 군대를 몰아 하늘을 대신하여 정의를 행하겠노라
고 경고했다!

　한편, 의학원 쪽에서는⋯⋯.

흥미로운 한운석

독시 소식이 의학원에 전해지자 가장 먼저 폭탄을 맞은 것은 장로회였다. 대장로 능고역과 오장로 목연심은 분만 촉진 문제로 일찌감치 의성에서 쫓겨나 의원 자격을 영구 박탈당했다.

이제 장로회에는 이장로 이수원李修遠과 삼장로 심결명, 사장로 이천사李天賜만 남았다. 세 사람은 최근 몇몇 이사 중에 후보를 물색해 두 장로의 결원을 보충하려 했다.

이 소식이 전해졌을 때, 마침 이들은 낙취산을 불러 대화를 나누고 있었다.

너무 충격적인 소식이었기 때문에 낙취산을 앞에 두고도 이장로와 사장로는 감정을 억제할 수 없었다.

"고칠소 그자는 대체 어떤 내력을 가진 자요? 그자도 독종의 잔당은 아니겠지!"

"그렇게 많은 독시를 길렀다니, 그 음흉한 속내를 어찌 알 수 있겠소!"

"한운석과 그 고칠소가 꽤 각별한 사이라는데, 고칠소가 독종 사람은 아니라고 해도 독종과 관련이 없지는 않을 거요."

삼장로는 비교적 침착했다. 그는 한운석, 고칠소와 개인적인 친분이 있었지만, 지금 이런 소식이 전해지자 뭐라 해야 좋을지 몰랐다.

한운석 같은 여자가 독종의 잔당이요, 독시를 길러 천하 백성을 독으로 해치려 한다는 것은 도저히 믿을 수 없었다.

진상이 확실히 밝혀지기 전까지 그는 침묵을 선택했다.

낙취산도 침묵했다. 하지만 그는 가슴부터 등까지 온통 땀으로 범벅이 되어 옷 전체가 축축해질 판이었다. 모르는 사람이 보면 그가 몹시 더워한다고 생각했을 것이다.

그는 지금 당장이라도 영남으로 달려가 소칠을 붙들어 매서 어딘가에 숨겨 놓고 싶었다.

그 녀석이 그 많은 독시를 길렀다고? 대체 뭘 하려는 거지?

죽지 못하는 몸이니 이리 오만방자하게 굴어도 된다고 생각하는 걸까? 자기 신분의 비밀이 밝혀지면, 한운석보다 백배는 더 처참한 꼴이 된다는 걸 모르는 거야? 한운석 그 여자는 저를 좋아하지도 않는데, 이 무슨 영웅 행세야!

'아주 제멋대로야! 유치한 녀석! 어리석은 놈!'

낙취산은 속으로 몇 번이고 고칠소를 욕했지만, 결국에는 눈가가 촉촉이 젖어 왔다. 그는 속으로 읊조렸다.

'소칠, 이 녀석아, 의학원을 떠난 지 그리 오래되었는데, 왜 또 와서 난리를 피우는 거냐? 그때 이곳에서 고통받았다는 사실을 잊은 게야? 왜 어른이 되지 못하는 거냐?'

장로회에서 나온 후, 낙취산은 완전히 넋이 나가 어떻게 처소로 돌아왔는지도 몰랐다. 당시 소칠을 데려왔던 그의 집은 아직도 원래 모습 그대로였다.

그는 온몸이 상처투성이였던 어린아이를, 만신창이가 되었던 그 영혼을, 절망과 고집으로 가득했던 그 눈빛을 영원히 잊을 수 없었다.

그때 그는 언젠가 소칠이 돌아와 복수할 것을 알았다. 그때부터 그는 매일 기도했다. 소칠이 진정한 어른이 되어, 원한을 잊고 새로운 삶을 살게 되기를 기도했다.

원한 속에서 사는 사람은 너무 비참했고, 평생 복수를 위해 사는 인생은 더 불쌍했다.

이미 이곳을 떠났으니, 이름도 바꾸고 잘 살아가면 좋지 않은가?

이때 의학원의 주인인 원장 고운천은 독종 금지에 있었다. 그는 두 손을 뒷짐 진 채 바닥이 보이지 않을 정도로 깊은 갱 주변에 서서 하늘에 걸린 밝은 달을 바라보았다.

기품 있는 하얀 장포를 입고, 검은 머리카락을 뒤로 빗어 넘긴 그는 편한 모습이었으나 해이해 보이지 않았다. 나이 때문에 더 성숙하고 듬직하게 느껴졌다.

이 시대의 의선이요, 속세를 초탈한 인물. 물론, 이 모든 건 거짓으로 꾸민 모습일 뿐이었다.

그의 곁에 있는 사람은 바로 의학원에서 추방당한 능고역, 능 대장로였다.

능 대장로는 의성에서 쫓겨나 여러 도시를 떠돌아다니며 사람들에게 비난을 받은 후, 비밀리에 의학원으로 돌아왔다.

고운천이 보호해 주었기 때문에 의학원에 몰래 드나드는 것은 전혀 어렵지 않았다.

달빛이 환하게 비추는 가운데 주변은 고요했다. 여름밤의 산이라면 곳곳에서 벌레 울음소리가 들려야 마땅했지만, 이곳은 독종의 금지였다. 그래서 어떤 소리도 들리지 않았다.

장로회와 몇몇 부원장의 강렬한 반응과는 달리 고운천은 독시 사건에 대해 이상할 정도로 차분했다.

한참 후에야 그는 짧게 한숨을 내쉬었다.

"고칠찰, 고칠소……. 허허, 재미있군."

능 대장로는 아무래도 고운천만큼 냉정함을 유지할 수 없었다. 고운천이 입을 열자마자 그는 참지 못하고 말했다.

"원장님, 그 녀석은 그때 기억을 잃은 게 아니었습니다. 우리를 속였어요!"

당시 소칠이 역병에 걸려 맥박이 멈추자, 두 사람은 그가 죽은 줄 알았다. 고운천은 너무 상심한 나머지 매달린 소칠의 발 아래 앉아 능 대장로와 과거 일을 이야기했고, 양독 기술을 포함한 독종의 여러 가지 일도 언급했었다.

백독문의 군역사도 그토록 많은 독시를 길러 낼 수 없었다. 소칠은 분명 그들의 대화를 엿듣고 독인과 독시를 기르는 비방을 알게 된 게 틀림없었다.

그러니 고칠소는 당시 소칠일 가능성이 아주 높았다.

의학원은 독종을 무너뜨리고 독종의 양독 기술을 손에 넣은 후 그것을 없애지 않았고, 원장이 보관하여 대대로 물려주었다.

독시, 심지어 독고는 무엇보다도 강한 위력을 자랑했고, 의학원은 이런 강력한 무기를 도저히 제거할 수 없었다.

"어쩌면 그 한운석이라는 계집이 가르쳤을지도 모르지. 고칠소가 우리 소칠인지 아닌지는 아직 확실치 않네."

고 원장이 담담하게 말했다.

"고칠찰은 갑자기 개과천선해서 한운석과 손잡고 약귀당을 차렸습니다. 고칠소는 또 독술에도 능통해 약귀당에 자주 드나듭니다. 거의 틀림없습니다! 독종 문제가 얼마나 첨예한 논란거리인 줄 뻔히 알면서 독시들을 끌고 나오다니, 이건 분명 우리를 도발하는 겁니다!"

능 대장로는 두려웠다. 그의 평판은 이미 바닥으로 떨어졌다. 만약 고운천에게 무슨 일이라도 생기면, 그를 보호해 줄 사람은 없었다.

고운천이 말이 없자 능 대장로는 이야기를 계속했다.

"원장님, 제 생각에 한운석 그 계집은 양독 기술은 모를 겁니다. 그 여자는 해독에는 뛰어나지만, 독을 쓰는 것은 잘 못 합니다. 고칠소는 소칠이 분명합니다! 그렇게 많은 독시들을 길러 낸 건 복수를 위해서가 틀림없습니다! 원장님, 이 일은 반드시 신중을 기해야 합니다. 만일 소칠이 정말 그해 일어났던 모든 일을 다 알고, 다 말해 버리면, 우리는……."

"하하, 그 녀석이 알고 있고, 그걸 다 말한다 해도, 믿을 사람이 있어야지."

고운천은 전혀 두려워하지 않았다.

"소칠……, 허허, 오랜 세월 만나지 못했더니, 아버지로서 꽤 보고 싶군."

고운천의 관심은 모두 한운석에게 있었다!

"진상이야 그 계집을 잡아서 물어보면 다 알게 되지 않겠는가."

고운천은 하하 소리를 내며 크게 웃기 시작했다.

당시 의학원은 독종을 무너뜨렸으나, 독종의 혈육을 모조리 말살하지는 못했다. 고 원장은 독종의 잔당이 존재함은 알았지만, 그 세력이 얼마나 크고, 어디에 있는지는 잘 몰랐다.

역대 원장들은 모두 비밀리에 독종 잔당을 찾으려고 온 힘을 쏟았지만, 고 원장은 전혀 관심이 없었다. 하지만 소칠이라는 '살아 있는 실험체'를 잃은 후, 그는 독종의 고술 중 '사람으로 만드는 고'에 관심을 보이기 시작했다.

당시 독종에서는 '사람으로 만드는 고'가 늙지도 죽지도 않는다는 상상만 내놓았을 뿐, 구체적인 양성 방법은 없었다. 하지만 그는 독종의 후예가 이 연구를 하고 있다고 확신했고, 최근 몇 년 동안 어떤 실마리도 놓치지 않으려 했다.

지난번 용천묵 일로 그는 백독문을 주시했고, 새옥백은 지금까지도 감옥에 갇혀 있었다. 하지만 이 두 가지 단서로는 어떤 진전도 이루지 못했다.

한운석의 신분이 드러나자 그는 너무 흥분되었다!

"원장님, 그래도 조심해야……."

능 대장로가 설득하려는데 고운천은 화제를 돌렸다.

"이검심은 아직도 본 원장에게 확실한 답을 주지 않았다. 보아하니 천산이 완전히 용비야 손에 들어간 것 같군."

능 대장로는 고운천의 성질을 잘 알기에 어쩔 수 없이 설득을 포기하고 대답했다.

"용비야 이 녀석은 의학원에게 도전하는 게 틀림없습니다. 모든 나라가 앞다투어 꺼리는 한운석을 도리어 감싸고 있습니다! 원장님, 이자가 천하를 얻게 되면, 우리 의학원의 위엄을 위협할 게 분명합니다!"

능 대장로가 앙심을 품고 하는 말이었다. 분만 촉진 사건에서 연심 부인은 그를 배신했다. 오로지 목씨 집안을 다시 일으키기만을 바라는 연심 부인에게 조건을 제시할 수 있는 자는, 약성을 장악하고 있는 용비야와 한운석뿐이었다.

"영승은 꽤 훌륭한 선택을 했다. 시대의 흐름을 아는 자야!"

고운천은 재미있다는 듯 말했다. 그는 평생 의약학 실험에만 빠져 살았기 때문에 조정 싸움에 관심을 둔 적이 없었고, 이런 분야에 대해서는 정말 잘 몰랐다.

"고 원장님 뜻은······."

능 대장로는 의심이 솟아났다.

열흘 후, 의학원은 여전히 천산에서 회신을 받지 못했다. 하지만 고운천은 직접 약성과 중남도독부 관할 지역 내 모든 의원에게 최후의 통첩을 내렸다.

약성에 약귀당과 중남 지역 모든 약방과의 약재 거래를 중단하라고 요구하면서, 그 말을 따르지 않으면 뒷감당은 알아서 책임지라고 했다.

또 모든 의원에게 중남 지역을 떠나라고 요청하면서, 그렇지 않을 경우 의원 자격을 박탈하겠다고 밝혔다.

소식이 발표되자 약성 쪽에서는 더 이상 압박을 버틸 수 없었다. 왕씨 집안의 왕공은 용비야에게 연달아 몇 통씩 서신을 보냈고, 중남도독부의 긴급 서신도 끊임없이 천산으로 날아왔다.

용비야와 검종 노인은 고운천이 이렇게 독하게 나올 줄은 생각도 못 했다. 시간을 끌려던 그들의 계획은 한 달도 끌 수 없었다.

검종 노인과 세 존자가 억지로 잡아 두지 않았다면 용비야는 진작에 하산했을 것이다.

그는 도저히 한운석 홀로 이런 상황을 감당하게 둘 수 없었다. 산에서 내려갈 수 없었기 때문에, 그는 고북월과 아주 자주 서신을 주고받으며 대응책을 논의했다.

사흘 후, 한운석과 고칠소가 영남군에 도착했다.

오는 내내 많은 소식을 들었지만, 한운석은 가장 먼저 도독부로 가지 않고 곧장 진왕부로 고북월을 찾아갔다.

그런데 그녀가 진왕부 뒤쪽에 도착했을 때, 중남도독부 관원들과 중남 지역 오대 명문세가 가주들이 입구를 막고 있었다.

한운석은 의성의 행동을 제 손금 보듯 훤히 알고 있었고, 당연히 이 무리가 왜 왔는지도 알았다.

그녀가 마차에서 내리기도 전에, 갑자기 주변으로 무리가 달려들었다. 관병과 시위가 다 섞인 이 무리는 마차를 겹겹이 둘러쌌다.

"죽음을 자초하는군……."

고칠소의 표정이 어두워졌다. 지난 며칠 동안 그의 기분은 별로 좋지 못했다. 고운천은 그의 위협을 전혀 두려워하지 않았다. 보아하니 고운천의 총명함을 과대평가했던 것 같았다. 경고조차 못 알아듣다니.

한운석은 검을 뽑으려는 그를 말리면서 마차에서 내린 후, 주변을 쭉 둘러보고는 차갑게 말했다.

"본 왕비는 급히 사람을 구하러 왔소. 수고스럽겠지만 사정을 좀 봐주고, 볼 일이 있으면 잠시만 기다려 주시오!"

오대 명문세가의 우두머리인 소蕭 가주가 큰 소리로 웃기 시작했다.

"사람을 구해? 한운석, 독종의 잔당인 네가 들어가서 사람을 해치려는 거겠지! 오늘 진왕부에 들어갈 생각은 꿈도 꾸지 마라. 여봐라, 저 여자를 잡아서 의성으로 보내라!"

고북월, 오랜만이에요

한운석이 중상을 입은 용비야를 천산에 놔두고 그 먼 길을 쉬지 않고 달려온 것은, 어떻게든 시간을 절약해서 고북월을 해독하기 위해서였다.

이 무리에게 예의를 갖춰 말한 것만도 저들의 체면을 많이 세워 준 셈이었다.

그녀의 눈빛은 소름 끼칠 정도로 어두워졌다.

"체면을 세워 줘도 내던지다니, 본 왕비가 사정을 봐주지 않아도 원망하지 마라!"

분명 무공을 할 줄 모르는 사람인데도, 그녀가 뿜어내는 살기에 시위와 관병 무리는 두려움에 떨었고 누구도 감히 앞으로 나서지 못했다.

"다들 멍하니 뭘 하고 있느냐? 저 여자를 잡아 오면 큰 상을 내리겠다!"

소 가주가 노성을 내질렀다.

한운석은 서동림을 밀어내며 차갑게 명령했다.

"서동림, 잘 보고 있다가 함부로 움직이는 자가 있으면 죽여라!"

"명을 받들겠습니다!"

서동림이 명령을 받자 주변에 숨어 있던 비밀 시위들이 전부

모습을 드러냈다. 사람 수는 많지 않았지만 그 자리에 있는 사람들을 겁주기에는 충분했다.

"약귀 노인네, 날 데리고 들어가 줘!"

한운석이 작은 목소리로 말했다.

고칠소는 그녀의 이 말을 기다리고 있었다. 비상 시기에는 비상 수단을 사용해야 하는 법. 그는 아주 기쁘게 한운석의 허리를 끌어안았다. 살짝 힘을 주었는데도 하늘 높이 솟아올랐다. 화려한 붉은 옷의 요사스러운 붉은빛이 천지를 뒤덮어 아주 아름다웠다.

한운석이 진왕부의 높은 담장을 넘자, 분노에 차 항의하는 몇몇 가주들의 목소리가 들렸다.

"진왕 전하를 만나야겠다! 전하는 이 독녀에게 미혹되신 게 틀림없어! 독녀를 죽이지 않으면 중남 지역은 끝장이야!"

"반역이다! 이 독녀는 노골적으로 반역을 일으키는 거야!"

"백리 장군, 백리 장군은 상관하지 않는 거냐?"

한운석이 불당에 이르기도 전에 수많은 관병이 진왕부 쪽으로 몰려와 비밀 시위와 싸우기 시작했다. 소 가주는 진왕부에 들어가서 한운석을 붙잡고 중남부 지역 백성들의 해악을 제거하자고 큰소리쳤다!

싸우는 소리가 너무 커서 한운석은 걸음을 멈추고 돌아볼 수밖에 없었다.

"정말로 싸우는 거야?"

사실 비밀 시위들이 관병들과 맞서는 건 문제없었다. 하지만 한 명이라도 사상자가 발생하면, 딴마음을 먹은 자가 이를 이용해 중남부 지역에 내란을 일으킬 게 분명했다.

백성들은 선동에 넘어가기 쉬웠다. 게다가 의성이 전면적인 제재까지 가하고 있으니, 상황이 아주 좋지 못했다.

외부에서 공격을 퍼붓고 있는데 중남부 지역 안에서 내란까지 일어난다면, 중남도독부는 운공대륙 최고의 웃음거리가 될 것이었다.

고칠소는 걱정하는 한운석의 모습을 보고 더는 참을 수 없었다.

"독누이, 걱정하지 마. 칠 오라버니가 직접 저놈들을 처리해줄게!"

한운석이 얼른 나서서 말렸다. 고칠소가 독시들을 소환해서 저 무리를 상대한다면, 그녀는 정말 누명을 벗을 길이 사라졌다.

"약귀 노인네, 당신은 중남도독부 상황을 잘 몰라. 세상 모든 사람에게는 약점을 잡혀도, 저 오대 명문세가에 약점을 잡혀서는 안 돼."

한운석이 진지하게 말했다.

용비야가 없는 이때, 이 지역에서 강한 권세를 자랑하는 명문세가들을 어떻게 상대해야 할까?

이쪽은 내란이 발생할 수도 있는 위험한 상황이었고, 저쪽의 고북월도 더는 기다릴 수 없었다. 한운석의 속이 바짝바짝 타고 있는 이때, 백리명향이 불당 대나무 숲에서 빠르게 걸어 나와 멀리서 소리쳤다.

"왕비마마, 돌아오셨군요!"

백리명향의 다급한 모습을 본 한운석은 더는 주저하지 않고 단숨에 달려갔다.

"고북월은 어때요?"

"왕비마마, 고 의원은 오늘 오신다는 소식을 듣고 이미 기다리고 계십니다. 마마, 어서 가 보세요. 고 의원께서 바깥 상황은 괜찮다고, 아버지께서 곧 군대를 끌고 오실 거라고 하셨습니다."

백리명향이 숨 가쁘게 말했다.

"군대를 끌고 온다고……."

한운석은 꽤 의외였다.

"예, 고 의원께서 태평성세는 문덕文德으로 다스리나, 난세는 칼로 다스린다고 하셨습니다. 사실 아버지께서는 이미 군사를 이끌고 주변에 매복해 계십니다. 저들이 일을 크게 만들면, 폭동을 일으켰다는 명목으로 잡아들일 겁니다."

백리명향이 진지하게 말했다.

한운석은 상황을 파악했다. 이것이야말로 '비상 시기'에 쓰는 진정한 '비상 수단'이었다!

중남도독부 정권은 오대 명문세가의 견제를 받았으나, 병권은 늘 백리 장군부에게 있었다!

백리 장군부는 수군만 장악한 게 아니었다. 천녕국 내란으로 용비야가 남하했을 때, 백리 장군부는 중부와 남부 지역의 몇몇 대규모 군대를 손에 넣고 개편을 단행했다.

오대 명문세가의 무장 세력이 아무리 강하다 한들, 관아의 관병에 불과했다. 어디 감히 군대에 대적할 수 있을까?

말이 안 통할 때, 여론을 통제할 수 없을 때는 무력을 쓸 수밖에 없었다!

군사로 압박하여 다스리는 치국 방도는 오래갈 수 없다지만, 우선 급한 불을 끄고 의성과 영승을 상대하기 위한 시간을 버는 데는 효과가 있었다.

한운석은 진왕부 입구에 도착했을 때 백리 장군이 보이지 않아 답답했었는데, 알고 보니 모든 게 고북월이 예상하고 계획해 놓은 일들이었다.

병을 고치고 사람을 치료하는 이 남자는 사실 나라를 구하는 일에 더 뛰어났다. 그의 지혜는 그 성품처럼 온유했고, 소리 없이 만물을 적시는 봄비 같았다. 그는 할 일을 마치면 옷을 훌훌 털고 떠나는 협객처럼, 자신의 이름과 공을 깊이 숨겼다.

"그 사람을 치료하는 건, 내 최고의 영광이에요."

한운석은 이 말을 남기고 달려갔다. 대나무 숲을 통과하자 그녀는 곧 멈춰 섰다. 고북월이 불당 입구에서 그녀를 기다리고 있었다.

그는 아직도 바퀴 달린 의자에 앉아 있었고, 여전히 수척하고 병약한 모습이었다. 하지만 4월의 봄바람처럼 따스한 그의 미소는 이 어지러운 세상에서 그녀를 안심시키기에 충분했다.

이런 사람이 세상에 어디 있을까. 그는 일어서지도 못하는 처지면서, 전혀 딱해 보이지 않았다. 한운석은 세상 그 어떤 일도 그의 눈 속에 보이는 저 태연함을 무너뜨릴 수 없을 거라고,

세상 그 어떤 것도 그의 눈처럼 하얀 옷을 더럽힐 수 없을 거라고 생각했다.

한운석은 차마 이 고요함을 깨뜨리고 싶지 않았다. 더 오래서서 그를 바라보고 싶었다. 하지만 시간이 촉박했다!

해독시스템은 아까부터 계속 고북월의 다리에 독이 있음을 알렸고, 이미 알아서 세부 상황을 분석하기 시작했다. 해독시스템에 따르면 이 시삼 독은 치료할 수 있는 상태였고, 배독도 가능했다.

사실 고북월도 그녀를 계속 보고 있었고, 그 역시 고요하게 그녀를 더 오랫동안 보고 싶었다.

하지만 그의 영원을 향한 마음은 순간의 눈빛에 불과했다. 그는 전처럼 공손하게 읍을 하며 인사했다.

"왕비마마, 오는 길에 고생 많으셨습니다."

"미안해요, 내가 늦었어요!"

한운석은 바로 그를 데리고 방 안으로 들어간 후, 시종을 불러와 그를 침상에 앉혔다. 그녀는 재빨리 금침과 물약을 꺼내 치료를 준비했다.

동시에 고북월과 중독 상황에 대한 이야기를 나누면서, 며칠 동안 어떻게 침술을 이용해 독소 발작을 막았는지 물어보았다.

한운석은 고북월이 침으로 독소를 억제하는 방법을 언제 배웠는지 궁금했다. 그런데 알고 보니 그는 두 다리의 여러 대혈을 막아 기혈의 흐름을 늦춘 것이었다.

"당신⋯⋯, 내가 조금이라도 늦었으면, 신선이 와도 당신 다리를 못 구했어요!"

한운석이 화가 나서 말했다.

"그 방법밖에 없었습니다. 그렇지 않았다면, 왕비마마께서 급히 오실 일도 없었을 겁니다."

고북월의 말은 사실이었다. 만약 그렇게 하지 않았다면, 그는 한운석이 올 때까지 버티지 못했다.

"진왕부에 첩자가 있는 게 틀림없어요. 반드시 잡아내야 해요. 당신은 어쩌다 중독이 된 거죠?"

한운석이 진지하게 물었다.

하지만 고북월은 대답하지 않았다.

"갑자기 중독 증상을 발견한 거예요, 아니면 뭔가를 만졌어요?"

한운석이 다시 물었다. 하지만 고북월은 여전히 대답이 없었다.

한운석이 고개를 들자, 고북월이 마침 고개를 숙여 그녀를 내려다보고 있었다. 그 깨끗하고 순수한 눈동자는 돌덩이마저 녹여 버릴 정도로 따스했다.

그는 입술 위에 손가락을 갖다 대며 자그맣게 말했다.

"왕비마마, 지금까지 해독하실 때 한눈을 판 적이 없으셨습니다. 쉿……."

안절부절못했던 한운석의 마음도 순식간에 잠잠해졌다.

그랬다. 한운석은 해독할 때 늘 전심전력을 다했다. 누구의 방해도 용납치 않았고, 한눈을 파는 일도 없었다.

그녀는 고개를 끄덕이고 곧 본격적인 진료에 들어갔다.

그녀가 고북월의 바지를 걷어 올리려 하자 고북월이 먼저 나서서 직접 걷어 올렸다.

"왕비마마, 실례하겠습니다."

한운석은 늘 예의를 갖추고 대하는 그의 모습에 익숙했지만, 방금 이 말은 정말 서먹하게 느껴졌다.

그녀는 대답하지 않고 진지하게 혈을 찾기 시작했다.

한운석은 몰랐다. 그는 서먹하게 대하는 게 아니었다. 다만 종 된 사람으로서, 그는 그녀의 시중을 감당할 수 없었다.

안으로 들어오려던 백리명향은 고북월의 그 말을 듣고 자신도 모르게 마음이 아파왔다.

완벽하게 공감하지는 못해도, 동병상련은 느낄 수 있었다. 같은 상황을 겪어 본 사람은 알 수 있었다.

고 의원이 저렇게 공손하게 예의를 차려도, 백리명향은 한눈에 알아볼 수 있었다. 고 의원은 왕비마마에게 마음이 있었다. 그리고 이 '마음'은 세상 모두가 알도록 '좋아하는' 고칠소 못지않았다.

얼마나 좋아해야 감정을 조심스레 숨기고 절대 드러내지 않을 수 있는지, 본심과 달리 서먹하게 굴 수 있는지, 백리명향은 잘 알고 있었다.

백리명향은 조용히 한운석을 도우며 특별 제작한 물약으로 금침들을 소독했다. 한운석은 곧 혈자리를 찾아 침을 놓기 시작했다.

이번에 그녀는 많은 침을 사용하지 않되 아주 깊이 찔렀다.

잠시 후 검은 피가 혈 자리에서 솟아나 고북월의 다리 위로 줄줄 흘러내렸다. 한운석은 고북월의 다리가 야위었음에도 근육은 탄탄함을 발견했다.

이건 엄청난 운동량이 있어야 가능한데! 이 사람은 평소 운동을 많이 하는 걸까?

그 생각도 잠시뿐, 한운석은 여러 생각에 빠질 겨를이 없었다. 시삼 독이 너무 깊이 들어가서 배독 속도가 너무 느렸다. 하루는 꼬박 걸릴 듯했다. 그녀는 긴 여정에 많이 지쳤기 때문에 최대한 체력을 비축해야 했다.

한운석은 지금까지 배독해 왔던 것처럼 전심전력을 다했고, 고북월은 고개를 숙인 채 조용히 그녀를 바라보았다. 그녀의 세상은 어떤지 몰라도, 그의 세상은 아주 고요했다.

'운석 낭자, 오랜만입니다……'

그는 속으로 읊조렸다.

서먹하게 '왕비마마'라고 불렀다면, 속으로 친밀하게 부를 때는 그냥 '운석'이라고 불러도 될 텐데. 왜 '운석 낭자'라고 불렀는지 그 의미는 오직 그 자신만 알았다.

지금은 고칠소도 조용히 문간에 기댄 채 소리 한 번 내지 않았다.

대나무 숲은 높은 담장 하나를 사이에 두고, 바깥의 소란스러움과 완전히 단절되었다.

백리 장군은 영남 지역에 주둔해 있는 정예병을 직접 끌고 와서 소란을 일으킨 무리를 포위했고, 지금 양측은 서로 논쟁을 벌이고 있었다.

밤이 되어서야 한운석은 고북월 다리에 있는 독을 다 **빼냈다.** 그녀는 그의 다리를 주물러 경락의 흐름을 원활하게 하고 관절이 움직일 수 있게 했다.

그녀는 한숨을 깊이 내쉰 후 마침내 웃음을 보였다.

"고 의원, 이제 괜찮아요!"

"왕비마마, 성문 앞까지 마중 나가지 못한 것을 용서하십시오."

고북월은 전에 했던 약속이 마음에 걸리는 듯 말했다.

"그러면 여기서 직접 일어서는 모습을 볼게요!"

한운석이 진지하게 말했다.

"좋습니다!"

고북월은 아주 힘을 주어 대답했다. 그는 조심스럽게 바닥을 디뎠다. 한운석이 부축하려고 했지만 그는 거절했다. 그는 대나무 침상을 짚고 땅에 발을 디딘 후 천천히 일어섰다.

그가, 일어났다! 확실하게!

한운석은 이 모습에 감격한 나머지 결국 이렇게 말했다.

"고북월, 오랜만이에요!"

그렇다. 정말 오랜만이었다!

"왕비마마, 소신이 일어났으니 중남도독부는 절대 쓰러지지 않을 겁니다!"

고북월이 진지하게 말했다.

어쩌면 의성은 그가 한번 가 봐야 할지도 몰랐다…….

아이를 살려 주세요

고북월의 말이 떨어지자마자 고칠소가 들어와 웃으며 말했다.

"독누이, 칠 오라버니가 있는 한 누구도 널 괴롭힐 수 없어."

내우외환의 상황, 의성의 압박, 약성 문제, 영승의 위협, 명문세가들의 핍박, 세상 사람들의 지탄까지. 한운석의 어깨를 짓누르던 모든 압박감이 단숨에 사라지는 것 같았다.

사실 산에서 내려올 때 그녀는 고북월의 다리를 치료한 후에 바로 돌아갈 수 없다는 걸 알았다. 고북월은 이곳에서 그들을 위해 목숨을 걸고 있는데, 어떻게 그냥 가 버릴 수 있겠는가.

용비야가 없으니 그녀는 꼭 남아야 했다. 온 힘을 다해 용비야의 이 강산을 지켜야 했다.

용비야도 있다면 얼마나 좋았을까.

그랬다면 함께 큰일을 도모하며 의성이 휘두르는 세상을 뒤집고, 모든 규칙을 깨뜨리고, 그들만의 세상 질서를 새롭게 세울 수 있을 텐데!

한운석은 용비야가 몸은 천산에 있어도, 끊임없이 고북월과 서신으로 왕래해 왔음을 몰랐다. 그는 내내 그들과 함께 싸우고 있었다. 아니, 정확하게 말하자면 모든 것을 이끌어 가고 있었다.

"독종 일은 이따가 자세히 의논해요. 난 잠시 바깥 상황을 살펴볼게요."

한운석이 진지하게 말했다.

바깥 상황이 아직 끝나지 않았기 때문에 도저히 안심이 되지 않았다.

고북월은 그녀를 데리고 대나무 숲을 나와 담장 옆에서 바깥 상황을 듣게 할 뿐 나가는 것은 허락하지 않았다.

"왕비마마, 소신이 일하는 것에 마음이 놓이지 않으십니까?"

한운석은 대답할 말이 없었다. 그녀는 문득 고북월이 예전과 많이 달라졌다고 느꼈지만, 구체적으로 어디가 다른 건지는 말하기 어려웠다.

고칠소는 원래 참을성이 없었지만, 한운석이 담장 옆에 서서 듣는 것을 보고 그도 인내심을 발휘하며 함께 했다.

백리 장군은 폭동을 일으키고 진왕부에 난입했다는 이유를 들어 오대 명문세가를 진압했다. 아까부터 지금까지 논쟁하는 동안, 누구도 군인인 백리 장군과 제대로 이치를 따질 수 없었다. 백리 장군은 '주먹 앞에서는 말이 안 통한다'는 말의 의미를 확실히 알게 했다.

소 가주는 똑똑한 사람이었다. 그는 백성은 관리와 싸워 이길 수 없고, 관리는 군인과 싸워 이길 수 없는 이치를 잘 알았다.

사실 오대 명문세가는 중남부 지역 여러 권세를 손에 쥐고 있어 군량, 마초, 무기 등을 통해 간접적으로 군대를 견제할 수 있었다. 하지만 그것은 장기적인 견제 방법일 뿐, 짧은 몇 달 안에 오대 명문세가가 군대를 어찌할 방법은 없었다.

소 가주가 먼저 양보했다.

"백리 장군, 한운석이 독종의 후예인지 아닌지, 중남도독부에 얼마나 많은 재앙을 가져다 줄 것인지에 대해 자리에 앉아서 이야기해 보는 게 어떻소? 그 여자가 이 늙은이를 납득시킬 수 있다면, 나도 온 힘을 다해 지지하겠소. 허나 제대로 설명하지 못한다면, 다른 계획을 세웁시다. 어떻소?"

'허락하면 안 돼요!'

한운석은 속으로 외쳤다.

과연 백리 장군은 바로 거절했다. 그는 검종 노인이 아직 의성에 확실한 답변을 내놓지 않았고, 독종 일은 순전히 누가 헛소문을 퍼뜨려 진왕부의 명예를 더럽히려는 수작이라고 주장했다. 또 고칠소가 독시를 기른 일은 왕비마마와 아무 상관이 없다고도 했다.

백리 장군은 완강한 태도로 오대 명문세가의 요청을 거절했다. 그리고 사람들 앞에서 군대를 이동시켜 영남성을 에워싸라고 명령한 후, 중남도독부는 끝까지 의성과 싸우겠노라고 선언했다.

군령이 떨어지자 오대 명문세가는 물론 중남도독부 관료들까지 결론이 났음을 깨달았다.

소 가주는 분노의 말을 남겼다.

"백리 장군, 두고 보시오. 석 달 안에 중남도독부는 그 여자 손에 망할 거요!"

사실 한운석도 잘 알고 있었다. 의학계 사람들을 붙잡지 못하면, 백성들은 다른 곳으로 떠나거나 폭동을 일으킬 테고, 그럼 중남도독부도 유지될 수 없었다.

그러니 앞으로의 일분일초가 아주 중요했다.

돌아오면서 한운석은 여러 가지 생각을 해 보았다.

모두 정원 정자에 자리를 잡고 앉자, 한운석이 진지하게 말했다.

"가장 시급한 건 의원들이 떠나는 일이에요. 당장 대책을 마련해서 진료 부담을 줄여야 해요."

고북월이 말했다.

"조사해 보니 사흘 전까지 중남부 지역 의관 팔 할이 문을 닫았고, 남은 이 할에 환자가 가득 몰렸습니다. 여름에는 이질 환자가 많이 생기니 앞으로 환자는 줄어들지 않고 늘기만 할 겁니다. 소신이 이미 각 지역 약귀당 의원을 이쪽으로 이동시켰습니다. 몇몇 친우들에게도 연락했는데, 그들의 제자들이 꽤 많이 진료하러 와 주겠다고 했습니다. 다만 이렇게 해도 한두 달 정도밖에 버티지 못할 겁니다."

"이건 기근보다 더 무섭군요……."

한운석은 원망스러움에 치가 떨렸다. 의성의 이런 행동은 정말 전무후무했다! 의원은 부모의 마음을 가져야 하는데, 의성의 심보는 칼날 같았다! 의술은 오로지 사람을 구하는 데만 쓰여야 했다. 하지만 그자들은 의술을 날카로운 무기 삼아 권세를 도모하고 천하를 굴복시키려 했다.

용서받지 못할 죄였다!

한운석은 잠시 망설이다가 진지하게 말했다.

"의원들에게 오품 관원보다 높은 봉록을 책정해서, 매달 많은 보수를 지급하겠어요. 조정에서 의관을 세우고 모든 약재를 공급하여 의원들을 붙잡읍시다. 그리고 이 소식을 발표하기 전에, 내가 독종의 후예라는 사실을 인정하고 개인적으로 의성의 잘못을 성토하려고 해요."

한운석은 한숨을 내쉰 후 차갑게 말했다.

"내가 알기로 의성은 '독고인'이라는 발상 때문에 독종을 무너뜨렸어요. 독종은 천하에 몹쓸 짓을 한 적이 없고, 독고인을 기르는 방법을 만들어 내지도 않았는데 말이죠. 의성이 독종을 무너뜨린 건 공적인 명목으로 개인 욕심을 채우며 반대 세력을 제거한 것에 불과해요!"

담장에 기댄 채 내내 말이 없던 고칠소가 바로 한운석을 돌아보았다. 어둠과 밝음이 교차하는 그의 눈빛은 무엇을 꾀하고 있는지 알 수 없었다.

백리명향은 걱정하며 말했다.

"왕비마마, 독종 신분을 인정하시면 약성에서 약 공급을 중단할 수밖에 없을 텐데요?"

한운석이 고개를 끄덕였다.

"약성 쪽은 상황이 복잡해요. 의성을 두려워할 뿐 아니라 새롭게 꾸려진 장로회 절반 이상이 독종을 멸해야 한다고 주장하고 있어요. 내가 지금 부인한다고 해도, 의성은 주장을 굽히지 않을 거예요! 왕공 쪽도 월말까지 버티긴 어려워요."

한운석은 차를 한 모금 마신 후 말을 이었다.

"이미 약귀당 외부 분점들의 약재를 가져오라고 분부해 두었어요. 본점에 비축해 둔 약재까지 더하면, 중남부 지역 전체가 석 달은 버틸 수 있을 거예요. 그래도 부족하면 내가 약왕을 찾아가 이야기할 수도 있어요."

오랜 세월 은거하며 지낸 약왕 노인은 속세 일에 개입한 적이 없었으니 당연히 의성의 눈치를 볼 리 없었다. 하지만 약왕에게서 잇속을 챙기려면, '부탁'이라는 한마디로 해결되지 않았다. 한운석은 그럴 일이 없기만 바랄 뿐이었다.

고북월이 입을 열려는 순간, 갑자기 밖에서 뛰어오는 소리가 들리더니, 초서풍이 나는 듯이 달려와 보고했다.

"왕비마마, 큰일 났습니다!"

방금 떠난 오대 명문세가가 돌아왔을 리 없었다. 그럼 이 상황에서 무슨 '큰일'이 날 수 있지?

한운석의 심장이 두근거렸고, 초서풍은 거의 무너질 듯한 표정이었다.

"왕비마마, 어서 나가 보십시오. 밖에 아이를 안고 온 여자들이 문 앞을 가득 메우고 있습니다."

아이를 안고 온 여자?

이게 무슨 일이지?

한운석 일행이 밖에 나가 보니, 아이를 품에 안은 수십 명의 여자가 무릎을 꿇고 있었다. 포대기에 싸인 갓난아기부터 한두 살 정도 되는 어린아이까지, 무고한 아이들이 모두 큰 소리로 울고 있었다.

고북월은 바로 상황을 파악하고 낮은 목소리로 말했다.

"왕비마마, 모두 병든 아이들인 듯합니다."

불안하게 뛰던 한운석의 심장이 아예 멎을 뻔했다. 그녀는 도저히 울부짖는 아이들을, 죄 없는 눈동자들을, 앳되고 순진 무구한 얼굴들을 똑바로 바라볼 수 없었다.

저들이 뭘 하러 왔는지, 그녀는 잘 알았다.

한 부인이 대표로 한 살 남짓한 아이를 안고 앞으로 나섰다. 그 아이는 눈물 콧물을 흘리며 우느라 얼굴이 벌게져 있었다.

고북월이 서둘러 달려가 아이의 이마를 만지고 놀란 목소리로 물었다.

"열이 난 지 며칠이나 되었습니까?"

"3일 밤낮을 열에 시달렸습니다. 고 의원님, 제발 우리 아이를 살려 주십시오. 제가 병에 걸리는 게 낫지, 아이가 이렇게 고통 받게 놔둘 수 없습니다. 의관을 찾아다녔지만, 의원이 없거나 도저히 순서를 기다릴 수가 없었습니다. 약귀당에 가도 열흘을 기다려야 해요! 아이는 그만큼 기다릴 수 없는데요!"

그녀는 말하면서 한운석을 향해 말했다.

"왕비마마, 의성의 무자비함에 대해 저희도 마마와 함께 맞서고 싶습니다. 하지만…… 하지만 아이는 죄가 없습니다! 왕비마마, 제발 우리 아이 좀 살려 주십시오! 제발 살려 주세요!"

그 말이 떨어지자 모든 여자가 함께 부르짖었다.

"아이를 살려 주세요, 아이를 살려 주세요……."

애원하는 소리는 아이들의 울음소리와 함께 진왕부 대문을 넘어 영남성 하늘까지 울려 퍼졌다. 아무리 독한 마음을 가진 사람도 흔들릴 듯했다.

한운석은 손이 바들바들 떨렸다. 울고 있는 아이들을 위로하고 싶었지만, 움직일 수 없었다.

그녀는 이들이 누군가의 지시를 받고 왔음을 알고 있었다. 평범한 백성들은 감히 이곳에 와서 소란을 피우지 못했기 때문이었다. 하지만 눈앞의 상황은 사실이기도 했다.

의원이 턱없이 부족했다!

한운석은 어찌할 바를 몰랐다. 눈앞의 상황 때문만이 아니었다. 공공연하게 의성에 대항해도 완벽하게 이길 자신이 없었기 때문이었다! 독종 신분을 인정하며 대놓고 의성에 대항하는 것은, 궁지에 몰려 하는 선택에 불과했다. 만에 하나, 그녀가 진다면?

울음소리 속에서 한운석에게 또 다른 생각이 떠올랐다.

죄를 인정하러 가는 것!

있을지 없을지도 모르는 독종의 죄를 짊어지고, 의학원이 내리는 벌을 받는 것이었다.

눈앞에 벌어지는 상황이 한운석을 뒤흔들고 있었다.

그녀 한 사람의 목숨으로 중남부 지역의 수많은 환자가 진료를 받을 수 있다면, 그만한 가치가 있었다!

한운석은 타협을 싫어하는 사람이었다. 하지만 이번에는 운명에 맞서 싸울 힘이 없었다.

그런데 갑자기 어디선가 맑고 깨끗한 음성이 들려왔다.

"의원이 왔어요. 약귀당에 아이와 노인을 치료하는 의원 열 명이 기다리고 있어요. 따로 줄을 설 필요도 없으니, 당장 가 보세요. 과거 천녕국 태의였던 황경진黃庚辰 의원이 데려온 의원들이니, 반드시 낫게 해 줄 거예요. 게다가 돈도 받지 않아요!"

소리 나는 쪽을 돌아보자, 그곳에는 목령아가 서 있었다. 담황색 치마를 차려입으니 그녀의 발랄함이 더 돋보였다. 그녀 곁에 서 있는 노인은 고북월의 막역지우이자 천녕국 태의였던 황경진이었다.

이 여자들은 확실히 사주를 받고 한운석을 난처하게 만들기 위해 왔다. 하지만 아이들이 병에 걸린 것도 사실이었다. 이들은 목령아의 말을 듣자마자 앞다투어 약귀당으로 달려갔고, 잠시 후 진왕부 대문 앞은 텅 비었다.

목령아는 예전처럼 무작정 달려들지 않고, 멀리서 고칠소를 바라보며 웃기만 했다. 아주 바보같이, 아주 아름답게······.

놀란 백리명향

고칠소는 이미 뒷걸음치기 시작했다. 하지만 목령아는 전처럼 그렇게 달라붙지 않고 그를 향해 웃음만 지었다.

앞으로 나선 것은 황경진이었다. 그는 공손하게 읍을 하며 말했다.

"왕비마마, 고 의원, 오랜만에 뵙습니다. 이 늙은이가 이번에 제자 육십 명을 데리고 왔습니다. 열 명은 영남에 남고, 나머지 오십 명은 각 지역으로 보내 아이와 노인 치료를 전담할 계획입니다. 이렇게라도…… 이 늙은이의 미약한 힘을 보탭니다."

한운석은 감격한 나머지 뭐라고 말해야 좋을지 몰랐다. 굳이 그녀의 심정을 말하라면, 의술을 배우지 않고 제자도 없는 자신이 원망스럽기만 했다.

고북월 역시 손을 모으고 읍을 하며 말했다.

"황 공, 오래 기다렸습니다."

황경진은 웃으며 말했다.

"허허, 이 늙은이가 자네를 도와 여러 명의들을 설득했네. 요 며칠간 다들 제자를 데리고 계속 도착할 게야, 안심하게."

황경진은 말을 마치고 한운석을 향해 고개를 끄덕인 후, 돌아서서 약귀당으로 향했다.

차갑게 식었던 한운석의 마음이 마침내 따뜻해졌다. 세상에 아직 좋은 의원들이 남아 있을 줄 알았어!

황경진이 간 후에도 목령아는 다가오지 않고 웃으며 말했다.

"모두 안심해. 약귀당은 나와 황 의원에게 맡겨!"

그녀는 말을 마치고 고칠소에게 눈을 깜박인 후 한마디도 하지 않고 가 버렸다.

고칠소는 뜻밖이었지만, 속으로는 한숨을 돌렸다.

약귀당은 아주 분주했고, 목령아가 봐 주길 기다리는 환자들이 많았다. 의술과 약학은 본디 한 뿌리에서 나왔기 때문에 가벼운 증상은 그녀가 해결할 수 있었다.

이런 시기에 여기서 시간을 허비할 틈이 없었다.

칠 오라버니에게 매달린다고 자신을 좋아해 주지는 않을 테니, 서둘러 약귀당에 돌아가 의성에 맞서는 데 힘을 보태고자 했다.

그녀는 원래부터 의성이 싫었다. 칠 오라버니가 의성에서 쫓겨난 고칠찰이라는 사실을 안 이후에는 의성을 더더욱 미워했다.

목령아는 꽤 멀리까지 갔다가 결국 참지 못하고 고개를 돌려 큰 소리로 외쳤다.

"칠 오라버니, 독시들을 데리고 가서 의성을 무너뜨려요! 령아는 영원히 오라버니 편이에요!"

"바보 같으니!"

고칠소는 어쩔 수 없다는 듯 웃었다. 한운석이 거절한 방법을 이 아이는 응원하고 있었다.

비록 황경진이 많은 의원들을 데려와 지원해 주었지만, 도움에는 한계가 있었다.

"고 의원, 우리 승산은…… 높지 않아요."

한운석이 솔직하게 말했다.

그런데 고북월이 이렇게 말하는 게 아닌가!

"왕비마마, 마마 한 분의 희생으로 무고한 백성을 잠시 잠깐 구할 수는 있어도, 저들의 평생을 구하지는 못합니다. 죄책감을 가지실 필요 없고, 동요되어서도 안 됩니다. 이번 기회에 반드시 의성의 규칙을 바꿔야 합니다. 그곳은 권세와 무관한 순수한 학당이어야 합니다."

한운석은 고북월이 그녀를 이해할 줄은, 방금 했던 생각을 모두 꿰뚫어 봤을 줄은 생각도 못 했다.

그의 눈동자는 전혀 예리하지 않고 아주 부드러웠으나, 모든 사람의 마음을 간파할 수 있었다.

고북월, 당신은 병을 돌보고, 환자를 돌보고, 나라마저 돌보더니, 이젠…… 마음도 돌볼 수 있나요?

고북월은 말을 계속했다.

"왕비마마, 우리 쪽 승산은 아주 높습니다. 소신은 며칠 후에 있을 행림杏林 대회에 참가할 계획입니다."

행림 대회는 5년에 한 번씩 개최되는 운공대륙 의학계의 최대 행사로, 의술을 겨루는 장이었다. 이 자리에서 의술을 겨루고 의학 성과를 펼쳐 보임으로써 의품이 다시 정해졌다.

보통 오품 신의 아래의 품계는 대결을 통해 정해졌고, 정원이 제한돼 있었다. 하지만 의종, 의성, 의선, 의존 이 네 개의 품계는 의학적 성과로 품계가 정해졌다.

품계가 정해지면 의학원에서 많은 혜택을 받을 수 있었다. 예를 들어 높은 품계의 의원에게서 배운다거나, 의학원이 외부에 공개하지 않은 의술을 접한다거나, 의학원의 연구 보조금을 받는 등의 혜택이 있었다.

이런 혜택이 없다 해도, 그 명성 하나 때문에 달려드는 사람이 많았다. 운공대륙에서 의품은 의술 수준의 증명이자 업계의 인정이요, 영광스러운 칭호였다.

"당신……."

한운석은 고북월의 의술이 오품 신의 이상임을 알고 있었다. 고북월이 의학원 품계 구분을 경시하여 평가를 받으러 가지 않음도 알았다.

이제 행림 대회에 참가하겠다니, 설마 진짜 실력을 드러내려는 걸까?

"왕비마마, 소신은 고운천 원장에게 도전하려 합니다. 다만 왕비마마께서 저를 믿어 주시지 않을까 염려할 뿐입니다."

이런 심각한 화제를 이야기하면서도 고북월은 웃음을 지었다.

한운석의 심장은 쿵쾅쿵쾅 미친 듯이 뛰었다. 그녀가 기대하지 않는다면 거짓말이었다.

고북월의 저 자신감이 어디서 나온 것인지는 그녀도 몰랐다. 하지만 이 남자가 한 말은 반드시 믿을 만하다는 것은 알았다!

"믿어요!"

한운석이 확신을 갖고 대답했다.

의성이 의학계에서 그토록 강한 호소력을 가지는 근본적인 이유는, 의학원이 최고 수준의 '의술'과 풍부한 의학 자원을 대표하기 때문이었다.

만약…… 만약 고북월이 고운천의 권위에 도전하고, 제자를 받겠다는 뜻을 드러낸다면, 결과는 어떻게 될까?

의학원을 흔들어 놓지는 못해도, 최소한 더 많은 의원을 얻을 수 있을 것이다.

마침내 한운석에게도 희망이 보였다!

고칠소는 쿡쿡 웃기 시작했다.

"고북월, 너도 행림 대회를 생각했을 줄이야! 이 몸도 그 대회를 노리고 있었거든. 고운천 그 늙다리만 없애 준다면, 이 몸이 네게 의학원 원장 자리를 보장해 주지!"

"고칠소, 당신 고운천의 약점을 갖고 있구나, 그렇지?"

한운석이 다급하게 물었다.

고칠소는 대장로의 양자였고, 독종에 대해 아주 잘 알았다. 그녀는 고칠소가 분명 뭔가를 아는 게 아니라면, 이렇게 자신만만할 수 없다고 생각했다.

고칠소는 고개를 돌려 요사스럽게 웃었다.

"비밀이야!"

한운석은 고칠소와 의학원의 진짜 관계를 전혀 몰랐고, 고칠소가 의학원에서 얼마나 고통받았는지도 몰랐다. 그의 요사스러운 웃음을 보자, 그녀는 참지 못하고 웃음을 터뜨렸다.

"고칠소, 솔직히 말해 봐. 당신 독종 사람 아니야?"

"퉤퉤!"

고칠소는 아주 흥분하며 말했다.

"한운석, 이 몸은 너와 친척이 될 생각이 없거든!"

"독종 친척이 아니어도 괜찮아. 나중에 당신이 령아와 혼인해도 내 친척이 돼."

한운석이 짐짓 진지한 척하며 말했다.

고칠소는 입을 실룩이며 못 들은 척했다.

한운석이 어찌 고칠소의 심정을 모를까. 하지만 이렇게 농담으로 거절하는 것 외에 그녀가 뭘 어쩔 수 있겠는가?

이 녀석과 이야기할 때는 늘 반은 농담으로 말해야 했다. 너무 진지하게 말하면 그 자리에서 반박하고 코웃음 치며 귀담아들으려 하지 않았다.

"중요한 일이 있으니, 들어가서 이야기하시지요."

고북월이 두 사람의 농담을 끊었다.

한운석은 '의원 철수' 외에 또 큰 문제가 있음을 알고 있었다. 바로 영승이었다. 이들이 방에 들어가니 백리 장군이 이미 뒷문을 통해 들어와 있었다.

현재 대규모 홍의대포의 위협을 받은 천안국 목씨 집안 군대는 이미 후퇴한 상태였다. 천안국 서부 3성을 차지한 영승은 공격을 계속하지 않고 바로 군대를 철수했다.

천안국 군대에 수많은 사상자가 발생했기 때문에, 영승은 포병 3분의 1과 변방 주둔군 두 개 소대만 남겨놓았다. 남은 병력

중 절반은 서부 전선에 보내 초씨 집안 군대와 맞서게 했고, 나머지 절반은 현재 남쪽으로 내려오면서 중남도독부를 공격하려고 준비 중이었다.

백리 장군은 영승 쪽 상황을 설명한 후 말을 이었다.

"북려국이 오늘 당장 군마를 구해 온다고 해도, 한두 달 후에야 투입할 수 있습니다. 본 장군은 행림 대회가 시작되는 날, 북쪽으로 군대를 출동시키려고 합니다. 육군과 수군의 연합작전에 초씨 집안 군대까지 힘을 합쳐, 영승의 병력을 분산키는 겁니다."

"수군이요?"

한운석이 의심하듯 물었다.

"예, 천녕국 경내에 사강沙江이라는 큰 강이 있습니다. 서주국에서 시작되어 동해로 흐르는 강인데, 천녕국 군대가 남하하려면 반드시 이 강을 건너야 합니다. 시간을 확보해 천녕국 학림鶴林군을 손에 넣기만 하면 이 강을 차지할 수 있습니다. 이 강만 차지하면, 천녕국 군대는 쉽게 남쪽으로 내려올 수 없습니다. 우리는 북려국이 군대를 출동시킬 때까지 시간을 끌면 됩니다."

백리 장군이 열심히 설명했다.

한운석은 바로 알아들었다. 선제공격으로 기선을 제압하자는 뜻이었다.

만약 영승과 반드시 싸워야 한다면, 영승이 서주국을 다 해치울 때까지 기다리기보다 지금 군대를 출동시키는 게 나았다.

그럼 서주국 때문에 영승의 군사력도 분산될 수 있었다.

게다가 이런 시기에 군대를 보낼 거라고는 영승도 예상치 못할 테니, 첫 전투는 영승이 미처 손쓸 틈도 없이 공격을 퍼부을 수 있었다.

어쨌든 용비야는 아직 천산에 있었고, 모두 그가 산에서 내려온 후에야 움직일 거라고 생각할 터였다.

의성 쪽은 고북월과 고칠소가 서로 도우니 희망이 있었고, 영승 쪽은 백리 장군의 대군이 견제하면 적어도 대국을 안정시켜 용비야를 위해 시간을 벌 수 있다고 생각했다.

하지만 한운석은 고북월이 과감하게 의성에 가서 행림 대회에 참가하겠다고 한 것도, 백리 장군의 선제공격 작전도 모두 용비야의 명령임을 몰랐다.

그 남자는 멀리 천산에서도 모든 것을 통제하고 있었다.

다 같이 자세한 이야기를 나누다 보니 식사도 거른 채 어느새 밤이 되었다.

"조 할멈, 부엌에 가서 요리를 좀 내오게."

한운석이 분부했다.

백리 장군은 남아서 식사하지 않고 인사를 한 후 군사 업무를 보러 갔다. 고칠소는 갈 리 없었다. 그는 독누이와 한 상에 앉아 밥 먹은 게 언제였는지 기억도 나지 않았다.

그는 술병을 여러 개 들고 왔다.

"우리 세 사람이 함께 식사했던 게 벌써 몇 년 전 일이야. 이

몸의 그 주루는 지금까지도 용비야 때문에 봉쇄 중이라고!"

"고 의원은 상처가 이제 막 회복되어서 술을 마시면 안 돼. 나와 명향은 둘 다 술을 못 하니 당신 혼자 마셔."

한운석이 진지하게 말했다.

고칠소는 눈을 흘기며 말했다.

"흥을 다 깨고 있어!"

한운석은 그를 상관하지 않고 고북월을 향해 진지하게 물었다.

"내일 준비하면서 맡겨야 할 일들을 처리해 놓고, 모레 밤에 비밀리에 떠나는 게 어때요?"

고북월이 고개를 끄덕였다. 그는 한참 망설이다가 결국 입을 열었다.

"왕비마마, 최근 며칠간 소신은 진왕 전하와 서신을 주고받으면서 전하께서 중상을 입으신 사실을 알게 되었습니다. 소신이 내상 치료에 아주 효과적인 침술을 하나 알고 있습니다."

"정말요?"

한운석은 너무도 기뻤다. 고북월의 침술이라면 아주 좋을 게 분명했다.

"예."

고북월은 여전히 망설이고 있었지만 결국은 말을 꺼냈다.

"왕비마마, 소신이 직접 천산에 가서 진왕 전하께 침을 놓을 수 없으니, 믿을 만한 사람에게 가르쳐서 대신 침을 놓게 함은 어떨까요?"

한운석은 용비야의 부상이 하루라도 빨리 회복되었으면 하고 간절히 바라고 있었다.

"좋아요!"

그녀는 바로 승낙했다. 고북월이 백리명향을 언급하려는데 한운석이 백리명향을 잡아당겼다.

"명향을 보내요. 빨리 배우니까 이틀이면 충분할 거예요."

백리명향은 뜻밖의 상황에 자신의 귀를 의심했다.

그녀의 가슴이 쿵쿵 방망이질 쳤다. 왕비마마가 손을 꽉 쥐고 있지 않았다면, 손도 떨고 있었을 것이다.

세상에! 천산에 가서 진왕 전하께 침을 놓는다고?

그녀는 자신도 모르게 오른쪽을 보았다. 소소옥은 없었다. 하지만 그녀는 소소옥이 그곳에 서서, 반짝이는 커다란 눈동자에 적의와 의심을 가득 품고 자신을 쳐다보는 것만 같았다.

그 각도를 위해

　소소옥은 없었지만 차갑게 백리명향을 주시하던 눈동자는 잊히지 않았다. 그녀가 어찌 모를까. 이것은 아주 흔치 않은 기회였다. 진왕 전하에게 침을 놓지 않고 그저 옆에서 시중만 들어도 그녀는 만족했다. 아니, 곁에서 시중들지 않고 멀리서 바라만 볼 수 있다면 죽어도 여한이 없었다.

　하지만, 그녀는 그럴 수 없었다!

　이런 미련으로 마음속 순수한 믿음과 순전한 외사랑을 더럽히고 싶지 않았다.

　그녀가 고북월을 바라보았을 때, 고북월도 그녀를 보고 있었다.

　고북월, 당신은 아나요? 정말 알아요?

　어린아이의 감각은 가장 정확했고, 그 눈은 가장 매서웠다. 그래서 소소옥은 알아챌 수 있었다.

　하지만 고북월은?

　그녀가 그를 속이지 못했다면, 정말 동병상련의 심정이라면, 왜 그는 모르는 걸까? 어째서 그녀를 천산에 보내려는 거지?

　그래서는 안 되는 거잖아!

　사실 이건 상처를 주는 일이었다.

　백리명향은 앞으로 한 발 나서서 허리를 굽히며 말했다.

"왕비마마, 고 의원, 명향은 재주가 없어 침술을 배우지 못할까 염려되니, 이 중책은 다른 사람에게 맡겨 주십시오."

그녀는 거절했다!

한운석이 말하기도 전에 고북월이 나섰다.

"괜찮습니다. 이틀이면 제가 충분히 가르칠 수 있습니다. 진왕 전하와 의논한 결과, 낭자가 가장 적합했습니다."

그 말에 백리명향은 깜짝 놀랐다. 진왕 전하의 뜻이라고?

한운석도 의아해하며 말했다.

"두 사람이 벌써 의논했어요?"

"진왕 전하께서는 원래 왕비마마가 천산에 돌아오길 원하셨습니다. 하지만 안타깝게도…… 마마는 저희와 함께 의성에 가셔야 할 것 같습니다."

고북월이 진지하게 말했다.

만약 다른 사람이 이렇게 말했다면 한운석은 미심쩍어 했을지도 몰랐다. 하지만 그녀는 지금껏 고북월의 말을 의심한 적이 없었다.

"왕비마마, 이 일은 명향 낭자가 가장 적합합니다."

고북월이 다시 말했다.

한운석이 방금 가장 먼저 백리명향을 떠올린 것도 그녀가 가장 적합했기 때문이었다.

우선, 백리명향은 최근 그녀와 고북월 곁에 머무르면서 많은 침술을 배웠다. 타고난 재능이나 기본 자질이 훌륭했다.

둘째로는, 무엇보다도 그녀는 용비야의 심복이었다. 첩자가 있는 상황에서 백리 집안의 사람이 아니면 누굴 찾는단 말인가? 백리 집안 사람은 용비야를 배신할 가능성이 가장 적었다. 용비야는 지금 중상을 입었으니 조금의 착오도 있어서는 안 되었고, 소문이 새 나가는 것은 더더욱 안 되었다.

당장 한운석에게 침술을 빨리 익힐 수 있고 용비야에게 절대적으로 충성하는 사람을 찾으라고 하면, 정말 찾을 도리가 없었다.

물론 목령아도 후보 중 하나였다. 하지만 목령아는 약귀당의 전반적인 상황을 주관해야 했다. 게다가 그 아이는 용비야를 죽을 만큼 무서워해서, 이 임무를 맡으려 하지 않을 게 분명했고, 이들도 그녀에게 명령할 권리는 없었다.

"명향, 내 명령은 안 들어도, 전하의 명령까지 거역할 셈인가요? 내가 당신 아버지를 불러와야 하는 건 아니겠죠?"

한운석이 놀리듯 물었다.

백리명향은 할 말이 없었다. 막막한 심정이었고, 초조하고 불안하기만 했다.

그녀가 말이 없자 고북월은 그녀가 허락한 것으로 여겼다.

"명향 낭자, 일찍 돌아가서 쉬고, 내일 아침 일찍 침술을 배우러 오십시오."

"예."

백리명향은 다시 한운석에게 말했다.

"왕비마마께서 이렇게 믿어 주시니, 명향은 절대 마마를 실망시키지 않겠습니다."

한운석은 고개를 끄덕이며 조용히 읊조렸다.

"이번에는 정말 부상이 심각해서, 빨리 회복되기만 바랄 뿐이에요……."

백리명향은 떠나기 직전에 또 물었다.

"왕비마마, 소옥에 대해서는 소식이 있나요?"

소소옥이 있을 때는 늘 감시당하는 것 같았고, 시시때때로 냉소와 비웃음을 받아야 했지만, 막상 그 어린아이가 실종된 지 오랜 시간이 흐르자, 진왕부 전체가 너무 고요해 적응이 되지 않았다.

한운석이 가볍게 탄식했다.

"아직 찾고 있어요. 걱정하지 말고 일찍 쉬어요. 내일은 침술을 배우는 것에 전념해요."

백리명향이 떠난 후, 방에는 고칠소, 고북월, 초서풍만 남았다. 한운석이 진지하게 말했다.

"고 의원, 당신 독은 대체 어떻게 된 거죠?"

고북월은 독침 하나를 꺼냈다.

"암살 시도였습니다. 소신을 죽이려는 게 아니라 왕비마마를 하산시키려고 한 것 같습니다."

한운석은 바로 초서풍을 바라보았고, 초서풍이 얼른 보고했다.

"두 가지 가능성이 있습니다. 첫째, 고수가 잠입해 저희의 수비를 피했을 수 있습니다. 둘째, 진왕부에 드나드는 사람 중 염탐꾼이 있을 수 있습니다! 어느 쪽이든 이자는 천산의 첩자와 한편인 게 분명합니다. 진왕 전하가 중상을 입은 사실을 알고 왕비마마를 산 아래로 이끌어 냈고, 소요성 사람이 마마를 괴롭히도록 도발한 것입니다."

초서풍의 말은 한운석도 며칠 동안 추측했던 내용이었다.

"그자가 소소옥을 납치했을까? 소옥을 납치해서 뭘 하려는 거지?"

한운석은 이해할 수 없다는 듯 물었다.

소옥이 실종된 지 꽤 오랜 시간이 흘렀다. 만약 이자들이 소옥을 인질로 삼아 협박하려 했다면, 행동할 때가 되지 않았나?

초서풍은 질문에는 대답하지 않고 진지하게 말했다.

"왕비마마, 지금 적은 보이지 않게 숨어 있지만, 우리는 훤히 보이는 곳에 있습니다. 모든 일에 신중을 기해야 합니다. 첩자에 대해서는 전하께서 분명 대책을 갖고 계실 겁니다. 지금은 의성에 집중하실 때입니다. 소인이 사람을 더 붙여서 의성에 가시는 여정 내내 보호하겠습니다."

그 말에 밤새도록 한마디도 하지 않던 고칠소가 콧방귀를 뀌었다.

"아껴 둬!"

초서풍은 승복하지 않고 그를 향해 눈을 부라렸다. 두 사람이 싸우기 전에 고북월이 나섰다.

"날이 많이 늦었으니 모두 돌아가서 쉬십시오. 왕비마마도 먼 길 여정으로 지치셨을 텐데, 어서 돌아가십시오."

한운석은 정말 피곤했다. 내일 해야 할 일이 산더미처럼 쌓여 있었다. 그녀와 고북월 모두 떠나야 했고, 백리 장군은 또 군대를 출동시킬 준비를 해야 하니, 중남도독부의 일들을 잘 처리해 놔야 했다.

최전선으로 싸우러 나간다고 해서 후방을 비워 놓을 수는 없었다! 다행히 백리 장군의 아들들이 모두 분발하고 있어서, 짧은 기간 동안은 무력으로 오대 명문세가를 겁줄 수 있었다.

한운석은 운한각으로 돌아가지 않고 용비야의 침궁으로 향했다.

신혼 첫날밤 외에 그녀는 그의 침궁에서 밤을 보낸 적이 없었다. 오늘 그녀가 온 것은 이곳에 남아 있는 그의 숨결을 느끼기 위해서였다. 그 익숙한 향기를 맡으며 푹 잘 수 있기를 바랐다.

사실 진작부터 피곤했지만 잠이 오지 않았다.

조 할멈이 등불을 붙이자 그녀는 조 할멈을 물리고 혼자 텅 빈 침궁을 이리저리 거닐었다. 이곳은 천녕국 도성에 있던 침궁과 완전 똑같았다.

한운석은 용비야가 늘 예전 그대로 유지하고 싶어 하는 것이, 익숙함 때문인지 아니면 번거로운 게 싫고 새로운 곳에 적응하기 귀찮아서인지 몰랐다.

그해 진왕부에 시집와 이곳 침궁에 들어왔을 때도 지금처럼 이리저리 돌아다니며 구경했었다. 하지만 그때와 지금의 마음은 완전히 달랐다.

그때는 두렵고 조심스러웠으며 호기심이 가득했지만, 지금은 그리움뿐이었다.

그가 너무 오래 이곳에 머물지 않았기 때문인지, 그 익숙한 향기는 찾을 수 없었다. 드넓은 침상 위에서도, 화려한 비단 이불 속에서도, 그녀를 안심 시켜 주는 온도를 느낄 수 없었다.

한운석은 홀로 비단 이불을 덮고 누웠지만, 아무리 해도 잠이 오지 않았다. 자신이 '잠자리'를 가리나 싶어 웃음이 나왔다!

하지만 그녀가 언제 잠자리를 가렸나?

마차 안에서도, 말 위에서도 그의 품에 기대 인사불성으로 잤던 그녀였다. 이건 분명 '사람'을 가리는 거였다!

그녀는 잠이 오지 않자 그냥 자지 않기로 하고, 침상에 누워 천장을 바라보았다.

용비야가 여기서 잘 때도 이렇게 뒤척였을까? 같은 천장을 바라봤을까? 그 사람은 잘 때 어떤 모습일까? 어떤 자세로 잘까? 똑바로 누워서, 가로 누워서, 아니면 엎드려서 자나? 잘 때는 왼쪽에 더 치우쳐서 잘까, 아니면 오른쪽으로 더 치우쳐서 자려나?

잠이 오지 않던 한운석은 이제 쓸데없는 생각을 하기 시작했다. 오른쪽으로 굴러가서 엎드려 있다가, 잠시 후에는 또 왼쪽으로 굴러가서 팔다리를 쭉 뻗고 드러누웠다.

그 사람이 있다면 얼마나 좋을까!

충분히 뒤치락거린 후 한운석은 결국 침상에서 내려왔다. 정말 용비야가 너무 보고 싶었다.

밤은 사람을 감성적으로 만들었다.

그녀는 서재에 들어왔다. 서재 책상 뒤에 있는 의자가 창문을 마주하고 있었다. 이곳 물건을 함부로 손댈 사람은 없으니, 아마도 용비야가 전에 책상을 등지고 앉았던 거겠지?

그녀는 이해되지 않았다. 왜 책상을 등지고 앉았지? 창밖에 뭐 좋은 구경거리라도 있었나?

그녀는 별 생각 없이 의자를 똑바로 하고 앉아서 서신을 쓰기 시작했다. 온갖 상념에 사로잡혀 수만 가지 표현이 머릿속에 용솟음쳤고, 그 생각을 붓 끝에 모두 집중시켰다. 하지만 정작 종이에 쓴 것은 딱 한 문장이었다.

옛사람처럼 멋진 재주와 완곡한 아름다움을 드러내지는 못했으나, 세상에서 가장 감동적인 고백이었다.

용비야, 보고 싶어요.

그녀는 종이를 곱게 접어 봉투에 집어넣은 후 운석의 석洳 자로 낙관을 찍었다. 그리고 창문을 열고 매를 불러 서신을 보내려 했다. 그런데 뒤에 창문을 연 순간, 그녀는 완전 넋이 나가 버렸다. 잠시 후, 그녀의 눈가가 촉촉하게 젖어들었다. 눈에 맺힌 눈물은 조금만 건드려도 떨어질 듯했다.

눈앞의 이 장면을 보자 과거의 고생, 억울함, 애타던 마음, 심지어 자격지심까지도 완전히 사라졌다.

그녀는 처음으로 확실하게 느꼈다. 자신의 사랑이…… 조금도 초라하지 않다는 것을!

한참 동안 멍하니 바라보다가, 한운석은 아까 바르게 놔둔 의자를 원래 자리로 돌려놓았다. 그곳에 앉아 창밖을 바라보면, 운한각의 창문이 보였다. 달이 밝게 비추어, 따로 등불을 켜놓지 않아도 운한각이 선명하게 잘 보였다.

수많은 밤 동안, 그녀는 홀로 그곳에 서서 멍하니 그의 침궁 등불을 바라보았다. 그녀는 지금까지 자신이 먼저 이 남자를 사랑했다고 생각했다. 하지만 알고 보니, 그는 줄곧 보이지 않는 곳에서 그녀를 바라보며 지켜 주고 있었다.

"용비야……, 바보 같은 사람!"

한운석은 쓴웃음을 지었다.

그녀는 이제야 깨달았다. 그가 왜 풀 한 포기 나무 한 그루 바꾸지 않고 원래 모습 그대로 진왕부를 다시 세웠는지, 왜 침궁과 운한각을 또 세웠는지 깨달았다.

그랬구나……. 알고 보니 이 절묘한 각도, 그녀가 몰랐던 이 각도를 위해서였다.

용비야, 당신과 나 우리 둘 중 대체 누가 더 약자일까?

어쩌면 둘 다일지도 몰랐다. 두 사람 모두 상대를 위해 기꺼이 고개를 숙이고 자신을 낮추려 했으니까.

한운석은 서신을 꺼내 한마디 덧붙였다.

용비야, 이 바보.

그런 후에야 매를 불러 서신을 보냈다.

그날 밤, 그녀는 이 의자에 앉아 운한각의 창문을 바라보며,

자신도 모르는 사이에 잠이 들었다.

수많은 밤 동안, 용비야도 그 의자에 기댄 채 운한각에 있는 그녀의 아름다운 모습을 바라보며 스르르 잠이 들었다.

한운석이 잠든 후, 꼬맹이가 몰래 독 저장 공간에서 빠져나왔다. 한운석은 어렴풋이 알아챘지만 소리 내지 않았다. 꼬맹이가 오랜만에 영남에 돌아왔으니, 고북월을 찾아가려는 게 분명했다.

고북월이 해독을 못 하는 게 아니었다면, 그녀는 고북월도 독종 사람이 아닐까 의심할 뻔했다. 꼬맹이는 어쩜 저리도 고북월을 좋아할까?

하지만 고북월은 확실히 호감 가는 사람이었다. 맑고 단정한 기질에 따뜻한 성품을 가진 그와 함께 있을 때면 일희일비하지 않고 늘 편안했다. 추운 겨울에 따스한 햇볕을 느끼듯이, 자신도 모르는 사이 시간이 다 흘러가 버리는 듯했다……

〈천재소독비〉 16권에서 계속